Sebastian Schaefer

Hand am Hort

Ein Roman in der Welt von
Shadowrun™

Originalausgabe

Titelbild:Rick Berry
Redaktion: Sarah Nick
Lektorat: Michael Brühl, Catherine Beck
Satz und Layout: Reinhold H. Mai
Umschlaggestaltung: Ralf Berszuck
Druck und Bindung: Elsnerdruck Berlin

Copyright © 2003 by Fantasy Productions
Verlags- und Medienvertriebs-GmbH, Erkrath
Besuchen Sie unsere Website *http://www.fanpro.com*
Printed in Germany 2003

Phoenix ist ein Imprint von Fantasy Productions GmbH.
Shadowrun™ ist ein eingetragenes Warenzeichen von
WizKids LLC.

ISBN 3-89064-583-6

Für meine Mariam

»Alle entscheidenden Schlachten finden im eigenen
Inneren statt«

— Sheldon Kopp —

Besuchen Sie doch den Autor unter:
www.paranoiaforum.de.vu

Kapitel 1

Durch den wolkenverhangenen Himmel fiel kaum fahles Mondlicht auf das kalte Grau des 32stöckigen Gebäudes. Einzelne, umherschweifende Scheinwerfer spendeten zusätzliches Licht in der verregneten Dunkelheit der Nacht rund um den Aztechnologie-Komplex. Weder das schwache Licht des Mondes noch die tastenden Lichtfinger der Suchscheinwerfer wurden vom matten Schwarz seines Tarnanzuges reflektiert. Langsam glitt Fox das Camouflage-Seil hinab. Trotz des relativ kräftigen Windes erreichte er ohne Probleme das sichere Dach, dessen Aufbauten und Oberlichter ein direktes Landen des Daedalus Special Ultralight unmöglich gemacht hätten. Er rollte sich ab und ging in Deckung, bevor er über den Armband-Kommunikator den Abflugbefehl an das Ultralight gab. Es würde in sicherer Entfernung kreisend auf weitere Befehle warten und zur sofortigen Rückkehr bereit sein. Der Regen war stärker geworden, und Fox schaltete neben den Lichtverstärkern noch die UltraSound-Sicht seiner Cyberaugen ein, die ihm annähernd den Orientierungssinn und die Übersicht einer Fledermaus verschaffte. Die Cyberaugen waren Standard in seiner Abteilung. Auf dem freien Markt hätte man zum selben Preis eine kleine Appartement-Wohnung bekommen. Fox hatte sich beim Ersatz für eine andere Farbe entschieden, als in seiner SIN eingetragen gewesen war. Aber er hatte sich damals gefragt, warum er nicht gleich beides zusammen aufgeben sollte. Jetzt hatte er weder eine Systemidentifikationsnummer noch organische Augen, aber das war ihm egal. Das neue Stahlblau passte viel besser zu seinen kurzen schwarzen Haaren, der etwas länglichen Nase und den kantigen Gesichtszügen. Er war gut in Form, durchtrainiert und kräftig. Dazu kamen noch die bionischen und cybertechnischen Implantate. Er war gut, aber das waren sie schließlich alle.

Er nahm den kleinen Rucksack ab und holte das Einbruchset heraus. Nicht ganz eine Minute später hatte er die hochempfindliche Alarmanlage des nächstgelegenen Dachfensters nebst ihrer zwei Backups überwunden. Vorsichtig glitt er in den unter ihm liegenden Büroraum hinab. Es war ein großes, sehr teuer eingerichtetes Büro, dessen längste Wand von einem gewaltigen Ölbild beherrscht wurde, das einen Jaguar zeigte. Nicht, dass der Raum protzig gewesen wäre, er war ansonsten eher stilvoll britisch und mit schlichter Eleganz ausgestattet. Aber es roch hier nach echtem Holz und Leder und dieser Duft kam nicht aus versteckten Aromadüsen hinter der Deckenverkleidung. Fox zog seine Walther Secura aus dem Achselholster und während er sich umsah, schraubte er den Schalldämpfer auf. Er ging noch einmal die Gebäudepläne in seinem Headware-Memory durch. Sein Zielobjekt lag nur zwei Etagen unter ihm. Zeit, sich auf den Weg zu machen.

Vorsichtig öffnete er die Tür zum Vorzimmer. Danach schlich er in den angrenzenden Flur. Wenn alles glatt ging, hatte 17 dafür gesorgt, dass die Kameras nur ungefährliche Aufnahmeschleifen an die Monitore der Sicherheitszentrale schickten. 17 war ungefähr zur selben Zeit wie er ›gestorben‹ und in die Abteilung gekommen, und sie machte ihre Arbeit meistens gut. Dennoch war Fox unruhig. Er mochte es nicht, von Faktoren abhängig zu sein, die er nicht beeinflussen konnte. Aber die Sicherheit bei Aztech war einfach zu gut, als dass er damit hätte alleine fertig werden können. Doch nichts geschah, keine Sirenen ertönten, keine MG-Salven hämmerten auf ihn ein und kein verbotenes Nervengas wurde gegen ihn eingesetzt. Nicht einmal einer von diesen Jahrmarktgauklern warf mit Feuerbällen nach ihm. Die Nervosität blieb. Fox rückte, immer wieder mit der Walther nach allen Seiten absichernd, in den Gang vor. Es war nun genau 03:36:00 Uhr und das bedeutete, es würde bald 03:37:30 sein, der Zeitpunkt, an dem die nächste Zwei-Mann-Patrouille seinen Weg kreuzen würde. Das war einer von zwei kritischen Punkten bei der Planung gewesen. Es gab hier keine Möglichkeit, sich zu verstecken oder ihnen auszuweichen. Nur direkte Konfrontation war möglich.

Fox kniete sich hin, legte die Waffe an und wartete. Bald hörte er Schritte und Stimmen, die stetig näher kamen. Als die beiden Gardisten in Teilrüstungen um die Ecke bogen, feuerte er zwei gezielte Schüsse auf ihre noch nicht einmal überraschten Gesichter ab. Sie waren tot, bevor sie auf dem Boden aufschlugen. Fox war wirklich gut.

Nun blieben ihm noch genau 7 Minuten, also zog er das Tempo an, was, wie er wusste, auf Kosten der eigenen Sicherheit ging. Er öffnete einen nahegelegenen Fahrstuhlschacht, den 17 schon heute Vormittag außer Betrieb gesetzt hatte. Danach ließ er sich mit seinen beschichteten Gleithandschuhen an den Stahlseilen des Aufzug hinab, bis er in der Etage der Entwicklungsabteilung AB-14 angelangt war. Er war 6 Sekunden hinter dem Zeitplan, deshalb fand er die Fahrstuhlschachttüren bereits durch 17 geöffnet vor. Schnell machte sich Fox auf den Weg. Sein Zielobjekt war ein Terminal in einem der Rot/Rot-Labore. Die Farbcodierung bedeutete hohe Geheimhaltung und Sicherheit, und für den morgigen Tag war ein Transfer der Daten in einen Schwarz/Rot/Rot-Bereich vorgesehen. Deshalb ließ die Abteilung den Einsatz heute durchführen. Fox erreichte die Panzertür und wartete. Er wartete weiter, aber nichts geschah. 17 hätte die Tür schon seit 15 Sekunden geöffnet haben sollen. Funkverbindung bestand aus Sicherheitsgründen zwischen ihnen nicht, und so musste Fox eine Entscheidung treffen, um mit dem genauen Zeitplan nicht in Verzug zu geraten. Er griff erneut in seinen leichten Rucksack und zog den mattschwarzen Magschlossknacker heraus. Dessen Einsatz war riskant, da das Schloss der Panzertür bei einem Fehler sofort Alarm auslösen würde. 17 hätte das sauber und diskret durch einen scheinbar legalen Zugriffsbefehl im Zentralrechner gelöst, aber darauf musste Fox nun verzichten. Er wünschte sich selbst Glück und 17 die Pest an den Hals, als er den Magschlossknacker ansetzte. Es klappte – oder sah es vielleicht nur so aus? Fox hatte bereits die Grundausbildung mit Bestnote in ›Angewandter Paranoia‹ abgeschlossen. Für solche Sorgen blieben ihm aber nur Sekunden, denn er stand unter Zeitdruck. Er setzte sich an den Schreibtisch mit dem Zielterminal und steckte das türkisfarbene Glasfaserkabel des Gerätes in die Datenbuchse unter der Fingerkuppe seines linken Ringfingers. Er lud die ICE-Brecher in seiner Headware hoch und deckte sich ohne weiter zu zögern in die Datenbanken des Terminals und deren virtuelle Realität ein.

Der schwarze Regenschirm, seine VR-Persona, glitt lustig pfeifend über die weiten Ebenen einer purpurnen Kristallwüste. Zwei rote Kampfschiffe kreuzten am Horizont, doch als sich das glänzende Schwarz des Regenschirms in scharlachrot wandelte, tauchten diese mit einem leisen Zischen zwischen einigen der himmelhohen schwarzen Datentürmen, die geordnet in Dreiergruppen herumstanden, in den Boden ein. Der Regenschirm beschleunigte auf Mach3 und kam den Türmen rasend schnell näher. Welcher von ihnen enthielt das Geheimnis des ewigen Lebens? Fox kannte das Triangel-Death-Programm, mit dem die wichtigen Daten in dieser Aztechfiliale geschützt wurden. Ein Turm war echt und mit den gesuchten Daten gefüllt, die beiden anderen waren hirnstromstörende Mordprogramme, die nur darauf warteten, virtuelles Dauerfeuer auf jeden Eindringling abzugeben. Fox musste eine gute Wahl treffen, das war schon alles. Er entschied sich für den mittleren Turm, drückte den Laserschneider aus der Schirmspitze und machte sich daran, das schmiedeeiserne Tor der Datenbank öffnen. Sie öffnete sich schnell, zu schnell. Es war der falsche Turm. Schon war der kleine Schirm in die Zielerfassung der Delete-Granatwerfer geraten. Noch aber war nichts verloren. Der Schirm spannte sich selbst auf und marschierte zum nächsten Turm, während unzählige Granaten neben und auf ihm einschlugen und seine Haltbarkeit über kurz oder lang sehr beeinträchtigten. Viel Zeit blieb ihm nicht, und so hüpfte der Schirm nun auf den linken Turm zu, der aber leider auch nicht der richtige war und sich ebenfalls auf den verzweifelten Schirm einschoss. Plötzlich färbten sich die beiden Türme grün und bekämpften sich gegenseitig. Eine Horde kleiner grünen Affen kletterte aus ihnen heraus, sammelte sich und kam als Gruppe auf den gebeutelten Regenschirm zu. Er zählte genau 17. Sie grinsten ihm zu und liefen dann wild schreiend und kichernd davon. 17 hatte sich fast zuviel Zeit womit-auch-immer gelassen. Fox würde nach diesem Auftrag wohl mal ein ernstes Wort mit ihr reden müssen. Das Problem war nur, dass er sie noch nie im Leben zu Gesicht bekommen hatte. Jetzt, wo die Matrix-Sicherheit von wilden Affen gebissen wurde, brauchte sich auch der Schirm nicht mehr um Heimlichkeit zu bemühen. Grimmig entschlossen hieb er auf das schwere Tor des letzten Datenriesen ein. Es explodierte in Milliarden von Pixel und gab den Weg zu den streng gehüteten Geheimnissen frei. Zielstrebig steuerte der nun wieder schwarze Schirm auf die gesuchte ›FOREVER‹-Datei zu. Er bedauerte es nur kurz, als er das Virus eingespeist hatte, das die Hauptdatei und alle ihre Verweis- und Sicherungsdateien restlos auslöschte. »Who wants to live forever?«, dachte Fox in einem Anflug von Melancholie. Kurz darauf stöpselte er sich aus – ihm blieben drei Minuten und 30 Sekunden bis zum Alarm.

Jetzt rannte er los, sicher, dass 17 alles unter Kontrolle hatte. Beim geöffneten Aufzug machte er sich sogleich behände an den Aufstieg. Dabei dachte er darüber nach, wie 17 wohl in der Realität aussehen würde. War sie ein ›Er‹ oder ließen die grünen Affen als eine feminine Spielerei eher auf eine Frau schließen? So eine sexy Rothaarige mit langen Locken, athletischem Körper und trotzdem weichen Rundungen würde ihm gefallen. Blaue Augen wären gut, er stand auf blaue Augen, tiefblaue Augen, tief wie der Ozean. Das schrille Kreischen der Alarmsirenen riss ihn jäh aus seinen Gedanken. Man hatte die Leichen der Wachgardisten zu früh entdeckt, also konnte er bei seinem Rückzug nicht mehr denselben Weg benutzen. Das war der zweite kritische Punkt der Planung gewesen. So stieg er eine Etage früher aus dem Schacht und lief zu einer Außenwand. Er tippte noch ein paar kurze Befehle an seinen Daedalus Special, bevor er das Päckchen C-12 aus dem Rucksack zog und an der Wand befestigte. Schon hörte Fox die Türen eines anderen Lifts sich öffnen. Für ihn unhörbare Befehle in den Kopfhörern der Wachen bereiteten seinen Tod vor, Sicherheitsdrohnen waren auf dem Weg und auch der eine oder andere Gaukler fuchtelte hinter einer der nächsten Ecken wild herum, nur um ihn mit einem Kunststückchen zu Schwefel verdampfen zu lassen. Er ging in Deckung und aktivierte den Zünder. Eine gewaltige Explosion zerriss die Wand und öffnete ein ausgefranstes Loch von etwa drei Metern Durchmesser. Fox war blitzschnell beim Vorsprung und sah in die gähnende Tiefe hinab. Die schnellen Schritte schwerer Stiefel hallten auf dem angrenzenden Flur. Schon kamen die ersten Rüstungen der Sicherheit zum Vorschein. Fox bekreuzigte sich und sprang. Hinter ihm schlugen panzerbrechende Hochgeschwindigkeitsgeschosse in die Wand. Fox fiel schnell, schneller, als ihm lieb war, aber er hoffte, dass es nicht zu schnell war. Unter sich sah er bereits die ersten Einsatzfahrzeuge in Aztechnologiefarben ihre Geschütze auf ihn ausrichten. Doch dann lächelte Fox und machte sich auf eine sanfte Landung gefasst. Weicher, als auf den weiter unten lauernden Beton, fiel er auf die verstärkte Ballonseite des Ultralights. Er rollte sich ab, bekam die Lenkstange zu fassen und befestigte das Haltegeschirr. Während die MGs der Gardisten oben und der Einsatzkräfte am Boden erfolglos versuchten, ihn zu erwischen, stieg er steil in den Himmel und in die Unerreichbarkeit hinauf.

Ein weiterer Tag, ein weiterer erfolgreicher Auftrag. Er war Daniel P. Fox, Agent im Dienste seiner Majestät.

Kapitel 2

Von ihrem Tisch blickte Melody direkt durch die beiden hohen Fenster hinaus auf die kleine Einkaufsstraße. Das recht neue französische Restaurant im Herzen Seattles galt als der aktuelle Geheimtipp in den gehobenen Kreisen der städtischen feinen Gesellschaft. Das Wetter war gut und die schon wärmenden Sonnenstrahlen spiegelten sich auf dem blanken Lack der draußen parkenden Limousinen. Melody kam seit 12 Tagen jeden Nachmittag von 15:30 bis 16:15 Uhr hierher, setzte sich immer auf denselben Platz und bestellte immer die gleiche Sorte Tee und ein paar Plätzchen dazu. Sie saß am Fenster, schaute auf die Straße und versuchte, traurig und gedankenversunken auszusehen. Sie wusste, dass sie dabei beobachtet wurde. Das war ja auch der Sinn ihres Aufenthalts und sie gab sich große Mühe, es zu provozieren. Nach der Saisonmode trug sie blau gefärbtes Haar im klassischen Pagenschnitt. Dazu trug Melody schwarze, kniehohe Lederstiefel und ein blaues, weiß-geblümtes Sommerkleidchen, sehr kurz und deshalb zweckmäßig. Eine kleine, silberfarbene Handtasche rundete das Bild ab. Mit ihren 1,74 m, der sportlichen und wohlproportionierten Figur und den großen, kastanien-braunen Augen entsprach sie damit genau dem Typ, den Charles van Dyck dem Dossier nach bevorzugte, wenn er sich während eines Auslandsaufenthalts auf ein romanti-sches Abenteuer einlassen wollte. Melody hoffte, dass er das tun würde, denn sonst wäre die aufwendige Maskerade völlig umsonst gewesen. Aus dem Augenwinkel heraus sah Melody nun jemanden auf sich zukommen, den sie mitt-lerweile fast wie ihren eigenen Bruder kannte. Van Dyck war 54 Jahre alt, in Belgien als Sohn von Diplomaten geboren worden und in weiten Teilen der Welt Zuhause gewesen. In Afrika hatte er seine jetzige Frau Roseanne ken-nen gelernt, die er zwei Monate später geheiratet hatte. Sie hatten zwei Töchter, Sarah und Mary-Jane, einen alten Hund namens Bob, je ein Ferienhaus auf Malta und in Neuseeland und den Familiensitz im Hinterland Englands. Charles spielte gerne, aber mäßig, Tennis und Polo, mochte französische Küche, Operetten und Jazzmusik. Seine Frau hatte ihn gut im Griff und auch seinen Töchtern war er hoffnungslos unterlegen. Dafür spielte er in seinem Konzern den herrschsüchtigen Tyrannen, aber der Erfolg von Van-Dyck-Industries zeugte von seinem geschäftlichen Geschick. Seine neuesten Pläne sollten, den Gerüchten nach, die Wall Street zum Schwanken bringen. Einige zahlungswillige Konkurrenten hatten deshalb Oz, Melodys Schieber, kontaktiert und viel Geld dafür geboten, dass jemand herausfand, was genau diese Pläne beinhalteten. Wie es schien, hatte sie im Moment gute Chancen, dieses Ziel in den nächsten Stunden zu erreichen.

»Ist dieser Platz noch frei, Ms. …?«, sprach Charles van Dyck Melody unbeholfen an.

»Äh, ja, natürlich, bitte setzen Sie sich« sagte Melody mit wunderbar gespielter Überraschung und geröteten Wangen, die sie nach einem kleinen chirurgischen Eingriff und mit dem nötigen Bio-Material nach Belieben so einfärben konnte. »Jones, Chrystal Jones. Mr. …?«

»Charles van Dyck«, antwortete er mit einem fast scheuen Lächeln, während er sich setzte. Es war schon sehr komisch, dachte Melody, wie sich ansonsten harte Konzernmanager gegenüber dem weiblichen Geschlecht verhielten. Van Dyck litt dem Dossier nach sehr unter dem mittlerweile kalten und lieblosen Regiment seiner Ehefrau. Er brauchte jetzt Bestätigung, freundliche und verständnisvolle Worte, liebevolles Kuscheln mit einer Gleichgesinnten. Es tat ihr fast Leid, dass er das nicht bekommen würde.

Sie redeten lange miteinander. Melody tischte ihm die Geschichte von einer durch einen Autounfall gestorbenen besten Freundin und einer verlorenen Stelle als Modedesignerin auf und ließ sich von ihm trösten. Im Gegenzug erzählte van Dyck ihr weit ausholend von seinen geschäftlichen und privaten Problemen, dass er so einsam sei und doch nur jemanden brauche, um zu reden. Da Melody auch von seinen sexuellen Neigungen wusste, verstand sie seine Ehefrau insofern, als diese getrennte Schlafzimmer bevorzugte und sich auch ansonsten eher von ihrem Mann fernhielt. Melody versuchte, unbefangen und frei mit van Dyck zu reden, aber sein Leibwächter, ein annähernd gutaussehender, breitschultriger Ork in feinem Zwirn machte ihr zunehmend Sorgen. Obwohl sein unsteter Blick die ganze Zeit die gesamte Szenerie nach potentiellen Gefahren absuchte, schien es Melody so, als ob er speziell ihr gegenüber besonders misstrauisch wäre. Sie wusste nur, dass er sich Zed nannte und erst seit kurzem für van Dyck arbeitete. Akten über ihn gab es anscheinend nicht, zumindest hatte Oz nichts über ihn herausfinden können.

Zed stand zuerst auf, als sie das Restaurant verlassen wollten. Er ließ Melody nicht aus den Augen, während er sich auf dem Weg zur Tür zwischen van Dyck und die Fenster brachte, um möglichen Attentätern das Zielen auf den Konzernchef zu erschweren. Draußen fuhr der schwarze Mercedes Pullmann vor und Zed hielt die hintere Wagentür auf, während Melody und Charles van Dyck einstiegen. Van Dyck hatte Melody gebeten, doch mit ihm den Nachmittag und den Abend in seiner Suite zu verbringen, aber sie wusste ziemlich sicher, dass es ihm mehr auf die Nacht ankam. Van Dyck bewohnte, wenn er in Seattle war, stets dieselbe Suite im Plaza-Hotel. Sie war sehr groß und überaus luxuriös eingerichtet, hatte einen eigenen Swimmingpool und einen Fitnessraum. Das teure Schlafzimmer, das sie wie erwartet bald nach dem Abendessen betraten, war so groß wie Melodys Eigentumswohnung in New York. Van Dyck und sie hatten viel getrunken, aber im Gegensatz zu Melody hatte er keine biotechnischen Ergänzungen, die den Alkohol herausfilterten. Sie spielte aber die beschwipste und leicht zu verführende Unschuld, und bald zogen sie sich, auf dem breiten Doppelbett sitzend, gegenseitig aus. Van Dyck merkte nicht, dass Melody dabei seinen Hals mit einer aus der Handinnenfläche herausgefahrenen Nadel vorsichtig stach. Als er wenige Minuten später schlafend auf dem Bett zusammensank, streifte Melody mit Abscheu das violette Zaumzeug ab, das sie für den verdrehten van Dyck angelegt hatte. Nur mit einem dünnen Lederstring bekleidet stieg sie aus dem Bett und ging vorsichtig zu dem sicherlich ungeheuer wertvollen Ölgemälde an der Wand über einer kleinen Teak-Kommode. Sie schob es beiseite und betastete prüfend den dahinterliegenden Safe. Wie alle Modelle im Hotel war auch dieser sprachverschlüsselt. Dank ihrer cybertechnischen Stimmmodulatoren war sie in der Lage, Stimmen, auch die van Dycks, perfekt nachzuahmen. Melody wiederholte sein »Komm her, du heiße Stute!« und hätte sich fast dabei verschluckt. Die Sensoren des Safes erkannten die Frequenz an und die Panzertür ging mit einem leisen Zischen auf. Melody überflog die geheimen Akten und machte Fotos mit ihrer Minikamera, die sie in der Handtasche verborgen gehalten hatte. Als sie fertig war, verschloss Melody den Safe wieder, ging zurück ans Bett und zog sich leise an. Danach schlich sie zur Zimmertür, öffnete diese und verließ den Raum. Allerdings hätte sie sich gar nicht so viel Mühe geben müssen, ihr Gehen zu verheimlichen, denn draußen erwartete sie schon Zed. »Ich muss weg«, sagte Melody mit einem zaghaften Lächeln zu ihm.

»Natürlich«, antwortete Zed mit einem spöttischen Unterton in der kalten Stimme, »das müssen wir alle irgendwann.«

Melody fröstelte, das Gespräch schien eine unangenehme Tendenz zu bekommen. »Es ist nur zum Schutz von Mr. van Dyck. Er weiß es ja nicht besser, aber durch Schlampen wie dich wird er erpressbar und ich bin nun einmal da, um ihm den Ärger vom Hals zu halten.« Melody wich zurück und ging in Abwehrstellung, während sie beidseitig lange Nagelmesser demonstrativ aus den Fingern gleiten ließ.

»Lass mich zufrieden, Troggy, oder du bereust es«, sagte sie ruhig zu Zed. Doch der lachte nur kehlig auf, während er blitzartig einen schallgedämpften Ares Predator aus der Jacke zog und auf sie schoss. Aber Melody verfügte über ausgezeichnete natürliche und cybertechnisch aufgewertete Reflexe: sie konnte dem Angriff um Haaresbreite entkommen, indem sie sich hinter einen schweren Ledersessel warf. Zed lachte erneut. Er schien sich über ihren Widerstand zu freuen.

»Du bist schnell«, sagte er anerkennend. »Schön, endlich etwas Abwechslung in meinem tristen Alltag.« Mit diesen Worten steckte er die Pistole weg und kam unbewaffnet auf Melody zu. Gut, wenn er es so wollte, dachte Melody, dann sollte er seinen Kampf bekommen. Sie war nicht wehrlos, das würde er zu spüren bekommen. Sie stand auf und trat langsam hinter dem Sessel hervor, um dann einen plötzlichen Ausfall zu machen. Doch den hatte Zed wohl vorausgesehen. Er duckte sich beinahe lässig zur Seite, packte Melodys Arm und verpasste ihr einen heftigen Kopfstoß. Anschließend schleuderte er sie auf den gläsernen Couchtisch, der laut klirrend zersplitterte. Melodys linkes Auge schwoll schnell an und sie blutete aus Schnittwunden an Hals und beiden Händen. Die Schmerzen waren kaum zu spüren, da Melody auch dahingehend biotechnisch abgesichert war. Sie rappelte sich auf und sprang zur Seite, um etwas mehr Spielraum zu haben. Dann ließ sie sich in Zeds Richtung fallen und trat ihm mit einer Drehung die Beine weg. Er stürzte zu Boden, Melody war sofort über ihm und schlug mit der rechten Messerklaue nach seinem Gesicht. Der Ork riss noch rechtzeitig den Arm hoch, um nicht das Augenlicht zu verlieren, aber vier Finger der linken Hand mussten dran glauben. Mit dem unverletzten Arm griff er nach Melodys Hals und drückte zu. Melody würgte und rang nach Luft, während sie Zeds eisernen Griff zu lösen versuchte. Als ihr das nicht gelang, verpasste sie ihm einen Stoß mit dem Knie zwischen die Beine.

Zed stöhnte auf und lockerte für einen kurzen Moment die tödliche Umklammerung. Melody nutzte diesen Augenblick, um sich loszureißen und mit ihren Klingen Zeds Jackett und Brust aufzuschlitzen. Nur sein unter der Kleidung getragener Körperpanzer rettete Zed vor schweren Verletzungen. Er schlug Melody wütend die flache Hand vors Gesicht und sie rutschte über den blanken Parkettboden quer durchs Zimmer. Zed stand nun auf und ging langsam auf Melody zu, während er ein langes Kampfmesser aus dem linken Stiefel zog. »So, du Flittchen, du bist totes Fleisch«, sagte er mit einem bösartigen und hasserfüllten Gesichtsausdruck. Als er beinahe über Melody stand, drehte diese sich auf den Rücken und sah ihn an. Sie lächelte, als sie den Ares Predator auf ihn richtete, den sie bei ihrem letzten Angriff aus seinem Halfter gezogen hatte. »Und du bist Drek«, sagte sie noch, bevor sie ihm den größten Teil des Kopfes wegschoss.

Nachdem Melody das Hotel verlassen hatte, fuhr sie nicht direkt nach Hause, sondern machte mit ihrer schon seit gut zwei Wochen in der Tiefgarage wartenden Yamaha Rapier noch einen Abstecher zum Hafen. Dort warf sie ihre blutverschmierten Sachen, die blaue Perücke und die kastanienbraunen Kontaktlinsen in die ätzende Brühe, die manche noch See nannten. Alle Beweise würden nun unproblematisch, schnell und unauffällig verschwinden. Melody Taylor nahm das Haarnetz ab und schüttelte die langen roten Locken aus, während sie den Bluterguss über ihrem linken Auge vorsichtig betastete. Das Auge würde noch blauer werden, als es sowieso schon war und das war bei ihren so tief dunkelblauen Augen fast unmöglich.

Kapitel 3

Vorsichtig tastete sich Speedy den langen, weiß gekachelten Flur entlang. Es war sehr dunkel und nur das regelmäßig aufblinkende Licht der roten Alarmleuchten unterbrach die Schwärze für kurze Augenblicke. Es war fast 40 Grad heiß und immer noch sehr feucht und neblig, obwohl die Sprinkleranlage ihre Arbeit schon seit längerem eingestellt haben musste. Hier und da lagen Leichen am Boden, Frauen und Männer, vorwiegend in weiße Kittel gekleidet. Die meisten sahen aus, als seien sie qualvoll erstickt, aber einige waren völlig zerfetzt und ihre Körperteile und Organe über etliche Meter verteilt. Speedy maß einen hohen Anteil gefährlicher Substanzen in der Atemluft. Viele davon waren seltene Bakterien und auch Stoffe, die gar nicht in seinen Dateien verzeichnet waren. Das meiste davon existierte außerhalb des Para-Pharm-Labors wohl nirgendwo auf der Welt. Speedy war in den Komplex geschickt worden, damit sich daran auch nichts änderte. Er hatte den Auftrag, die Selbstzerstörung auszulösen und alles Leben im Umkreis von einer Meile auszulöschen. Das Ganze würde sehr teuer werden, war aber dennoch die günstigste Alternative. Speedy war nicht der Erste, der in das Labor geschleust worden war. Seine zwei Vorgänger waren nicht mehr erreichbar gewesen, nachdem der Führungsstab des Krisenkommandos die Bild- und sonstige Datenübertragung zu ihnen verloren hatte. Es lag also nahe, dass auch Speedy nicht der letzte sein würde, der mit diesem Auftrag in den Para-Pharm-Komplex eindrang. Aber Speedy hatte sich noch nie gefürchtet und würde bestimmt nicht ausgerechnet jetzt damit anfangen. Die meiste Zeit war es bis auf seine Schritte absolut still im Gebäude. Der Alarm war lautlos und die computergenerierten Durchsagen über den biologischen Ernstfall längst verstummt. Ab und zu aber hallten schrille, unmenschliche Schreie, lautes Keifen oder

Grunzen durch die verwaisten Gänge und aus weithin leeren Räumen. Das meiste stammte wohl von den Versuchs-Crittern, die sich teilweise aus ihren Käfigen befreit hatten. Der mathematisch wahrscheinliche und laut Firmenstatistik unbedeutende Rest war einmal menschlich gewesen und jetzt nicht mehr eindeutig zu klassifizieren.

Speedy lief vorsichtig weiter und suchte auf dem Weg mit den Infrarot-Linsen die Umgebung ab. Die mobile Einheit des Krisenkommandos konnte die Bilder empfangen und verfolgen. Hin und wieder ergab es sich, dass Speedy von seiner geplanten Route abweichen musste, weil jemand vom Führungsstab etwas genauer sehen wollte. Zu viele Abweichungen durfte man sich allerdings nicht erlauben, da die äußere Hülle des Labors bereits in vier Stunden ihre Integrität verlieren würde. Größere Zeitverluste mussten also vermieden werden. Plötzlich vernahm Speedy Geräusche aus einem der nahegelegenen Räume. Irgendetwas schien in einiger Entfernung über den Boden zu kriechen. Als Speedy dieses Etwas ausmachte, war klar, dass es den Opfern des Unfalls völlig egal war, ob sie von der Unternehmensstatistik erfasst wurden oder nicht. Eine früher vielleicht einmal hübsch gewesene Frau nicht mehr zu bestimmenden Alters kroch über den Boden auf Speedy zu. Aus einem blutigen und zahnlosen Mund gurgelte so etwas wie »Hilfe« hervor, aber für sie war jede Hilfe zu spät. Der Frau war das linke Bein nahezu abgefault, ihr Gesicht war aufgebläht und eitrig und ihr infizierter Körper zog eine Spur aus Blut und Sekret hinter sich her. Nach Rückfrage feuerte Speedy eine Salve aus seiner Enfield AS-7 Sturmschrotflinte ab und beendete das Elend der unglückseligen Kreatur. Er setzte seinen Weg fort und gelangte bald ins Treppenhaus, über das er die Sicherheitszentrale der Anlage erreichen würde. Speedy stieg vorsichtig die Treppen hinab, was bei Nebel und Nässe kein leichtes Unterfangen war. Trotzdem gelang es ihm ohne größere Probleme, die weiter unten gelegene Ebene zu erreichen. Allerdings gestaltete es sich schwierig, das Treppenhaus wieder zu verlassen. Die stählerne Schutztür war von außen irgendwie verklemmt oder verkeilt. Speedy versuchte zwar sein Möglichstes und stemmte sich mit aller Kraft dagegen, aber er konnte die Tür nicht einmal ansatzweise bewegen. Also bearbeitete er die Tür mit weiteren Salven aus seiner Enfield, bis nur noch wenige Einzelteile in den Angeln hingen. Dahinter lag ein riesiger, schwarzbehaarter Fleischberg, wohl der Grund für die Unpassierbarkeit. Es waren laut Bestandsliste wahrscheinlich die Überreste eines Piasmas, einer erwachten Form des gemeinen Bären. Er war schon tot gewesen, bevor Speedy die Tür und ihn in Schweizer Käse verwandelt hatte. Irgendetwas hatte ihm anscheinend den Kopf abgebissen. Speedy lief schnell weiter, um diesem beißwütigen Etwas nicht zu begegnen. In dieser Ebene waren die Kämpfe anscheinend am heftigsten gewesen. Überall lagen tote Wachmänner, Waffen, aber auch einige der schwarzgekleideten Terroristen, die den Unfall verursacht hatten. Speedy versuchte, möglichst nicht auf die Leichen zu treten, um sich nicht auch noch in ihnen zu verheddern. Das konnte er jetzt gerade gebrauchen, wo irgendwo in der Nähe so etwas wie die fleischgewordene Apokalypse rumlaufen konnte. Als er gerade um die nächste Ecke biegen wollte, sah Speedy an den blanken Wänden des sich vor ihm öffnenden Ganges einen seltsam unförmigen Schatten, der sich auf und ab bewegte. Vorsichtig spähte Speedy um die Ecke und versuchte zu erkennen, was genau diesen verzerrten Schatten an die Wand warf. Ihm bot sich ein sonderbares Bild. In der Mitte des Korridors saß eine verwachsen wirkende Gestalt in einem Laborkittel auf den Kacheln des Fußbodens. Sie war umringt von teils tierischen, teils menschlichen Leichen und schien selbst etwas dazwischen zu sein. Die Gestalt war, soweit man etwas sehen konnte, humanoid, sehr blass und kahlköpfig. Um die breiten Schultern hatte sie eine Art Schal gewickelt, der sich bei genauerer Betrachtung als die abgeschälte Haut einer großen Boa herausstellte. In der kräftigen rechten Hand hielt sie einen Nothammer, mit dem sie immer wieder auf etwas vor sich auf dem Boden Liegendes schlug. Die Bewegung wirkte fast gelangweilt, ja monoton, so unendlich gleichförmig, als würde die Gestalt seit Stunden nichts anderes machen. Speedy tastete sich behutsam zur gegenüberliegenden Wand, um besser sehen zu können, was das Ziel der immer wieder vollführten Schläge war. Es war ein DocWagon™-Armband eines Super-Platinum-Kontraktes. DocWagon™ war ein medizinischer Service, der dafür sorgte, dass ein Vertragspartner, der den Schalter auf dem angelegten DocWagon™-Armband betätigte, von einem bewaffneten FastResponse-Team aus jeglicher Gefahrenlage sofort in ein Vertragshospital ausgeflogen wurde. So stand es im Vertrag, und als Besitzer eines SuperPlatinum-Kontraktes hätte man wohl erwarten dürfen, dass es auch genauso funktionierte. Die abstruse Kreatur hatte das Armband samt Aktivator schon total zerstört und hieb immer noch Schlag für Schlag darauf ein. Niemand war zu ihrer Rettung erschienen, im Gegenteil sah es so aus, als wären immer wieder neue Critter und mutiertes Personal gekommen, um dieses Wesen zu töten. Jetzt schien die Kreatur Speedy bemerkt zu haben, denn sie drehte ihm den Kopf zu, ohne ihre Arbeit dabei zu unterbrechen. Sie hatte ein furchtbar verzerrtes und zerfurchtes Gesicht mit verkrusteten Augenhöhlen, die Nase war gebrochen und das linke Ohr hing in dünnen Fetzen herunter. Es war unmöglich zu bestimmen, ob diese Kreatur ein Mensch, vielleicht ein Affe oder ähnliches gewesen war, bevor sie zu dem degenerierte, was jetzt gelangweilt zu Speedy herübersah. Sie grunzte ihn nur einmal vorwurfsvoll an und wandte sich wieder ab. Der Führungsstab wies Speedy an, die Kreatur lebend für eine Untersuchung sicherzustellen, doch aufgrund einer seltsamen, nur einseitig auftretenden Funkstörung konnte Speedy diesen Befehl nicht ausführen. Er gab der Kreatur einen schnellen

Gnadentod mit der Enfield, danach arbeitete sein Funk wieder in den normalen Parametern. Speedy setzte die Suche nach der Kommandozentrale der Sicherheit fort. Immer wieder zwangen Trümmerstücke oder auch organische Hindernisse ihn, nach Alternativen zum geplanten Weg zu suchen. Hier war die Decke eingebrochen, da der Fußboden weggebrannt und dort lag weit ausgestreckt ein verendeter Lindwurm im Flur, dem noch Reste von Piasmafell aus dem Maul hingen. Langsam litt der Zeitplan doch beachtlich unter diesem Zusatzaufwand. Speedy ließ sich aber nicht aus der Ruhe bringen, da man bei Para-Pharm nach Stunden bezahlt wurde. Stoisch bewegte er sich den nächsten Gang hinunter. Hier irgendwo in der Umgebung hatten die eingedrungenen Terroristen, soweit sich die Aufzeichnungen der Sicherheit hatten rekonstruieren lassen, ihren Sprengsatz gezündet, und die Trümmer behinderten ein zügiges Fortkommen schwer. Speedy musste besonders vorsichtig sein, weil hier der Boden stellenweise vollständig zerstört und ansonsten sehr brüchig war. Schritt für Schritt bewegte er sich vorwärts. Hier und da rieselten Putz und auch einige größere Stücke Plaststahl neben ihm herunter, doch immer gerade weit genug entfernt, um ihm nicht wirklich gefährlich zu werden. Dann hatte Speedy sein Ziel fast erreicht. Er stand vor den halbgeschlossenen Panzertoren der Sicherheitszentrale, die sich anscheinend nicht mehr richtig schließen ließen. Die Hydraulik arbeitete immer noch und der Plaststahl vibrierte unter der gewaltigen Krafteinwirkung, aber irgendwie schienen die Tore verkeilt zu sein. Speedy drückte sich durch den Spalt und gelangte in den gesuchten Raum. Er blickte sich um und suchte nach dem Schaltpult, das unter anderem auch für die Selbstzerstörung zuständig war. Bald hatte er es gefunden. Ein toter Techniker hing quer über der Konsole, als habe er seine Liebste noch ein letztes Mal umarmen wollen, bevor ihm dieser 1-Meter-Pilz vollständig aus dem Rücken herausgewachsen war. Speedy zog ihn vom Pult und suchte nach den Schaltern für die Zerstörungssequenz, als er ein leises Zischen hinter sich vernahm. Er drehte den Kopf und sah erst nichts, bis ein langer blutiger Speichelfaden von oben auf ihn herabtropfte. Speedy blickte zur Decke und geradewegs in zwei mordlüsterne gelbe Augen von der Größe normaler Trideoschirme. Als letztes sah er säbellange, spitzzulaufende Zähne, dann wurde es schwarz um ihn.

Mongo fluchte: »Drek, Drek, Drek. Drek im Quadrat. So ein verdammt dreckiger Drek! Wie können Ratten nur so groß werden?« Mongo war sauer. Er schlug auf den Tisch, der krachend in zwei Hälften brach. Mongo war wütend und Mongo war ein Troll mit Schultern in zwei Zeitzonen – zwei Dinge, die sich nicht sonderlich gut mit Tischen vertrugen. Zornig warf der riesige Troll mit der Nickelbrille das Fernsteuerdeck in die Ecke. Das war jetzt die dritte seiner Speedy-Drohnen, die in diesem ekelhaften Labor zu Bruch gegangen war. Schmollend vergrub er die mächtigen Hände in den tiefen Taschen des ölverschmierten Overalls. Gut, er musste nicht dafür bezahlen, sie gehörten ja eigentlich der Firma, aber ihn würden sie wieder dumm anmachen. Als ob er etwas dafür könnte. Da sah er auch schon den Colonel auf sich zukommen.

»Mr. Krüger, langsam fangen Sie an, mich wirklich zu verärgern. Sie zerstören unser Material und verweigern direkte Befehle. Sieht nicht gut für Sie aus. Entweder, Sie lösen das Problem mit der nächsten Robotdrohne, oder ich trete Ihnen persönlich so kräftig in den Arsch, dass Sie zurück bis nach Deutschland fliegen. Das ist Ihre letzte Chance.« Der Colonel hatte gesagt, was er sagen wollte und verschwand so schnell, wie er gekommen war. Mongo, das Muskelgebirge von einem Troll, nahm die rote Baseballkappe vom Kopf und kratzte sich so heftig, dass sein schwarzer Pferdeschwanz wild hin und her hüpfte. Er machte sich nun ernsthafte Sorgen. Was würde seine Mama sagen, wenn er gefeuert wurde?

Kapitel 4

Langsam rollte die schwere Harley Scorpion die letzten Meter bis zum endgültigen Stillstand aus. Dave Davids, der auf der Straße auch Blinky genannt wurde, stellte die schwere Maschine auf den Stützständer und sah sich dabei nach allen Seiten um. Der Vorhof des PandNEONium war überfüllt wie eh und je, aber Dave hätte bei jedem Einzelnen, der vorüberging, genau sagen können, ob er gefährlich war oder nicht. Das brachten die Jahre auf der Straße fast von selbst mit sich. Dave ging an der langen Schlange durchgestylter Modesatanisten vorbei, direkt auf den Eingang der Disko zu. Einige in der Menge murrten und auch die eine oder andere Zigarettenkippe oder Getränkedose flog in seine Richtung, aber wirklichen Ärger machte niemand. Links und rechts vom Eingang waren zwei große, muskulöse Trolle positioniert, die in ihren teuren Anzügen einen etwas lächerlichen Eindruck machten, was ihnen gegenüber aber niemand mit Verstand offen ausgesprochen hätte. Dave selbst wirkte eher schmächtig. Er war nur knapp über 1,70 groß, schlank und schien nicht besonders kräftig. Er hatte langes, strähniges, braunes Haar, das ihm oft ins Gesicht hing, blass-blaue Augen und war nie ohne mindestens drei Tage alten Stoppelbart zu sehen. Dazu trug Dave meist schwarzes, aber immer dunkles, Synthetikleder und einen langen blauen Duster, ebenfalls aus künstlichem Leder. Den Namen Blinky verdankte er seinem unablässig zuckenden linken Auge, das viele nervös machte. Dave selbst störte das Muskelzucken schon lange nicht mehr, er hatte sich daran gewöhnt und fand es sogar bisweilen ganz amüsant, andere damit aus der Ruhe zu bringen.

»Hey Blinky, was willst du hier? Ich hab dir gesagt, dass du dich hier nicht mehr blicken lassen sollst«, sagte Loki, der linke Troll, der einen schlecht sitzenden, cremefarbenen Zweireiher trug.

»Loki, komisch, dass du das gerade jetzt erwähnst. Deine hässliche Frau hat sich wie immer gefreut, dass ich sie besucht habe«, sagte Dave mit einem übertrieben nachdenklichen Gesichtsausdruck. »Tja, viele richtige Männer bekommt sie ja nicht zu Gesicht.«

Loki fauchte wütend und wollte sich auf ihn stürzen, doch sein Partner It hielt ihn zurück: »Lass das Loki, Jade will ihn sehen. Er hat etwas für sie. Später kannst du ihm immer noch die Arme ausreißen.« Dave grinste, sagte: »Dann bis später!«, und wollte sich an beiden vorbei durch den Eingang des PandNEONiums drücken.

»Moment, kleiner Mann«, sagte It. »Erst die Kontrolle mit dem Detektor!« Gelangweilt, aber bereitwillig nahm Dave die Arme hoch und It fuhr mit dem Waffenscanner an ihm rauf und runter. »Er ist sauber«, sagte It. Dave hörte noch Lokis »Das wüsste ich aber«, bevor er im düsteren Inneren der Disko verschwand.

Im PandNEONium roch es stark nach einer Mischung aus Weihrauch, Rauschmitteln und Kerzenwachs, was den Schweißgeruch der nackten Tänzerinnen gut überdeckte. Dave sah den schwitzenden Schönheiten eine Weile zu. Jade hatte sie aus Asien importieren lassen und sie waren ihr Geld wert. Sie schienen nicht nur den männlichen Teil des Publikums in ihren Bann zu ziehen, sondern versetzten auch etliche weibliche Gäste in einen ekstatischen Rausch. Auch Dave fand sie gut, keine Frage, und er konnte sich sehr gut vorstellen , mal mit zweien oder dreien von ihnen das Kopfkissen zu teilen. Leider blieb für so etwas jetzt keine Zeit.

Er hatte Jade, der mandeläugigen Besitzerin des PandNEONium, einiger anderer Diskotheken und vieler illegaler Spielhöllen eine Phiole mit Drachentränen zu überbringen. Die rassige Schöne mit den jadegrünen Augen hatte einen Hang zur Alchemie und hatte Oz, Daves Schieber, damit beauftragt, eine Phiole mit dem begehrten Inhalt für einen ihrer Tränke zu besorgen. Die Phiole war gut

700.000 Nuyen wert und deshalb brauchte Oz schon jemanden wie Dave, um die Phiole zu überbringen. Dave sah sich um und endeckte Jade in ihrer privaten Loge hoch oben über der Tanzfläche. Dort saß sie fast jeden Abend zusammen mit einem illustren Kreis von Drogenbaronen, Profikillern und Edelnutten. Dave bahnte sich seinen Weg durch die zuckenden Körper der tanzenden Menge, die sich der dröhnenden Musik hingab, auf die lange Wendeltreppe zur Empore zu. Trotz der Anwesenheit von Jades Leibgarde gelangte Dave unbehelligt über die Treppe direkt in die Loge, wo die Eigentümerin des PandNEONium mit einigen ihrer lichtscheuen Besucher um einen großen runden Tisch versammelt saß. Die Szenerie hatte etwas von einem orientalischen Harem, dachte Dave. Überall lagen bunte Seidenkissen, die Luft war schwer von Gewürzen und Parfum und sogar eine große Wasserpfeife stand mitten auf dem Tisch. »Ah, Blinky, der große Waffenmeister. Bringst du mir endlich das, was ich schon seit so langem begehre?«, fragte Jade in ihrem typischen, fast singenden Tonfall.

»Och, weißt du Jade, nicht vor so vielen Leuten...«, spöttelte Blinky. Jades Augen funkelten zornig und ihre Gäste tauschten neugierige Blicke aus, die einander fragten, wie Jade wohl reagieren würde.

Dave fühlte die Spannung in der aromatischen Luft, aber er fühlte sich dennoch sicher, weil er etwas hatte, was Jade wollte. Trotz der ihr eigenen Impulsivität, die schon viele ihrer Handlanger das Leben gekostet hatte, beherrschte sie sich. »Hast du die Tränen?«, fragte Jade, merklich angespannt. Dave streckte den Arm aus und öffnete seine Faust, so dass man die kleine Phiole, die auf seiner Handinnenfläche ruhte, erkennen konnte. Jades Augen funkelten erneut. Diesmal war es die reine Gier, die aus ihnen sprach und auch Jades Gäste reckten neugierig ihre Hälse.

Dave schloss die Faust und sofort wurde ihm wieder ungeteilte Aufmerksamkeit zuteil. »Die 700.000, sonst kannst du dir deine eigenen Tränen in die Kaffeetasse heulen«, sagte er schroff. Jade sah ihn wütend an, gab aber doch einem ihrer Lakaien einen Wink, der ihr darauf einen beglaubigten Checkstick reichte.

»700.000 Nuyen«, sagte sie knapp. »Gib mir die Phiole, ich muss den Inhalt prüfen.«

»Kein Problem«, antwortete Dave und wollte schon die Phiole über den Tisch schieben, als er bemerkte, dass Jade einem ihrer gefährlicher aussehenden Gäste einen vielsagenden Blick zuwarf.

Im Bruchteil einer Sekunde brach in der Loge der dritte Weltkrieg aus. Als Jades Killer mit der Hand unter den Tisch schnellte, um eine HK-227 S Maschinenpistole zu ziehen, feuerte Dave ihm bereits zwei Salven aus seiner Urban Combat Smart in Brust und Kopf. Die MP war eines von Daves liebsten Kindern, sie stammte aus Deutschland und bestand ganz aus Keramik und Hartplastik. Deshalb war sie auch von Its Waffendetektor nicht entdeckt worden. Jetzt griff sich Dave einen der Kellner als Schutzschild und hastete mit ihm rückwärts zur Treppe. Mehrere Pistolen, MPs und auch eine abgesägte Schrotflinte richteten sich auf ihn. Der Kellner bettelte um sein Leben, aber Jade gab ohne zu zögern den Befehl zu schießen. Dave warf sich ohne seinen Schild zur Seite und rollte seitwärts über den Boden auf die Treppe zu, während er und seine Gegner aus allen Rohren feuerten. Der Kellner wurde vom Kugelhagel hin und her gerissen und schließlich über das Geländer der Empore geschleudert. Überall splitterte Holz und Glas, Menschen schrien und Blut besudelte die seidenen Sitzkissen. Dave hatte von Salven- auf Automatikfeuer umgestellt und strich mit seinem Mündungsfeuer von links nach rechts über Jades Männer, die reihenweise umfielen oder in Deckung gingen. Dave war zielsicherer und weitaus schneller als die meisten Runner in Seattle. Er selbst war in diesem Gefecht bisher nur an von den Panzerplatten in seinem Duster geschützten Körperstellen getroffen worden, aber wenn er hier nicht bald rauskam, würde sich das allzu schnell ändern. Dave schwang sich über das Geländer und rutschte an einer von teuflischen Fresken bedeckten Säule hinunter auf die Tanzfläche. Dort herrschte das blanke Chaos. Menschen fielen übereinander, wurden zertrampelt oder zertrampelten andere. Kugeln peitschten über ihre Köpfe, viele wurden auch getroffen, sei es durch Querschläger, sei es durch schlecht gezielte Schüsse auf Dave. Dave feuerte zurück, während er auf den Ausgang zulief. Langsam ging seine Munition zur Neige. Er stürzte an Loki und It vorbei und riss bei seiner Flucht noch ein elfisches Pärchen um, das zusammen mit einem Ziegenbock gerade das PandNEONium betreten wollte. Dave blieb gerade noch Zeit, seine verbleibende Munition am Display der Urban abzulesen, während er sich bestimmt und offenkundig ekelte. Angewidert rannte er zu seiner Harley Scorpion, schwang sich in den Sattel und gab Gas. Er preschte über den Parkplatz auf die Ausfahrt zu – seine Verfolger waren ihm zu Fuß auf den Fersen. Dave schaffte es noch bis zur gegenüberliegenden Straßenseite, dann riss ein Feuerstoß ihn und die Scorpion zu Boden. »Verdammt!«, dachte Dave, während er sich sein schmerzendes Knie rieb, das er sich beim Sturz angeschlagen hatte.

Er humpelte in eine der engen Gassen des fast verlassenen Häuserblocks, fünf Verfolger hinter sich, aber mit nur noch vier Kugeln in seiner Urban Combat Smart. Dave warf einen großen Müllcontainer hinter sich um, was ihm Dank seiner biotechnischen Muskelverstärkung recht leicht fiel. Danach lief er so gut und schnell es eben ging weiter die schmale Nebenstraße entlang. Er schaltete den Feuermodus der MP wieder um. Jetzt blieb ihm nur die Chance, möglichst viele Gegner mit gezielten Einzelschüssen auszuschalten. Nach ungefähr dreißig Metern hielt er an. Er drehte sich um und zielte auf die näherkommenden Verfolger. Er drückte dreimal ab und zwei von Jades Häschern fielen mitten im Lauf um. Trotzdem war keine Kugel verschwendet, da Daves Körper über eine Smartverbindung verfügte. Diese Cyberware ermöglichte ein besseres Anvisieren und hatte zusätzlich den Vorteil, dass Kugeln, die nicht ins Ziel gehen würden, erst gar nicht den Lauf der Waffe verließen – vorausgesetzt, die verfügte wie Daves Urban Combat Smart über den entsprechenden Adapter. Neben Dave brachen dicke Brocken Bauplast aus der Wand und das war das Zeichen, seine Flucht besser fortzusetzen. Sein Knie pochte, aber er hatte keine Zeit, sich um die stechenden Schmerzen zu kümmern. Dave rannte in die nächste Seitenstraße und stellte mit Entsetzen fest, dass er in eine Sackgasse geraten war.

Er stand vor einer Wand und hinter ihm waren schon die Stimmen der Verfolger zu hören. In seinem Schädel hämmerte es. Dann nahm Dave Anlauf und sprang an eine hochgezogene Feuerleiter. Er erreichte sie nur knapp, konnte sie aber sicher greifen. Schnell zog er sich an ihr hoch und kletterte weiter auf das Dach einer abbruchreifen Lagerhalle. Von oben blickte er auf die eintreffenden Verfolger hinab und stellte fest, dass es It, Loki und Acid, eine überaus unfreundliche und halb irre Killerelfe, waren. Dave mochte sie noch weniger als Loki und deshalb schoss er ihr auch zuerst in den Kopf. Zu einem weiteren Schuss kam es vorerst nicht, da Loki und It, erschrocken über Acids plötzliches Ableben, mit ihren schweren Pistolen das Dach abdeckten. Ein Querschläger streifte Daves Schläfe, aber außer einem mehrere Minuten andauernden Pfeifen in seinem Ohr trug er keine weiteren Verletzungen davon. Blinky humpelte weiter und hatte fast die Mitte des Daches erreicht, als dessen morsche Balken unter ihm nachgaben und er mitsamt einer ordentlichen Ladung Bauschutt in das obere Stockwerk stürzte.

Ihm tat alles weh und er befürchtete, dass sein linker Arm gebrochen war. Den würden die Ärzte von DocWagon™ aber schnell richten können, falls er es noch lebend in eine ihrer Kliniken schaffte. Über ihm steckte It neugierig den Kopf in das Loch im Dach. Er wollte sehen, ob sich Dave auch wirklich alle Knochen gebrochen hatte. Dave hatte aber über den rechten Arm noch die volle Kontrolle und deshalb fiel es ihm leicht, It die letzte ihm verbliebene Kugel in den Schädel zu jagen. Stöhnend ließ er seine Urban geräuschvoll neben sich zu Boden fallen. Nun konnte er nur noch warten, aber er hatte auch gar keine Lust mehr, wegzulaufen.

Sein ganzer Körper schmerzte und tat es noch mehr, als er die widerliche Fratze von Loki an der Öffnung des Daches erblickte. Der grimmig dreinblickende Troll rutschte an den Rand des Lochs und ließ sich langsam herunter. Er war so groß, dass er fast an die Decke des hohen Raumes stieß und wirkte aus der liegenden Position, in der sich Dave befand, noch gewaltiger. Loki zog sich das verstaubte Jakkett aus und legte es sorgfältig beiseite. Während er sich die Hemdsärmel hochkrempelte, sah er Dave böse lächelnd an und sagte: »Blinky, du dämliche Missgeburt. Schlimm genug, dass du dich mit Jade anlegen musstest, aber das mit It nehme ich persönlich. Ich werde dir jetzt die Arme ausreißen, genauso, wie er es gewollt hätte.«

Dave behagte dieser Gedanke absolut nicht. »Loki, mach keinen Mist, wir können doch über alles reden!« Loki aber kümmerte sich nicht um seine versöhnlichen Worte. Er zog Dave unsanft an den Armen hoch und sah ihm ins Gesicht. »Du Loki…«, begann Dave.

»Was willst du noch, du jämmerlicher Wurm, etwa letzte Worte sprechen oder so?«, herrschte der Troll ihn an.

»So ungefähr. Schau mir in die Augen, Kleines«, sagte Dave und Loki fiel um wie ein nasser Sack - in die Stirn getroffen von der kleinkalibrigen Kugel aus der Cyberimplantatwaffe, die sich Dave, genannt Blinky, hinter dem linken Auge hatte einsetzen lassen. Heute war er dadurch noch einmal mit dem Leben davongekommen, aber wer zum Teufel würde jetzt diesen fetten Troll von ihm herunterziehen …?

Kapitel 5

Viel zu schnell jagte der dunkle Eurocar Westwind durch den strömenden Regen. Die Landstraße war nass und der Mond spiegelte sich in tiefen Pfützen. Obwohl die Scheibenwischer des Wagens unablässig arbeiteten, konnte Dr. mag. herm. Beowulf Meineid nur mit Mühe die Fahrbahn ausmachen. Gutes Wetter, um zuhause im Schaukelstuhl zu sitzen und arkane Schriften zu studieren. Bei einer Tasse Tee vielleicht, oder ein paar Gläsern alten Whiskys. Die Füße in wärmenden Pantoffeln, ein hübsches Feuerchen im Kamin und eine gute Pfeife im Mund. Der Zwerg seufzte laut auf. Er bereute, dass er sich zu so später Stunde noch draußen herumtrieb. Früher, als er noch den Lehrstuhl für Alchemie und Beschwörungen an der Universität Heidelberg innegehabt hatte, hätte er einen Mitarbeiter damit beauftragt, aber heute musste er ja alles selber und auf eigene Kosten machen. Diese Ignoranten hatten ihn vor die Tür gesetzt – gefeuert, weil sie den Wert seiner Arbeit nicht zu schätzen wussten. Dass Beowulf bei einem seiner Experimente einen nicht geringen Teil der Bücherei und eine Etage der Fakultät niedergebrannt hatte, war nur ein Vorwand gewesen, dessen war er sich völlig sicher. Auch jetzt wurde der Zwerg noch puterrot im Gesicht, wenn er an die erlittene Schmach dachte.

Beowulf war Ende 40, gerade 1,20 m groß und etwas pummelig. Er hatte schwarz-graues Haar, einen kleinen Spitzbart und braune Augen. Meist trug er jetzt karierte Oberhemden, Pullunder und dunkle Anzugshosen. Früher hatte er immer vornehme Anzüge getragen, war stets sehr gepflegt und auf sein Äußeres bedacht gewesen, aber mittlerweile sah er eher etwas schlampig aus. Der Verlust des Lehrstuhls hatte ihn hart getroffen und Beowulf hatte sich wütend in seine Forschungsarbeit gestürzt, um alles zu vergessen. Er redete sich selbst ein, dass es ihm so viel besser gefiel, aber tief im Inneren sehnte der kleine Magier sich doch gewaltig nach der Zeit in Heidelberg zurück.

Seine Forschungen hatten ihn momentan in die Nähe Warschaus verschlagen.

Beowulf arbeitete ab und zu als magischer Leibwächter oder auch als Exorzist, um an das nötige Kleingeld zu kommen. Deswegen war es mitunter nützlich, seine Wehr-haftigkeit zu verstärken und Beowulf hatte in einer mittel-alterlichen Schrift einen Hinweis auf einen Waffenfokus gefunden. Es handelte sich dabei, soweit er das Latein hatte auslegen können, um ein römisches Kurzschwert, mit dem ein Centurio gegen lebende Tote gekämpft hatte. Nach dem Tod des Soldaten war das Schwert über Umwege zu einer kleinen Dorfkirche außerhalb Warschaus gelangt. Ein böhmischer Kaufmann, der in der Kirche beerdigt worden war, hatte es wohl mit ins Grab genommen. Beowulf hoff-te es zumindest, denn ansonsten hätte er ja zuhause bleiben können. Der Regen war noch schlimmer geworden und der Zwerg überlegte, ob er jemals zuvor in einen solchen Schauer geraten war. Er entschied sich für ein eindeutiges ›Nein‹, das er aber kurz darauf überdenken musste, als der Regen noch schlimmer wurde.

Bald darauf fuhr der Wagen die bewaldeten Hügel in das Tal hinab, in dem das verschlafene Dorf und die alte Kir-che lagen. Beowulf hatte vor seinem Ausflug zweimal mit dem örtlichen Pfarrer telefoniert. Sein Polnisch war zwar eher mäßig, trotzdem hatte er schnell mit dem sehr zuvor-kommenden Priester eine Absprache über ein Zimmer und ein paar warme Mahlzeiten treffen können. Die Menschen hier waren freundlich und anständig, das hatte Beowulf schnell festgestellt. Der Priester hatte ihm eine genaue Anfahrtsbeschreibung gegeben und auch weitere Hilfe bei Beowulfs Studium der Dorfgeschichte angeboten. Gut, Beowulf hatte nicht vor, etwas anderes als die Gräber in der Kirche genauer zu studieren, aber er hatte ja schlecht erklären können, dass er nur ein paar Särge öffnen wollte.

Es gehörte wohl auch nicht zum guten Ton, Pfarrer und Dorfbewohnern eine Reportage im Trideo zu versprechen, aber der Zweck heiligte die Mittel.

Wenig später strich der Westwind um einige eng aneinander geschmiegte Bauernhäuser, die an ein eingezäuntes Feld angrenzten. Zwei alte, knorrige Eichen und ein leerer Holzkarren rundeten das Bild des ländlichen Lebens ab. »Undine!«, sprach Beowulf laut aus und im Regen der Nacht erschien eine Gestalt mit den Umrissen einer unbekleideten Frau. Sie glitzerte und das Mondlicht spiegelte sich auf ihrer durchsichtigen Oberfläche. Undine war ein von Beowulf beschworener Wasserelementar, der ihm nach Wunsch jeder Zeit zu Diensten sein musste. Beowulf behandelte Undine pfleglich und achtete darauf, ihr stets mit Höflichkeit zu begegnen. Dass er sie nun erscheinen ließ, um die herabprasselnden Regenfluten von ihm fernzuhalten, während er sich auf den Weg ins Pfarrhaus machte, war nicht etwa respektlos, sondern eine angenehme Abwechslung für den Elementar. Undine war eine Anima, was bedeutete, dass der Elementar so etwas wie eine weibliche Persönlichkeit entwickelt hatte. Auch ihren Namen hatte sie sich selbst gegeben und Beowulf wäre der letzte gewesen, der sich über ihre bevorzugte Weiblichkeit beklagt hätte. Er war im Umgang mit Frauen immer sehr zurückhaltend, ja schüchtern gewesen, aber bei Undine war es etwas anderes. Sie gab ihm das Gefühl, etwas Besonderes zu sein, sie tat was er wollte, oft auch ohne einen konkreten Befehl erhalten zu haben. Außerdem, und das würde er niemals auch nur irgendjemandem erzählen, war er heimlich verliebt in sie. Undine selbst schien auch so etwas wie Sympathie für ihn zu empfinden und manchmal flirtete sie sogar offen mit ihrem Meister.

Jetzt schwebte sie etwa 30 Zentimeter über ihm in der Luft und aalte sich vergnügt im Regen, den sie dadurch gleichzeitig von Beowulf abhielt. Der Zwerg stapfte so geschützt auf das freistehende Pfarrhaus zu, dessen Lichter bereits erloschen waren. Er hatte seinen Besuch eigentlich für den kommenden Morgen angekündigt, aber Beowulf hatte es zuhause in Dresden nicht länger ausgehalten. Er war viel zu gespannt auf das antike Schwert und seine magischen Kräfte gewesen, als dass er noch länger hätte warten können. Er hatte seine Reise früher begonnen und es versäumt, dem Priester rechtzeitig Bescheid zu geben. Nun stand er vor verschlossenen Türen.

»Einfach grandios, Beowulf«, sagte er missmutig zu sich selbst. Er sah sich verloren um und überlegte. Den Pfarrer wecken konnte er nicht so einfach, das war ihm dann doch zu unhöflich. Also beschloss Beowulf, sich etwas im Dorf umzusehen, um vielleicht noch irgendwo anders einen freundlichen Empfang zu bekommen. Er ging weiter und sah tatsächlich schon bald einen schwachen Lichtschein. Als er näher kam, bemerkte Beowulf etwas erstaunt, dass das Licht aus einer Scheune und nicht aus einem der Wohnhäuser kam. Überrascht und erfreut lief er auf das große, langgestreckte Gebäude zu. Er entließ Undine, öffnete die Tür, schlüpfte hinein und schloss sie schnell wieder, um den starken Regen draußen zu halten. Danach blickte er mit blinzelnden Augen in das hell erleuchtete Innere der Scheune.

Eine gewaltige Tafel nahm fast den gesamten Mittelteil des Gebäudes ein und wahrscheinlich das ganze Dorf saß hier versammelt und hatte bis zu Beowulfs Eintreten gegessen und getrunken. Jetzt glotzten die Dorfbewohner ihn mit einer Mischung aus Erstaunen und etwas anderem an, das Beowulf zunächst nicht einordnen konnte. Als er dann allerdings die am Kopf der Tafel sitzende, riesige, weiß behaarte Gestalt im Priestertalar sah, erkannte er, dass es Hunger und Mordlust waren.

Die Kreatur war ein Wendigo, ein menschenfressendes Wesen, welches das Erwachen - neben einigen anderen unfreundlichen Überraschungen - mit auf die sechste Welt geworfen hatte. Wendigos gründeten Geheimgesellschaften,

indem sie sich mittels ihrer Magie Personen durch gemein-
samen Verzehr von Menschenfleisch untertan machten.
Wendigos galten als nahezu unverwüstlich, unsterblich,
stark und bösartig. Und das wirklich Allerschlimmste war,
dass sie auch Zwerge fraßen. Beowulf riss die Scheunentür
wieder auf und lief los. Die schreiende Dorfbevölkerung
war ihm bald dicht auf den Fersen.

Nach einer kurzen Hetzjagd durch das Dorf erreichte der
inzwischen durchnässte Zwerg nur knapp vor dem kreischenden Mob und dessen grausamem Anführer die kleine
Kirche. Gerade noch konnte er ihre Tore schließen und sie
von innen verriegeln, bevor die ersten Schläge auf das alte
Holz trafen. Beowulf war völlig aus der Fassung geraten.
Er hatte den Dr. mag. herm., ja, er hatte auch das bei vielen
noch angesehenere Diplom, aber was hier vor sich ging war
nichts für einen Theoretiker, wie er eigentlich einer war.
Unter Stress hatte er nie besonders gut arbeiten können, er
litt sogar unter Prüfungsangst, und jetzt, wo es darauf an-
kam, wollte ihm keine der vielen Zauberformeln einfallen,
die ihm nun hätten hilfreich sein können. Vielleicht ein
Feuerblitz oder ein Regen aus Säure? Oder sollte er Eis und
Schnee auf die wütende Horde Kannibalen hageln lassen?
Beowulf wusste es einfach nicht.

Da brachen auch schon die Toren aus den Angeln und
die vom Wahnsinn gezeichnete Menge strömte in das Kir-
chenschiff. Es waren einfache Leute, Männer und Frauen,
wahrscheinlich größtenteils Bauern und Handwerker. Nur
die Magie des Wendigos hatte sie verdorben und aller
Menschlichkeit beraubt. Sie waren bereits auf wenige Meter an Beowulf heran und ihr Anführer im Priestergewand
brüllte, einem Feldherrn gleich, hinter ihnen Befehle, als
sie plötzlich wie angewurzelt stehen blieben. Sie ruderten
zwar mit den Armen und schrien noch immer, aber sie bekamen die Füße nicht mehr vom Boden. Beowulf hatte sie
mit seinem Zauber praktisch festgenagelt. Dumm war nur,
dass sich der Wendigo selbst wenig beeindruckt von diesem

magischen Kunststück zeigte. Grimmig aus rot leuchtenden Augen auf ihn herabsehend und nach Tod und Verwesung stinkend kam er unaufhaltsam auf Beowulf zu.

»Undine!«, rief der Zwerg mit lauter Stimme und sofort erschien der Wasserelementar, um sich direkt auf die riesige Kreatur zu stürzen. Obwohl Undine ein mächtiger Gegner war, schien der Wendigo trotzdem bald die Oberhand zu gewinnen, denn jedes Mal, wenn er eine Verletzung davontrug, schloss sich die Wunde in Windeseile wieder. »Meister, das Schwert«, hörte Beowulf die Gedanken Undines in seinem Kopf zu Worten werden, und der Zwerg rannte los. Bald schon rutschte er über den blanken Steinboden in der Nähe des Altars und suchte das richtige Grab.

Die Kämpfenden kamen immer näher und es schien so, als könnte Undine den gewaltigen Menschenfresser nicht mehr lange aufhalten. Schließlich aber hatte Beowulf die gesuchte Grabplatte entdeckt. Er zog und zerrte an ihr, ohne sie auch nur Zentimeter bewegen zu können. Hinter ihm ertönte das Brüllen des Wendigos. Dadurch angespornt, besann Beowulf sich auf einen telekinetischen Zauber, mit dem er die Platte doch noch beiseite schieben konnte.

Er sprang in das Grab und entging dadurch, wenn auch unbeabsichtigt, einem wahrscheinlich sonst tödlichen Prankenhieb des Wendigos. Beowulf kniete sich hin und brach mit den Händen das verfaulte Holz des Sarges auseinander. Irgendwo hier musste das Schwert doch stecken. Über ihm tastete der lange Arm des Wendigos nach seinem Körper und die scharfen Krallen des Menschenfressers kratzten über die abfallenden Wände des Grabes.

Die Kreatur heulte auf, als Beowulf ihr mit dem Kurzschwert auf den Unterarm schlug, aber das hinderte sie nicht daran, ihn zu packen und auf den harten Stein des Kirchenbodens zu schleudern. Der Wendigo blutete und der Schnitt in seinem Arm schloss sich langsamer, als es bei den vorherigen Wunden der Fall gewesen war. Trotzdem war die Verletzung nicht schwer, denn Beowulf war nicht besonders kräftig und im Schwertkampf auch nur wenig bewandert. Er hatte sich gerade mit schmerzenden Knochen wieder vom Boden erhoben, als sein nach Fäulnis stinkender Gegner bereits wieder über ihm war.

Beowulf wäre sicher durch den gewaltigen Tritt zerquetscht worden, wenn er nicht gerade noch flink zwischen den muskulösen Beinen des Wendigos hindurchgetaucht wäre. Beinahe schwerfällig drehte sich der behaarte Riese nach dem flüchtenden Zwerg um und verfolgte ihn dann mit großen Schritten bis zu einer Nische, aus der es für diesen keine weitere Fluchtmöglichkeit mehr gab. Beowulf saß in der Falle und musste mit Entsetzen ansehen, wie der Wendigo mit einem widerlichen Grinsen auf ihn zukam. Auf Polnisch sagte der Menschenfresser zu Beowulf: »Ich weiß, es mutet wie Dekadenz an, aber ich habe nun einmal einen verwöhnten Gaumen. Ich bilde mir ein, dass das Fleisch von Menschen, durch deren Adern Mana geflossen ist, besser schmeckt als das von nicht magisch Aktiven. Ihr Besuch kam mir daher sehr gelegen, Dr. Meineid. Es wird mir ein besonderes Vergnügen sein, Sie zu verspeisen.«

Beowulf schauderte; der Priester, den er angelogen hatte, war in Wahrheit ein Wendigo und dieser würde ihn jetzt fressen. Was hatte er denn in seinem Leben Schlimmes getan, dass solche Dinge immer ihm zustoßen mussten?

»Meister, ich bin bei dir!«, hörte er nur kurz, bevor Undine ihn mit der geballten Kraft einer tosenden Welle erfasste und ihn mitsamt des ausgestreckten Schwertes auf den erschreckten Wendigo schleuderte. Die blanke Klinge bohrte sich in dessen Brust und er und Beowulf gingen gemeinsam zu Boden.

Das antike Schwert steckte nun bis zum Griff im Körper des Wendigos. Er röchelte und spuckte Blut, während er Beowulf aus großen Augen ansah. Er schien nicht zu verstehen, was da gerade mit ihm geschehen war. Der Kannibale war wohl zu lange nicht in eine für ihn wirklich gefährliche Situation geraten. Seine augenscheinliche Unsterblichkeit hatte ihn alle Vorsicht vergessen lassen. Der Wendigo starb nun schnell, da ihn die Magie des Schwertes aller Kraft beraubt hatte. Selbst die Unsterblichkeit konnte bezwungen werden.

Das Dorf war damit von seinem Fluch erlöst und seine Bewohner schienen langsam aus einem langen, unsäglichen Albtraum zu erwachen. Dr. mag. herm. Beowulf Meineid war letztendlich doch wieder einmal zufrieden mit sich und der Welt um ihn herum. Schließlich schien seine Undine ihn wirklich zu mögen.

Kapitel 6

Nachtwind drückte sich schnell in den Schatten eines der Bäume am Straßenrand. Der Wagen des örtlichen Sicherheitsdienstes fuhr langsam an ihm vorbei, ohne dass der schwarz gekleidete Elf entdeckt worden wäre.

In den besseren Vierteln Seattles gab es neben der Polizei immer noch zusätzliche Augen, die nach vermeintlichen Kriminellen und anderen unerwünschten Subjekten Ausschau hielten. Nachtwind war es eher angenehm, wenn er in solchen Gegenden arbeitete, denn organisierten Sicherheitsprozeduren war leichter auszuweichen als den Gefechten rivalisierender Straßengangs oder durchgeknallten Chipheads, die in der einen Hand die Bibel und in der andern eine Kettensäge hielten.

Nachtwinds Arbeit war Wetwork, er tötete Menschen und er war gut darin. Er war ein Killerelf und so schlüpfrig und elegant, wie man es im Allgemeinen von einem elfischen Killer erwartete. Manchmal mietete man ihn auch für Raub, Diebstahl, Terrorismus oder Kidnapping, aber im Töten lag seine wahre Berufung.

Er sah sich manchmal als eine Art Künstler. Nachtwind erschlug niemanden brutal oder schoss einem mit der Schrotflinte den Kopf von den Schultern. Nein, er bevorzugte gezieltes und sauberes Vorgehen. Ein Schuss zwischen die Augen aus 10 oder auch 100 Metern Entfernung, ein schneller Schnitt mit der kybernetischen Handklinge, der Giftpfeil aus einer Gasdruckpistole oder auch einfaches Erwürgen ohne Aufsehen waren sein Gebiet. Keine Detonationen, kein Geschrei, keine Zeugen.

Dadurch hatte sich Nachtwind einen Namen gemacht, auch wenn niemand wusste, wie der Killerelf, der unter diesem Namen arbeitete, aussah. Der schlank gewachsene Elf war über 1,90 m groß und hatte langes schwarzes Haar. Er war sehr kräftig, obwohl man es ihm nicht sofort ansah.

Das war Nachtwind auch lieber so. Er achtete sehr genau darauf, in keiner Weise aufzufallen. Ruhm oder Anerkennung, die man mit seinem Gesicht verbinden konnte, wollte Nachtwind nicht. So war er sicher vor Attacken seiner Neider, der Polizei, Verwandten oder Freunden seiner Opfer und auch vor immensen Unterhaltszahlungen an seine zwei Ex-Frauen, die immer noch glaubten, er sei ein kleiner Angestellter mit niedrigem Gehalt. Seine wirkliche Arbeit hatte Nachtwind reich gemacht. Er besaß zwei Wohnungen in Seattle und eine kleine Segeljacht, aber den Großteil seines Reichtums trug er im oder am Körper.

Nachtwind war stark vercybert und ebenfalls mit allerlei tödlichem Spielzeug auf rein biologischer Basis ausgestattet. Darüber hinaus verfügte er über ein beachtliches Arsenal von Schuss- und Nahkampfwaffen. Kostspielige ›Werkzeuge‹ aus UCAS- und anderen Armeebeständen, technische Meisterwerke aus diversen Konzernlaboren und die Erfindungen der besten Büchsenmacher der sechsten Welt waren sein Eigentum geworden.

Sein heutiger Job war 75.000 Nuyen wert. Wie er sie ausgeben wollte, stand auch schon fest, denn er erwartete eine baldige Lieferung aus einem Prager Hinterhof. Sein Opfer hieß Eliza Young und war eine kleine Programmiererin bei der Stadtverwaltung. Sie hatte etwas zu weit über den Tellerrand ihres Arbeitsbereiches hinausgeblickt und sich in Datenbanken gedeckt, die Nachtwinds jetzigem Auftraggeber gehörten. Dabei hatte sie wertvolle Daten entwendet, die nicht für sie oder die Öffentlichkeit bestimmt waren. Deshalb sollte Nachtwind sie wiederbeschaffen und Ms. Young töten. Mit beiden Vertragspunkten hatte er keine Schwierigkeiten gehabt und den Job zu den üblichen Konditionen angenommen.

Ms. Eliza Young war 29 Jahre alt, nur 1,60 groß und hatte einen knabenhaften, drahtigen Körperbau. Sie hatte kurze braune Locken, eine Stupsnase und ein paar hübsche

Grübchen an den richtigen Stellen im Gesicht. Sie verließ selten ihre kleine Wohnung und erledigte auch ihre Arbeit am heimischen Cyberterminal.

Nachtwind wusste nichts Genaues über ihre Hobbys und Vorlieben, nur das, was er den Schriftzügen auf den verschiedenen Lieferwagen hatte entnehmen können, die im Laufe des vorherigen Tages vorgefahren waren. Sie aß wohl gerne italienisch und bestellte ihre Kleidung im Katalog, aber mehr war durch bloßes Beobachten nicht herauszufinden.

Was Nachtwind ebenso störte wie gefiel war, dass Ms. Young so wie er die anfallenden Haushaltsabfälle verbrannte, bevor sie in den Container wanderten. So blieb auch da nichts übrig, was man hätte untersuchen können. »Wer bist du, Eliza Young?«, fragte Nachtwind sich. Sie las auch genau wie er das Paranoia-Forum und in einem anderen Leben wären sie vielleicht aneinander interessiert gewesen. Vielleicht hatten sie auch dieselben Hobbys, aber hier und jetzt war das irrelevant. Nachtwind würde sie töten, wie er es schon mit vielen anderen, auch attraktiveren Frauen getan hatte.

Die nächste Wachdienststreife würde erst in 12 Minuten auftauchen, mehr als genug Zeit für ihn, in die Wohnung der Programmiererin einzudringen und sie mit einem exakten Schuss auszulöschen. Nachtwind lief in gebeugter Haltung zu der kleinen Mauer, die das Mehrfamilienhaus umgab. Er benutzte zwei mattlackierte Greifeisen aus Duraplast, um das 4 Meter hohe Hindernis geräuschlos zu überwinden. Die Mauern der heutigen Zeit waren höher und stabiler, als sie es noch vor rund 50 Jahren gewesen waren, denn es gab zuviel, was mit dem Erwachen an Stärke, Gestalt und Gemeinheit gewachsen war.

Hinter der Mauer erstreckte sich ein Garten mit Rosensträuchern, ein paar weißgestrichenen Holzbänken und einem kleinen Swimmingpool. Nachtwind huschte über die freie Fläche zum Wohnhaus hinüber. Dort angekommen, entfernte er ein paar Schrauben an einem vergitterten Kellerfenster, öffnete dieses mit einem Diamantschneider und ließ sich vorsichtig in die Dunkelheit hinabgleiten. Für ihn allerdings barg sie keinerlei Geheimnisse. Nachtwinds kybernetische Modifizierungen ließen die Schwärze zu Tageslicht werden und klärten ihn ebenso über Temperatur, Feuchtigkeit und anwesende Gase auf. Nachtwind wusste immer genau, wo er sich befand.

Schnell machte er sich daran, in den 2. Stock zu gelangen. Er benutzte das Treppenhaus, um nicht in einem der beiden Fahrstühle fahren zu müssen. Nachtwind litt etwas unter Platzangst, was auch daran lag, dass er in einem Fahrstuhl nicht die nötige Freiheit hatte, um einem möglichen Angriff auszuweichen.

Bei der Informationssuche vor der Vorgehensplanung hatte der Elf herausgefunden, dass diese Treppen nicht von der Sicherheit des Gebäudes überwacht wurden. Das hatte genau in seine Planung gepasst und erleichterte das gesamte Unterfangen beträchtlich. Bald war Nachtwind an der Wohnungstür angekommen, vor der weder Fußmatte noch Namensschild vorhanden waren.

Mit einem Handsensor, den er aus Israel hatte importieren lassen, checkte er die in der Tür befindliche Elektronik. Es war eine ganze Menge, aber Menschen, die das Paranoia-Forum lasen, legten im Allgemeinen sehr viel Wert auf ihre persönliche Sicherheit – Nachtwind eingeschlossen. Mit einer Keramikspritzpistole verteilte er an verschiedenen Stellen vorsichtig etwas Säure, die sich blitzschnell durch Plastikstahl und Elektronik fraß. Die Tür ließ sich nun bedenkenlos öffnen. Nachtwind hatte das schon oft so gemacht.

Vorsichtig betrat er die Wohnung und es überraschte ihn etwas, dass Ms. Young anscheinend noch nicht oder nicht mehr schlief. Es war vier Uhr morgens, aber aus dem Badezimmer hörte er klassische Musik und das Rauschen der Dusche. Nachtwind spannte sich und Adrenalin pochte durch seinen ganzen Körper. Er war bereit, seine Arbeit zu erledigen. Er zog die nach eigenen Wünschen modifizierte Heckler & Koch 227s Maschinenpistole und näherte sich langsam der Tür, hinter der die Musik erklang. Es war irgendetwas von Mozart, glaubte er zu erkennen. Ruhig und irgendwie erhaben, nichts für den Killerelfen. Er stand auf Pain-Metal, das nur mit kybernetischen Dämpfern in den Ohren zu ertragen war. Bunny Deluxe und ihre beiden Begleiterinnen Panda-Girl und NiXe beispielsweise brachten das Blut so richtig zum Kochen. Schnelle Musik und schnelles Handeln, das war Nachtwinds Welt.

Mit der Fußspitze schob er langsam die Badezimmertür auf. Der Raum war hell gefliest und vornehm eingerichtet. Eine große Badewanne mit chromfarbenen Armaturen, zwei Waschbecken, zwei Toiletten und eine riesige Spiegelwand nahmen den größten Teil des Bads ein. Direkt neben der Marmorwanne war die mit durchscheinenden Vorhängen versehende Duschkabine in die Wand eingelassen. Überall lagen Wäschestücke, Einwickelpapiere von Soyriegeln und etliche leere Dosen Paramalz. Hier herrschte gepflegtes Chaos, aber die Jungs von Lone Star würden später auf der Suche nach Spuren sowieso alles aufräumen.

Hinter dem Duschvorhang sah Nachtwind die Umrisse einer nackten Frau, die sich ausgiebig wusch. Augenscheinlich war es Ms. Young, aber der Killerelf war in seinem Job nicht so weit gekommen, indem er sich auf das Augenscheinliche verließ. Nachtwind trat vorsichtig an den Vorhang und wollte ihn beiseite ziehen, um sein Opfer zu erledigen, aber er kam nicht mehr dazu.

Vollautomatisches Salvenfeuer erfasste seinen Körper und riss ihn herum. Immer wieder schlugen panzerbrechende Projektile in ihn ein, bis er schließlich tot zu Boden fiel. Immer noch feuernd trat Eliza Young aus der Dusche. Sie hörte erst auf, als das Magazin ihrer Ingram Smartgun sie dazu zwang. Nass und zitternd stand sie über dem blutverschmierten Eindringling, der in ihrem Bad lag.

Paranoia konnte sich auszahlen. Über die von ihr angebrachten Kameras hatte sie den Weg des Killerelfen durch das Treppenhaus bis hinauf in ihr Bad verfolgt. Die Gebäudesicherheit war früher mäßig gewesen, und deshalb hatte Eliza sie gleich nach dem Einzug in tagelanger Nachtarbeit persönlich aufgewertet.

Sie hatte sich ihre MP gegriffen und war in die Dusche geflüchtet, weil ihr nichts Besseres eingefallen war, um den Killer abzulenken. Sie hatte sich durch den Datendiebstahl mit gefährlichen Leuten angelegt und nun hatte man ihr die Rechnung dafür präsentiert. Jetzt hieß es die Daten schnell verkaufen und sich dann mit dem Geld ins Ausland absetzen. Bis dahin brauchte sie Schutz. Eliza warf sich einen Bademantel über und kontaktierte umgehend ihren Schieber Oz. Keine zehn Minuten später hatte sie ihr Cyberdeck und andere wichtige Dinge eingepackt und ihre Wohnung für immer verlassen. Die Jungs von Lone Star würden später auf der Suche nach Hinweisen keine Spur von ihr entdecken.

Kapitel 7

Eilig lief Dr. Soto den langen Gang hinunter, an dessen Ende sich der rote Fahrstuhl befand. Er hatte wieder dieses unangenehme Gefühl in der Magengrube, das sich immer meldete, wenn er in das oberste Geschoss des Nepal Centres musste. Vor dem Lift warteten zwei Sicherheitsgardisten in Vollrüstung und mit schweren Maschinengewehren. Soto zeigte ihnen seinen Ausweis und durfte anschließend seine persönliche Chipkarte durch den Leser des Magschlosses ziehen. Nach einem bestätigenden Retina-Vergleich öffneten sich die mächtigen Titanstahltüren des Lifts und er konnte eintreten. Hinter ihm schlossen sich die Türen des Fahrstuhls, der sich nun langsam in Bewegung setzte.

Der Lift war sehr groß und hätte bequem 20 Personen Platz für eine Stehparty gegeben. Seine Wände waren mit Teakholz verkleidet und die wenigen Tasten des Kontrollfeldes bestanden aus echtem Messing. Die breite Rückwand nahm ein hoher Spiegel ein, der zu beiden Seiten von Vasen mit prachtvollen weißen Orchideen eingerahmt wurde. Außerdem gab es drei gepolsterte Sitzbänke, die allerdings bei der kurzen Auffahrt nur selten genutzt wurden. Auch Dr. Soto stand lieber, obwohl ihm etwas schwindelig war. Ihm war mulmig, weil er daran dachte, was gleich mit ihm geschehen würde. Der in seinem Körper befindliche kybernetische Datenfilter würde sich beim Erreichen des obersten Stockwerkes einschalten, und Soto würde sich später an nichts mehr erinnern können, was von diesem Zeitpunkt an geschah. In Dr. Sotos Kopf machte es ›Klick‹ und die Türen des Fahrstuhls öffneten sich.

Hier war das Refugium Silkworms, des Präsidenten des Nepal Centres, des wichtigsten Tochterunternehmens von Kurashima-Takagema. Außer den beiden Eigentümern des

Großkonzerns, Mr. Kurashima und Mr. Takagema, kannte niemand Silkworm und es gab sowohl in der Geschäftswelt als auch in den Schatten viele Gerüchte um seine Person. Manche wussten zu berichten, dass er ein Oyabun der Yakuza, der japanischen Mafia, war. Andere glaubten, er sei ein mächtiger freier Geist. Manche sahen nach den Vorfällen in der Renraku-Arkologie in ihm auch eine KI, eine künstliche Intelligenz. Die Stimmen, die in Silkworm einen tot gehaltenen Rockstar oder Yetikönig vermuteten, hielten sich momentan ungefähr die Waage. Die meisten allerdings glaubten, dass sich hinter dem Namen ›Silkworm‹ ein östlicher Großdrache verbarg.

Silkworm selbst heizte die Diskussion zusätzlich an, indem er immer wieder eigens verfasste Vermutungen in die Weiten der Matrix lud. So blieb er stets im Gespräch, was sich positiv in den Bilanzen des Konzernimperiums niederschlug. Außerdem ließ sich dieser Faktor des Unbekannten oft gut in geschäftliche Verhandlungen einbringen. Wer würde schon versuchen, einen vermeintlichen Großdrachen oder die Yakuza zu betrügen?

Nur höchst selten und nur zu besonderen Anlässen verließ Silkworm seine Räume im Centre. Es machte ihm aber nicht viel aus, in seiner Freiheit eingeschränkt zu sein. Sein Refugium war riesig und bot jeden nur erdenklichen Luxus. Zusätzlich zu den aufwändig gestalteten Wohnräumen gab es einen wunderschönen Garten mit einem künstlichen Bach und einem Holzpavillon im asiatischen Stil, auf dessen Dach sich oft echte Singvögel niederließen. Ein kleiner Strand und ein Wäldchen mit japanischen Kirschbäumen gehörten ebenfalls zu seinem Lebensbereich.

Im Moment saß Silkworm in seinem Kommunikations- und Arbeitsraum, an dessen Wänden Dutzende von Bildschirmen befestigt waren, von denen jeder ein anderes Bild zeigte. Als Dr. Soto eintrat, betrachtete Silkworm gerade die Übertragung eines chinesischen Spionagesatelliten, der den brutalen Angriff von Terroristen auf ein russisches Bergdorf zeigte. Die vermummten Angreifer schossen auf alles, was sich bewegte. Sie mordeten wahllos, Männer, Frauen und Kinder. Es war ein Vergeltungsschlag dafür, dass die Regierung einen der Anführer der Terroristen hingerichtet hatte. Die Bergbauern waren nur zufällig in diesen Konflikt hineingeraten. Doch der Zufall konnte tödlich sein, das wusste Silkworm.

Er wendete sich von den blutigen Geschehnissen ab und konzentrierte sich nun ganz auf Soto. Wie üblich erstarrte dieser beim Anblick seines Vorgesetzen. Silkworm setzte seine besonderen Kräfte ein und beruhigte den Geist des Japaners. »Sir, ich habe wichtige Neuigkeiten«, sagte dieser nun recht gefasst. »Die Gegenseite hat den Diebstahl ihrer Daten bemerkt. Ms. Young steht unter Druck. Sie muss untertauchen und deshalb schnell verkaufen. Das heißt, wir können den Preis drücken.«

»Natürlich«, antwortete Silkworm. »Ich selbst habe dafür gesorgt, dass sie ihre Häscher nach der werten Ms. Young aussenden. Überweisen sie ihr eine halbe Million Nuyen Vorschuss auf eines ihrer geheimen Konten. Sie soll ein paar gute Shadowrunner zu ihrem Schutz verpflichten, bis wir das Geschäft abwickeln können.«

»Ja, Sir, wird sofort erledigt.«

Dr. Soto nahm den Datenchip mit den ihm eben erteilten Instruktionen an sich und wollte bereits wieder gehen, doch Silkworm hielt ihn zurück. »Schicken Sie Nazareth nach Seattle. Er wird für den Erfolg des Unternehmens sorgen.«

»Sir, meinen Sie nicht, dass der Einsatz von Nazareth in einer Großstadt wie Seattle zu riskant ist?«

»Wenn wir ein Produkt verkaufen wollen, muss es im Vorfeld auch ausgiebig getestet werden. Machen Sie alles genau so, wie ich es Ihnen aufgetragen habe, Dr. Soto!«

»Jawohl, Sir, es wird alles Ihren Wünschen gemäß ausgeführt werden.«

Soto verabschiedete sich höflich und verließ das geräumige Habitat Silkworms. Er konnte kaum glauben, was er eben erfahren hatte. Er musste es unbedingt jemandem erzählen. Loyalität hin oder her, die Öffentlichkeit musste informiert werden.

Dr. Soto zitterte, als er den Fahrstuhl mit einem Tastendruck in Bewegung setzte. Aufgeregt suchte er nach einem Stück Papier oder sonst etwas, auf dem er seine Gedanken festhalten konnte, doch zu schnell machte es ›Klick‹. Er hatte alles vergessen, was in den vorherigen Minuten geschehen war, und nur der Datenchip in seiner Jackentasche würde ihm verraten, was er auf Anweisung Silkworms zu erledigen hatte. Wie Silkworm wohl aussah?

Der Präsident des Nepal Centres wandte sich erneut den Monitoren zu. Nur wenige Augenblicke später studierte er das virtuell dargestellte schwarze Brett der Universität Seattle. Ah, sie hatten also tatsächlich den Hermetiker Dr. Meineid zu einem Gastvortrag eingeladen. Silkworm hatte sich sehr bemüht, das zu erreichen. Er hatte einige Nachrichten mit verschiedenen Absendern geschickt, die den Magier als Gast vorschlugen. Zusätzlich hatte er unter falschem Namen die gesamte Finanzierung des Aufenthaltes in Seattle übernommen. Der aus Deutschland stammende Dr. Meineid hatte seinen Informationen zufolge schon einige Male als magischer Leibwächter gearbeitet und brachte auch ansonsten einiges an Fachwissen mit, was Ms. Young wohl noch nützlich sein konnte. Silkworm verfasste einen kurzen Artikel, den er anschließend an die Herausgeber des Paranoia-Forums abschickte. Die über die Matrix oder als Hardcopy verfügbare Zeitschrift würde jetzt die jüngsten Erlebnisse des Magiers in Polen drucken und Eliza Young würde schnell Notiz von ihnen nehmen. Silkworm kannte die Menschen und er wusste, nach diesem Artikel würde die Deckerin Dr. Meineid engagieren. Alles würde planmäßig verlaufen, dessen war er sich sicher.

Kapitel 8

Es würde heute sicher noch Regen geben. Er hatte es in den Knochen, auch wenn die Meteorologen Sonnenschein für die ganze Woche angekündigt hatten. Fox war sich dessen so sicher, weil heute sein Urlaub begann. Es war bisher noch immer so gewesen, dass mit diesen ohnehin schon knappen Tagen Ärger verbunden war.

Vor drei Jahren war seine damalige Freundin mit einem ach so ›sensiblen‹ Herzchirurgen durchgebrannt. Im Jahr danach war in einem Sommergewitter ein Baum auf seinen nagelneuen Saab Dynamite gestürzt und den gesamten letzten Urlaub hatte er statt wie erhofft mit Melanie Moon – einem vollbusigen Unterwäschemodell – mit einer Magen-Darm-Grippe im Bett verbracht.

Also genoss der britische Geheimagent seinen ersten freien Tag in diesem Jahr, indem er sich in seinem kleinen Haus in einem Vorort von London einschloss und sich alten irischen Whiskey schmecken ließ. Er saß auf dem Sofa und blickte aus dem Fenster hinaus in seinen Garten. Vielleicht sollte er Tomaten pflanzen. Ja, Tomaten waren eine gute Idee. Gleich morgen früh würde er in die Stadt fahren und Tomatenpflänzchen kaufen, dazu noch einen Sack Dünger, einen Spaten und was man sonst noch brauchte. Genau das würde er machen. Er würde bei strahlender Sonne im Garten arbeiten, schwitzen und sich von der hübschen neuen Nachbarin auf ein Glas Limonade in ihre Wohnung einladen lassen. Tomaten waren einfach eine tolle Sache.

Ein lautes Klingeln unterbrach ihn jäh bei der Urlaubsplanung. Natürlich, er hatte die Läden der zur Straße liegenden Fenster geschlossen, seinen Pieper ausgestellt und die Wohnungstür verriegelt, aber das Naheliegendste, nämlich sein Telekom, hatte er vergessen. Fox fluchte. Danach fluchte er erneut, weil er es nicht über sich brachte, das Telekom weiter klingeln zu lassen, und erst viel später würde er wieder fluchen und den Tag verdammen, an dem dieses Gerät erfunden worden war.

Nachdem Fox den Bildschirm aktiviert hatte, erschien das grinsende Gesicht seines alten Chummers Oz. Er und Fox hatten früher in den Hinterhöfen von Birmingham Fußball gespielt. Oz war später in die UCAS ausgewandert und dort zunächst in der Armee untergekommen. Schließlich hatte er in den Schatten Seattles Karriere gemacht und war mittlerweile ein anerkannter Schieber, der Fox ab und an ein paar lukrative Nebenverdienstmöglichkeiten zuspielte. »Hoi Daniel, alles Sahne bei dir? Ich hörte, du feierst deinen Jahresurlaub ab. Ist schon irgendetwas explodiert?«

Fox grinste nun ebenfalls: »Noch alles im grünen Bereich, aber ich habe gerade einen Anruf erhalten, der das sicher ändern wird, was?« Der Schieber verzog schmollend die Mundwinkel – das konnte Fox förmlich hören.

»Sei nicht zu optimistisch, Daniel, und danke mir erst gar nicht, wenn ich dir die Nuyen haufenweise in den Schoß schaufele.«

»Okay, Oz, was hast du denn Schönes für mich? Soll ich wieder einmal irgendeinen wahnsinnigen Diktator stürzen oder vielleicht den Wachhund für eine russische Prinzessin mimen?«

»Fox, du liegst wirklich nah dran. Gut, es ist keine Prinzessin, die du beschützen sollst, aber wenigstens die Bezahlung ist königlich. 100.000 Nuyen sind für dich drin – natürlich abzüglich meiner Provision.«

Fox schluckte. Das war das beste Angebot, das er jemals bekommen hatte, dafür musste ein britischer Beamter wie er sehr, sehr lange und hart arbeiten. Doch dann wurde er nachdenklich: »Wo liegt der Haken, Oz, wer ist die Zielperson?«

»Jemand, der Ärger mit einem Großkonzern hat. Sie hat etwas, was die anderen wollen. Du und ein von mir vermitteltes Team beschützt sie solange, bis sie dieses Etwas verkauft hat. Das Ganze wird nicht länger als zwei oder drei Tage dauern. Hey Fox, es ist eine Lady in Not.«

Trotzdem zögerte der Geheimagent noch: »Welche Runner hast du an der Hand?«

»Alles, was nötig sein könnte, glaub mir. Du wirst sie kennen lernen, wenn du hier in Seattle bist. Der Flug geht morgen um 9:00 Uhr und dein Ticket liegt abholbereit am Schalter.«

»Na gut, Oz, wenn du es sagst. Ich kann mir den Haufen ja mal ansehen, aber ich verspreche nichts. Klar?«

»Klar«, antwortete Oz mit einer Stimme, die verriet, dass er sicher war, Fox bereits an der Angel zu haben. »Bis morgen, Chummer, ich zähle auf dich.«

Oz beendete das Gespräch und auch Fox wandte sich wieder von der Telekomeinheit ab. Er hatte zwar ein ungutes Gefühl bei der Sache, aber 100.000 Nuyen waren wirklich eine Menge Geld. Zuviel, um den Job ungeprüft abzulehnen. Fox stand auf und ging zum Fenster. Die Sonne schien immer noch und nichts wies darauf hin, dass sich das in nächster Zeit ändern würde. Während er noch weiter überlegte, kam ihm ein Gedanke, der seine nachdenkliche Miene sofort aufhellte. Bis zum Abflug blieben ihm noch über 17 Stunden. Das war doch eigentlich mehr Zeit als genug, um noch ein paar Tomaten zu pflanzen …

Am nächsten Morgen war Fox trotz einer langen Nacht pünktlich am Londoner Flughafen. Da er keine illegale Ausrüstung mit sich führte, kam er ohne Probleme durch die Kontrollen und saß alsbald in dem kleinen Bus, der die Passagiere zur Startrampe des semi-ballistischen Raketenfliegers brachte. Das war heutzutage die schnellste Art zu reisen. Man sparte Zeit und Energie , indem man die Erdatmosphäre verließ und in den Weltraum auswich, was günstigere Reibungs– und Schwerkraftverhältnisse mit sich brachte. Es war allerdings nicht jedermanns Sache, in der Schwerelosigkeit zu reisen und zudem waren diese Flüge auch recht teuer. Magisch begabte Menschen mieden sie grundsätzlich, da man mit der Atmosphäre auch die Magie zurückließ. Im Weltall gab es kein Mana, was bei den Gauklern wohl zu Minderwertigkeitskomplexen führte und ihnen den Angstschweiß auf die Stirn trieb. Fox hatte weder mit der fehlenden Schwerkraft noch mit den hohen Kosten Probleme. Im Rahmen seiner Ausbildung hatte er ein Schwerelosigkeitstraining absolviert und den Flug bezahlte er ja schließlich nicht selbst. Außerdem würde er ja, wenn alles glatt ging, in Kürze sehr viel Geld haben und sich diesen Luxus des Öfteren leisten können.

Bald betrat Fox den Lift, der ihn zusammen mit anderen Fluggästen ins Innere der gigantischen Rakete beförderte. Sein Ticket sicherte ihm einen Platz in der ersten Klasse, was Fox nicht unangenehm war. Schließlich gab es hier besseres Essen, schönere Stewardessen und weichere Sitze. Alles in allem schien der diesjährige Urlaub endlich einmal wieder erholsam zu werden. Sein anfangs schlechtes Gefühl hatte sich in Luft aufgelöst. Fox machte es sich auf seinem Platz bequem und schlief ein, noch bevor die Rakete gestartet war. Der Flug verlief ohne Komplikationen. Nur wenige Stunden später landete die Maschine bereits wieder und die gutaussehenden Flugbegleiterinnen mussten Fox wecken, um ihn von der Ankunft im verregneten Seattle zu unterrichten. Fox war etwas verstimmt darüber, weder das delikate Essen noch die schöne Aussicht genossen zu haben, aber er hatte den Schlaf nötig gehabt. Seufzend ergriff er sein Handgepäck und stieg aus.

Der Flughafen Seattles war überfüllt und laut, ganz so, wie ihn Fox in Erinnerung hatte. Seattle war ein heißes Pflaster. Viele bedeutende Konzerne hatten hier ihren Sitz und dementsprechend groß war auch die Seattler Schattengemeinde. Für harte Nuyen konnte man hier fast alles bekommen. Vorwiegend Konzerne, aber auch die großen Syndikate wie Yakuza oder Mafia beauftragten Shadowrunner, um sich gegenseitig zu bespitzeln, zu bestehlen oder auch zu bekämpfen. Man stahl brisante Daten, extrahierte Wissenschaftler und sabotierte Firmeneigentum, und für alles gab es auf der Straße Spezialisten. Fox war so etwas wie ein Multitalent. Er war ein guter Kämpfer und wusste mit nahezu jeder Nah- oder Fernkampfwaffe umzugehen. Fox war ein Experte in Überwachungselektronik, jeglicher Art von Sicherheitsprozeduren und auch recht gut mit dem Cyberdeck. Außerdem war er eine sehr gute Führungskraft. Er entwickelte Strategien, koordinierte sein Team bei ihrer Ausführung und sorgte dafür, dass alles glatt ging. Deshalb hatte ihn Oz auch nach Seattle geholt. Er hatte ein Team, aber ihm fehlte noch der Kopf, jemand, der die Taktiken ausarbeitete.

Fox saß mittlerweile in einem Taxi, das ihn und sein Gepäck direkt ins AQUARIUS bringen sollte. Das AQUA-RIUS war ein Nobel-Nachtclub, der Oz gehörte und von dem aus er die meisten seiner Geschäfte abwickelte. Es gab dort mehrere abhörsichere Hinterzimmer, die man anmieten konnte, und in einem solchen würde der Agent im Laufe des Abends die Mitglieder seines Teams kennen lernen. Der indische Ork, der das Taxi lenkte, unterhielt ihn die Fahrt über mit spannenden Anekdoten aus seinem Berufsalltag. Am besten gefiel Fox die Geschichte mit den zwei Franziskaner-Mönchen. Bei solcher Unterhaltung hätte das AQUARIUS auch noch warten können.

Schon von weitem sah man seine riesige Neonreklame, die maritimes Flair verhieß. Der Club war anscheinend gut besucht, denn der dazugehörige Parkplatz war voll belegt und auch die Menschenmasse vor dem Eingang verriet, dass das AQUARIUS angesagt war. Das Taxi hielt, Fox zahlte dem Ork das Fahrgeld aus und betrat den Nachtclub.

Das Innere war durchweg in blauen und blau-grünen Farbtönen gehalten. Tische und Stühle bestanden ganz aus Glas und in ihnen schwammen bunt schimmernde Zierfische. Lichtprojektionen simulierten das Spiel der Wellen an Decke und Wänden, und man hätte es sicherlich auch rauschen gehört, wenn die Musik nicht so laut gewesen wäre. Fox sah sich um und ging dann freudig auf die in der Mitte des Hauptraumes gelegene Bar zu, weil er dort Oz ausgemacht hatte. Der rotgelockte, hagere Mann sah immer noch genauso aus, wie er ihn in Erinnerung hatte.

Spitzbübisch lächelnd flirtete Oz mit einer der nur mit einem knappen Meerjungfrauenkostüm bekleideten Bardamen, die in dem großen Glasbassin schwammen, an dessen Rand die Theke verlief. Er trug einen dunkelblauen Gehrock mit passender Hose und dazu eine neongelbe Krawatte. Als er Fox bemerkte, strahlte er ihn an und stand auf, um seinen alten Freund in die Arme zu schließen.

Nach einer ausgiebigen Begrüßung kam Fox zum geschäftlichen Teil seines Besuchs: »Hast du meine Ausrüstung dabei, Oz, ich meine, nur für den Fall, dass ich den Job annehme?«

»Klar, Fox, liegt sauber verpackt in meinem Büro. Ist alles tipp topp in Ordnung!«, versicherte Oz.

»Gut, wann ist das Team hier?«

»Erst in einer guten Stunde. Genug Zeit also, um dir noch die Ausrüstung und die Akten deiner Leute anzusehen.«

Fox stand von seinem Barhocker auf. »Schön, alter Junge, dann zeig sie mir!«

Oz stand ebenfalls auf und gemeinsam gingen sie nach hinten. Im Büro angekommen, untersuchte Fox zunächst die Ausrüstung, die er dauerhaft bei Oz eingelagert hatte. Er legte den maßgeschneiderten Körperpanzer an und gürtete sich nach einem kurzen Check die beiden mattschwarz lackierten Maschinenpistolen um. Die dazugehörigen Schalldämpfer und die mit panzerbrechender Munition gefüllten Ersatzmagazine verstaute er in einer der Taschen seines dunklen Overalls. Die beiden Wurfmesser versteckte er in den Stiefeln und der Betäubungsschlagstock verschwand unter dem langen schwarzen Ledermantel, den Fox zuletzt überwarf. Die restliche Ausrüstung packte er zurück in den leichten Rucksack. Danach sah er sich die

Akten der einzelnen Shadowrunner an, die Oz für ihn zusammengestellt hatte. Fox hatte mit keinem von ihnen jemals zuvor zusammengearbeitet, aber Oz' Anmerkungen fielen durchweg positiv aus. Zwei von ihnen waren zwar, wie es aussah, noch nicht allzu lange in den Schatten aktiv, aber auch deren bisheriger Werdegang stimmte Fox recht zufrieden. Damit würde es sich höchstwahrscheinlich arbeiten lassen, soviel stand für ihn schon einmal fest. Jetzt musste er sie sich nur noch persönlich ansehen.

Kapitel 9

Vanessa Hernandez legte an, zielte und feuerte, bis das Magazin ihres Ares Predators leer war. Sie erschoss den Geiselnehmer, den Fahrer des Fluchtwagens und auch die beiden noch verbliebenen Terroristen, die sich am Rande des Eingangs in Deckung begeben hatten. Damit war die Extraktion verhindert worden und ihre Mission beendet. Vanessa hatte damit zum vierten Mal in Folge die volle Punktzahl erreicht und nun ihren und den allgemeinen Rekord gebrochen. Sie war sehr zufrieden mit sich.

Sie nahm Kopfhörer und VR-Visier ab und ging zum Monitor des Schießstandes hinüber, wo sie mit lauten Jubelrufen von den Soldaten ihrer Einheit in Empfang genommen wurde. Enrico, einer ihrer treuesten Untergebenen, setzte die Replay-Funktion des Cyberterminals in Gang und die gesamte Truppe sah sich noch einmal das gezielte Vorgehen ihres Majors bei der Säuberung des Firmengebäudes an. Immer wieder ertönten anerkennende Zwischenrufe, wenn Vanessa erneut einen der simulierten Eindringlinge zur Strecke gebracht hatte, und das machte sie stolzer, als es die anerkennenden Worte ihrer Vorgesetzten jemals hätten tun können.

Major Vanessa Hernandez war Mitglied der Atzlanischen Jaguargarde und vor zwei Tagen ihrem Marschbefehl nach Boston gefolgt. Mit Ende 20 war sie für ihren Posten noch recht jung, aber sie hatte nichts geschenkt bekommen und sich ihre Position hart erarbeiten müssen. Die dunkelhaarige, ungefähr 1,80 m große Vanessa kam von der Straße, direkt aus den verkommensten Slums Atzlans. Sie war sehr früh zur Vollwaise geworden, nachdem ihre Eltern und ihr einziger Bruder bei einem Erdbeben ums Leben gekommen waren. Ihre eigentliche Familie war dann eine Straßengang gewesen, eine Bande von gewalttätigen Jugendlichen, die auch vor Raub und Mord nicht zurückschreckten.

Dort blieb sie bis zu ihrem 14. Lebensjahr und wurde in dieser Zeit vielfach misshandelt und auch vergewaltigt, bis sie es schließlich nicht mehr aushielt und davonlief. Kurz darauf erwischte sie ein Colonel der Jaguargarde beim Stehlen seines Credsticks. Aber dieser Colonel verprügelte sie nicht und ließ sie auch nicht ins Gefängnis werfen. Er nahm sie bei sich auf und von ihm wurde sie zum ersten Mal nach langer Zeit behandelt wie ein Mensch.

Er war wie ein Vater zu ihr, brachte ihr vieles bei, erzählte ihr von der Welt und davon, wie man sich in ihr zurecht fand. Er lehrte sie, sich zu wehren, aber auch, anzugreifen, wenn es nötig war. Seitdem wusste Vanessa, dass sie nur eines werden wollte, nämlich Mitglied der Jaguargarde. Sie würde eine Uniform mit blitzenden Abzeichen tragen und von allen geachtet dem Wohle ihres Landes dienen.

Nicht viel später ging Vanessa wirklich zu Armee und mittlerweile hatte sie sich den Rang eines Majors und größten Respekt bei Untergebenen und Vorgesetzten verdient. Dass sie, im Gegensatz zu den meisten Offizieren, wie der Großteil der einfachen Gardisten aus ärmlichen Verhältnissen stammte, festigte nur noch ihren ohnehin tadellosen Ruf. Major Hernandez war einer der beliebtesten Offiziere bei der Garde und sie genoss diese Anerkennung.

Noch während Vanessa und die anderen sich die Aufzeichnung des Übungseinsatzes ansahen, ertönte eine Lautsprecherdurchsage: »Major Vanessa Hernandez, bitte melden sie sich umgehend in Sektion I!« Vanessa blickte erstaunt auf. Sektion I war die Chefetage und eigentlich war es eher die Ausnahme, dass man neu eingetroffene Offiziere der Garde dort persönlich willkommen hieß. Sie ergriff ihren Panzerhelm und machte sich umgehend auf den Weg in die oberste Etage.

Dort angekommen, musste sie erst einige Minuten im Vorraum vom Büro des Filialleiters Mr. Drake warten, bis sie von der silikonbrüstigen Schmollmund-Sekretärin hineingeschickt wurde. Vanessa mied gerne den Umgang mit den Leuten im Vorstand. Sie waren durchweg arrogant, dekadent und eingebildet. Warum zum Beispiel verlangte man nach ihrem umgehenden Erscheinen, wenn man sie anschließend fast 10 Minuten warten ließ?

Vanessa betrat durch eine mit Messingbeschlägen verzierte, hölzerne Doppeltür das große Büro, dessen längste Wand das riesige Portrait eines Jaguars zeigte. Der Raum war, anders, als es Vanessa erwartet hatte, bis auf das gewaltige Ölgemälde eher funktionell als verschwenderisch eingerichtet. Das Zimmer hatte Stil und beeindruckte durch die Qualität der Einrichtung und nicht durch offensichtlich kostspieligen Prunk. Roch es hier nicht sogar nach echtem Holz?

Mr. Drake hatte vor Vanessas Eintreten in einem Ledersessel an seinem Schreibtisch gesessen, kam aber jetzt auf sie zu und schüttelte ihr mit einem betont freundlichen Lächeln die Hand. Drake war wohl um die Vierzig, hager, und hatte kurzes, noch vollkommen schwarzes Haar. Er trug einen teuren, nach der neusten europäischen Mode geschnittenen Anzug und eine schmal goldumrandete Brille mit leicht getönten Gläsern, die das Stechende seiner Augen dennoch nicht völlig verbergen konnte. »Willkommen bei uns im schönen Boston, Major Hernandez. Haben Sie sich schon etwas eingelebt?«

»Danke Sir, ich freue mich, hier zu sein. Es scheint eine interessante Aufgabe vor mir zu liegen. Es liegt bereits einige Zeit zurück, dass ich verantwortlich für die Sicherheit einer unserer Filialen war.«

Drake lächelte und dieses Lächeln verriet Vanessa, dass er ein sehr gefährlicher Mann war. Diesen Ausdruck in seinem Gesicht hatte sie früher schon bei einem anderen Menschen gesehen. Damals war es der alternde Vorschullehrer in einem der Grenzdörfer Atzlans gewesen. Er hatte ihr genauso zugelächelt, kurz bevor er einen Sack über den Kopf gezogen bekam und gehängt wurde, weil er in nur einer einzigen Nacht die gesamte Dorfbevölkerung auf brutalste Weise umgebracht hatte. »Major, ich bin mir im Klaren darüber, dass Sie sich mit dieser Aufgabe unterfordert fühlen und damit haben Sie völlig Recht. Ich habe Sie auch keineswegs angefordert, weil ich um die künftige Sicherheit des Komplexes besorgt bin. Mein eigentliches Problem liegt darin, dass Ihr Vorgänger nicht verhindern konnte, dass vor zwei Wochen bei uns eingebrochen wurde.«

Vanessa stutzte. In keinem ihrer Berichte war ein solcher Vorfall vermerkt und niemand in der Sicherheitsabteilung hatte auch nur ansatzweise etwas in dieser Richtung durchblicken lassen.

»Ja, meine Liebe, Sie wundern sich zu Recht. Ich habe dafür gesorgt, dass nichts darauf hinweist, aber es gab ein feindliches Eindringen in unser Gebäude. Dabei wurde eine Computerdatei entwendet, die mir besonders am Herzen liegt. Alle von mir unternommenen Versuche, die Daten zurückzubekommen, sind bisher leider fehlgeschlagen. Nur deshalb habe ich meine Freunde bei der Jaguargarde gebeten, mir eine besonders fähige Kraft zu schicken, die mir bei der Lösung dieses Problems behilflich sein kann.«

Vanessa wusste nicht genau, ob sie sich über diese unerwartete Herausforderung freuen sollte oder besser damit anfing, über den möglichen Inhalt der gestohlenen Datei nachzudenken, wenn sie einem Mann wie Drake so wichtig war. Vanessa aber war der Garde, dem Konzern und ihrem Heimatland gegenüber absolut loyal und so folgte ihre Antwort klar und deutlich: »Ich werde alles tun, was in meiner Macht steht, um die Daten zurückzuerlangen. Gibt es Hinweise auf den Hintergrund des Diebstahls?«

Drakes Miene wurde finster: »Es ist zwar sehr wahrscheinlich, dass es auch eine ganze Reihe von Konzernen gibt, die sich glücklich schätzen würden, an den Ergebnissen meiner Forschungen teilhaben zu können, aber meine bisherigen Untersuchungen haben ergeben, dass es sich hier um den Eingriff eines Staates handelt.«

Vanessa fiel es schwer, ihre Überraschung zu verbergen, aber es gelang ihr. Sie hatte nicht gewusst, dass Mr. Drake selbst Forschungen betrieb und dazu Forschungen, für die sich anscheinend auch fremde Mächte interessierten. Drake, der das ganze Gespräch über gestanden hatte, ging nun wieder zum Schreibtisch und setzte sich, um dann einen kleinen Datenchip aus einer Schublade hervorzuholen. »Der Täter ist britischer Geheimagent und hält sich, letzten Informationen zufolge, momentan in Seattle auf. Nehmen Sie sich ein paar vertrauenswürdige Leute und alles, was Sie sonst noch benötigen sollten, aber bringen Sie mir die Datei zurück, koste es, was es wolle!«

Drake reichte Vanessa den Datenchip und sagte mit einem bedrohlichen Unterton in der Stimme: »Hierauf finden Sie alle wesentlichen Dinge, die Sie wissen sollten. Enttäuschen Sie mich nicht.«

»Ich werde die Datei wiederbeschaffen, Sir«, antwortete Vanessa und nahm den Chip an sich.

»Major, damit das klar ist, die Angelegenheit ist absolut vertraulich zu behandeln. Niemand außer Ihnen und Ihren Leuten darf davon erfahren.«

»Natürlich, Mr. Drake, ganz, wie Sie es wünschen.«

Drake entließ Major Hernandez aus seinem Büro und sie machte sich sofort auf den Weg in ihre Räume , um mit der Planung des Unternehmens zu beginnen. Ihr Interesse war geweckt und schnell vergaß sie ihre Bedenken, was die Person Drakes und den Inhalt der entwendeten Datei betraf. Sie fühlte sich wieder ganz in ihrem Element. Die Jagd konnte beginnen.

Kapitel 10

Zügig gingen die drei Männer den in kaltes Neonlicht getauchten Gang hinunter. Ihre Schritte hallten auf dem blanken Fels und das Echo war das Einzige, was man in diesem Teil der unterirdischen Anlage vernahm. Zwei der Männer waren in weiße Kittel gekleidet. Sie gingen links und rechts hinter dem dritten, der einen grauen Overall trug. Er war genau 1,90 m groß, hatte schwarzes, mittellanges Haar und blaue Augen. Sein Körper war athletisch gebaut und seine Gesichtszüge klar und ebenmäßig. Seine Bewegungen waren fließend und glichen denen einer jederzeit zum Angriff bereiten Raubkatze. Die beiden Männer in Weiß waren das genaue Gegenteil von ihm. Der eine war kaum über 1,70 m groß und übermäßig dünn, während der andere wegen seines Übergewichts bei dem eingeschlagenen Tempo nur gerade eben noch mithalten konnte. An den Kitteln befestigte Namensschilder wiesen die beiden als Liebhardt und Oliver aus.

Nach einigen Minuten schweigsamen Gehens erreichten die drei eine verstärkte Panzertür, die mit einem hochentwickelten Magnetschloss verriegelt war. Liebhardt und Oliver, der sich mit einem Taschentuch einige Schweißperlen von der Stirn wischte, positionierten sich links und rechts der Tür und zogen gleichzeitig ihre Schlüsselkarten durch die Lesegeräte. Die Panzertür öffnete sich mit einem leisen Zischen und die drei Männer betraten den dahinter liegenden Raum. Er war sehr groß und ganz mit hohen Regalen und Schränken ausgefüllt.

Liebhardt und Oliver warteten, während der große Mann im Overall durch die Regalreihen ging und sich umsah. Dann zog er seinen Overall aus und fing an, sich aus dem hier vorhandenen Bestand neu einzukleiden. Er wählte schwarze Lederstiefel, ebenso dunkle Jeans und ein weißes T-Shirt mit dem Yin-Yang Motiv. Darüber zog er einen schwarzen Gehrock, dessen Rückseite mit einem silbernen östlichen Drachen verziert war. Aus einem der Regale zog er einen großen metallenen Reisekoffer und füllte ihn mit einer sorgfältigen Auswahl an praktischen und modischen Kleidungsstücken und Ausrüstungsgegenständen. Waffen nahm er keine, da er noch durch die Zollkontrollen wollte. Diese Art von Ausrüstung würde er sich vor Ort in Seattle besorgen müssen.

Er öffnete nun einen Schrank, der in weitem Abstand von den anderen in einer Ecke des Raumes stand. Dieser war mit zahllosen Datenchips gefüllt, die durchnummeriert, beschriftet und alphabetisch sortiert in Reihen nebeneinander lagen. Es waren Talentsofts; Datenträger, auf die man über kybernetische Chipbuchsen oder Headware-Memory zugreifen konnte. Mithilfe dieser ausgeklügelten Programme war es möglich, fast jegliche Fertigkeit anzuwenden, ganz gleich, ob man selbst vor dem Benutzen der entsprechenden Talentsofts auch nur von ihr gehört hatte. Je nach Qualität und Art der Softs konnte man es urplötzlich mit den herausragendsten Medizinern, Athleten oder auch Anglern aufnehmen. Verfügte man über die erforderliche cybertechnische Ausrüstung, war es beispielsweise möglich, in einem Bruchteil von Sekunden die komplette Ausbildung eines Kampfpiloten, die Treffsicherheit eines Scharfschützen oder die Fähigkeiten eines gewieften Konzernmanagers zu erreichen. Allenfalls magische Fertigkeiten waren so nicht zu erlangen.

Der große Mann betrachtete das Sortiment und nahm nach und nach Chips aus den gefütterten Fächern. Sie trugen Aufschriften wie ›Konzernstrategien‹, ›Psychische Kriegsführung‹, ›Verhandlung‹, ›Decking‹, ›Matrixsicherheit‹, ›Auto‹ und ›Motorrad‹. Unter den immer skeptischer blickenden Augen von Liebhardt und Oliver steckte er mehr und mehr von den Chips ein. Nach ›Rockmusik‹ und ›Filmzitate‹ hielt er inne und schloss den Schrank wieder. Liebhardt und Oliver wechselten vielsagende Blicke. Kurz bevor die drei Männer zu dem nach oben führenden Fahrstuhl gingen, griff der große Mann noch in eines der Regale und holte ein Fairlight Excalibur Cyberdeck heraus, das er als letzten Bestandteil zu seinem Reisegepäck legte.

Während sich der Lift langsam zur Erdoberfläche bewegte, gaben Liebhardt und Oliver ihrem Schützling noch ein paar gutgemeinte Ratschläge auf den Weg. »Meiden Sie unbedingt Elfen, ihnen kann man nicht weiter trauen, als man sie werfen kann«, sagte Liebhardt. »Und Trolle, seien Sie besonders vorsichtig bei Trollen, denen kann man ganz und gar nicht trauen. Sie sind bösartig und gewalttätig. Meiden Sie unbedingt Trolle!«

»Ach, Seattle«, seufzte Oliver. »In Seattle gibt es ausgezeichnete Fischrestaurants. Da habe ich mal ein Weinchen getrunken ... ganz hervorragend. Wie ich Sie beneide. Ach, Seattle.«

Bevor der Fahrstuhl schließlich die Oberfläche erreichte, glitten über ihm zwei getarnte Panzerplatten beiseite. Die Türen des Lifts öffneten sich und die drei Männer traten auf die schneebedeckte Bergkuppe hinaus, auf der ein heftiger Wind wehte. Der in unmittelbarer Nähe fliegende Helikopter hatte einige Probleme, seine Position zu halten und das Tragegeschirr zu der kleinen Gruppe herunterzulassen. Liebhardt und Oliver hielten es fest , während ihr Schützling es überzog. »Seien Sie vorsichtig, Nazareth, die Großstadt ist anders als all das, was Sie aus den Simulationen kennen, glauben Sie mir«, sagte Liebhardt, während Oliver zustimmend nickte. Nazareth wandte sich um und sah seine beiden Begleiter an: »Es wird keine Gnade geben.«

Das Seil ruckte und Nazareth wurde in die schneeumwehte Höhe gerissen. Bald saß er im Inneren des schnell aufsteigenden Kurashima-Takagema-Helikopters und sah, wie Liebhardt und Oliver unter ihm langsam zu kleinen Punkten zusammenschrumpften und schließlich völlig verschwanden.

Kapitel 11

In der Mitte des Konferenzraumes stand ein langgestreckter rechteckiger Tisch aus leicht spiegelndem Plastik. Neun Stühle aus Aluminium standen um ihn herum – jeweils vier an den längeren Seiten und der neunte am Kopfende. An der Wand dahinter war ein Trideoflachschirm befestigt, der über eine kleine Steuerkonsole zur Linken des Platzes bedient werden konnte. Wenn man wollte, konnte man damit taktische Karten, dreidimensionale Abbilder bestimmter Personen, Gebäude oder Gegenstände und sonstige Dinge von Wichtigkeit vorführen, immer ganz so, wie es ein Mr. Johnson wollte.

Oz vermietete die Hinterzimmer des AQUARIUS oft an jene Art von Kunden, die ihre wahre Identität hinter dem ständig gleichen und innerhalb der Schatten mittlerweile gängigen Namen verbargen. Es waren die Auftraggeber der Shadowrunner, die sich so vorstellten, sie waren mal Mann, mal Frau, mal groß und furchteinflößend oder auch klein und eher zurückhaltend, aber immer hießen sie Mr. Johnson. Fox hatte schon oft mit solchen Johnsons zu tun gehabt und hatte selbst schon ein paarmal unter diesem Pseudonym Runner angeworben, aber noch nie waren dabei so viele Nuyen für ihn rausgesprungen wie heute.

Der heutige Mr. Johnson war eine Frau, die Fox auf ungefähr 25 schätzte. Sie war eher die graue Maus, nicht die Art von Weibsbild, mit der sich der Geheimagent gerne näher beschäftigte. Sie war kaum größer als 1,60 m, hatte braunes, gelocktes Haar, dunkelblaue Augen und war, dem Deckkoffer auf dem Rücken und ihrem blassen Teint nach zu urteilen, wohl mehr in der Matrix als in der wirklichen Welt zuhause. Sie glich beinahe mehr einem Knaben als einer jungen Frau und war mit Jeansjacke und einem grünen Overall bekleidet, der die femininen Merkmale ihres Körpers fast völlig verdeckte. Da war die Rothaarige mit der großen Sonnenbrille, die Mr. Johnson in das Zimmer folgte, viel eher sein Typ. Nacheinander betraten nun ein ungepflegter Mensch in typischer Straßenkleidung, ein riesiger Troll mit Baseballkappe und Nickelbrille und ein Zwerg in Altherrenkluft, der etwas von Jahrmarkt an sich hatte, den Konferenzraum. Fox konnte ihnen sofort die passenden Straßennamen und ihr jeweiliges Fachgebiet zuordnen.

Der hagere Mensch mit dem Dreitagebart wurde Blinky genannt und war Oz' Akten gemäß eine Art Waffenmeister. Er war schnell, treffsicher und überaus innovativ, wenn es darum ging, einen Gegner auszuschalten. Die Rothaarige hieß Melody. Sie war ebenso wie Blinky Straßensamurai, aber ebenso gut, wie sie zu kämpfen wusste, verstand sie es den Gerüchten zufolge, ihren ansehnlichen Körper auch auf andere Weise einzusetzen, um an ihr Ziel zu gelangen.

Der Troll war Mongo, Rigger und ein Neuling in den Schatten. Seiner Akte zufolge hatte er erst kürzlich seinen gutbezahlten Job bei einem Konzern gekündigt, weil er etwas mehr Abwechslung wollte. Etwas Abwechslung konnte sicherlich auch Beowulf gebrauchen. Der Zwerg war ein hermetischer Magier, der eigentlich in Europa lebte und nur kurzeitig in den UCAS verfügbar war. Er war noch nicht lange im Geschäft, aber hatte schon einige Male erfolgreich als magischer Leibwächter gearbeitet.

Mr. Johnson nahm am Kopfende des Tisches Platz, woraufhin auch Fox und die anderen sich setzten und sie erwartungsvoll ansahen. Ohne sich um die vorhandene Trideoausrüstung zu kümmern, begann sie direkt mit ihren Instruktionen: »Ich will es kurz machen, Chummers. Ihr alle seid heute hier versammelt, weil Oz euch empfohlen hat. Ich kenne euch nicht und ihr kennt mich nicht. Das wird vermutlich auch so bleiben. Das Einzige, was ihr wirklich wissen müsst, ist, dass ich in den nächsten Tagen ein Geschäft abschließen und mich anschließend ins Ausland absetzen werde. Ich stehe auf der Abschussliste eines

Großkonzerns. Deshalb benötige ich bis zu diesem Abschluss Personenschutz. Ihr haltet mir den Ärger vom Hals und sorgt dafür, dass alles glatt geht. Fox hier wird das ganze Unterfangen leiten. Ihr tut, was er sagt, denn er kennt sich in diesen Dingen aus! Ach ja und noch eins, ich biete jedem von Euch 100.000 Nuyen.«

Für einen Moment wurde es sehr still. Blinky war der Erste, der seine Stimme wiederfand: »Für 100.000 Nuyen dürfen Sie mir meinetwegen Schlagsahne aus dem Bauchnabel löffeln, Sir. Ich gehöre Ihnen, verfügen Sie über mich.« Während Fox noch zu erstaunt war, um zu antworten, meldete sich Melody zu Wort: »Ich nehme Ihr großzügiges Angebot sehr gerne an.«

Beowulfs »Natürlich, selbstverständlich, gewiss, wie Sie es wünschen...«, ging in einem Hustenanfall unter und Mongo machte nichts anderes, als bis über beide Ohren wie ein Honigkuchenpferd zu strahlen. Fox nickte nun Mr. Johnson und den anderen ebenfalls einwilligend zu, obwohl er wieder das Gefühl hatte, sich damit beträchtlichen Ärger einzuhandeln. Bis jetzt war Fox davon ausgegangen, dass er nur deshalb so gut bezahlt werden würde, weil er die Führung des Teams übernahm. Da aber jeder die gleiche Summe erhielt, musste er wohl davon ausgehen, dass die Nuyensumme verhältnismäßig zur erwarteten Stärke der Gegenseite veranschlagt war.

»Dann ist ja alles klar!«, sagte Mr. Johnson grinsend. »Ein ›Nein‹ hätte mich auch sehr in Verlegenheit gebracht. Ich habe nämlich nicht die blasseste Ahnung, wo ich heute Nacht schlafen soll. So, ihr seid jetzt an der Reihe. Ich habe das Geld und ihr hoffentlich ein paar kreative Ideen, wie man es nutzbringend anlegen könnte. Fox ...?«

»Positiv, Mr. Johnson, ich habe mir bereits Gedanken darüber gemacht, wie wir Sie am effektivsten schützen können. Auf dem Weg hierher ist mir eine Großbaustelle in Bellevue aufgefallen, die sich hervorragend für unsere Zwecke eignen würde. Die meisten der schon fertiggestellten Büros stehen anscheinend noch leer. Man kann sie aber durchaus bewohnen und als Versteck nutzen. Da sollte uns niemand stören. Natürlich wird es noch einiger Modifikationen bedürfen, aber das sollte zu machen sein.« Fox stand auf und trat einen Schritt auf die Trideokonsole zu. »Ich habe ein paar Bilder gemacht, die wir uns ansehen sollten.«

Fox zog das schmale Verbindungskabel aus der Konsole und steckte es in seine Fingerdatenbuchse. Auf dem Trideoschirm erschien nun die dreidimensionale Abbildung der Baustelle, die Fox mit seinen Cyberaugen aufgezeichnet hatte. Die Gruppe studierte die Einzelheiten der Aufzeichnung und machte sich Gedanken über mögliche Verbesserungen des Unterschlupfs. Mongo begann mit dem ersten Vorschlag: »Anscheinend ist ein Großteil der Überwachungskameras bereits montiert. Ich denke, ich kann das System zum Laufen bringen und mich dazwischenschalten. Außerdem könnte ich zwei Ares Guardian-Drohnen bekommen und eventuell eine Sentry™-Selbstschussanlage. Die könnten wir hier im hinteren Bereich positionieren. Das gibt uns die nötige Rückendeckung.«

Beowulf nickte und zupfte nachdenklich an seinem Bart: »Wir müssen zuallererst dafür sorgen, dass Mr. Johnson nicht durch Wahrnehmungszauber, Spähgeister oder ähnliches entdeckt wird. Ich könnte einen der Räume so herrichten, dass er magisch nicht zu erfassen ist. Wir streichen ihn mit FAB-1 aus und zusätzlich errichte ich noch einen hermetischen Kreis. Das sollte genügen.«

»FAB-1?«, fragte Melody.

»Ein Bakterium«, kam Blinky Beowulf zuvor. »Wenn man es auf eine Wand aufträgt, ist sie von astral projizierten Wesen grundsätzlich nicht zu durchdringen. Lebende Materie wirkt als Barriere, bloßer Beton oder Stahl sind dagegen tot und kein Hindernis. Du erreichst denselben Effekt mit Schimmelkäse. Eine Freundin von mir schwört auf frische Schlammpackungen. FAB-1 selbst ist eine Erfindung der unsterblichen Tir-Elfen, also ca. 6-7000 Jahre alt.«

Beowulf lief rot an: »Was reden Sie da für einen Schwachsinn? Schimmelkäse, Elfen – Sie haben ja wohl überhaupt keine Ahnung, was?«

»Oh doch, werter Dr. Meineid, ich weiß ziemlich genau, wovon ich rede. Ich habe die entsprechenden Berichte der NSA gelesen.«

»Meineid?«, fragte Mongo.

»Das ist Blödsinn, und das wissen Sie auch!«, fauchte Beowulf Blinky an. »Sie ziehen die Wissenschaft in den Dreck. FAB-1 ist das Werk anerkannter Wissenschaftler.«

»Sie heißen Meineid?« Mongo druckste.

»Unsterbliche Elfen – hah!«, lachte Beowulf grimmig. »Kindliche Träume eines Esoterikers.«

»Er heißt tatsächlich Meineid«, kicherte Mongo leise.

»Ja, heiße ich. Haben Sie was dagegen?«, fragte Beowulf barsch.

»Nein, gar nicht. Tut mir ehrlich Leid. Ungelogen, ich verbürge mich dafür«, antwortete Mongo mit schelmisch glitzernden Augen.

Beowulf räusperte sich zufrieden. »Dann ist es ja gut.« Nun wandte er sich wieder den anderen zu, die sich mit fragenden Mienen gegenseitig ansahen. Nur Mongo schien sich hinter Beowulfs Rücken noch heimlich weiter zu amüsieren.

»Zurück zur Sache, meine Damen und Herren«, sagte Fox versöhnlich. »Etwa hier, auf dem Dach des gegenüberliegenden Gebäudes, ließe sich vielleicht ein Unterstand errichten. Für diesen Fall habe ich ein Barret Model-121-Scharfschützengewehr eingelagert.«

»Keine schlechte Idee«, meinte Melody. »Ich würde mich auch nur ungern allein auf die Sensorik der Drohnen verlassen. Allerdings kenne ich mich nicht mit dem Barret aus. Nach allem, was ich gehört habe, ist das wohl mehr ein Job für Sie und Blinky.«

»Sicher, mit dem Barret hole ich Ihnen auf 400 Meter einen faulen Apfel vom Baum«, meinte Blinky.

»Gut«, sagte Fox. »Dann ist das auch geregelt. Ich glaube, dann sollten wir uns unseren Schlupfwinkel mal aus der Nähe ansehen.«

Zwei Stunden später hielt der schwarze Eurocar Shark im Vorhof der Baustelle. Zu dieser späten Stunde wurde hier längst nicht mehr gearbeitet, doch die Shadowrunner waren trotzdem äußerst vorsichtig, weil sie jederzeit mit einem Angriff auf Mr. Johnson rechnen mussten. Außerdem war die Sicherheitsstufe in Bellevue, dem Stadtteil der Reichen und Mächtigen, besonders hoch. Ein Wagen voller schwerbewaffneter Fremder ließ sich hier besser nicht erwischen. Während Mongo, Fox und Blinky Vorräte und Ausrüstung ausluden und in ihr provisorisches Versteck trugen, hielten Melody und Beowulf bei Mr. Johnson Wache. Zusätzlich hatte der kleine Magier seine Vertraute Undine damit beauftragt, die Umgebung zu sichern und nach möglichen Feinden Ausschau zu halten.

Mittlerweile hatten alle ihre durch dunkle Tarnanzüge, Panzerjacken und lange Mäntel ersetzt. Selbst Beowulf trug einen schweren Körperpanzer, obwohl er sich offensichtlich unwohl darin fühlte. »Steht dir wirklich ausgezeichnet, ehrlich, Beowulf. Würde ich dich belügen?«, grinste Mongo.

»Danke«, meinte Beowulf gedankenversunken. »Aber meine Mortimer-of-London-Anzüge sind bequemer.«

»Beeilt euch lieber, anstatt über Mode zu diskutieren«, rief Fox. »Wir müssen alles weggeschafft und vorbereitet haben, bevor hier die erste Schicht beginnt.« Fox war unruhig. Bisher schien sich zwar alles gut zu entwickeln, aber sie würden ihre gigantischen Prämien sicherlich nicht im Schlaf verdienen. In diesem Spiel ging es um hohe Beträge und dementsprechend groß würden wahrscheinlich auch die Anstrengungen ihrer Gegner ausfallen, wenn es darum ging, das zurückzubekommen, was ihr Mr. Johnson ihnen entwendet hatte. Ein Lichtblick neben der guten Bezahlung war allerdings die Mitarbeit der süßen Melody. Bisher stimmte wirklich alles an ihr. Sie hatte einen tollen Körper, war rothaarig und anscheinend nicht dumm. Jetzt müsste sie nur noch blaue Augen haben, dann wäre sie perfekt. Wenn sie doch bloß einmal diese Sonnenbrille abnehmen würde.

Nachdem die Gruppe alles ausgeladen und in den obersten Stock des leerstehenden Bürogebäudes gebracht hatte, fuhr Fox den Wagen hinter das Haus und deckte ihn mit einer Plane ab. Blinky half Beowulf dabei, ein geräumiges Zimmer ganz mit FAB-1 auszustreichen und es danach für Mr. Johnson einzurichten. Als Beowulf anschließend damit begann, den hermetischen Kreis zu errichten, ließ sich Mr. Johnson erschöpft auf ihr flaches Feldbett fallen. »Nicht gerade luxuriös, aber für die paar Tage wird es wohl gehen. Ich habe die letzten zwei Nächte nicht geschlafen.«

»Bis zu ihrem Geschäft sollten Sie das Zimmer unter gar keinen Umständen mehr verlassen. Das Risiko, dass man Sie durch rituelle Magie aufzuspüren vermag, ist einfach zu groß. Sehen Sie es positiv, dafür haben Sie das größte Zimmer und Ihre eigene Campingtoilette«, meinte Beowulf versöhnlich lächelnd. Mr. Johnson lachte: »Da haben Sie allerdings Recht, Dr. Meineid.«

»Woher kennen Sie eigentlich alle meinen Namen? Habe ich irgendwo ein Schild oder so etwas?«

»Nun, ich habe Ihren Artikel im Paranoia-Forum gelesen. Muss ja wirklich spannend in Polen gewesen sein.«

»Meinen Artikel …?«, begann Beowulf verdutzt, bevor er von Melody unterbrochen wurde: »Essen ist fertig. Ich hoffe, ihr mögt Reis und Fisch, denn außer dem und Soyburgern in drei Geschmacksrichtungen werden wir die nächsten Tage wohl nichts zu beißen bekommen!«.

Fox lächelte in Gedanken – kochen konnte die rothaarige Schönheit also auch.

Kapitel 12

Auf das Klopfzeichen öffnete sich der schmale Sehschlitz der angerosteten Panzertür und gab den Blick auf ein feurig glitzerndes Augenpaar frei: »Wie lautet die Parole?«

»Halte den Kopf unten, sonst wirst du ihn verlieren.«

»Du kannst passieren.« Der Sehschlitz schloss sich ruckartig und die Tür schwang mit einem unangenehm lauten Quietschen nach innen. Durch einen schwach beleuchteten Gang erreichten sie bald den Hauptraum des FORUMS, der völlig verraucht und sehr düster war. Wie immer war es gut besucht, auch wenn die meisten Gäste nicht an der langen Theke, sondern lieber in den besonders dunklen Nischen saßen und nicht auf den ersten Blick zu entdecken waren. Auch wenn man hier vermutlich nur Gleichgesinnte traf, waren alte Gewohnheiten nicht leicht abzulegen. Hier saß man mit dem Rücken zur Wand, hatte die Hände frei und die Augen offen. Im Moment lehnte nur die Banane an der Bar.

17 winkte ihr zu und lief zu einem Tisch in einer besonders finsteren Ecke. Dort grinsten die grünen Äffchen Matrixfreund™ und Baby Byte an, die ihnen von der gegenüberliegenden Seite des Cybercafes zuprosteten. Der maskierte Mann im hellblauen Smoking unterhielt sich anscheinend wieder einmal sehr gut mit dem niedlich wirkenden Mangamädchen in dem kurzen, roten Sommerkleid. Die Besucher des PARANOIA-FORUMS waren eine kleine, verschworene Gemeinschaft und man kannte sich hier so gut, wie es die eigene Paranoia und die der anderen Gäste nur eben zuließ.

17 war durch die Aufregung der letzten Zeit nicht dazu gekommen, ihr Lieblingscafe so oft zu besuchen, wie sie es gerne getan hätte. Hier fühlte sie sich wohl. Man lernte interessante Personae kennen und es gab immer spannende Gesprächsthemen. Man entwickelte die neuesten

Verschwörungstheorien, entlarvte Kriegsverbrecher aus der Freimaurerszene, satanistische Ordenskrieger aus der Schweiz oder aztekische Dämonenanbeter mit geradezu sportlichem Ergeiz. Die Banane war ein toller Gesprächspartner, sie hatte immer brandneue Informationen aus allen Teilen der Welt und war nie um eine haarsträubende Spekulation verlegen.

17 kletterte schnatternd und kreischend auf Sitzbank und Tisch und wartete darauf, dass sie sich zu ihr gesellte. Die Banane rutschte über den Boden herüber und kletterte mühsam auf den einzelnen Stuhl, der vor dem Tisch stand. »Was trinkt ihr?«, fragte sie mit sonorer Bass-Stimme. 17 Affen zuckten gleichzeitig mit den Schultern und so bestellte die Banane 18 virtuelle Tassen Mokka und zwei Stücke Apfelkuchen. »Ich habe heute Mittag nicht viel gegessen«, sagte die Banane verschämt lächelnd und stürzte sich auf den noch warmen Kuchen. »Gibt es etwas Neues bei euch?«, fragte sie schmatzend. »Ihr hattet da doch von einem Geschäft geredet. Läuft alles wie geplant?«

17 nickte: »Grundsätzlich schon, aber eine Zeit lang sah es ziemlich schlecht aus. Im Moment haben wir aber wieder festen Boden unter den Füßen. Sicherheit ist eben alles.«

»Ich verstehe, was ihr meint«, sagte die Banane gedankenversunken, während sie vereinsamt liegende Krümel vom Tellerrand schubste. »Es ist immer besser, wenn man jemanden hat, der sich um einen kümmert. Ich habe auf jeden Fall ein Auge auf euch, da könnt ihr sicher sein.«

17 wollte antworten, hielt aber inne, weil ein neuer Gast das PARANOIA-FORUM betrat. Seine Persona hatte die Gestalt eines übergroßen Sombreros auf zwei dünnen Beinen. Der Sombrero stolzierte durch den rauchverhangenen Saal direkt auf die Theke zu und ließ sich auf einem der Barhocker nieder. Er bestellte ein Bier und lehnte sich zurück, um dann den Blick quer durch den Raum schweifen zu lassen. 17 hatte das Gefühl, dass er es vermied, sie direkt anzusehen, während er augenscheinlich den Eindruck

erwecken wollte, dass er sich für die Dekoration des Cyber-cafes interessierte. »Banane, ich glaube, der Hut da drüben ist nicht ganz sauber.«

»Ja, er sieht wirklich etwas staubig aus. Ist ganz nett gemacht.«

»Nein, müssen wir dich erst schälen, damit du uns verstehst? Das ist mit Sicherheit ein Spitzel.«

»Seid ihr sicher? Er sieht doch ganz harmlos aus. Haltet mir den Stuhl warm, ich geh mal rüber und frage nach …«

»Bist du verrückt?«, keiften die grünen Affen erschreckt, aber die Banane hatte ihren Platz bereits verlassen und hüpfte schnell auf den Sombrero zu. Sie schwang sich auf den Barhocker neben ihm und zog ihm an der breiten Krempe: »Guten Abend, werter Hut. Entschuldigen Sie die Störung, aber sind Sie ein Spitzel?«

Anstatt zu antworten, sprang der Sombrero vom Hocker und zückte eine rote Bazooka. Doch die Banane war schneller. Sie hatte schon zwei gigantische Blasterpistolen gezogen und feuerte sie abwechselnd auf ihren überraschten Gegner ab. Der Sombrero verlor seine Waffe und stürzte zu Boden. Dann flackerte er noch einmal kurz, bevor seine Persona sich auflöste und aus der Matrix verschwand.

Im selben Moment explodierte die Eingangstür des FORUMS und ein riesiger Kerl in einer schwarzen, dornenbewehrten Rüstung trat durch die zerfetzten Reste der Tür. Er gab einige Feuerstöße aus einem Maschinengewehr mit einem schier endlosen Munitionsgurt ab und rückte schnell vor, um den Weg für unzählige weitere dunkle Krieger frei zu machen.

17 warf ihren Tisch um und ging erst einmal in Deckung, um ihre Angriffsutilities hochzufahren, während Matrix-freund™ bereits die ersten Eindringlinge mit einem überdimensionalen Fön zu einer trüben Brühe zusammen-geschmolzen hatte. Baby Byte zog es vor, mit handlichen Atomgranaten aus ihrer Handtasche zu werfen und auch die anderen Gäste des PARANOIA-FORUMS zeigten sich

nicht wehrlos. Ein heftiger Kampf entbrannte, aber selbst die erprobtesten Kämpfer unter den Besuchern des Cybercafes kamen schnell in Bedrängnis.

Allein die Banane schien keine Probleme damit zu haben, sich der immer wieder neu heranstürmenden Ritter zu erwehren. Obwohl 17 mittlerweile ihr tödlichstes Angriffsprogramm online gebracht und mit dem so erzeugten Flammenwerfer bereits etliche Gegner vernichtet hatte, erschien ihr die Lage aussichtslos. Die Zahl der Angreifer wurde immer größer, und nach und nach wurden die Besucher des FORUMS ausgeworfen. Als auch Matrixfreund™ in blauen Rauch verpuffte und Baby Byte sich nur noch mit dem gewagten Sprung durch ein geschlossenes Fenster retten konnte, beschloss 17, sich ebenfalls aus dem Staub zu machen. Wild schreiend rannte die Affenbande auf den Hinterausgang des Cafes zu – die schwarzen Verfolger dicht auf den Fersen.

Kurz bevor 17 den rettenden Ausgang erreichte, wurden einige von ihnen von den Kugeln der schwarzen Ritter getroffen und zu Boden gerissen. Schwer verletzt und unter größten Anstrengungen musste sich die angeschlagene 17 in eine Ecke zurückziehen und mit ansehen, wie sich immer mehr schwarz glänzende Rüstungen zwischen sie und den einzigen Fluchtweg stellten. Sie aktivierte ihr bestes Schild-Programm und hoffte darauf, dass ein Wunder sie vor den, sie mittlerweile völlig umzingelnden, Gegnern bewahren würde. Die schwarzen Ritter kamen bedrohlich schnell näher und die nur noch panisch kreischenden 17 Affen warfen sehnsuchtsvolle Blicke zum Ausgang.

Vor wenigen Sekunden war ihre Welt noch in Ordnung gewesen. 17 hatte sich einen Moment in Sicherheit geglaubt und das war ihr Fehler gewesen. Die schwarzen Krieger hatten bereits auf die zitternden Affen angelegt, als diese, aber auch ihre Gegner, den Klang einer tiefen und 17 wohlbekannten Stimme vernahmen: »Er war wirklich ein Spitzel und ihr, meine blechernen Freunde, seid Toast!«

Der Raum wurde in ein gleißendes, alles überstrahlendes Licht getaucht und 17, die sich mit letzter Kraft aus der Hintertür retten konnte, sah gerade noch, wie sich die Reste dieser Armee der Finsternis in hellen Staub verwandelten. Müde und eine Blutspur hinter sich herziehend, lief 17 in die unendlichen Weiten der Matrix hinaus.

Kapitel 13

Er klopfte leicht an die geschlossene Zimmertür: »Darf ich hereinkommen, Mr. Johnson?«

»Äh, ja natürlich, kommen Sie!«

Fox öffnete die Tür und sah gerade noch, wie seine Auftraggeberin irgendetwas in ihre Reisetasche stopfte. »Ich habe Ihnen eine Tasse Kaffee mitgebracht. Er ist zwar künstlich, ohne Nährwert und Geschmack, aber dafür ist er heiß.«

Lächelnd nahm Mr. Johnson die dampfende Tasse entgegen und probierte. Sie verzog das Gesicht: »Prima, genauso, wie ich ihn mag.«

Fox setzte sich dem Bett gegenüber auf einen Klappstuhl und beide saßen einen Moment lang schweigend da. Mittlerweile war das Zimmer magisch abgeriegelt und Mongo hatte ein paar Geräte im Raum verteilt, die angeblich alle erdenklichen Ortungs- oder Abhörversuche scheitern lassen würden. Das Zimmer war zwar dadurch nicht schöner geworden, aber auf alle Fälle sicherer.

»Sie sehen müde aus«, unterbrach Fox das Schweigen. »Das Ganze nimmt Sie wohl sehr mit, was?«

Mr. Johnson nickte und nahm noch einen Schluck aus der Tasse, die sie mit beiden Händen festhielt. »Ich bin froh, wenn das alles vorbei ist. Ich bin eine einfache Programmiererin und finde es normalerweise schon aufregend, wenn ich zuhause eine Konservendose ohne Etikett finde und dann gerate ich in eine solche Geschichte. Fox, ich habe zum ersten Mal in meinem Leben einen Menschen getötet und das nur, weil er mich sonst getötet hätte.«

Fox musterte die junge Frau. Sie war sehr blass und hatte dunkle Ränder unter den Augen. Sie zitterte, gab sich aber Mühe, die Tasse in ihren Händen ruhig zu halten. Sie war nicht für das Leben in den Schatten geschaffen. Wahrscheinlich verließ sie die sicheren vier Wände ihrer Wohnung normalerweise nicht mal zum Einkaufen oder um ein paar Freunde zu treffen. Sie wirkte nervös und ängstlich, gar nicht so, wie man sich eine erfolgreiche Shadowrunnerin vorstellte, die sich mit den ganz Großen anlegte. Fox wusste zwar nicht, um was genau es dabei ging, aber er musste etwas Bedeutendes sein. Man heuerte schließlich nicht jeden Tag Leibwächter für eine halbe Million Nuyen an. Fox wollte nicht in ihrer Haut stecken.

»Ich könnte Ihnen jetzt die Fabel vom ›fressen und gefressen werden‹ erzählen, vom ›Gesetz des Dschungels‹ und ähnlichen Unsinn, aber das wird Ihnen nicht helfen. Das ist alles nur leeres Gerede. Wenn man zum ersten Mal einen Menschen tötet, verliert man unwiderruflich selbst etwas von seiner Menschlichkeit. Das kann einem niemand mehr zurückgeben, ganz egal, wie man es sich schönzureden versucht. Allerdings gibt es da noch eine Sache, die ein wenig dabei hilft, zu vergessen.«

»Und die wäre?«

»Mein Kaffee«, grinste Fox. »Wer den trinkt, hat ganz andere Sorgen.«

Mr. Johnson lächelte. »Das ist wohl wahr.«

»Versuchen Sie jetzt, ein wenig zu schlafen«, sagte Fox freundlich. »Wir geben schon Acht auf Sie, dafür sind wir ja da.«

»Danke, Fox. Ich glaube, das würde mir wirklich gut tun. Aber da ist noch etwas, über das ich reden wollte …«

Bevor sie weitersprechen konnte, wurden sie von einem Ruf aus dem Nebenzimmer unterbrochen: »Fox, kannst du mal kommen? Irgendetwas Merkwürdiges geht hier vor.«

Mongo klang besorgt und deshalb sprang Fox sofort auf und ging eilig zur Tür.

»Fox …« Der Geheimagent wandte sich zu seiner Auftraggeberin um. »Nennen Sie mich Eliza!« Fox nickte lächelnd und zwinkerte ihr zu, bevor er das Zimmer verließ.

»Was ist los, Mongo?«, fragte Fox den Troll, der auf einem Hocker vor einer ganzen Anzahl tragbarer Trideoschirme hockte.

»Sieh dir das mal an«, sagte Mongo, während er mit der Hand auf einen der Bildschirme zeigte. »Die örtlichen Sicherheitsdienste ziehen ihre Leute ab. Sechs Wagen in den letzten zehn Minuten.«

»Die wissen irgendetwas, was wir nicht wissen. Ich habe da ein ganz mieses Gefühl«, sagte Fox. »Sag den anderen Bescheid, dass sie sich auf einen möglichen Angriff vorbereiten sollen. Wie haben die uns bloß gefunden?«

Von seinem Versteck auf dem Dach aus sah Blinky die vier eintreffenden Ares Citymaster mit dem Aztech-Logo und die nebenher laufenden Fußsoldaten aus der Zieloptik seines Barret Model 121 noch vor Mongos Überwachungsdrohnen. Er gab über seinen Mikro-Transceiver das für den Angriffsfall verabredete Signal und wartete anschließend darauf, dass sich seine Gegner in einen für ihn günstigen Schusswinkel brachten. Als das erste der schwergepanzerten Einsatzfahrzeuge auf den Vorhof der Großbaustelle einbog, gab Blinky den ersten Schuss ab. Das äußerst großkalibrige und zudem panzerbrechende Projektil durchschlug ohne Probleme die Front des Citymasters auf der Seite des Fahrers.

Blinky hatte sein Ziel anscheinend nicht verfehlt, denn das Kommandofahrzeug brach zur Seite aus und rammte noch die Wand eines gerade fertiggestellten Bürogebäudes, bevor es zum Stillstand kam. Ein zweiter Treffer brachte seinen Tank zur Explosion. Die überraschten Aztech-Soldaten liefen auseinander und suchten Deckung hinter den noch verbliebenen Fahrzeugen, Baumaschinen oder frisch verputzten Gebäudewänden.

Nun mischten sich auch Mongos Ares-Guardian-Drohnen in den Kampf ein. Die beiden mit leichten Maschinengewehren bewaffneten Kampfmaschinen schwebten aus den von Mongo und Fox für sie ausgehobenen Gruben empor und setzten sich hinter das Aztech-Team, um sie von dort mit heftigem Dauerfeuer einzudecken. Über die

Hälfte der bis dahin noch stehenden Fußsoldaten ging so unter den nicht tödlichen Gelgeschoss-Salven zu Boden.

Nach dem anfänglichen Schrecken, den der Überraschungsangriff des Runnerteams verursacht hatte, ging nun aber auch die Gegenseite vehement in die Offensive. Die Soldaten stürmten in das von Fox und seinen Leuten als Versteck genutzte Gebäude und die Ares Citymaster eröffneten das Feuer auf die hin und her jagenden Vektorschubdrohnen. Mongo konnte ihnen eine ganze Zeit ausweichen, aber nachdem die erste Drohne schließlich doch in Rauch aufging, gab er der noch verbliebenen Guardian den Befehl zum Rückzug.

Blinky jagte im Gegenzug mit drei weiteren Schüssen seinen zweiten Citymaster in die Luft. Danach musste allerdings auch er sich fluchtartig zurückziehen, da aus den verwobenen Schluchten der nahen Wolkenkratzer ein Kampfhubschrauber auftauchte und zwei bösartig aussehende Rotationskanonen auf ihn ausrichtete. Blinky ließ das Gewehr fallen, sprang auf und rannte über das Dach auf den Eingang zum Treppenhaus zu, während vollautomatische Salven links und rechts von ihm faustgroße Betonstücke aus dem Boden rissen.

Mit einem gewagten Hechtsprung warf sich Blinky gegen die provisorisch angebrachte Tür. Holz splitterte und Blinky krachte mit voller Wucht in den Vorraum des Treppenhauses, während weitere Geschosse hinter ihm auf dem Dach einschlugen.

Er hatte sich gerade aufgerappelt, als eine flammende Gestalt vor ihm aus dem Boden aufstieg. Es war ein gigantischer Feuerelementar, ein astrales Wesen aus den Tiefen der Metaebenen, das von einem hermetischen Magier in die physische Welt gerufen worden und diesem jetzt dienstbar war. Im Moment verlangte dieser Magier offenbar, dass er Blinky das Gesicht wegbrannte. Der konnte gerade noch wegtauchen, bevor der heiße Atem des Elementars die Wand hinter ihm Blasen werfen ließ. Blinky schwang sich über das Treppengeländer und stolperte so schnell er konnte die Stufen herunter. Er besaß keine Waffe, die dem Elementar schaden konnte, und so musste er sein Heil vorerst in der Flucht suchen.

Als die Aztech-Soldaten in die im Erdgeschoss liegende Eingangshalle stürmten, wurden sie ein zweites Mal überrascht, diesmal von der Sentry™-Selbstschussanlage, die Mongo dort installiert hatte. Befehle gelten und die Truppen zogen sich zurück; sie gingen in Deckung, so gut es ging, aber das half nicht viel. Die Salven der Sentry hämmerten gnadenlos und die Männer fielen reihenweise um.

Die Soldaten, die so mutig waren, die Flucht einiger ihrer Kameraden zu decken, versuchten vergebens, die Selbstschussanlage zu beschädigen, denn deren Panzerung war einfach zu stark. Die meisten von ihnen fielen, aber einige wenige gingen noch gezielter gegen den mechanischen Feind vor. Nur so und unter erneuten schweren Verlusten gelang es ihnen schließlich, die Anlage mit einigen hochexplosiven IPE-Granaten doch auszuschalten.

Fox sah sich derweil das ganze Geschehen auf Mongos zahlreichen Überwachungsmonitoren an. Die Angreifer erlitten große Verluste, aber langsam schwanden auch die eigenen Ressourcen. Nicht mehr lange, und die ersten Soldaten würden sich den Weg freischießen. »Mongo, wir evakuieren. Sag den anderen Bescheid, ich hole Eliza.«

»Wen?«, fragte Mongo geistesabwesend, aber Fox hatte schon den Raum verlassen. Er lief an Melody vorbei, die von einem Seitenfenster aus auf den Helikopter schoss, der über dem Nachbarhaus kreiste. Anscheinend hatte sie ihn schon schwer beschädigt, denn er drehte gerade ab, wobei er eine dichte Rauchfahne hinter sich herzog.

»Wir rücken ab, Melody!«, rief Fox ihr zu, ohne stehen zu bleiben. Innerlich musste er schmunzeln, weil er gerade aus unerfindlichen Gründen daran gedacht hatte, wie die wehrhafte Rothaarige in der gegenwärtigen Situation ohne ihren enganliegenden Kampfanzug aussehen würde.

Fox betrat wieder Elizas Zimmer. Sie hatte ihre wenigen Habseligkeiten bereits zusammengepackt und wartete darauf, was weiter geschehen würde. Fox ging zu einem der mit FAB-1 überstrichenen Fenster und trat mit zwei wuchtigen Tritten die Scheibe heraus. Er griff in seinen Rucksack und zog eine Enterhakenkanone hervor, während er nach dem bestgeeigneten Ziel Ausschau hielt. Er legte an und schoss den Enterhaken, der ein dünnes, aber besonders reißfestes Camouflageseil hinter sich abwickelte, schräg unter sich in die Dunkelheit. Der Haken schlug im Betonboden der Straße ein und das Seil straffte sich. Fox trennte das Seil ab und befestigte das obere Ende mit einer speziellen Verankerung in der Wand des Zimmers. Danach befestigte er einige beschichtete Halteriemen am Seil, mit denen man sicher und schnell abwärts rutschen konnte.

Nun erschienen auch Mongo und Melody im Raum. »Da sollen wir runter?«, fragte Mongo mit vor Schreck weiten Augen. »Ich glaube, ich gehe vielleicht doch lieber durchs Treppenhaus und schlage mich mit den Azzies herum.«

»Stell dich nicht an, du Riesenbaby«, grinste Melody und stürzte sich am Seil in die Nacht hinab. Eliza folgte ihr kurz darauf, und wie es schien, machte es ihr sogar Spaß, denn sie quietschte vergnügt, als sie sich vom Fensterrand abstieß. Mongo schloss sich den beiden nur widerwillig an und Fox meinte, vor seinem Sprung noch etwas wie »Verdammter dreckiger Drek« gehört zu haben.

Nach ihm ließ Fox noch einige Beutel mit Ausrüstung am Seil hinab, bevor er sich selbst auf den Weg nach unten machte. Er hoffte, dass auch Blinky und Beowulf es rechtzeitig nach draußen schaffen würden.

Beowulf war zur Zeit des Angriffs gerade auf einer Streife durch den Astralraum gewesen und dort von einem Heißsporn von aztekischem Kampfmagier überrascht worden. Sie kämpften noch immer, obwohl es mittlerweile so aussah, als würde das mystische Gefecht bald ein Ende finden.

Zu seinem Glück hatte der Konzernmagus anscheinend noch nicht viel Erfahrung im direkten Kampf mit einem ebenfalls magisch aktiven Gegner sammeln können, denn er setzte zu schnell aufeinanderfolgende Zauber großer Stärke ein. Das schwächte ihn deutlich mehr, als es Beowulf Kraft kostete, die astralen Bande zusammenzuhalten, die ihn vor den fortwährend auf ihn niederfahrenden Energieblitzen schützten.

Er passte den richtigen Zeitpunkt ab, machte einen plötzlichen Ausfall und durchbohrte mit einer feurigen Lanze erst den magischen Schild und dann den astralen Leib des aztekischen Magiers. Die Mensuren seiner Studentenverbindungszeit hatten wieder einmal ihren Wert bewiesen und seine These untermauert, dass man nicht für die Schule, sondern für das Leben lernte.

Nachdem Beowulf wieder in seinen physischen Körper gefahren war, merkte er, dass auch Undine in seiner Abwesenheit nicht untätig geblieben war. Die deutlich weiblich geformte Gestalt aus kristallklarem Wasser kämpfte gerade mit drei, kleinen Salamandern ähnelnden, Feuerwesen, die gleichzeitig über sie herfielen. Zahlreiche Rußflecken in einer ähnlichen Gestalt bedeckten den blanken Betonboden des Zimmers und wiesen darauf hin, dass sich seine geliebte Undine schon vorher einer noch größeren Übermacht erfolgreich erwehrt hatte.

Beowulf hatte seiner Vertrauten den Auftrag erteilt, über seinen fleischlichen Körper zu wachen, während er sich von ihm losgelöst auf astraler Patrouille befand. Ohne sie wäre er wahrscheinlich längst zu Asche verbrannt worden. Beowulf wollte seiner treuen Verteidigerin gerade zu Hilfe eilen, als Blinky stark angesengt durch die Decke brach und sehr unsanft auf dem Sofa landete, auf dem Augenblicke zuvor noch der verlassene Körper des Zwergen geruht hatte.

Beowulf hätte ihn beinahe nicht erkannt, da Blinkys vormals lange, strähnige Mähne zu schmauchenden Resten heruntergebrannt war. »Bring das verdammte Vieh um,

Beowulf, sonst mache ich es doch noch selbst«, schrie er dem erschreckten Magier noch entgegen, bevor auch sein feuriger Verfolger auf der Bildfläche erschien.

Beowulf ließ sich das nicht zweimal sagen. Ohne weiter über mögliche Konsequenzen nachzudenken, zog er das römische Kurzschwert unter dem Mantel hervor und warf sich mit aller Kraft nach vorne. Doch auch wenn diese eher plumpe Taktik seinen Sieg über den polnischen Wendigo bedeutet hatte, brachte sie Beowulf hier nur eine gebrochene Nase ein.

Der Elementar wich dem Angriff mühelos aus und Beowulf prallte mit voller Wucht gegen die nackte Wand. Er tastete nach dem Schwert, fand es aber nicht, und schon baute sich die riesige Gestalt aus tödlich loderndem Feuer vor ihm auf. Beowulf schloss mit der Welt ab und irgendwie war er glücklich, dass er vor seinem Tod als Letztes seine tapfere Undine sah, die auf der anderen Seite des Raumes gerade den letzten Feuersalamander vernichtete.

Doch nicht Beowulf hauchte sein Leben aus, sondern der Elementar verdampfte in einer alles umhüllenden Wolke, als der Feuerlöscher in seinem Inneren explodierte, den Blinky auf ihn geschleudert hatte. »Drek, muss ich denn wirklich alles alleine machen?«, zeterte Blinky noch, bevor er bewusstlos zusammenbrach.

Inzwischen hatte Fox wieder sicheren Boden unter den Füßen. Mongo hatte bereits den Eurocar Shark vorgefahren und Melody und Eliza verstauten gerade die ihnen noch verbliebene Ausrüstung im Kofferraum.

Nun kam auch Beowulf angehumpelt; an seiner Seite Undine, die den zusammengesunkenen Körper Blinkys trug. »Ist er tot?«, fragte Eliza mit sorgenvoller Miene.

»Nein, er lebt«, antwortete Beowulf ächzend. »Jedenfalls genausoviel wie ich.« Er half Undine, Blinky in den Wagen zu setzen und ließ auch noch Eliza den Vortritt, bevor er schließlich selbst einstieg.

Fox betätigte einen handlichen Funkzünder und eine gewaltige Explosion erschütterte die oberste Etage ihres ehemaligen Unterschlupfes. Die Fenster zersplitterten und lange Feuerzungen bahnten sich ihren Weg ins Freie. Das sollte ihre Verfolger eine Weile beschäftigen.

Melody nahm die Sonnenbrille ab und schaute zu dem brennenden Dachgeschoss empor: »Beeindruckend, Fox, wirklich beeindruckend, aber sieh mal, da seilen sich noch welche über unseren Fluchtweg ab.«

»Steig schon mal ein«, sagte Fox, während er in eine seiner Manteltaschen griff. »Ich habe noch jemanden zu erledigen.«

Fox ging zu dem Seil hinüber und berührte es mit dem Katalysatorstift, den er aus dem Mantel gezogen hatte. Das Seil löste sich in Sekundenschnelle auf, und als Fox bereits im fahrenden Wagen saß, fielen die aztekischen Assassinen noch immer.

Für Fox hatte der Tag doch noch ein gutes Ende genommen. Melody hatte trotz der Schwellung in ihrem Gesicht wohl die erotischsten blauen Augen, die er jemals gesehen hatte.

Kapitel 14

Die Redmond Barrens waren besonders nachts ein überaus ungastlicher Ort. Der heftige Regen, der nun schon seit Stunden vergebens darum bemüht war, wenigstens den gröbsten Dreck von den Straßen zu waschen, trug auch nicht sonderlich zu ihrer Attraktivität bei. Trotz des Regens waren die Straßen nicht verlassen, sondern von allerlei lichtscheuem Gesindel bevölkert. Man stand um in Brand gesetzte Müllcontainer herum, redete im Schein flackernder Neonreklamen über verbotene Geschäfte und handelte mit heißer Ware und den kalten Organen von Personen, die sich zum letzten Mal in diese Gegend verirrt hatten. Prostituierte jeglicher Alters- und Preisklasse, egal ob männlich oder weiblich, Mensch, Ork, Zwerg, Elf oder Troll boten ihre zweifelhaften Dienste an, und wahrscheinlich waren viele von ihnen mitverantwortlich dafür, dass die Organhändler etwas hatten, womit sie ihren Handel treiben konnten. Manche ihrer Freier sah man nie wieder – zumindest nicht in einem Stück.

Nazareth gefiel die Szenerie trotz allem. Es war das erste Mal, dass ihm so etwas geboten wurde und er fand es überaus interessant. Obwohl er noch nie hier gewesen war, kannte er sich in der Umgebung aus. Er hatte einen Teil seines Headware-Memory mit einer Software belegt, die ihm genaue Karten, die Umgangssprache und die Gebräuche der Barrens nahe brachte. Zielstrebig steuerte Nazareth auf ein etwas abseits gelegenes Haus zu, vor dessen Eingangstür ein paar Elfen auf Motorrädern herumlungerten.

Als Nazareth das Gebäude betreten wollte, stellte sich ihm einer von ihnen in den Weg. Er trug nietenüberzogenes Leder, ein Monofilament-Schwert im Gürtel und ebenso wie seine Begleiter ein feuerrotes Stirnband. Anscheinend gehörten die Elfen keiner der großen Straßengangs Seattles an, sondern waren eine kleine Gruppe von Go-Gangern, die noch nicht einmal der komplexen Identifizierungssoftware Nazareths bekannt war. »Was willst du hier?«, fragte der Elf, nachdem er sich mit vor der Brust verschränkten Armen vor Nazareth aufgebaut hatte.

»Ich will Slicer sprechen. Ich benötige Spezialequipment.«

»Vielleicht will dich Slicer gar nicht sehen.«

»Vielleicht würde ich es darauf ankommen lassen«, antwortete Nazareth ruhig. Das elfische Gangmitglied setzte zu einer Antwort an, wurde aber unvermittelt unterbrochen. »Lass ihn rein, Dillinger«, ertönte eine computergenerierte Stimme aus einem in der Tür verborgenem Lautsprecher.

»Er könnte bewaffnet sein.«

»Dann wäre er wohl nicht hier.« Es summte und die gepanzerte Tür sprang auf. Nazareth blickte an Dillinger hinab: »Ich komme wieder.« Danach verschwand er in der hinter der Tür liegenden Dunkelheit.

Wenige Sekunden später betrat Nazareth einem großen und gut ausgeleuchteten Raum. »Willkommen in meinem kleinen Reich«, sagte der dunkelhäutige Elf, der ihn hierher geleitet hatte. Slicer war selbst für einen Elfen schlank und ungefähr zwei Meter groß. Er trug einen verschmierten weißen Arbeitskittel, Lederstiefel und eine neongelbe Augenklappe auf der rechten Seite. »Ich habe hier Waffen fast jeden Kalibers. Ich habe leise und unauffällige Waffen, Waffen mit extremer Durchschlagskraft und auch Waffen, die ich speziell für den individuellen Einzelkäufer ganz nach Wunsch modifiziere. Sieh dich ruhig um, mein Freund, und lass dir Zeit! Eine gute Wahl will überlegt sein.«

»Die Franchi Spas-22-Schrotflinte mit Smartgun-II-Hardware.«

»Wirklich eine vortreffliche Wahl. Unauffälliger als eine normale Schrotflinte, aber genauso tödlich.«

»Die M79B1-Leichte-Panzerabwehrwaffe.«

»Oh, du willst auf Großwildjagd. Sie hat eine sehr präzise Zielerfassung und ist wirklich günstig abzugeben.«

»Zwei HK-227-S, mattlackiert.«

»Ist notiert. Darf es sonst noch etwas sein?«

»Ein phasenkoordiniertes Plasmagewehr mit einer vierziger Reichweite.«

Slicer runzelte die Stirn: »Tut mir Leid, was bitte?«

»Hat sich erledigt. Das wäre dann alles«, sagte Nazareth zufrieden lächelnd.

»Schön, die Lackierung mache ich dir gleich fertig. Wenn du möchtest, kannst du die Ware dann direkt mitnehmen. Wie zahlst du?«

»Hiermit«, sagte Nazareth und zog einen Ebenholz-Credstick mit unbeschränktem Kreditrahmen aus dem Mantel. Dabei entging ihm nicht der überraschte und auf einmal ziemlich habgierige Blick des Elfen.

»Ich mache dir einen Sonderpreis. Mengenrabatt, du weißt schon, Chummer.«

Nachdem Nazareth dem Waffenschmied noch Munition, einige Handgranaten, Wurfmesser und schließlich noch etwas Sprengstoff zu einem relativ guten Preis abgerungen hatte, verließ er Slicers Werkstatt. Er lief wieder interessiert, wenn auch jetzt eher etwas ziellos, durch die überfüllten Straßen der Barrens, wobei er alle ihm sich bietenden Eindrücke in sich aufsog.

Nazareth erforschte die fremdartigen Bilder und Gerüche. Er lauschte dem asiatisch geprägten Dialekt eines Straßenhändlers und besah sich neugierig ein auf ein Autowrack gespraytes Graffiti, das wie ein biblisches Weltuntergangsszenario gestaltet war. Nazareth war erst einen Tag in Seattle, aber er liebte diese Stadt wie keinen anderen Ort, den er jemals besucht hatte. Es gab hier soviel, was es zu entdecken galt. Menschen, die sich anschrien, brennende Autoreifen, minderjährige BTL-Süchtige und vieles, vieles mehr. Es waren Unmengen von sensorischen Informationen, die auf ihn und seine cybertechnisch aufgewertete Wahrnehmung einprasselten und Nazareth erfreute es, endlich einmal in diesem Umfang Gebrauch von seinen Systemen machen zu können.

Die Großstadt war toll, aber Slicer hätte er nicht treffen müssen. Obwohl er von ihm gut und auch alles in allem sehr zuvorkommend bedient worden war, gefiel ihm der Elf nicht. Er hatte irgendetwas an sich, was Nazareth nicht behagte. Außerdem wusste er ja, dass man einem Elfen nicht trauen durfte.

Noch während Nazareth überlegte, warum ihm der Elf unsympathisch war, nahm er aus den Augenwinkeln ein paar Schatten wahr, die ihm zu folgen schienen. Nazareth wandte den Kopf und sah, dass es Dillinger und seine Kumpel waren, die ihm nachgingen. Er blieb stehen und drehte sich zu seinen Verfolgern um. Er winkte ihnen zu und ging dann in eine schmale Seitenstraße, die noch finsterer wirkte, als es bei den belebteren Teilen der Barrens bereits der Fall war.

Die Straße war eine Sackgasse und führte in einen völlig verwahrlosten Hinterhof. Überall lag Müll und Dreck. Ratten huschten durch die dunklen Winkel und mitten auf dem Platz lag ein ungefähr zwölfjähriger Junge in einer Lache von Erbrochenem. Nazareth beäugte ihn kurz, drehte sich dann aber um, um sich seinen Verfolgern widmen zu können.

»He, Punk! Ich hörte, du hast mehr Zaster bei dir, als du vertragen kannst!«, rief ihm Dillinger böse grinsend zu. »Wäre doch schade, wenn er dir über den Kopf wachsen würde, oder?«

»Dem Sieger gehört die Beute«, sagte Nazareth mit einem Funkeln in den Augen und streifte seinen Mantel ab. Dann stürmten die Elfen auf ihn los.

Dillinger hatte sein Schwert gezogen und dessen Klinge blitzte für einen kurzen Moment im blassen Lichtschein eines Fensters auf, bevor es auf Nazareth niedersauste. Doch Dillingers Gegner wich geschickt aus und trat dem Angreifer hart gegen das rechte Bein.

Nazareth griff nach Dillingers Schulter, schwang sich über den vor Schmerz gekrümmten Elfen und trat dessen nächststehendem Begleiter so kräftig ins Gesicht, dass sein Nasenbein brach und er bewusstlos zu Boden ging. Dillinger wirbelte herum und zerteilte die Luft über Nazareth, der sich aber gerade noch rechtzeitig wegduckte. Nazareth schlug ihm nun in rascher Abfolge seine beiden Fäuste derartig fest in Magen und Unterleib, dass Dillinger erst einmal zusammensackte.

Zwei weitere Elfen packten Nazareth und einer von ihnen rammte ihm sein Knie in den Bauch. Nazareth stöhnte, aber er ließ den beiden nicht die Gelegenheit, ihm noch einmal wehzutun. Er hakte sich um das Bein, das ihn getroffen hatte, und warf sich mit aller Kraft herum. Die Beinknochen splitterten und der Elf brach wimmernd zusammen. Seinen Partner traf Nazareths flache Hand an der Stirn und er taumelte zurück.

Nazareth sprang auf und war schnell bei ihm. Der Elf wollte zu einem Revolver greifen, aber er kam nicht mehr dazu. Nazareth verpasste ihm einen Kopfstoß und riss dem nun Bewusstlosen selbst die Waffe aus dem Halfter, um den letzten von Dillingers noch verbliebenen Begleitern mit drei Schüssen in die Brust niederzustrecken. Mit der Waffe in der Hand ging er auf Dillinger zu, der benommen an einer dreckigen Hauswand lehnte. »Dillinger, ich glaube, dir ist da etwas über den Kopf gewachsen.«

»Wenn du den Revolver weglegst, werde ich dir zeigen, dass man so nicht mit mir umspringen kann«, flüsterte der Elf mit hasserfüllter Stimme.

»Ich habe da einen besseren Vorschlag. Du läufst jetzt zu Slicer und sagst ihm Bescheid, dass er meinen Credstick nicht bekommt. Damit ist für mich dann alles geklärt.«

»Ich spucke auf dich und deinen Vorschlag!«, schrie ihn Dillinger an. Er sprang vor und warf sich auf Nazareth.

Dieser prallte gegen die Wand und ließ den Revolver fallen. Dillinger verpasste ihm einen Kinnhaken und versetzte ihm noch einen Schlag in den Bauch. Erst danach gelang es Nazareth, einen Gegentreffer zu landen. Er drängte den

Elfen mit gezielten Hieben und Tritten zurück und brachte ihn schließlich mit einem abschließenden Schlag gegen den Kehlkopf zu Fall.

Keuchend lag Dillinger am Boden und starrte ihn wütend an. Nazareth griff nach einer seiner Maschinenpistolen und legte auf ihn an. »Es gab früher einmal in den amerikanischen Staaten einen Mann, der den gleichen Namen trug wie du, Dillinger. Ein Mafioso der alten Garde und damals Staatsfeind Nr. 1. Der Dillinger war ein echt harter Kerl. Man brauchte ein paar hundert Kugeln, um ihn zu erledigen. Du aber bist nur irgendein Dillinger und eine Kugel sollte mehr als genug sein, dein jämmerliches Leben zu beenden, oder meinst du nicht? Hau endlich ab!« Dieses Mal ließ sich Dillinger das nicht zweimal sagen.

Nazareth steckte die Waffe wieder ein und zog seinen Mantel an, den er vorher abgelegt hatte. Nun ging er auf den Jungen zu, der noch immer verkrampft auf dem Boden lag. Er beugte sich über ihn und hob dessen Kopf an. Dem Kleinen ging es anscheinend nicht gut. Er war unterernährt, blass und hatte einen entzündeten Schnitt in der linken Handfläche. »Du siehst übel aus, mein Junge. Ich glaube, es wird jetzt auch für uns Zeit, zu gehen.« Er legte sich den Jungen vorsichtig über die Schulter und machte sich wieder auf den Weg.

Kapitel 15

Die Stimmung im Mannschaftsquartier war bedrückt. Maria räumte die frei gewordenen Spinde aus, Enrico starrte aus dem Fenster und Vanessa saß still am Tisch. Der Major der Jaguargarde war niedergeschmettert. Die drei waren die letzten der vormals 15 Gardisten, die zu Vanessas persönlicher Truppe gehört hatten, und den Unterstützungssoldaten aus Seattle ging es noch schlechter. Sie waren fast vollständig aufgerieben worden. Vanessa Hernandez wurde immer noch von kaltem Entsetzen gepackt, wenn sie an den Angriff auf die Baustelle in Bellevue dachte.

Der Gegner war um vieles stärker gewesen, als man es von Shadowrunnern erwarten konnte. Hier war einiges an Kapital im Spiel gewesen. Verdammt, sie hatten sogar eine dreckige Selbstschussanlage gehabt. Vanessa hörte immer noch die verzweifelten Hilferufe und die nicht enden wollenden Schmerzensschreie der sterbenden Kameraden. Es war nicht die erste verlustreiche Schlacht für den Major der Jaguargarde gewesen, aber noch nie hatte sie eine solche Niederlage erlitten.

Sie hatte die schwarze Garde gehabt. Sie hatte Panzerfahrzeuge, eine große Anzahl von Infanteristen, einen Kampfmagier, Feuerelementare und sogar einen Kampfhubschrauber gegen vielleicht eine Handvoll Söldner in den Kampf geschickt, und trotzdem waren sie vernichtend geschlagen worden. Es konnte einfach nicht wahr sein, was da passiert war. Vanessa machte sich jetzt Vorwürfe. Sie hätte vielleicht eine ganz andere Taktik anwenden und viel mehr Zeit in die Planung des Ganzen investieren sollen.

Sie hätte gleich stutzig werden müssen, als sie hörte, dass der Geheimdienst der britischen Regierung mit von der Partie war. Auch ihre Bedenken wegen Mr. Drake meldeten sich nun wieder. Der Leiter der Bostoner Einrichtung von Aztechnologie war ihr von Anfang an unsympathisch gewesen. Warum hatte er den Einbruch in seine Labors vor der Konzernführung verschwiegen? Weshalb bemühte er seine Connections in Aztlan, um sie nach Boston zu holen, anstatt auf die gutausgebildeten Kräfte der Seattler Niederlassung zurückzugreifen? Vanessa wusste es nicht. Aber langsam wurde ihr klar, dass sie es sich selbst und auch ihren gefallenen Kameraden schuldig war, etwas über die wahren Beweggründe Drakes herauszufinden.

Vanessa war loyal und im Prinzip ging es sie nichts an, ob der eine oder andere Konzernschlips nicht wollte, dass die Führung in Aztlan Wind von seinem Versagen bekam, aber hier steckte vielleicht mehr dahinter als zunächst vermutet. In ihr regte sich der Verdacht, dass der so geheimnisvolle Mr. Drake etwas tat, was der Konzernleitung verborgen bleiben musste, weil sie in sonst unsanft davon abhalten würde. Vanessas Misstrauen war geweckt und sie würde von jetzt an ein Auge darauf haben, was Drake tat und was er wirklich plante. Zuallererst würde sie einen alten Freund in Aztlan anrufen und ihn fragen, was er zu dem Ganzen zu sagen hatte.

»Major Hernandez, Madam, da ist ein Anruf für sie auf Leitung Eins. Es ist Mr. Drake aus Boston«, schreckte sie Enrico auf. »Ist gut, Soldat«, antwortete sie und ging anschließend in den verwaisten Telekommunikationsraum.

»Hier Major Hernandez.«

»Drake hier. Wie konnte das passieren, Major?« Der Konzernmanager sah auf dem Trideobildschirm nicht besonders erfreut aus. »Erklären Sie mir das! Ich gebe Ihnen einen simplen Auftrag, ausreichend Waffen, Material und Männer – und Sie versagen dennoch auf der ganzen Linie.«

Drake schrie mehr als er sprach, aber Vanessa verlor trotzdem nicht die Fassung: »Unser Gegner war stärker, als wir vermuteten. Auch er besaß militärisches Equipment. Trotz allem lässt sich das Ganze nicht beschönigen, Sir. Ich übernehme die volle Verantwortung. Wollen Sie, dass ich den Auftrag abgebe, Sir?«

»Nein, noch nicht, Major. Ich gebe Ihnen noch eine Chance, die Mission zu erfüllen, aber leisten Sie sich nicht noch eine Niederlage. Sie sind genauso ersetzlich, wie es Ihr Vorgänger war. Ich habe jemanden an der Hand, der darauf brennen würde, Ihren Platz einzunehmen.«

Vanessas Köper spannte sich an: »Ich habe verstanden, Sir. Ich werde mein Bestes geben.«

»Das werden Sie auch auf jeden Fall tun müssen, Major Hernandez«, sagte Drake mit kalter Stimme. »Bringen Sie mir die Datei zurück, koste es, was es wolle!«

Drake hatte das Gespräch beendet und nun schaltete auch Vanessa ab. Drake war deutlich gewesen, aber Vanessa war zu stolz, um sich drohen zu lassen. Er war ihr Vorgesetzter, aber er war auch nur ein Konzernschlips unter vielen. Sie respektierte seine Stellung, aber er hatte genauso die ihre zu respektieren und Drohungen zeugten nicht gerade von besonderem Respekt. Während die Soldaten der Garde beim Einsatz ihr Leben gelassen hatten, hatte der feine Mr. Drake vermutlich im Bett gelegen und geschlafen. Was wusste er schon von Risiko, von Aufopferung und Loyalität? Vanessa würde zwar alles ihr nur Mögliche unternehmen, um die Mission doch noch erfolgreich abzuschließen, aber das würde sie für ihre toten Kameraden tun, und nicht etwa aus Angst vor Drake.

Vanessa wusste, dass er ein mächtiger Mann war und spürte, dass er auf eine Weise gefährlich war, die es bei Menschen gab, deren Verstand zwischen Überlegtheit und Wahnsinn pendelte. Sie kannte diese Art von Mensch. Vanessa kam von der Straße und hatte auch ihre ersten Jahre als Soldat dort verbracht. Sie hatte mehr gesehen, als für die meisten anderen zu verkraften gewesen wäre. Einige ihrer damaligen Freunde hatten sich das Leben genommen, weil sie Dinge gesehen hatten, an denen sie innerlich zerbrochen waren. Sie wusste, dass Drake vermutlich leicht und wahrscheinlich auch mit Vergnügen ihren Tod anordnen konnte, aber davor hatte sie keine Angst. Früher oder später würde sie sowieso sterben, das war ihr schon beim Beginn ihrer Ausbildung vor Augen geführt worden.

»Enrico, Maria, kommt her. Wir müssen unser weiteres Vorgehen besprechen.« Ihre beiden letzten Vertrauten betraten den Raum und Vanessa forderte sie auf, sich zu setzen. »Was haben wir, was uns auf die Spur unseres Zielobjekts bringen könnte?«

Enrico meldete sich zuerst: »Die meisten Hinweise sind bei der Explosion des Gebäudes vernichtet worden. Aber wir haben Blutspuren aus dem anderen Haus. Es ist auch da wegen des Brandes nicht viel übrig geblieben und anscheinend wurde auch ein Sterilisationszauber gewirkt, aber auf dem Dach und im Treppenhaus hatten wir Glück. Es ist nicht viel, aber unsere magische Abteilung wird etwas damit anfangen können. Ich bin mir fast sicher, dass sie mit einem Aufspürungsritual Erfolg haben werden.«

»Man könnte sich auch umhören und Erkundigungen darüber einziehen, wer auf den Straßen über Hightechmaterial wie die Sentry™-Selbstschussanlage oder die Vektorschubdrohnen verfügen kann«, meinte Maria. »Es ist nicht viel, aber es könnte etwas dabei herauskommen.«

Vanessa nickte: »Wenn wir wüssten, wobei es sich bei der verlorengegangenen Datei genau handelt, könnten wir vielleicht herausfinden, wer daran interessiert ist, sie zu erwerben und so an die Shadowrunner herankommen. Darum kümmere ich mich. Geht ihr dem anderen nach!«

Nachdem Enrico und Maria gegangen waren, setzte sich Vanessa an ihren Schreibtisch und sah aus dem Fenster der Aztech-Pyramide hinab auf das nächtliche Seattle. Irgendwo da draußen steckten die Shadowrunner und formierten ihre Kräfte neu. Sie musste nun aufpassen und sorgfältig planen, um ihnen dieses Mal einen Schritt voraus zu sein. Aber auch hinter die wirklichen Pläne Drakes zu kommen, war ihr jetzt besonders wichtig. Sie betätigte die Gegensprechanlage und verlangte eine abhörsichere Verbindung nach Aztlan.

Kapitel 16

Zielstrebig und mit selbstsicherem Gang durchquerte die junge Frau den gut ausgeleuchteten Korridor. Vor allem die neugierigen Blicke der männlichen Belegschaft auf dieser Etage der Konzernanlage verfolgten den Weg der schlanken Blondine, die einen auffälligen blauen Pelzmantel trug. Einige verstummten mitten im Gespräch, andere betrachteten sie offensichtlich interessiert oder drehten sich im Gehen nach ihr um. So, wie sie sich bewegte und ihr die freudig überraschten Büroangestellten hinterher gafften, mutete es fast wie ein Wunder an, dass ihr niemand nachpfiff. Alles an ihr schien darauf ausgerichtet, Blicke anzuziehen. Sie war auffällig geschminkt, trug dunklen Lippenstift und Lidschatten. Ihre Haare waren lang, leicht gelockt über die Schultern geworfen und glänzten seidig. Ihr Mantel ließ einen tiefen Ausschnitt frei, und jeder, der sie betrachtete, musste sich fragen, ob sie wohl irgendetwas darunter trug. Der Mantel selbst reichte kaum aus, um ihre bemerkenswerten Rundungen zu verhüllen.

Die Sekretärin vor Dr. Sotos Büro wurde bereits durch das Klacken der hohen Absätze auf sie aufmerksam, bevor sie den weiß gestrichenen Tresen erreicht hatte. »Ah, Miss Stone. Einen wunderschönen guten Abend«, begrüßte die Sekretärin die Blondine betont höflich, während sie ihre schwarz gefasste Hornbrille zurechtrückte. »Dr. Soto erwartet Sie bereits. Wünschen Sie vorher einen Kaffee?«

»Danke«, antwortete die junge Frau verhalten freundlich. »Ich bin nicht zum Kaffeetrinken gekommen. Sie wissen ja, wir wollen in der nächsten Stunde absolut nicht gestört werden.« Sie wartete weder auf eine Antwort, noch würdigte sie die ein wenig entrüstet wirkende Sekretärin eines weiteren Blickes, bevor sie das große Büro betrat.

Soto kam ihr bereits erwartungsvoll strahlend entgegen, als sie die Tür hinter sich schloss. »Venus, es ist sehr schön, dich wieder mal bei mir zu haben. Unser letztes Treffen ist, ich weiß nicht, drei, vier Monate her?«

»Ich weiß es auch nicht genau«, antwortete die blonde Schönheit lächelnd. »Aber die letzte Rechnung hast du vor zwei Monaten bezahlt. Ich hoffe, du hast dich von unserer letzten Zusammenkunft erholt.«

»Ja, doch. Ich kann wirklich nicht klagen«, erwiderte Soto gut gelaunt. »Wo sollen wir es machen? Nehmen wir das Sofa oder sollte ich vielleicht den Schreibtisch ein wenig abräumen? Da ist das Licht vielleicht besser.«

»Das Sofa ist vermutlich bequemer. Außerdem weiß ich auch im Dunkeln, was ich tue.«

Soto zwinkerte ihr zu. »Gut, dann lege ich mich aufs Sofa. Ich denke, du willst dir wohl noch etwas Praktischeres anziehen?« Venus nickte, und während Soto auf dem Sofa Platz nahm und die nahestehende Musikanlage einschaltete, ging sie in den angrenzenden Waschraum. »Brauchst du noch irgendetwas?«, rief Soto der hübschen Frau nach.

»Danke, aber ich trage alles, was wir brauchen, bei mir.« Venus streifte den blauen Mantel ab und strich die weiße Schürze glatt, die sie zu einem Nichts von einem schwarzen Kleidchen trug. Sie überprüfte kurz den Inhalt ihrer Taschen und streifte anschließend ein Paar Gummihandschuhe über. Danach spazierte sie wieder in das Nebenzimmer. »So, Soto, dann leg dich mal ganz entspannt und bequem hin. Es wird sich gleich etwas seltsam anfühlen. Ich muss auch die Hauptsysteme deiner Implantate lahm legen. Du wirst also für eine kurze Zeit völlig blind sein.«

»Ja, natürlich, das dachte ich mir schon. Was kannst du mir denn so über meine neuste Errungenschaft berichten?«

Venus beugte sich über ihn und setzte ihre feingearbeiteten Instrumente an. »Die Cyberkamera stammt aus Jamaika, ist aber den Schaltkreisen nach ganz klar ein japanischer Klon. Shiawase Privat Eye. Die 60er Reihe, gut justierbar. Hat auch eine UV-Licht-Option. Ansonsten arbeitet sie aber ganz normal mit deinen jetzigen Augensystemen zusammen. Du kannst die Bilder entweder direkt in deinem Headware-Memory ablegen oder sie auf externe Speichersysteme übertragen, ganz, wie du willst.«

Die kybernetisch-medizinischen Geräte arbeiteten leise summend weiter, während sie sprach. »Sehr schön«, lächelte Soto zufrieden. »Das dürfte meinen Zwecken genügen. Übrigens sehr nett, dass du dich wegen mir so elegant zurecht gemacht hast.«

»Mach dir da mal keine falschen Hoffnungen, Soto«, grinste Venus unsichtbar für ihren blinden Kunden. »Ich habe heute noch was vor. Ein Date mit Dave. Er, ich und ein gemütliches kleines Restaurant mit Blick aufs Meer. Außerdem war es deine Idee, hier als deine aufgetakelte Lustsklavin aufzutreten. Du bist doch der Geheimniskrämer. Dass man seine Arbeit nie normal abwickeln kann.«

»Ja, du hast ja Recht«, sagte Soto nun etwas ernster. »Aber es muss ja nicht immer gleich jeder mitbekommen, wie ich mein Geld ausgebe. In diesem speziellen Fall erst recht nicht.«

»Was hast du denn mit den Privat Eyes vor? Möchtest du bloß Voyeur spielen, oder steckt mehr dahinter?«

»Ach ich weiß es selbst nicht so genau«, antwortete Dr. Soto zerknirscht. »Seit ich hier arbeite, trage ich diesen Datenfilter in meinem Schädel. Ich meine, es hat mir früher nie etwas ausgemacht. Manche Dinge muss man halt in einer Position wie meiner in Kauf nehmen. Aber manchmal habe ich diese Albträume. Ich wache mitten in der Nacht schweißgebadet auf, kann mich aber niemals an etwas von dem erinnern, was ich geträumt habe. Es ist zum Verrücktwerden. Wahrscheinlich sollte meine Loyalität größer sein, aber ich will wissen, was mit mir geschieht, wenn der Filter aktiv ist. Warum muss ich den Filter tragen? Nur, damit die ›Aura des Geheimnisvollen‹ perfekt ist?«

»Klingt spannend, Soto. So eine Idee kann auch nur von dir kommen. Du wirst langsam richtig aufsässig.« Venus lachte und auch Soto konnte sich ein Grinsen nicht verkneifen.

»Klingt wirklich ziemlich dramatisch. Na ja, du wirst alles aus erster Hand erfahren. Vielleicht wäre das etwas für einen von Daves Diaabenden.«

»Sahne, das wäre was. Die Enthüllung von Silkworms Geheimnis – Lüge oder Legende.« Venus legte die Instrumente beiseite und begutachtete ihre bisherige Arbeit an Sotos Cyberaugen. »So, Soto, wir sind gleich fertig. Ich werde eben noch einen Scan machen und dann bist du auch bald erlöst. – Ok, scheint alles klar zu sein. Dann werde ich das Ganze mal wieder hochfahren.«

Wenige Augenblicke später konnte Dr. Soto die über ihn gebeugte Venus wieder deutlich erkennen. Er nutzte die Gelegenheit dazu, aus dieser interessanten Perspektive die Kamera zu testen und dachte sich dabei, dass er Dave zu einem seiner eigenen Diaabende besser nicht einlud.

Zwei Stunden später sollte sich die nächste Möglichkeit zur Erprobung seiner neuesten Investition ergeben.

Dr. Soto hatte einen Anruf auf dem roten Telekom erhalten und war bereits wieder auf dem Weg zu seinem direkten Vorgesetzten. Zügig wie sonst auch und mit dem gleichen unangenehmen Gefühl in der Magengegend ging Soto den langen Gang herunter, an dessen Ende der rote Fahrstuhl auf ihn wartete, der ihn in das oberste Geschoss des Nepal Centres bringen würde. Die beiden in Vollrüstungen versiegelten Sicherheitsgardisten musterten ihn streng, als sie die üblichen Sicherheitsprozeduren vollzogen.

In diesem Augenblick hätte Soto nur allzu gerne gewusst, wie die Wächter hinter ihren verspiegelten Visieren wohl aussahen.

Auch auf der Fahrt nach oben wurde das mittlerweile vertraute und dennoch merkwürdige Gefühl der Unsicherheit nicht besser. Beim Erreichen der obersten Etage machte es wie schon oft zuvor ›Klick‹ und wie auch sonst schoben sich anschließend die breiten Türen des Liftes auseinander. Nur wenige Sekunden zuvor hatte Sotos Cyberkamera mit der Aufnahme begonnen.

Silkworm betrachtete seinen wie üblich völlig verschreckten Untergebenen mit mildem und beruhigendem Blick. »Pünktlich wie immer, mein lieber Doktor. Sagen Sie, wie lange kennen wir uns, ich meine, ich Sie jetzt eigentlich?«

»Ich übe meine Arbeit im Nepal Centre seit etwas über sieben Jahren für Sie aus, Sir«, antwortete Soto leise.

»Ja, richtig. Ich habe Ihre Arbeit immer geschätzt, wirklich.«

Soto gab sich Mühe, wenigstens halbwegs ruhig zu bleiben, aber ein Gespräch, das so begann nahm seiner Erinnerung nach selten ein gutes Ende. »Danke, Sir. Ich arbeite sehr gerne für Sie und den Konzern.«

»Ich weiß, mein Freund, ich weiß. Ich weiß so einiges mehr, als man gemeinhin annimmt. Ich habe soeben Informationen über den Zwischenfall in der Seattler Angelegenheit erhalten. Es ist zu schweren Kämpfen gekommen.«

»Ja, Sir. Auf unserer Seite sind, Gott sei Dank, keine Verluste zu verzeichnen.«

»Das ist in der Tat sehr erfreulich. Hätte ich nicht die lokalen Sicherheitskräfte gewarnt und so zu einem verräterischen Abzug bewegt, wäre der Angriff vermutlich nicht so glimpflich abgelaufen«, antwortete Silkworm, während er sich gedankenversunken durch den Raum bewegte. »Allerdings sollten wir unsere Gegner deshalb nicht unterschätzen. Wir haben viel Material und einen wertvollen Stützpunkt verloren.«

»Sollen wir Nazareth aufschließen lassen, Sir?«

»Nein, noch nicht. Im Moment sind unsere Freunde noch selbst in der Lage, angemessen zu reagieren. Kontakten Sie unseren Mann in Seattle und machen Sie ihm unsere Position klar. Mir schwebt da etwas mit Bäumen vor, ein Unterschlupf in der Wildnis, etwas im Survival-Stil. Regeln Sie das. Nazareth soll sich aber in Bereitschaft halten.«

»Jawohl, Sir. Ich werde mich sofort darum kümmern.« Soto griff mit schweißnassen Händen nach dem obligatorischen Informationschip und wollte gehen, aber die Stimme Silkworms hielt ihn zurück. »Ach, Soto.«

»Ja, Sir?«

»Sie speichern doch die Bilder momentan auf dem Chip in Ihrer Datenbuchse ab, oder?«

»Sir?«

»Sie wissen schon, was ich meine. Ist auf dem Chip auch dieses aufreizende Bild von Ihrer Bekannten gespeichert?«

»Nun, ja. Sir, ich wollte nicht …«

»Legen Sie den Chip einfach vor dem Hinausgehen auf den kleinen Mahagonitisch. Soto, Sie sind wirklich ein vorzüglicher Mitarbeiter. Kreativ und aufmerksam. Deshalb werde ich auch Ihr Gehalt erhöhen. 30 Prozent sind durchaus angemessen. Aber, lieber Dr. Soto, lassen Sie diese Kamera bitte wieder entfernen. Wir verstehen uns?«

»Ja, Sir. Natürlich, Sir«, stammelte der fassungslos dreinblickende Mann. »Es wird alles nach Ihren Wünschen geschehen.«

»Sehr gut, Soto, schön, Sie bei uns zu haben. Lassen Sie sich nicht weiter aufhalten.«

Soto tat wie ihm geheißen und verließ anschließend das luxuriöse Habitat Silkworms. Dieses Mal war er viel zu sehr verunsichert, um auch nur einen einzigen Gedanken darauf zu verwenden, wie er das eben Erlebte festhalten oder gar der Öffentlichkeit hätte zugänglich machen können.

Silkworm selber lächelte innerlich, als er über das Gespräch nachdachte. Sein leitender Angestellter war schon vor dem Aufenthalt in Katmandu ein fähiger Mitarbeiter gewesen, aber die Jahre hier hatten ihn erst wirklich gut werden lassen. Paranoia konnte man nicht kaufen, man musste sie sich hart erarbeiten.

Der unangefochtene Herrscher über das Nepal Centre griff nach dem Datenchip, den Soto zurückgelassen hatte und legte ihn in einen Trideoprojektor ein. Interessiert betrachtete Silkworm die dreidimensionalen Aufnahmen. Soto hatte anscheinend ein besonderes Auge für Qualität, Form und Detail. Nach all den Jahren gab es für Silkworm immer noch etwas zu lernen.

Kapitel 17

Es regnete schon den ganzen Abend. Es hatte den ganzen Nachmittag über geregnet und auch der Vormittag war eher feucht denn fröhlich gewesen. Die Straßen der Barrens waren wie immer düster und schmutzig, und es hätte deutlich mehr als einer mittelgroßen Sintflut bedurft, um den ganzen elendigen Dreck aus Redmond wegzuspülen. Fox schlug den Kragen des schwarzen Ledermantels hoch und stapfte durch nicht immer seichte Pfützen auf die schwach flackernde Neonreklame von *Buffalo's Bar & Grill* zu.

Das Wetter entsprach in etwa seiner derzeitigen Stimmung. Der Kampf in Bellevue war zwar letztendlich zu ihren Gunsten ausgegangen, aber es war knapp gewesen, viel knapper, als es hätte sein dürfen. Wenigstens konnte Beowulf anscheinend etwas mehr, als nur langohrige Nagetiere aus einem verbeulten Zylinder hervorzuzaubern. Er hatte ihre eilige Flucht durch einige sehr verwegene Verwirrungs- und Illusionszauber gedeckt und später mit magischer Heilung dafür gesorgt, dass Blinky nicht seinen schweren Verbrennungen erlegen war.

Es hatte eine Zeit lang nicht gut für ihn ausgesehen, aber der kleinwüchsige Magier hatte wohl wirklich eine ganze Menge auf dem Kasten – zumindest für einen typischen Gaukler. Er hatte Blinky so gut es ging zusammengeflickt, obwohl er selbst ziemlich mitgenommen war. Beowulf hatte zwar zu den Details vehement die Aussage verweigert, aber die gebrochene Nase, die ihn nicht unbedingt schöner machte, wies darauf hin, dass er sich auch relativ tapfer im Nahkampf geschlagen hatte.

Aber warum machte Fox sich überhaupt Gedanken darüber – Oz würde ihm nicht irgendeinen Theoretiker vermitteln. Er kannte schließlich Fox' Abneigung gegenüber der arkanen Zunft und hatte sich daher sicherlich besonders viel Mühe gegeben, ihm ein gutes Allround-Talent zur Seite zu stellen. Die Akten waren okay gewesen. Auf seinen Kumpel Oz war Verlass.

Fox machte einen Satz und sprang über eine größere Pfütze auf den unebenen Gehsteig vor dem *Buffalo's*. Durch die dreckigen Scheiben sah man, dass der ziemlich heruntergekommene Laden nur spärlich besucht war. Fox hoffte darauf, dass das an der fürchterlichen Neo-Western-Musik oder dem schlechten Wetter und hoffentlich nicht an schlechtem oder vielleicht schon gesundheitsschädlichem Essen lag, wie man bei dem miesen äußeren Anschein des Lokals leicht hätte annehmen können. Er trat ein.

Das Innere sah nicht besser aus, als es das Äußere vermuten ließ. Der recht große Hauptraum war von Zigarettenqualm vernebelt und es roch nach Fett und verbranntem Fleisch. Wenigstens war es wärmer und trockener als draußen, dachte Fox und ging auf die große Holztheke zu, die den größten Teil der nach alten Western gestylten Szenerie einnahm. Fox wartete eigentlich nur noch darauf, dass ein trockener Busch vorbeiwehte oder ein Trupp wildgewordener Indianer angriff.

»Was darf es denn sein, Fremder?«, fragte das ziemlich gelangweilt wirkende Cowgirl hinter dem Tresen.

Fox hätte der blonden Bedienung gerne ihren dämlichen Spruch tief in den Rachen gestopft, aber er war hungriger als gereizt: »Ich möchte was bestellen. Etwas mehr, wenn es recht ist. Spare Rips, Hot Dogs, Fruchtkuchen, ach, was Sie hier halt so haben. Für sechs Personen, oh, einer davon ist ein Troll. Schnell, wenn es geht.«

»Okay«, sagte die Kaugummi kauende Bedienung gleichgültig und verschwand ohne sichtliche Eile in der Küche. Fox schlug den Mantel zurück und lehnte sich mit dem Rücken an den Tresen, um die Umgebung ein wenig genauer zu betrachten. Zwielichtige und gemeine Gestalten waren heute Nacht unterwegs, aber die meisten von ihnen saßen nicht im *Buffalo's*. Das Publikum hier fiel eher in die Kategorie ›Ungefährlicher Abschaum‹.

Zwei Personen jedoch weckten das Interesse des britischen Geheimagenten. Sie saßen zusammen an einem Plastiktisch mit Holzmaserung, der in einer der hinteren Ecken des Ladens stand. Ein großer, athletisch wirkender Mann mit einem auffälligen Yin-Yang-Motiv auf dem schwarzen T-Shirt, das er zu dunklen Jeans und Stiefeln trug, und ein blässlicher Junge in einem viel zu großen schwarzen Gehrock, der zusammengesunken neben ihm saß und dessen Kopf auf dem Tisch ruhte. Fox musterte das seltsame Paar, und als hätte es der kräftig gebaute Fremde gespürt, schaute er von seinem Steak hoch und Fox für einige Sekunden direkt in die Augen.

Plötzlich sah er an Fox vorbei zum Eingang. Fox drehte den Kopf und tat es ihm nach. Zunächst sah er nichts hinter den verschmutzten Fenstern, doch dann schoss ein schwarzer Lieferwagen, ein Mercedes PE Kommando, heran und kam mit quietschenden Reifen direkt vor dem *Buffalo's* zum Stehen. Schon schwangen die Doppeltüren des Hecks auf und ein bewaffneter Trupp schwarz gekleideter und vermummter Männer sprang hervor. Fox wandte den Kopf zur Bedienung: »Was ist mit dem Essen?«

»Der Fruchtkuchen braucht noch etwas«, antwortete das gelangweilte Blondchen, ohne ihn anzusehen.

»Packen Sie es ein«, sagte Fox und griff mit beiden Händen in die Achselhalfter. »Ich habe es eilig.« Fox warf einen der größeren Tische um und ging dahinter in Deckung.

Noch bevor der Erste des bewaffneten Teams eintreten konnte, eröffnete Fox beidhändig das Feuer. Der gesichtslose Gegner flog herum und ging sofort stark blutend zu Boden. Auch der Mann hinter ihn wurde verletzt, doch die anderen konnten rechtzeitig ausweichen und setzten direkt zum Gegenangriff an. Vollautomatisches Feuer ließ die Scheiben bersten und Glassplitter gingen wie ein Regen scharfer Klingen im Raum nieder. Danach flogen die ersten Tränengasgranaten. Fox, der um sich herum laute Schmerzens- und Angstschreie hörte, schaltete die kybernetischen

Atemfilter ein und gab trotz des leichten Brennens seiner Augen weitere MP-Salven ab. Alt werden würde er in seiner jetzigen Position dennoch nicht, soviel war klar.

Es wurde ihm um noch einiges klarer, als er sich eines leisen Surrens bewusst wurde, das er wohl schon einige Zeit unterschwellig vernommen hatte. »Das ist doch nicht wahr«, sagte Fox laut zu sich und hechtete über die Theke, die deutlich stabiler wirkte als der Plastiktisch, der gerade in kleine Stücke zersprang. Vor dem Eingang des *Buffalo's* stand ein riesiger Zyklop, eine Art einäugiger Troll, der in einer militärischen Vollpanzerung steckte und eine Vindicator-Rotationskanone in den Armen hielt. Er schwenkte die drehenden Läufe der Waffe von links nach rechts und in seinem einzigen Auge hinter dem Schutzvisier des Panzerhelmes funkelte Mordlust. Fox schwitzte.

Selbst bei einem aufgesetzten Kopfschuss konnte er mit seinen verhältnismäßig kleinkalibrigen Waffen bei dieser Art Panzerung kaum etwas ausrichten. Zudem hatte er die panzerbrechende Munition im Wagen gelassen, da er als Europäer leichtfertig davon ausgegangen war, dass man in den UCAS auch ohne so etwas Lebensmittel einkaufen gehen konnte.

Der Blick des eingekesselten Briten schweifte hilfesuchend umher und gerade hatte er mit der Möglichkeit gespielt, aus den höherprozentigen Spirituosen der Bar einen Brandsatz zu basteln, als er die Sturmschrotflinte erspähte, die, wie in jeder guten Westernkneipe üblich, unter der Theke befestigt war. Damit ließ sich schon eher etwas anfangen, er musste nur gut zielen.

Fox blieb keine weitere Zeit zum Überlegen, da der Zyklop sein Feuer nun genauer auf ihn ausrichtete. Der hölzerne Tresen wurde durchlöchert und löste sich schnell in seine Bestandteile auf. Fox griff nach der Mossberg-Schrotflinte und rannte los, während es hinter ihm Holz-, Glas- und Plastiksplitter hagelte. Einer von ihnen traf ihn hart an der Schläfe und Fox stolperte, um anschließend ganz hinzuschlagen. Er rutschte über den Boden und blieb in-mitten des großen Raumes liegen, während die Mossberg drei Meter von ihm entfernt am Boden ruhte.

Fox hob angeschlagen den blutenden Kopf und sah, wie der Zyklop, der das Feuer nun eingestellt hatte, mit schmie-rigem Lächeln näher kam. Er setzte wieder an und Fox warf sich in Richtung der Schrotflinte, als eine ohrenbetäubende Explosion den Raum erschütterte und von dem einäugigen Riesen nicht viel mehr übrig ließ als ein paar angesengte Panzerstiefel. Die Sturmschrotflinte umklammernd blickte Fox angriffsbereit auf und sah den großen Mann mit dem Yin-Yang-Shirt neben seinem Platz stehen und einen qual-menden Raketenwerfer von den Schultern nehmen.

»M79B1 Leichte Panzerabwehrwaffe«, sagte der dunkel-haarige Mann. »Sehr präzise Zielerfassung und wirklich günstig.«

Fox wusste keine passende Antwort, aber er konnte auch nicht lange darüber nachdenken, da die Begleiter des Zy-klopen wieder auf der Bildfläche erschienen waren. Fox feuerte aus der automatischen Schrotflinte, während sein unbekannter Retter die M79B1 beiseite legte, zwei eben-falls mattlackierte HK-227-S zog und Fox mit gezielten Schüssen erneut zu Hilfe kam. Sie standen nun neben-einander und gaben Salve für Salve ab. Die schwarz-gekleideten Angreifer hatten offenbar bald keine Lust mehr, ihnen entgegenzutreten. Nachdem drei weitere von ihnen getötet und einer am Bein verletzt worden waren, setzten sie zum Rückzug an.

Nahezu gleichzeitig senkten Fox und der andere die Waffen. Der Fremde steckte sie ein und ging zurück zu sei-nem Tisch. »Danke«, sagte Fox. »Ich weiß nicht, ob ich den Großen alleine erwischt hätte.«

»Sir, Ihre Chancen lagen bei 32%. Mein Eingreifen war angemessen und der Wahrscheinlichkeit nach notwendig.« Fox sah seinen Retter, der nun den Raketenwerfer in ein handlicheres Format zusammenlegte, nachdenklich an.

Irgendwie war er seltsam. Abgesehen von seiner merkwürdigen Ausdrucksweise und dem ungewöhnlichen Waffenarsenal, das Fox nach der Begegnung mit Mr. Rotationskanone weniger beunruhigte, hatte er etwas Unnatürliches an sich.

Irgendwie kam er Fox auch bekannt vor. Die Art, wie er die Maschinenpistolen gehalten hatte, hatte er schon einmal gesehen – nur wo? Fox wusste es nicht und das missfiel ihm. Wie hatte sein Lehrer in angewandter Paranoia damals immer gesagt: »Bloß, weil du nicht paranoid bist, heißt das noch lange nicht, dass sie nicht hinter dir her sind. Falls du aber paranoid bist, dann sorge dafür, dass niemand lange hinter dir her sein kann.«

Fox richtete langsam den Lauf der Flinte auf den Fremden, der ihm den Rücken zuwandte und die M79B1 vorsichtig in einen metallenen Koffer packte. »Ihre Chancen dürften jetzt bei 50% liegen, Sir.« Fox senkte die Waffe erstaunt und sah tatenlos zu, wie der Fremde den Koffer ergriff und sich den Arm seines jungen Begleiters über die Schultern legte. Anschließend bewegte sich das ungleiche Paar langsam, aber zielstrebig auf den Ausgang zu.

»Wer bist du?«, fragte Fox, bevor der Mann mit dem Jungen die Reste der zertrümmerten Tür erreichte. Der Fremde drehte sich um und sah den Geheimagenten erneut direkt an: »Ich bin die Kavallerie.«

»Das war klar«, murmelte Fox für sich und sah den beiden noch kurz nach, bevor er zu dem zerschossenen Tresen ging. »So, Lady, was bin ich Ihnen für das Essen schuldig?« Als er keine Antwort bekam, nahm der Agent die noch erfreulich warmen Plastiktüten an sich, ließ den Blick noch einmal über das hinterlassene Chaos schweifen und verließ das *Buffalo's*. Trinkgeld brauchte sich hier niemand zu erhoffen, soviel war ja wohl klar.

Kapitel 18

»Das ist doch völliger Unsinn! Wie kann ein erwachsener Mensch nur so etwas von sich geben?« Beowulf war aufgebracht und sichtlich außer sich.

»Tja, sowas lehrt man eben nicht an Ihrer feinen Uni, Prof«, sagte Blinky spöttisch und rückte die Baseballkappe zurecht, die er seit dem ›Brandanschlag‹ trug. »Nachdem die Atlantean Foundation bei der Expedition vor Kreta 2054 den Großteil der magischen Artefakte eingesackt hatte, hat sie gleich wieder gute Karten gehabt, ehemalige Machtpositionen zurückzuerobern. Meinen Sie, sonst wäre ein Großdrache so einfach aus dem Verkehr zu ziehen gewesen?«

»Sie meinen jetzt ja wohl nicht noch, dass das in irgendeiner Beziehung zur Ermordung Dunkelzahns steht?«, fragte der zwergische Magier gereizt.

»Von einer Ermordung habe ich nicht gesprochen. Ich rede hier von der Möglichkeit, einen Drachen in Gefangenschaft zu halten, nachdem man ihn entführt hat.«

»Sie haben Dunkelzahn entführt?« Mongo zog sich eine der dreckigen Holzkisten näher und setzte sich dazu.

Die Lagerhalle wirkte immer noch dunkel und ungastlich, obwohl man einen transportablen Heizstrahler und ein paar Lampen in dem Übergangsquartier aufgebaut hatte, um es ein wenig wohnlicher zu gestalten. Melody stand etwas abseits an einem der schlecht vernagelten Fenster und blickte in die Dunkelheit. Mr. Johnson hatte erklärt, sie sei müde, und sich in das kleine ehemalige Büro des Vorarbeiters zurückgezogen, um dort bis zu Fox' Rückkehr noch etwas zu schlafen. »Jetzt ehrlich? Sie haben die alte Schuppenhaut gekidnappt? Drek, das wusste ich nicht.«

»Das können selbst Sie in Ihrer unendlichen Weisheit nicht wissen, Mr. Mongo, weil es eben einfach nicht wahr ist«, fuhr Beowulf den breitgebauten Troll wütend an. »Es ist gelogen.«

Mongo musste grinsen. »Vertun Sie sich da auch nicht, Prof. Meineid? Überdenken Sie Ihre Aussage, man könnte es Ihnen als wahrheitswidrig auslegen.«

»Es ist die Wahrheit«, sagte Blinky trocken. »Die Atlantaer waren nach der Gründung der Freimaurerloge über Jahrhunderte gezwungen, im Untergrund zu arbeiten. Einer war zuviel für die bestehende Ordnung und die Freimaurer hatten die, sagen wir, schlagkräftigeren Argumente.«

»Dunkelzahn war ein Freimaurer?« Mongos Wangen röteten sich vor Aufregung.

»Nein, war er nicht!«, schrie Beowulf nun . »Da muss ich Ihnen ausnahmsweise Recht geben, Prof. Dunkelzahn gehört zum Triumvirat der großen westlichen Illuminaten. Deshalb hat Ehran der Schreiber den Atlantean-Trumpf auch gegen ihn ausgespielt. Er wollte seine eigene Position festigen.«

»Ehran, ist das nicht der, der ULTIMA für Bunny Deluxe geschrieben hat?«, fragte Mongo mit funkelnden Augen.

»Nein, dass war Ehran Barnes«, antwortete Blinky zu Mongo gewandt.

»Ach ja, was ist eigentlich aus dem geworden?«

»Der ist irgendwie bei der UB versackt und als die Sache in Chicago vorbei war, hat er sich wohl nach Europa abgesetzt. Hab ich zumindest gehört. Er soll da einen ganz noblen Laden besitzen. Er ist Herrenausstatter in München.«

Beowulf stutzte: »Ich habe zwei Krawatten aus einem Laden in München, der Ehran Barnes hieß.«

»Auf jeden Fall braucht man da die grob magische Keule, um den alten Dunkelzahn am Boden zu halten. Da haben die Atlantaer ordentlich Orichalkum aus ihren Mienen zusammengekratzt und mit den Artefakten aus Thera was Nettes gebastelt. Ein Freund von mir aus Detroit hat mir Kopien von den Risszeichnungen gezeigt. Es ist wirklich gigantisch. Das Ganze soll übrigens in der nächsten Ausgabe des PARANOIA-FORUMS erscheinen. Echte Sahne.«

»Ich glaube, eine der Krawatten habe ich sogar dabei«, sagte Beowulf leise.

»ULTIMA war richtig gut«, meinte Mongo mit wissendem Blick.

»PANDORAS FATE fand ich besser«, rief Melody vom Fenster herüber. »Das war so schön melancholisch.«

»Ich könnte sie mal holen. Sie müsste in dem kleinen Reisekoffer liegen. Ich bin mir sicher, dass ich sie eingepackt habe«, meinte Beowulf geistesabwesend und stand auf.

»Das kannst du doch nicht vergleichen. Das war doch schon, nachdem sie sich von ihrem alten Manager getrennt haben. Ich finde, mittlerweile haben sie stark nachgelassen. Das soll noch Pain-Metal sein?« Mongo schüttelte den Kopf.

»Ach Mongo, was verstehst du denn schon von echter Musik? Die Tracks nach 2060 haben viel mehr Substanz«, antwortete die schlanke Rothaarige selbstsicher.

»Ich gehe mal eben zum Wagen und hole meinen Koffer«, sagte der kleine Magier und wandte sich zur Tür.

»Warte«, rief Melody. »Fox ist im Anmarsch und er hat das Abendessen dabei.«

Mongo sprang erfreut auf: »Wunderbar, ich könnte einen halbgaren Piasma verschlingen.«

»Sehr gut«, sagte Blinky und rutschte von dem Bretterstapel, auf dem er gesessen hatte. »Ich könnte auch was vertragen. Wir können ja später noch weiterdiskutieren.« Dann betrat Fox die Lagerhalle.

»Was ist denn mit dir passiert?«, fragte Melody besorgt, als sie das verkrustete Blut in seinen Haaren bemerkte. »Gab es einen Zwischenfall? Die Azzies?«

Fox setzte sich und antwortete: »Ja, und es hätte leicht schief gehen können. Es war ein ganzer Einsatztrupp, schwer bewaffnet und sie haben mich direkt im *Buffalo's* abgefangen.«

»Das ist seltsam«, meinte Beowulf nachdenklich. »Ich denke nicht, dass sie uns verfolgt haben. Unsere Flucht habe ich gut verschleiert – lückenlos.«

»Ein Zufall?«, fragte Mongo skeptisch.

»Ich glaube nicht an Zufälle«, sagte Fox. »Schon gar nicht, wenn sie sich häufen. Unser erstes Versteck war gut, aber sie haben uns trotz aller Sicherheitsvorkehrungen aufgespürt und das viel zu schnell.«

Beowulf zupfte grübelnd an seinem Bart herum: »An Mr. Johnson lag es bestimmt nicht. Sie war absolut sicher und hat das abgesicherte Zimmer nicht verlassen. Wenn sie irgendeine Spur von ihr hätten, die ausreichend für ein magisches Ritual gewesen wäre, das sie ausfindig machen sollte, wäre jeder Versuch kläglich gescheitert. Dafür garantiere ich.«

»Zu dem Ergebnis bin ich auch gekommen«, antwortete Fox nickend. »Dann noch der Angriff im *Buffalo's*. Vielleicht galt er gar nicht Mr. Johnson.«

»Was meinst du damit?«, fragte Melody ernst.

»Ich meine, dass es vielleicht nicht an ihr lag, dass man uns aufgespürt hat. Sie könnten es auf mich abgesehen haben.«

»Jetzt werde aber mal nicht größenwahnsinnig«, sagte Blinky. »Warum solltest du den ganzen Aufwand wert sein? Jemand, der uns so viel bezahlen kann wie Mr. Johnson, scheint mir da eher in Frage zu kommen.«

»Es könnte mit einem Run zusammenhängen, den ich kürzlich gegen Aztech unternommen habe. Er war wichtig und es ging um einiges , mehr kann ich dazu nicht sagen.«

»Du meinst, du hast etwas gestohlen, was sie zurückwollen? Oder denkst du, sie wollen einfach nur Rache an dir nehmen? Das kommt mir nicht sehr kosteneffizient vor«, sagte Melody zu Fox.

»Ich weiß es nicht, aber ich habe so eine Ahnung, dass es etwas mit diesem Run zu tun hat, fragt mich nicht, wieso.«

Beowulf setzte sich kopfschüttelnd auf seinen alten Platz »Falls das stimmen sollte, können Sie nicht hier bleiben, Fox. Das FAB-1 ist uns ausgegangen und bis wir neues bekommen können, sind Sie ein unkalkulierbares

Sicherheitsrisiko. Ich weiß nicht, wie weit eine von mir errichtete hermetische Barriere Magiern eines Konzerns wie Aztechnologie standhalten kann. Wenn Aztech etwas von Ihnen hat, ein paar Haare, etwas von Ihrer Kleidung, einen abgebrochenen Fingernagel oder auch nur ein paar Tropfen Schweiß, dann können Sie aufgespürt werden.«

Blinky zog plötzlich wieder besonders nervös zwinkernd die Stirn in Falten: »Das ist übel.«

Mongo nickte zustimmend und fragte aufgeregt: »Was machen wir jetzt?«

»Ich denke, ich sollte mich erst einmal von der Gruppe trennen. Der Auftrag darf nicht gefährdet werden. Vielleicht kann ich alleine etwas herausfinden, bis uns Oz wieder mit FAB-1 eindecken kann. Wenn wir das haben, kann ich mich immer noch mit Eliza im Zimmer versiegeln lassen und meinen Job von dort erledigen; ganz gleich, hinter wem sie wirklich her sind.«

»So so, Eliza«, zwinkerte Melody ihm aufmunternd zu.

»Das wird wohl das Beste sein«, raunte Blinky etwas heiser. »Vielleicht sollten wir dann mal Mr. Eliza Johnson wecken und zügig einen Ortswechsel vornehmen. Essen können wir auch unterwegs.«

»Abgemacht. Ihr habt meine Nummer und wenn es soweit ist, teilt ihr mir mit, wo ihr untergetaucht seid. Es ist sicherer, wenn ich erst einmal nichts über euren Aufenthaltsort weiß. Fahrt zu Oz, der wird schon etwas Passendes wissen. Ich hoffe, wir sehen uns wieder.« Fox stand auf und auch die anderen machten sich bereit zum Aufbruch.

Kapitel 19

Sein Blick war vernebelt, aber er gab sich Mühe, trotzdem so schnell wie möglich den schier endlos wirkenden Gang hinunterzulaufen. An den Wänden blinkten rote Lichter und hinter sich hörte er Schreie und das Feuern automatischer Waffen. Er war so unendlich müde, aber er musste laufen, nur laufen, sie waren hinter ihm her.

Wo war er nur hineingeraten und wer war er überhaupt? Sie hatten ihn Amadeus genannt, aber war das sein wahrer Name? Er kam ihm so fremd vor, aber selbst sein eigener Körper war ihm fremd. Er fühlte sich, als würde er nur von ihm mitgetragen, als wäre er nur Gast in ihm. Seine Gedanken schweiften ab, waren wirr und mindestens genauso getrübt wie seine Sinne. Er dachte an den großen dunklen Raum, an Blut und eine unergründliche Vielzahl von Stimmen. Da war es wieder, das seltsam gezackte Messer. Es war anders als alle, die er zuvor zu Gesicht bekommen hatte. Es glänzte matt und war von einer merkwürdig kühlen Aura umgeben. Blut lief an ihm hinab, so viel Blut. Amadeus würgte, als er sich an den süßlichen Geruch des Todes erinnerte, aber konnte dem Brechreiz jetzt nicht nachgeben, nicht hier. Er musste rennen, laufen ohne stehen zu bleiben. Sonst würde er sterben.

»Amadeus, komm zu mir!« Die Stimme hatte so verlockend süß in seinem Kopf geklungen. »Amadeus, du bist etwas Besonderes. Weißt du das denn nicht?« Amadeus hatte geweint und geschrien vor Schmerz als die scharfe Klinge in das Fleisch seiner linken Hand schnitt. »Ja, Amadeus, das tut weh, nicht wahr? Siehst du, wie das Blut an dir herunterrinnt? Es ist so schön. Siehst du, Amadeus, wie schön es ist?«

Amadeus hatte nichts gesehen, er war viel zu betäubt vom Schmerz und erfüllt von Hass gewesen. Er hatte sich nur gewünscht, dass der Schmerz nachließ und die gesichtslose

Gestalt vor ihm endlich aufhörte, ihn zu quälen. Er hasste sie, er hasste das seltsame Messer und er hasste das Blut, das ihn und seinen Körper verließ und von dem er sich verraten fühlte. Plötzlich war da ein gleißendes Licht aufgetaucht, ein blauer Feuerschein, der den ganzen Raum in einer geräuschlosen Explosion in gnadenlose Kälte gehüllt hatte. Die Gestalt vor ihm hatte geschrien und versucht, die eisigen Flammenzungen an ihren Armen auszuschlagen.

Da war Amadeus entkommen. Seine Fesseln waren verbrannt und er war einfach losgelaufen, so schnell wie nie zuvor. Die anderen hatten nach ihm gerufen, gebettelt und ihn um Hilfe angefleht. Sie hatten so geschrien, dass er sich die Ohren hatte zuhalten müssen. Er hatte sie alle im Stich gelassen. Unzählige waren noch immer da, in dem großen dunklen Gebäude, verdammt dazu, zu leiden und die scharfe Klinge zu spüren. Doch er würde entkommen.

Vor ihm war Licht, ein verheißungsvolles, warmes Licht. Er lief darauf zu und wusste, es würde ihn von allem Kummer und allen Schmerzen erlösen. Er wusste es einfach.

»Kleiner, wach auf! Es ist schon sehr spät.« Nazareth griff vorsichtig nach der linken Hand des Jungen und wickelte vorsichtig den Verband ab.

»Wer … wo bin ich?« Der blasse Junge wollte sich aufrichten, hatte aber nicht die Kraft dazu und schaffte es noch nicht einmal, den Kopf aus dem weichen Kopfkissen zu heben.

»Du bist in Sicherheit und du wirst wieder gesund. Ich habe das Gift aus deinem Körper gespült.«

»Gift?« Amadeus betrachtete blinzelnd seine nächste Umgebung. Er lag in einem Bett, war in saubere Laken gehüllt und neben ihm war eine kleine Zahl von anscheinend medizinischen Geräten aufgebaut. »Was ist das?«

»Dein Körper war dem Tode nahe. Ich musste dein Blut filtern und dich künstlich ernähren.«

»Wer sind Sie?«, fragte der Kleine mit kraftloser Stimme.

»Man nennt mich Nazareth.«

»Mich nennt man Amadeus, aber ich weiß nicht, ob das mein wirklicher Name ist.«

»Macht das einen Unterschied?« Nazareth blickte seinen Patienten fragend an.

»Ich weiß nicht. Vielleicht bin ich ja gar nicht Amadeus und der Name ist falsch.«

»Kann ein Name denn falsch sein?«

»Ja, ich glaube schon. Wenn man mich anders nennt, als ich heiße und ich selbst nicht mehr weiß, was richtig oder falsch ist, dann macht man mich vielleicht zu jemand anderem.«

»Das klingt seltsam.«

»Ich fühle mich auch seltsam. Mein Kopf ist so schwer.«

»Du hast Fieber, man hat dir Drogen gegeben und außerdem ein tödlich wirkendes Gift. Warum?« Nazareth setzte sich auf einen Stuhl neben dem Bett.

»Warum? Ich weiß es nicht. Ich weiß überhaupt nichts mehr. Wahrscheinlich wollte man mich töten, oder? Ich erinnere mich an jemanden mit einem langen Messer. Der nannte mich Amadeus.«

»Dann sollte Amadeus sterben. Vielleicht brauchst du einen anderen Namen, um weiterzuleben.«

»Vielleicht«, sagte der blässliche Junge, ohne wirklich zu wissen, was eigentlich vorging. Er war so müde, dass er ohne weitere Worte einschlief und auch, ohne das Aufblinken des kleinen Gerätes zu bemerken, das auf einem Tisch in der Mitte des Zimmers lag. Nazareth aber bemerkte es.

Er ging zum Fenster und warf einen Blick auf die Straße. Die Dunkelheit machte ihm nichts aus und so erkannte er den schwarzen PE Kommando, der auf der anderen Seite der Straße parkte, problemlos. Sie waren wieder da.

Nazareth griff nach der Franchi Spas-22 und stellte sich in eine Ecke des Raumes, so dass er das Gerät auf dem Tisch und gleichzeitig die Tür des Hotelzimmers im Auge behalten konnte. Dann wartete er ab.

Kaum eine Minute später blinkte das kleine Stück Hardware erneut wie wild. Nazareth griff in seine Manteltasche und drückte den Knopf des Funkzünders. Es folgten einige heftige Detonationen. Es waren fünf gut platzierte Sprengladungen gewesen. Seine Gegner hatten noch nicht Schrei ausgestoßen, als er den ersten Schuss aus der Schrotflinte durch die geschlossene Zimmertür abgab. Dann machte sich Nazareth auf den Weg.

Er trat die Tür auf und feuerte erneut. Zwei der brennenden Männer gingen sofort zu Boden, dem Dritten versetzte er einen Hieb mit der Spas-22 in den Magen und anschließend gegen den Kopf. Das verspiegelte Schutzvisier brach und der Mann fiel um wie ein nasser Sack. Aber der nächste Gegner ließ nicht auf sich warten. Nazareth hatte selbst nicht viel von dem Brandsatz abbekommen, aber sein Sturmgewehr stand in Flammen. Er schleuderte es zur Seite und griff nach einem Katana, das er in einer Scheide auf dem Rücken trug. »Ich mache dich fertig, Drekhead.«

»Nur ein Agent«, antwortete Nazareth und trat ihm ins Gesicht. Die beiden schwarzgekleideten Orks, die nun auf ihn einstürmten, griff er mit dem japanischen Schwert an.

Der erste feuerte einen schweren Predator auf ihn ab, aber Nazareth wich aus und enthauptete ihn. Der andere versetzte ihm einen Hieb in die Seite und verpasste ihm anschließend noch einen Kopfstoß, aber dann steckte die schlanke Klinge im Knie des orkischen Angreifers. Auch er ging jaulend zu Boden. Nazareth lief weiter.

Die nächste Gruppe Gegner mähte er mit den letzten Salven aus der automatischen Schrotflinte nieder. Danach ließ er sie fallen, griff nach seinen Maschinenpistolen und feuerte weiter. Schießend trat er um die nächste Ecke und wurde fast selbst von einer gezielten Salve erfasst. Gerade noch rechtzeitig warf er sich zu Boden und rollte sich in den Gang vor ihm ab, ohne das Feuer einzustellen. Der Angreifer, anscheinend ein Elf, zuckte im anhaltenden Kugelhagel hin und her und brach schließlich zusammen.

Nun erschien ein Magier auf der Bildfläche, der eine kugelsichere Barriere um sich herum errichtet hatte. Wie seine Begleiter war er in einen schwarzen Kampfanzug gekleidet. Allerdings trug er neben der MP auch einen langen Stab aus Ulmenholz, der nicht so recht ins Bild passte. Die blaue Klappe mit dem Drudenfuß, die sein rechtes Auge verdeckte, rundete das Ganze ab. Er lachte bitter, als Nazareth Salve für Salve vergebens auf ihn abgab.

»Du armer Irrer. Du weißt nicht, wem du dich hier in den Weg gestellt hast. Du wirst es allerdings auch nicht mehr erfahren.« Die Bewegung, die er mit seinem Stab vollführte, war fast beiläufig, doch der Schub magischer Energie reichte mühelos aus, um Nazareth von den Beinen zu heben und einige Meter nach hinten zu schleudern. »Der Meister wird unzufrieden sein, wenn er von unseren Verlusten erfährt. Dafür wirst du bezahlen.«

Ein erneuter Mana-Stoß drang in den Körper Nazareths ein, aber er nahm den Schmerz kaum wahr, sondern konzentrierte sich mehr auf die Orks, die neben ihm auf dem Boden lagen. Auf solche Fälle waren seine Schmerzrezeptoren biologisch und kybernetisch vorbereitet worden. »Du wirst jetzt sterben, Wurm«, lachte der Magier gehässig und richtete den hölzernen Stab erneut gegen Nazareth, doch der war vorbereitet und riss im selben Augenblick den abgetrennten Kopf eines Orks in die Höhe und streckte ihn dem Magier entgegen.

Dieser schrie schmerzerfüllt auf, als er in Flammen aufging, um sich wenige Augenblicke später in einer Masse aus Blut und brennenden Knochen über den Teppich des Flurs zu verteilen. Nazareth stand ein wenig angeschlagen auf und legte den Kopf beiseite. Das verspiegelte Visier des Helms hatte den Zauber des Magiers fehlgehen und auf diesen selbst zurückschlagen lassen, da er sich beim Wirken der Formel spiegelbildlich selbst anfokussiert hatte.

Auf dem Weg zurück sammelte Nazareth seine Waffen und auch Ausrüstung der Angreifer sorgfältig ein, wenn er sie, wie beispielsweise das Katana, für nützlich hielt. Er bedauerte, den Jungen aus dem wärmenden Bett heben und ihn von der medizinischen Versorgung lösen zu müssen, aber sie mussten nun möglichst schnell aufbrechen. Örtliche Sicherheitskräfte oder auch Verstärkung der Gegner waren wahrscheinlich schon auf dem Weg. Nazareth schulterte den blassen Jungen und verließ kurz darauf das Hotel durch den Hinterausgang.

Was hatten die Angreifer gewollt? Ihn? Vielleicht. Vielleicht wollten sie auch über ihn an Fox herankommen. Das war ebenfalls möglich. Denkbar war aber auch, dass sie hinter dem Jungen her waren. Nazareth würde darüber nachdenken, wenn er einen neuen Schlupfwinkel ausfindig gemacht hatte. Von nun an nannte er seinen kleinen Begleiter Myst.

Kapitel 20

Der Himmel der Matrix war klar wie immer. Hier regnete es nie und ihre virtuellen Sterne, blitzende Datenfragmente, Knotenpunkte und Rechenzentren, die sich über die unendliche Weite der Computersphäre erstreckten, waren unverdeckt und spendeten fortwährend helles Licht. Der kleine schwarze Regenschirm war daher auch immer vorsichtig und auf jedwede Deckung bedacht, wenn er unterwegs war. Er nutzte jede Gelegenheit, in einem Schatten zu verschwinden, sich vor neugierigen Blicken hinter größeren Konstrukten zu verbergen oder durch trübe Datenströme zu tauchen, um so möglichst unauffällig ans Ziel zu gelangen. Heute lenkte Fox seine Persona zum PARANOIA-FORUM. Er hatte seine Lieblingsadresse in der virtuellen Welt eine ganze Zeit lang nicht besuchen können, und auch jetzt hatte sein Besuch geschäftliche und keine privaten Gründe. Fox hoffte darauf, hier einen seiner gut informierten Bekannten zu treffen, jemanden, der ihm mitteilen konnte, ob jemand hinter ihm her war – und wer.

Bald darauf lehnte der Regenschirm am Eingang des PARANOIA-FORUMS und klopfte dreimal. Ruckartig öffnete sich der schmale Sehschlitz und das flammende Augenpaar des Türstehers starrte ihn grimmig an. »Wie lautet die Parole?«

»Lieber ein Auge im Hinterkopf, als ein Messer im Rücken.«

»Du kannst passieren.« Die Augen verschwanden hinter dem sich schließenden Sehschlitz und das anscheinend neu installierte Panzerschott verschwand nahezu geräuschlos in der Deckenverkleidung. Der kleine Schirm stutzte einen Moment, bevor er das FORUM betrat, das noch heruntergekommener wirkte als bei seinem letzten Besuch.

Der schwach beleuchtete Gang vor ihm war angesengt und hier und da brach sogar die völlige Leere fehlender Grafik hervor. Zwar waren auch unzählige Einschusslöcher in den Wänden zu sehen, die von einem augenscheinlich nicht sehr lange zurückliegenden Angriff herrührten, aber die Metaphorik des FORUMS hatte anscheinend mehr abbekommen, als die zur Verfügung stehende Rechenkapazität verarbeiten konnte.

Auch war der sonst so beliebte Treffpunkt der paranoiden Schattengemeinschaft auffallend schlecht besucht. Im Ganzen zählte Fox bloß fünf weitere Personae. Wichtig war ihm allerdings nur die Banane, die gerade an der langen Theke lehnte und mit dem stereotypen Barkeeper redete. Der Regenschirm glitt lustig pfeifend auf den Hocker neben ihr und begrüßte seine alte Bekannte: »Hoi, alte Tropenfrucht, was ist denn hier passiert? War Elvis zum Dinner da?«

»Da trifft mich doch der Schlag«, tönte die tiefe Stimme der Banane merklich erfreut. »Das Schirmchen beehrt uns mal wieder. Hast dich lange nicht blicken lassen, alter Knabe. Tja, wir hatten ungebetene Gäste, weißt du? Sie haben ein wenig Unruhe gestiftet, aber letztendlich hatten wir doch die schlagenderen Argumente.«

»Haben wir die nicht immer?«, grinste der Schirm und bestellte einen Mercurial. »Chummer, ich habe da eventuell ein Problem, bei dem du mir weiterhelfen könntest.«

»Spuck es aus, Schirmchen, und die Banane wird sehen, was sie für dich tun kann.«

»Es geht ums Geschäft. Es könnte sein, dass Aztech mich aus dem Verkehr ziehen will. Ich könnte sie verärgert haben. Hat vielleicht etwas mit ihrer Bostoner Filiale zu tun.«

»So so, Schirmchen, du hast dem fiesen Mr. Drake die Tour vermasselt. Der könnte wirklich nachtragend sein. Man sagte mir, er sei etwas psychotisch.«

»Psychotisch genug, um eine nicht besonders ökonomische Rache an mir zu nehmen? Ich glaube nicht, dass ich etwas besitze, was er haben will.«

Die Banane nippte gedankenversunken an ihrem Glas Paramalz: »Tja, Schirmchen. Vielleicht sollten wir ihn fragen. Was meinst du?«

»Fragen? Drake? Jetzt? Das klingt nicht unbedingt immens ausgeklügelt.«

»Angriff ist die beste Verteidigung. Wir decken uns in das Bostoner System und überprüfen die Sachlage, ok?«

Fox überlegte. Er wusste zwar, dass die Banane einen guten Ruf als Decker hatte, aber sich zurück in die Höhle des Löwen oder vielmehr des aztekischen Jaguars zu begeben, erschien ihm nicht ungefährlich . »Es wird sicherlich nicht einfach sein, in das System einzudringen. Nach meinem und 17s Besuch in Boston werden sie die Sicherheit deutlich hochgefahren haben.«

»Lass das mal meine Sorge sein«, sagte die Banane selbstsicher und rutschte von ihrem Barhocker. »Werden doch mal sehen, was der werte Mr. Drake zu verbergen hat.«

Fox' Zweifel waren zwar noch nicht gänzlich verschwunden, aber er ließ trotzdem den virtuellen Regenschirm sein Glas leeren und folgte der Banane hinaus aus dem FORUM.

Nur Augenblicke später standen sie vor den stählernen Toren der Bostoner Aztechfiliale. Der schwarze Schirm sah an dem Gebäude hoch, das dem virtuellen Abbild der Seattler Aztech-Pyramide glich, wenn auch in einer deutlich kleineren Ausgabe. »So, Banane, wie stellst du dir unsere Aktion jetzt vor? Enterhaken und Seil, Rammbock oder vielleicht ein Katapult, das uns über die Mauern befördert?«

»Nein, nein, etwas viel Subtileres. Wir gehen durchs Hauptportal«, antwortete die Banane und zog einen gigantischen Schlüsselbund unter der gelben Schale hervor. »Mal sehen, Weißes Haus, CIA-Zentrale, die Renraku-Arkologie, Seattler Wasserwerk, ah, ja Aztechfiliale Boston.«

»Du hast Zugangscodes für die Renraku-Arkologie? Du willst mich wohl verschaukeln?!«

»Dann mal los«, sagte die Banane geistesabwesend und schloss die Türen auf. »Bitte nach Ihnen, Mr. Schirm.«

Kopfschüttelnd verschwand der kleine Schirm im Inneren des Gebäudes und die Banane folgte ihm. Fox und die Banane durchquerten endlose Datenkorridore, die von etlichen Abwehrprogrammen, schwarzem ICE und Sicherheitsverschlüsselungen versperrt worden wären, wenn sie nicht den richtigen Code benutzt hätten. So aber stellte sich ihnen niemand lange in den Weg. Die Kontrollen waren nur oberflächlich, und ihr Fortkommen gestaltete sich völlig problemlos. Wenige Millisekunden später befand sich das ungleiche Paar im tiefsten Innern des Hauptrechners.

»Gesicherte Verbindung Aztech-Pyramide/Hauptquartier der Jaguargarde, Atzlan – Nur Audio. Das klingt doch schon einmal interessant, was meinst du, Schirmchen? Jemand hier in Boston hört eine gesicherte Verbindung von Seattle nach Atzlan ab.«

»Du hast nicht wirklich die Zugangscodes zur Renraku-Arkologie, oder?«

»Hören wir mal rein«, ertönte die Bass-Stimme der Banane, ohne auf die Frage des Schirms einzugehen. Sie förderte ein blau schimmerndes Stethoskop zutage und legte es behutsam an. »Wir wollen ja nichts beschädigen, oder?«

»Vanessa, Liebes, es ist schön, deine Stimme zu hören. Wie lange ist es jetzt her? Bestimmt zwei Monate.«

»Ja, General, zwei Monate. Ich hatte viel zu tun.«

»Du brauchst dich nicht zu entschuldigen, Vanessa. Du bist Mitglied der Garde und das verpflichtet. Wie geht es dir? Ich hörte, du hast jetzt einen Posten bei der Gebäudesicherheit. Nicht ganz das, was du dir vorgestellt hast.«

»In der Tat, General, aber es steckt mehr dahinter, als man zunächst annehmen konnte. Mr. Drake hat …«

»Sei vorsichtig, was Mr. Drake betrifft! Sein Ruf entspricht dem einer Klapperschlange. Nur sind Schlangen nicht grundlos gemein.«

»Erzählen Sie mir von Drake! Er hat mich nur unter dem Vorwand der Gebäudesicherheit angefordert. Ich bin für ihn auf der Jagd. Er ist genau der Mann, über den ich etwas erfahren möchte.«

»Er ist ein rücksichtsloser Wissenschaftler, der auch gute Verbindungen zu den Leuten an der Spitze hat. Sein

Fachgebiet ist Genetik, aber er soll sich auch sehr gut in Geschichte und Archäologie auskennen. Man sagt, er habe des Öfteren dafür gesorgt, dass man ihm seine einmal gesteckten Ziele nicht streitig macht.«

»Was genau haben Sie gehört, General?«

»Zum Beispiel haben sich damals neben Drake vier weitere Personen um die Stelle in Boston beworben. Zwei davon starben, angeblich bei Verkehrsunfällen, einer ist verschwunden, und der Dritte liegt nach einer Virusinfektion auf unabsehbare Zeit im Koma. Das sind mir zu viele Zufälle. Verstehst du, Vanessa, der Mann ist gefährlich.«

»Was ist mit seiner Vergangenheit? Gab es da ähnliche Vorfälle?«

»Ich weiß es nicht, aber wenn du willst, werde ich mich darum kümmern. Was genau musst du für ihn tun? Du sprachst von einer Jagd.«

»Es unterliegt höchster Geheimhaltung. Nicht einmal die Führung in Aztlan weiß Bescheid. Es gibt keine offiziellen Unterlagen.«

»Was ist es?«

»Ihm ist eine Datei gestohlen worden. Eigene Forschung. Ihr Name lautet ›FOREVER‹. Anscheinend ist sie so wichtig, dass der britische Geheimdienst sie haben wollte.«

»Sei vorsichtig, Vanessa! Hier in Atzlan könnte ich dir beistehen, aber in Seattle bist du auf dich alleine gestellt. Drake ist bösartig und wird dich skrupellos beseitigen, wenn du ihm im Weg stehst, oder er es auch nur für nützlich hält. Du wärst lediglich ein weiteres Opfer.«

»Danke, General, ich werde auf der Hut sein. Ihr habt mir das dazu Notwendige beigebracht.«

»Du warst meine gelehrigste Schülerin, Vanessa.«

»Ich werde Sie nicht enttäuschen.«

»Bleib einfach am Leben, das reicht mir völlig! Melde dich morgen Abend wieder bei mir! Ich denke, bis dahin habe ich bekommen, was du wissen möchtest. Gute Nacht, Vanessa.«

»Gute Nacht, General.« Die Verbindung brach ab.

»Tja, Schirmchen, kannst du etwas damit anfangen?«, fragte die Banane neugierig.

»Wahrscheinlich, Banane, wahrscheinlich.« Fox war einerseits beruhigt, weil er nun mehr wusste, andererseits fragte er sich, wie Drake darauf kommen konnte, dass er sich vor dem Löschen der ›FOREVER‹-Dateien noch eine Kopie gezogen hatte. Vor allem war jetzt auch die Frage, wie er Drake vom Gegenteil überzeugen konnte.

Plötzlich kam ihm ein Gedanke. Er war bei seinem Auftrag nicht alleine gewesen. 17 hatte sein Vorgehen von der Matrix aus unterstützt. Was, wenn sich diese langfingrigen Affen die ›FOREVER‹-Datei vor dem Löschen noch kopiert hatten? Wer oder wie viele sich auch hinter der Horde Affen verbargen, sie waren ebenso wie Fox Mitglied des britischen Geheimdienstes. Die Methoden der 17 hatten den Ruf, oft etwas unorthodox zu sein, aber würde sie den Anweisungen zuwiderhandeln? Wollte sie sich selbst etwas dazuverdienen? Fox arbeitete nebenher auch als bezahlter Runner. Er trennte das streng von seinem Job beim Geheimdienst, aber galt das auch für 17? Sie hatte damals einige Zeit auf sich warten lassen und den präzise ausgearbeiteten Zeitplan in Gefahr gebracht. War das der Grund dafür gewesen? Lag es an 17, dass man jetzt hinter ihm her war? In dem Falle würde sie es bald bereuen – soviel stand für Fox fest.

»Ok, Banane, von mir aus können wir den Rückweg antreten«, wandte sich der kleine Schirm an seinen Begleiter.

»In Ordnung, ich habe auch seit längerem nichts mehr gegessen. Du darfst mich gerne noch auf ein oder zwei Stücke Rumtorte einladen. Ich denke, die habe ich mir verdient.«

»Später, Banane, später. Ich muss wieder einmal dringend noch jemanden erledigen.«

Nachdem die beiden das computergenerierte Gebäude auf demselben Weg verlassen hatten, trennten sich ihre Wege vorerst.

Kapitel 21

Niemand sprach, während sich der Lastenaufzug langsam nach unten bewegte. Die Beleuchtung flackerte beharrlich und surrte unangenehm laut. Das Metall des Aufzugs war alt und ächzte trotz der langsamen Bewegung vor angestrengter Anspannung. Am Ende der Fahrt waren alle froh, die bedrückende Enge verlassen zu können.

Mongo drängelte sich als Erster in den noch unbeleuchteten Raum: »Drek, wie gut, dass so etwas heute gar nicht mehr gebaut wird. Ich habe mein ganzes Leben vor mir ablaufen sehen. Lang genug war die Fahrt ja. Warum haben wir eigentlich nicht die Treppe genommen?«

»Das wäre Oz zu komfortabel gewesen, oder?« Melody lächelte den verdrießlichen Schieber herausfordernd an.

»Also, mich hat es an meine Kindheit erinnert«, sagte Beowulf. »Habe ich euch erzählt, dass mich meine beiden Cousinen einmal mehrere Stunden lang im Kleiderschrank eingesperrt haben?«

»Das muss ja furchtbar für Sie gewesen sein«, sagte Eliza mit echter Anteilnahme.

Blinky stieg als nächster aus: »Fahrt nur niemals mit Personenaufzügen! Ihr wisst ja wohl, dass man mit dieser fiesen Fahrstuhlmusik Menschen gefügig macht, indem man ihnen unterschwellige Suggestionen ins Bewusstsein einspeist? MK-Ultra war dagegen Kinderkram.«

»Seid ihr bald fertig?«, fragte Oz mit einem zornigen Unterton in seiner Stimme. »Es ist schon schlimm genug, was ihr da von mir verlangt, da könntet ihr wenigstens etwas weniger rummeckern.«

»Ist ja schon gut Oz, Liebster«, flötete Melody beschwichtigend. »Wir sind ja auch schon sehr gespannt auf dein wertvolles Kleinod. Wir werden auch wirklich gut darauf Acht geben. Stimmt es nicht, Jungs und Mädels?« Die anderen nickten mehr oder minder ernsthaft.

»Das hoffe ich für euch«, brummte Oz mit finsterer Miene und betätigte einen Schalter an der Wand neben sich. Nacheinander sprangen vier Scheinwerfer an, die den vor der Gruppe liegenden großen Raum ganz und gar ausleuchteten. Vor allem Mongo riss die Augen auf: »Drek, das ist ja, das ist … Drek.«

»Das trifft es nicht ganz«, sagte Oz, dessen Stimme jetzt stolz und fest klang. »Tretet ruhig näher, aber macht keine Flecken auf den Lack. Es ist ein Rolls Royce Prairie Cat in Mitternachts-Schwarz. Er hat einen Hochleistungs-Multitreibstoff-Geländemotor, verbraucht 3,3 l auf 100 km und beschleunigt von Null auf 100 in Nichts.« Oz unterstrich den letzten Satz mit einer wegwerfenden Handbewegung und ging näher an den Wagen heran, um auf die Details hinzuweisen. »Er hat Überrollbügel, aktive Aufhängung, APPS™, natürlich Allrad-Antrieb und eine Amphibienmodifikation, wie man unschwer erkennen kann.«

»Du meinst, das Ding schwimmt?« Eliza war sichtlich verblüfft.

»Ja, das tut es. Ja, das tut es«, strahlte Mongo verzückt.

»Zur Innenausstattung gehören die robuste Lederpolsterung, eine komplette Komm-/Stereoanlage mit Satellitenanschluss und auch eine Minibar.«

»Minibar. Jetzt wird es interessant«, unterbrach Blinky den begeisterten Vortrag.

»Die Eichenholz- und Chromapplikationen an den Armaturen habe ich in mühseliger Feinarbeit selbst angebracht. Ebenso die ausfahrbaren Geschütztürme. Eine Flak, zwei Maschinengewehre vorne und den Thermorauchwerfer im Heckbereich.«

»Fox hat dir nicht zufällig mit Rat und Tat zur Seite gestanden?«, fragte Eliza lächelnd.

»Doch, das hat er. Es war auch seine Idee, die Panzerung zu verstärken. Seht es Euch genau an, ansonsten bemerkt ihr die Panzerplatten gar nicht. Ich habe alleine zwei Wochen damit verbracht, die Lackschichten aufzutragen.«

»Das ist totale Sahne!«, sprudelte es aus Mongo hervor. »Ist es geriggt?«

»Selbstverständlich. Auch mit dem Sitz wird es keine Probleme geben. Er ist auf deine Größe anpassbar. Ein paar Handgriffe und du kannst dich einstöpseln und losfahren.«

»Sahne, wirklich echt abgefahrene Sahne!«

»Nicht wahr?« Oz lächelte stolz. »Also, wenn ich mich schon aus dem urbanen Dschungel hinaus in die ländlichere Wildnis begebe, dann bitte mit Stil.«

»Ich finde diese Idee immer noch ziemlich schwachsinnig«, sagte Blinky mit seinem typisch nervösen Blinzeln. »Im Sprawl kann uns niemand was vormachen, was sollen wir dann im Wald?«

Oz setzte eine belehrende Miene auf. »Ihr sollt dort untertauchen! Ihr hattet Glück, dass ihr beim letzten Mal mit so heiler Haut davon gekommen seid. In den Straßen kann man leicht erwischt werden. Wie leicht kann man euch in einem einfachen Gebäude einkesseln, wenn man über die Ressourcen von Aztech verfügt, aber erkläre mir mal, wie man den Hintereingang eines Waldes versperren soll. Die Wälder sind weites und fast grenzenlos offenes Gebiet. Mit der Prairie Cat seid ihr autonom und mobil. Solange ihr nicht zu dicht an die Grenze zu Tir Tairngire herankommt, kann euch so gut wie nichts passieren. Es gibt einfach zahllose Verstecke und Schlupfwinkel. Etwas Besseres könnt ihr Euch gar nicht wünschen.«

»Oz hat Recht«, sagte Mongo und strich ehrfürchtig über den dunklen Lack. »Gib mir ein Tarnnetz und du bemerkst den Wagen erst, wenn du gegen einen Reifen trittst.«

»Man sollte aber auch an die Critter in den Wäldern denken«, meldete sich nun Beowulf zu Wort. »Es gibt da so manches Tier, dem ich lieber nicht begegnen würde.«

»Hey, Oz erzählt uns was von Bordgeschützen und Flugabwehrkanonen und ihr habt Angst vor ein paar Bären. Stellt Euch mal nicht so an«, sagte Melody und probierte die Polsterung des Beifahrersitzes aus.

Der Zwerg runzelte zunächst nachdenklich die Stirn, antwortete dann aber: »Bären wären zwar nur eines der geringeren Übel, aber im Grunde hat Melody vermutlich Recht. Camping ist zwar mit ein paar Unannehmlichkeiten verbunden, aber die Idee ist gut. Ich zumindest würde nicht im Wald nach unserem verehrten Mr. Johnson suchen«, meinte Beowulf und sah Blinky forschend an.

»Stimmt schon, aber Beton ist einfach mehr mein Ding. Was halten Sie denn von dem Projekt, Mr. Johnson?«

»Ich bin genauso ein Stadtmensch wie ihr, und ich muss sagen, dass es mir schon Unbehagen bereitet, wenn ich nur über einen großen freien Platz gehe. Vier solide Wände um mich herum sind mir eindeutig lieber, aber wenn Aztech das auch weiß, werden sie in den Wäldern vielleicht wirklich zuletzt suchen. Es käme auf einen Versuch an.«

»Ich denke, es ist momentan die beste Alternative, die ihr habt. Auch wenn ich euch dann den Wagen anvertrauen muss, was ich ja gerne vermeiden würde.«

»Gut, dann kann es ja losgehen. Wie viele PS, sagtest du, hat das Kätzchen unter der Haube?«, rief Mongo freudig, während er den Fahrersitz justierte.

»Schön langsam, Mongo. Lade erst mal die Kisten ein und dann sehen wir weiter.« Melody zog den großen Troll aus dem Wagen und wies dann auch Blinky eine Aufgabe zu: »Geh mal mit Oz unsere Ausrüstung durch. Wir brauchen auch Waffen und Munition, vergiss dass nicht! Irgendjemand hat unser Scharfschützengewehr vom Dach eines Hochhauses geworfen, wenn ich mich recht erinnere.«

»Ja, ja, wird erledigt«, antwortete Blinky betont mürrisch und verließ zusammen mit Oz den Raum.

»Beowulf, könntest du noch ein paar Einzelheiten über die lokale Fauna und Flora in Erfahrung bringen?«

»Ich denke schon. Ich habe ein paar Bücher über erwachte Wesen im Gepäck. Seattle und Umgebung sind dort wahrscheinlich mit aufgeführt, wenn auch vielleicht nicht sonderlich ausführlich.«

»Okay, Mr. Johnson, dann sollten wir vielleicht mal sehen, ob wir Mongo helfen können.«

»Nenn mich ruhig Eliza. Das ewige Mr. macht mich sonst noch irgendwann wahnsinnig!«

»Ist gut, Eliza, dann lass es uns angehen!«

Eine halbe Stunde später saß die Gruppe im Wagen und Oz gab letzte Anweisungen. »Nehmt zunächst die Nebenstraßen. Und Mongo, denk daran, die Gänge nicht zu hochzuziehen. Der Rolls hat erst 68 Meilen auf der Anzeige. Du musst ihn vorsichtig behandeln. Er muss sich erst an eine längere Fahrt gewöhnen. Gib ihm Zeit!«

»Chummer, das ist ein Auto!« Blinky zog seine Stirn skeptisch in Falten. »Du schläfst nicht mit ihm, oder?«

»Ich bin vorsichtig, keine Sorge«, antwortete Mongo an Oz gewandt. »Ich bin dafür bekannt, sehr sorgsam mit meinem Equipment umzugehen. Du hast doch die Empfehlung von meinem letzten Arbeitgeber gesehen.«

»Ja, ich weiß, aber ich hänge sehr an dem Wagen. Bringe ihn ja heil zurück.«

»Drek, keine Sorge, ich werde ihn mit Samthandschuhen anfassen.«

Blinky verdrehte die Augen. »Geht es bald mal los? Ich kann Männer nicht weinen sehen.«

»In Ordnung, schnallt Euch an!« Der Rolls Royce Prairie Cat schoss mit quietschenden Reifen aus dem Tor der Kellergarage hinaus auf die Straße. Bald war Oz, der sofort wie wild geschrien und mit den Armen herumgerudert hatte, aus dem Rückspiegel und auch von den Sensorenanzeigen des Fahrzeugs verschwunden.

Das Team hatte für die Fahrt aus Seattle die Nachtzeit gewählt. Der Verkehr war daher nicht stark und der Rolls Royce kam auf seiner Fahrt in die Wälder zügig voran. Mongo war ganz und gar in die Systeme des Wagens versunken. Der Rigger hatte leicht gerötete Wangen und ein seliges Lächeln im Gesicht. Er schien überglücklich, einen solch edles Gefährt lenken zu dürfen. Beowulf war auf dem Beifahrersitz eingenickt und schnarchte etwas, während er sich unruhig bewegte. Blinky hatte es sich gleich zu Beginn der Fahrt gemütlich gemacht und ein SimSinn eingeworfen. Er saß mit Melody und Eliza im komfortablen hinteren Bereich, hatte die Augen verdreht und zuckte nur ab und an etwas, während er sich von den simulierten Sinneseindrücken einer anderen Person in einem anderen, wahrscheinlich schöneren Leben berieseln ließ.

Mr. Johnson hatte den Kopf an die getönten Scheiben gelehnt und beobachtete die Regentropfen, die stetig und monoton gegen das gepanzerte Glas trommelten. »Du siehst müde aus.« Eliza schreckte hoch. Melody lächelte sie an. »Ganz ruhig, wenigstens im Moment bist du sicher.«

Eliza lächelte müde zurück. »Ja, du hast schon Recht. Ich bin das nur nicht so gewohnt. Dieses ewige Hin und Her. Die Angst. Nicht zu wissen, ob nicht im nächsten Moment wieder auf uns geschossen wird.« Die erschöpfte junge Frau sah wieder aus dem Fenster. »Weißt du, dass ich richtige Angst vor großen freien Flächen habe? Erzähl es nicht weiter, aber ich nehme schon Beruhigungstabletten.«

Melody sah sie besorgt an. »Beruhigungstabletten?«

»Nichts starkes, keine Sorge. Es ist nur alles etwas viel für mich. Ich habe einen Job, den ich von zuhause aus erledigen kann. Ich verlasse die Wohnung sehr selten und das auch eigentlich nur, wenn es sich nicht vermeiden lässt.«

»Was machst du eigentlich genau?«, fragte Melody, während sie sich eine rote Strähne aus dem Gesicht strich.

»Ich bin ein kleines Licht bei der Stadtverwaltung. Ich bin Programmiererin und koordiniere ein paar unwichtige Sachen. Ich sorge dafür, dass nicht alle gleichzeitig zur Pause gehen und solche Geschichten – nichts Weltbewegendes.«

»Und dann legst du dich mit Aztech an? Wie kann denn so etwas passieren?«

»Ja, das ist so: Ich habe das gesamte Personal der Aztech-Pyramide in Urlaub geschickt und das nehmen sie mir jetzt richtig übel.« Melody lachte und Eliza grinste ebenfalls über das ganze Gesicht.

»Wenigstens hast du deinen Humor nicht verloren.«

»Unkraut vergeht nicht. Wenn ich etwas bin, dann ein Stehaufmännchen oder vielleicht besser Stehaufweibchen?«

»Bist du schon einmal in einer vergleichbaren Situation gewesen?«

»Nicht direkt«, Eliza zupfte an dem schwarzen Lederbezug der Rückbank herum. »Ich war als Kind oft krank und bin daher wohl auch heute noch lieber im Haus als draußen. Ich habe es halt nicht anders gelernt.« Eliza lächelte nun unbeholfen und fühlte sich anscheinend etwas unwohl. Melody merkte das und wechselte schnell das Thema.

»Ich war schon früher ein richtiger Wildfang. Deshalb haben mich meine Eltern wohl auch ins Internat geschickt. Ein richtig nobler Schuppen in der Schweiz. Wie man es aus dem Trid kennt.»

»Echt? Sahne! Ein Mädcheninternat mit Schuluniformen und so? Klingt grandios.«

»Na ja, wer's mag. Ich habe es da nicht lange ausgehalten.« Melody grinste. »Ich war dann auch so schlimm, dass sie mich rausgeschmissen haben.«

»Ich war ein braves und liebes Kind. Meine Mutter ist bei meiner Geburt gestorben und mein Vater hatte auch schon so genug mit mir zu tun. Da musste ich es ihm nicht noch schwerer machen.«

»Du hast wohl ein sehr gutes Verhältnis zu deinem Vater?«

»Das hatte ich. Er ist vor zwei Jahren gestorben.«

»Das tut mir Leid. Ich wollte nichtt …«

»Schon okay, er war lange krank und sein Tod war für ihn eine Erlösung. Es ist schon schwer, wenn man keine Familie hat, aber man schlägt sich halt so durch.«

»Ich habe Familie, aber die wollen nichts mehr mit mir zu tun haben. Das ist genau so gut.« Die beiden Frauen lächelten sich an. »Wir haben es ja so schwer, nicht wahr?«

Eliza nickte lächelnd. »Aber was uns nicht umbringt, macht uns härter. Hast du früher eher mit Puppen oder mit Autos gespielt?«

Melody grinste nun noch mehr. »Ich habe mir immer das genommen, was mein Bruder haben wollte. Da war es eigentlich egal, worum es ging. Und du? Womit hast du gespielt?«

»Ich hatte ganz viel Spielzeug. Völlig unterschiedliche Sachen. Teddybären, sprechende Dinosaurier, Puppen und auch etliche VR-Spiele. Ich habe schon sehr früh ein eigenes Cyberdeck gehabt. Nichts Tolles, aber ich habe schnell gelernt, wie man mehr daraus macht. Mein Vater war Techniker bei Fuchi und hat mir oft Ersatzteile mitgebracht. Die Datenbuchse habe ich schon mit 13 bekommen. Ich glaube, er hat sich sehr darüber gefreut, dass ich ihm in gewisser Weise nacheiferte. Das Schönste, was ich hatte und noch heute habe, ist aber etwas völlig Untechnisches. Meine Eltern haben es noch vor meiner Geburt zusammen für mich ausgesucht.« Eliza kramte in ihrer großen Reisetasche.

»Du hast es dabei?«

»Natürlich, das würde ich nie zurücklassen.« Eliza faltete ein Stofftuch auseinander und hob den Inhalt vorsichtig empor. »Es ist ein Windspiel, ein Mobile aus Glas. Siehst du, wie fein und lebensecht die kleinen Äffchen gearbeitet sind?«

»Das ist wunderschön.« Melody bestaunte die Glasfigürchen.

»Ein echter Schatz!«

»Ich würde es auch nie hergeben. Da lasse ich auch lieber noch einmal mehr auf mich schießen.« Wieder grinsten beide.

»Ich hoffe, du musst das nicht so bald wieder unter Beweis stellen.«

Der Rolls Royce Prairie Cat bog von der Landstraße ab und war bald im schnell dichter werdenden Wald verschwunden.

Kapitel 22

Der Holzpavillon spendete seinem Gast angenehmen Schutz vor der künstlichen Mittagssonne, die warm und voll von der schier endlos hohen Decke des Arboretums schien. Silkworm wandte sein Haupt und blickte aus dem offenen Fenster. Er genoss den Anblick seines Gartens, die prachtvollen Blumenbeete, das sanfte Plätschern des künstlichen Baches und den Gesang der Vögel, die sich ebenso wie er selbst hier sehr wohl zu fühlen schienen. Auch wenn sein Refugium auf die oberste Etage des Nepal Centres beschränkt war, fühlte sich der Herr des Gartens nicht beengt. Er konnte gehen, wohin er wollte, aber er wollte nicht. Silkworm hatte sich seinen Wirkungsbereich ganz nach seinen Wünschen herrichten lassen. Es fehlte ihm an nichts, was man für Geld kaufen konnte.

Der Präsident des Nepal Centres lächelte zufrieden und sah nun wieder auf den Holztisch vor sich. Vor ihm standen ein leistungsfähiges Datensichtgerät mit Trideoschirm, eine längliche Metallkassette mit Datenchips und ein gewaltiger Obstkorb mit allen nur erdenklichen Früchten. Trotz seines hohen Alters und seiner darauf beruhenden großen Erfahrung konnte sich Silkworm immer noch sehr für diese Form pflanzlicher Erträge begeistern. Konsistenz, Farbe und Geschmack übten eine ungewöhnliche Faszination auf ihn aus. Andere studierten in ihrer Freizeit Kunst, Musik und Literatur, was Silkworm ebenfalls mit Vergnügen tat, aber er konnte sich nicht vorstellen, dass auch andere seiner Art soviel Zeit und Aufwand in etwas so Banales wie Obst investieren würden.

Es mochte daran liegen, dass er selbst über keinerlei Geruchsempfinden verfügte und es für ihn daher auch nur schwer vorstellbar war, wie Pflanzen durch Lockstoffe Insekten ködern konnten, welche dann zur ihrer Verbreitung und letzten Endes auch zu den süßen Früchten führten.

Silkworm beendete seine fast schon philosophischen Über-
legungen leicht belustigt über den eigenen Enthusiasmus
und besann sich wieder auf andere, gewichtigere Dinge,
die seiner Aufmerksamkeit bedurften.

Er aktivierte das Datensichtgerät und ging die einzelnen
Dateien der Chips durch. Nazareth weckte sein besonderes
Interesse. Er hatte sich bereits in einigen Kämpfen behauptet
und die Statistiken lasen sich wie eine reine Erfolgsbilanz.
Nah- und Fernkampffertigkeiten, Taktik-, Kommunika-
tions- und Verhandlungsfähigkeiten waren von seiner
Hardware angenommen, bestmöglich verarbeitet und um-
gesetzt worden. Silkworm lächelte. Sein Geschöpf hatte
dem Feind beträchtliche Verluste zugefügt, ohne selbst sonderlich in Mitleidenschaft gezogen worden zu sein.

Ebenso erfreut war er über das Stück Eigeninitiative, dass
Nazareth zeigte, wenn er Gebrauch von seiner Kreativität
machte. Über seine Art von Humor konnte man geteilter
Meinung sein, aber Silkworm war verzückt darüber, dass
er überhaupt etwas in dieser Art entwickelte. Fast stolz las
Silkworm die Zeilen über den Kampf mit dem Magier. Ein
verspiegeltes Visier als Reflektor für einen Zauber zu verwenden – einfach grandios.

Ein wenig Bedenken hatte Silkworm wegen des kleinen
Herumtreibers, den Nazareth aufgelesen hatte. Ein solches
Verhalten war für ihn nicht vorgesehen gewesen und stand
zwar nicht in direktem, wohl aber in einem möglichen
Spannungsverhältnis zu seinen Instruktionen. Der Junge
war Ballast, erforderte unnötig Aufmerksamkeit und Ressourcen und bedeutete zudem noch eine potentielle Gefahr für Nazareths Auftrag. Es war nicht auszuschließen,
dass der letzte Angriff dem Jungen gegolten hatte, und falls
das der Fall gewesen war, gefährdete er das Gelingen eines
monatelang ausgearbeiteten Unternehmens.

Silkworm hoffte, dass Nazareth es nicht zu weit treiben
würde, denn neben einem Fehlschlag der Operation ›FOR-
EVER YOUNG‹ wäre auch eine Rückrufaktion und

Beseitigung der Nazareth-Reihe ein schmerzlicher finanzieller Rückschlag gewesen. Momentan rechnete der Leiter des Nepal Centres zwar mit dieser Möglichkeit, hielt sie jedoch eher für unwahrscheinlich. Die individuelleren Aktionen Nazareths bedeuteten zunächst einmal Kreativität, Einfallsreichtum und wirklich menschliche Wesenszüge. Das übertraf die ursprünglichen Erwartungen in ihn und war daher vorerst nur als positive Entwicklung zu bewerten. Falls Nazareth dennoch später Probleme bereitete, würde man ihn durch Jericho ersetzen müssen.

Silkworm öffnete nun die nächste Datei. Fox hatte sich von Eliza Young und dem restlichen Team getrennt und verfolgte momentan seine eigenen Ziele. Das schwächte zwar vorübergehend die Aktivposten, würde aber schließlich nur vorteilhaft für die Gesamtoperation sein.

Wissen war Macht, das wusste Silkworm. Schließlich war er durch sein überlegenes Wissen reich und der heimliche Herrscher eines weltweiten Unternehmens geworden.

Der Rest des Teams hatte den Standort seines Lagers mittlerweile in die Wälder außerhalb Seattles verlegt, genauso, wie er es gewollt hatte. Falls Nazareth in die Situation eingreifen musste, dann würde er mit einer anderen als der urbanen Wildnis konfrontiert werden, womit er sein Können auch in diesem Gebiet demonstrieren konnte. Das alles steigerte nur seinen tatsächlichen Wert.

Während Silkworm eine neue Datei öffnete, überlegte er, ob ihn Mr. Drake nicht noch einiges kosten würde. Der Mann von Aztech, der die Forschung in Boston leitete, war ein nicht zu unterschätzendes Risiko. Bisher hatte Silkworm bloß Aztechnologie als direkten Gegner gesehen. Die Aktionen eines Konzerns, auch die eines Megakonzerns wie Aztech, waren vorhersehbar und für einen geübten Beobachter relativ leicht zu kalkulieren. Letztendlich wollte man in den Chefetagen nur Gewinn erzielen und er musste nur die jeweils gewählten Wege zum Profit ausfindig machen.

Mr. Drake allerdings war ein individueller Kopf mit eigenen Interessen und eigenen, bisher unbekannten, Zielen. Natürlich war es offensichtlich, dass er seine Datei zurück haben und nicht an Fremde verlieren wollte, aber Silkworm wusste, dass in diesem Mann mehr steckte als ein einfacher Konzernwissenschaftler. Er betrachtete eine der wenigen holographischen Aufnahmen von Drake und musterte dessen Mimik und Gestik intensiv. Zwar verriet ihm eine persönliche Begegnung mehr als ein dreidimensionales Abbild, da Silkworm über empathisches Gespür verfügte und so die Gefühlen seiner Gesprächspartner wahrnehmen konnte, doch war er auch so ein guter Menschenkenner.

Ein Blick in die Augen Drakes verriet ihm, dass dieser Mann gefährlich war. Er festigte nur das Bild, das sich aus den vorhandenen Informationen bereits ergeben hatte. Drake hatte eine gewisse Ausstrahlung, die verriet, dass er sich auf dem schmalen Grat zwischen Genie und Wahnsinn bewegte. Silkworm gefiel das nicht. Alle ihm bekannten Personen, die diese Aura ebenfalls besaßen, arbeiteten entweder für ihn, waren tot oder standen unter ständiger Observation und waren Objekte weitumfassender Dossiers. Drake aber war ein nahezu ungekochter Chip. Das musste sich ändern.

Silkworm lehnte sich zurück: »Pilot!«

»Ja, Meister?«, antwortete eine neutrale, computergenerierte Stimme »Gib mir das Büro von Dr. Soto, umgehend!«

»Ja, Meister.«

Wenige Sekunden später stand die Sprechverbindung in das Büro seines Untergebenen. »Soto, ich möchte, dass Sie ein Erfassungsteam auf Mr. Drake ansetzen. Die Standardmaßnahmen sind hier unzureichend. Setzen Sie den Schwerpunkt auf seine Vergangenheit, aber unternehmen sie nichts, was unnötig Aufmerksamkeit erregen könnte. Wo wurde er geboren, wann war das, wer waren seine Eltern? Welche Schulen hat er besucht? Wer war seine erste Liebe? War er derjenige, der Essensgeld erpresste oder der,

der es abgenommen bekam? Welche Hobbys hat er? Was ist seine Lieblingsfarbe? Hat er Haustiere, wenn ja, teilt er das Bett mit ihnen? Wovon träumt er nachts? Geschüttelt oder gerührt? Ich will alles über ihn wissen!«

»Jawohl, Sir.« Silkworm beendete das Gespräch.

Nachdem er auch die weiteren Datenchips gesichtet und anschließend wieder in die Metallkassette sortiert hatte, verließ Silkworm den kleinen Pavillon und danach das Arboretum, um wieder in seinen gewohnten Arbeitsbereich zurückzukehren. Der Präsident des Nepal Centres war zufrieden mit dem momentanen Stand der Dinge. Bisher lief alles nach Plan und an allen Fronten mehr als zufriedenstellend. Kleinere Probleme waren einkalkuliert und das Risiko, dass das Handeln von unterschiedlichen Individuen in sich barg, war überschaubar. Die Operation ›FOREVER YOUNG‹ würde zweifellos ein voller Erfolg werden. Silkworm betrachtete einen der zahllosen Bildschirme seines Kommunikations- und Arbeitsraumes und verfolgte interessiert eine Reportage über den Halleyschen Kometen.

»Na, alter Junge, gibt es da draußen etwas Neues?« Silkworm ließ sich nieder und verzehrte genüsslich ein paar Bananen.

Kapitel 23

Die Mitte des gewaltigen Ballsaals war dessen eigentlichem Zweck, also dem Tanz, gewidmet. Die bunte Menge war nahezu unüberschaubar, aber Fox schätzte, dass sich die Anzahl der Personen auf der Tanzfläche mit der, die um sie herum stand und gepflegte Konversation betrieb, ungefähr die Waage hielt. Das schwarze befrackte Orchester spielte einen Walzer. Fox hatte keine Ahnung von Musik, aber das konnte selbst er erraten. Während er sich den Weg durch die plaudernde Menge bahnte, taxierte er die Gäste des Wohltätigkeitsballes. Hier tummelte sich, was Rang und Namen hatte in Seattle. Die üblichen Playboys und reichen Nachkommen, die sich ›beruflich noch nicht festlegen wollten‹, extravagant gekleidete Modedesigner, Medienmogule und Profisportler, Trideo-Stars, bekannte Darsteller aus Sim-Sinn-Produktionen aller Art, langbeinige Models und kurzatmige Finanzmagnaten, Diplomaten, Konzerngrößen und Politiker; wer etwas auf sich hielt und es bezahlen konnte, war heute Abend Gast bei William Vogel. Der Präsident von Federated Boing hatte zum Tanz geladen und man war seinem Ruf gerne und zahlreich gefolgt.

Fox hatte auf der offen ausgehängten Gästeliste viele bekannte Namen gelesen, aber es war nicht immer einfach, sie bestimmten Personen zuzuordnen, denn dies war ein Maskenball. Niemand trug ein Kostüm oder ein wirklich aus dem Rahmen fallendes Kleidungsstück, aber jeder, selbst Musiker und Kellner, trug eine Gesichtsmaske wie im venezianischen Karneval. Das Aushängen der Liste sollte wohl den Anreiz schaffen, seine Gesprächspartner noch vor Mitternacht und der allgemeinen Demaskierung zu enttarnen, aber Fox hielt heute nur nach einer Person Ausschau. Er verhielt sich dabei möglichst unauffällig, hielt sich am Rand des Geschehens und ging auch nicht hastig, sondern glich sein Tempo dem der anderen an.

Auch Fox trug eine Maske und er hatte der Versuchung nicht widerstehen können und eine zwar künstlerisch frei gestaltete, aber immer noch gut zu erkennende Fuchsmaske gewählt. Der Preis von Maske und Karte entsprach einigen Monatsgehältern des britischen Staatsbeamten, aber wenigstens hatte er sie überhaupt noch bekommen. Fox' einziger Trost war, dass er nach der ganzen Geschichte entweder um 100.000 Nuyen reicher sein würde oder sich um Geld nie wieder Gedanken machen musste, weil er bis auf den letzten Obolus nichts mehr brauchte. Allerdings gab es einiges, was vor dem Ende noch erledigt werden musste.

Fox wollte 17. Das Problem war, er kannte 17 nicht. Er wusste aber, wer sie kannte. Brian Perry war der Mann der Stunde – Diplomat und britischer Kulturattaché. Er stand heute Abend – anders als zwei weitere ›alte Bekannte‹ – zwar nicht auf der offiziellen Liste, aber Fox hatte Connections mit großen Ohren und guten Augen. Noch vor vier Jahren war der gute Mr. Perry Ausbilder bei derselben Abteilung wie Fox und 17 gewesen. Auch wenn sie sich nicht kannten, war anzunehmen, dass wenigstens ein Ausbilder über seine Schüler Bescheid wusste.

Brian Perry war Mitte 40, hatte braunes Haar und einen kräftigen Schnurrbart. Er war etwas untersetzt, aber durchaus gewandt und schneller als es seinen Sparringpartnern in der Ausbildung oft lieb gewesen war. So zumindest hatte Fox ihn in Erinnerung. Unauffällig schlenderte er auf seiner Suche durch die plaudernde Menge. Im Vorbeigehen nahm er ein hohes Kristallglas Champagner vom Tablett eines Kellners und steuerte den Rand der Tanzfläche an. Dort sah Fox jemanden, den er kannte, aber das war im Moment eigentlich die letzte Person, die er treffen wollte. Ihm gegenüber auf der anderen Seite des Saales stand Mr. Drake, der Mann, den Fox hinter den Angriffen vermutete. Drake war natürlich maskiert, aber Fox erkannte ihn dennoch. Er hatte seine Akte genau studiert, auch wenn die darin enthaltenen Informationen eher spärlich gewesen waren. Allerdings hatten sie einige gute Trideoaufnahmen enthalten, und die Erkennungssoftware, die Fox für die Suche nach Perry in seine Headware geladen hatte, sprang sofort auf ihn an, als er in das Blickfeld des Agenten geriet.

Mr. Drake war ihm noch nie persönlich begegnet, aber Fox schien es, als würde auch Drake ihn direkt ansehen. Fox fühlte sich mulmig und trotz der Maske ertappt. Er wandte sich schnell ab und intensivierte die Suche nach Brian Perry, um den Ball möglichst zügig wieder verlassen zu können. Bald hatte er sein Ziel tatsächlich ausgemacht. Perry sah noch genauso aus, wie ihn Fox das letzte Mal gesehen hatte. Sogar der Anzug schien derselbe. Aber so lange er ihn kannte, konnte sein Ausbilder eigentlich jedes Kleidungsstück gleich schnell zerknittern. Fox lächelte und wollte gerade auf ihn zugehen, als er etwas Hartes in der Seite spürte. »Erregen Sie kein Aufsehen, Mr. Fox. Wenn Sie sich kooperativ verhalten, dann wird Ihnen nichts geschehen.« Fox' Körper spannte sich merklich an.

»Reingefallen, Daniel.« Fox drehte sich um und sah einer äußerst gutaussehenden und betont weiblich gekleideten jungen Frau in ihr schadenfroh lachendes Gesicht. »Melanie Moon! Dein Name steht auf dem Aushang, aber du hast es trotzdem geschafft, mich reinzulegen.«

»Du weißt doch, Daniel, ich bin sehr talentiert, und es gibt da sogar gewisse Talente, von denen du ja leider gar keine Ahnung hast.« Das Unterwäschemodell, dass Fox in seinem letzten Urlaub hatte versetzen müssen, lächelte ihn verführerisch an. Fox gab sich schmollend.

»War wirklich nicht beabsichtigt, Mel. Ich war echt krank und es war keine dumme Ausrede.«

»Schon gut, schon gut, Kleiner«, lächelte Melanie versöhnlich. »Der Abend ist noch jung und die Party ziemlich öde. Wie wäre es, wenn wir zu mir nach Hause fahren und ich dir ein paar der gewagteren Ensembles der neuesten Moon-*light*-Kollektion vorführe?«

»Dein eigenes Label?«

»Tja, während du den unermüdlichen Verteidiger der freien Welt mimst, gibt es auch Menschen, die hart arbeiten und etwas auf die Beine stellen. Also wie sieht es aus? Entfliehen wir von diesem tristen Ort?«

»Weißt du, Mel, da drüben steht ein Bekannter, mit dem ich sprechen muss. Ich kann dir nicht sagen, wie lange ...« Fox stockte. Eine kleine Gruppe von Männern bahnte sich den Weg zu Brian Perry. Die junge Frau folgte seinem Blick. »Dein Freund scheint Ärger zu bekommen.«

»Sieht fast so aus, Mel. Ich denke, ich werde mich darum kümmern müssen.«

»Sieht auch so aus, als würde wieder nichts aus unserem Date, Fox, Darling.«

»Du bekommst einen Gutschein. Sag mal, erinnerst du dich noch an den Geburtstag von Oz?«

»Du meinst die Sache im PandNEONium?«

»Genau die. Meinst du, du bekommst das noch einmal hin?«

»Fox, ich werde nicht älter, sondern besser.«

Die breitschultrigen, in Smokings gekleideten Männer kamen schnell auf Perry zu. Dieser schien sie gar nicht zu bemerken, sondern flirtete weiter munter mit einer anscheinend gut betuchten jungen Dame. Fox trauerte dem alten Perry hinterher, der die nahenden Feinde bereits ausgemacht gehabt hätte, bevor sie überhaupt ihre Krawatten zurechtgerückt hatten. Jetzt musste der Schüler dem Lehrer zeigen, wo es lang ging, und Fox würde es genießen.

Plötzlich blieben die unbekannten Männer abrupt und wie angewurzelt stehen. »Meine Herren, können Sie mir wohl sagen, wo ich mein Kleid gelassen habe?«

Melanie hatte sich den verblüfften Männern in den Weg gestellt und machte ihrem Ruf als Unterwäschemodell alle Ehre. Sie hatte ihr aufwändig gestaltetes Ballkleid abgestreift und stand nun bis auf ein halbtransparentes Schnürmieder in Rosé und einen ebensolchen Strumpfgürtel völlig unbekleidet in farblich passenden, hochhackigen Schuhen im Ballsaal.

Die eben noch so zielstrebig agierenden Männer gafften das bekannte Modell aus großen Augen an, und das gab Fox die nötige Minute Zeit, um zu handeln.

»Major Perry?«

»Wer …? Commander Fox, was …?«, stammelte der verblüffte Diplomat. »Keine Zeit für Erklärungen! Sie entschuldigen, Ms.?«

Fox griff Perry unsanft am Ärmel und zog ihn mit zum Ausgang. Ihre Verfolger wollten sich ebenfalls in Bewegung setzen. Aber wieder griff Melanie Moon ein. »Meine Herren«, rief sie mit durchdringend honigsüßer Stimme in den Saal. »Es ist Damenwahl, und ich möchte einen Gentleman zum Tanz auffordern, der mir gefällt. Freiwillige vor!«

Das ausbrechende Chaos war gewaltig. Selbst einige Musiker sprangen in den Saal, um von ihrer Traumfrau auserkoren zu werden oder wenigstens einen Blick auf ihren kaum bedeckten Körper zu erhaschen. Auch kybernetisch verstärkte Muskeln reichten nicht aus, um diese Menschenmenge schnell genug zu teilen. Fox und Perry verschwanden, bevor ihre Verfolger sie wieder ausgemacht hatten.

Auf dem Weg nach hatte der keuchende Perry Mühe, mit Fox Schritt zu halten. »Sir, Sie sind aus der Übung.«

»Verdammt, Fox, was soll der Drek? Wer sind diese Kerle?«

»Azzies, von der schlimmen Sorte.«

»Azzies? Was habe ich denn mit Aztechnologie zu schaffen?« Die Worte kamen dem Major der Anstrengung wegen nur schwer über die Lippen.

»Sie wollen, was Sie wissen. Nicht Sie selbst.«

»Ja, das beruhigt mich jetzt ungemein. Die Herren von Aztechnologie sind ja auch so verbindlich und human, wenn es um Verhöre und die Anwendung von Folter, Chemikalien oder magischer Gehirnverdrehung geht.«

Die beiden Männer erreichten bald den Ausgang. Bevor sie auf die Straße rannten, schlug Fox mit dem Ellbogen noch die Scheibe eines Feuermelders ein und aktivierte den Alarm.

»Vielleicht wird Löschwasser die erhitzten Gemüter von Mel's Verehrern abkühlen.«

»Was Sie wollen, Fox!« Perry schien sich nur mit Mühe auf den Beinen halten zu können.

Fox zog ihn auf eine Yamaha Rapier Rennmaschine zu. »Ein Motorrad? Sie haben sich nicht sonderlich verbessert.«

Fox reichte ihm einen Helm. »Setzen Sie den lieber auf. Die Herren da drüben sehen nicht aus, als würden sie sich um die Art unseres Fluchtfahrzeuges scheren.« Der Major drehte sich um und sah die Scheinwerfer von zwei dunklen Limousinen aufblitzen. »Zwei Eurocar Westwind, Aztech-Verfolgungsgeschwader. Standardbesatzung 5 Mann, ausgelegt auf Geschwindigkeit, weniger auf Feuerkraft.«

»Dann aber los, Commander«, rief Perry und streifte den Helm über, bevor er sich auf die Yamaha schwang. Fox gab Gas, das Motorrad heulte auf und jagte die Straße hinab – die Wagen der Verfolger dicht auf den Fersen.

Fox raste über den feuchten Asphalt und bremste die Rapier weder in Kurven noch bei roten Ampeln ab. Gekonnt wich er dem Gegenverkehr aus und riskierte dabei zwei bis drei Beinaheunfälle, um es den nahenden Westwinds schwerer zu machen. Aber auch deren Fahrer waren gut. Die Wagen entgingen jeder Kollision und beschleunigten sogar noch, bevor sie das letzte Hindernis umfahren hatten.

»Verdammte Bande!«, brüllte Perry in das in den Helm integrierte Mikro. »Lassen Sie sich mal etwas einfallen. Für ihre kleinen Kunststückchen haben die da hinten nur ein ganz müdes Lächeln übrig.«

»Ich wüsste da was!«, rief Fox zurück. «Haben Sie Ihre Brieftasche dabei?«

»Natürlich, aber …« Der überraschte Ex-Ausbilder beendete den Satz nicht. Er hatte genug damit zu tun, sich festzuhalten, als Fox die Nitroeinspritzung betätigte und die Maschine einen gewaltigen Satz nach vorne machte. Mit weiteren gewagten Fahrmanövern gelang es ihnen, ihre Verfolger für einige Minuten auf Distanz zu halten.

»Sind Sie sicher, dass Sie diese Richtung beibehalten wollen?«, schrie Major Perry seinen Fahrer an. »Das Gebiet um die Renraku-Arkologie ist zum Teil immer noch abgesperrt.«

»Ich weiß, Major, ich weiß.« Fox hielt Tempo und Kurs unverändert bei. Das änderte sich auch nicht, als sie die ersten Barrikaden und Militärfahrzeuge sahen, die unbarmherzig schnell näher kamen.

»Fox, nicht, dass ich meiner Ausbildung nicht trauen würde, aber wir sind auf direktem Kollisionskurs mit UCAS-Militäreinheiten. Fox, würden Sie bitte … **Fox**!«

Fox bremste ruckartig. Er riss die Yamaha Rapier zur Seite, und das Motorrad rutschte mit direktem Bodenkontakt Funken sprühend in der Seitenlage unter der Absperrung hindurch. Wild um sich selbst kreisend schoss die Maschine noch einige Meter weiter, um dort schließlich zwischen einem Trupp Soldaten mit angelegten und entsicherten Sturmgewehren zum Stehen zu kommen.

Perry stöhnte und auch Fox schmerzten die Glieder, aber sie hatten sich bis auf Schürfwunden und Blutergüsse keine Verletzungen zugezogen. Auf der Bildfläche erschien nun ein Offizier der UCAS-Streitkräfte, der ungläubig zwischen der Barrikade und Perry und Fox hin und her blickte. »Meine Herren, dies ist militärisches Sperrgebiet.«

»Soldat, Sie wollen doch hier keinen internationalen Konflikt heraufbeschwören.« Fox rappelte sich auf und wischte sich vergebens Staub von dem ganz und gar zerrissenen Smoking. »Wir sind Beamte der britischen Regierung in diplomatischer Mission. Major, Ihren Ausweis.«

Knapp zwei Stunden später waren Fox und Major Perry in der Sicherheit der britischen Botschaft. Sie saßen im Büro des Majors, das im altenglischen Stil eingerichtet war. »Also, Fox«, sagte der Major, während er mit der Hand vorsichtig über ein kleines Pflaster an seinem rechtem Unterarm fuhr. »Was wissen Sie, was ich nicht weiß? Was wollten die Kerle auf dem Wohltätigkeitsball von mir?«

»Aztech, besser Mr. Drake, der Chef des Bostoner Aztech-Ablegers – er war übrigens auch auf dem Ball – ist hinter mir her, weil er glaubt, dass ich etwas besitze, was ihm gehört. Sie waren mein Ausbilder, kennen meine Eigenheiten und persönlichen Tricks. Sie wissen, wie ein Agent denkt, wie er plant und vorgeht. Hat man den Lehrer, ist es einfach, den Schüler zu erwischen. Ich allerdings besitze überhaupt nichts, was Drake gehört. Jedoch gibt es da noch jemanden, der dieses Etwas haben könnte und aller Wahrscheinlichkeit nach auch hat. Dieser Jemand war mit mir zusammen mit einer Aktion gegen Drake betraut. Und Sie, Perry, kennen diese Person oder diese Personen, während ich immer nur ihre Matrixmetaphorik zu Gesicht bekommen habe, denn Sie, Major, waren auch ihr Ausbilder.«

»Wen meinen Sie, Fox?«

»Ich spreche von 17.«

»17? Dieses kleine Luder, ich ahnte doch, dass sie noch immer einige Flausen im Kopf hat, die ich ihr nicht austreiben konnte.« Perry lächelte mit fast väterlichem Blick.

»Sie? 17 ist eine Frau?«

»Was dachten Sie denn? Ein ganz niedliches Ding dazu. Meinen Sie, dass ein Mann sich so etwas Albernes wie eine Horde Affen als Persona programmieren würde?« Fox hustete. »Äh, nein, eigentlich nicht. Ich meine, ich selbst … Wie ist ihr Name, und wo kann ich sie erreichen?«

»Ihr Name ist Young, Eliza Young.« Der Major stand auf und ging auf einen kleinen Servierwagen mit alkoholischen Getränken zu. »Wollen Sie auch einen?«

»Eliza Young«, wiederholte Fox mit ungläubiger Miene. »Sie waren also nie hinter mir her.«

»Das ist doch schön«, meinte Perry, während er sich Eis in ein Glas füllte. »Auch einen Drink?«

»Danke, Major, aber ich muss noch fahren.« Als sich der britische Kulturattache und Geheimdienstausbilder a. D. wieder umdrehte, hatte Fox das Büro bereits verlassen.

Kapitel 24

Er schreckte hoch. Er war wie jeden Tag völlig übermüdet ins Bett gefallen. Seine Pritsche war hart und unbequem. Sie roch muffig und nach Dreck, und man musste wirklich sehr müde sein, um hier den nötigen Schlaf zu finden. Er vernahm ein leises Klopfen und wurde sich bewusst, dass ihn dieses Geräusch so plötzlich aus seinen unruhigen Träumen gerissen hatte. »Freund, bist du wach?«

»Freundin?« Der Junge rutschte ein Stück über die Liege an das Fußende und zog ein Stück fleckiges Poster von der kahlen, teilweise verschimmelten Wand

»Freund.« Die Stimme zitterte, aber Freund erkannte sie. »Was ist mit dir?«

»Ich … Ich habe es geträumt.«

Freund erblasste. »Nein, das kann nicht sein. Du hast es dir bestimmt nur eingebildet. Du kannst es nicht geträumt haben. Es ist viel zu früh. Die anderen …« Auch seine Stimme zitterte jetzt.

»Nein, ich habe es geträumt. Ich bin mir ganz sicher. Es war so klar, anders als andere Träume. Gibst du mir deine Hand?« Der Junge streckte den Arm durch den schmalen Spalt hinter dem Poster und tastete nach ihr. Als er ihre Hand spürte, griff er zu und hielt sie fest. »Ich habe Angst.«

Freund hörte das leise Schluchzen deutlich, obwohl sich Freundin Mühe gab, es zu verbergen. Es schmerzte ihn. Er konnte es nur schwer ertragen, wenn sie weinte. Als er Freundin vor einigen Wochen kennengelernt hatte, war sie die stärkste Person gewesen, die er je getroffen hatte, mutig und tapfer. Natürlich war sie jung, kaum älter als er selbst, aber er hatte ihre Unbeugsamkeit gespürt. Doch hier und jetzt galt das nichts. Hier war es egal, ob man eine gute Kampfsportlerin war und eines Tages zu Lone Star wollte. Man wurde hier nicht manipuliert, man wurde gebrochen. Ohne Subtilität, ohne raffinierte Foltermethoden, Hypnose oder Gehirnwäsche. Im Hort kümmerte man sich nicht um solcherlei. Die Geschehnisse an sich reichten vollkommen aus, um das Leben hier unerträglich zu machen.

»Hörst du, Freund, ich habe Angst.«

»Ich habe auch Angst, Freundin.«

»Ich will nicht sterben. Ich will es nicht. Warum musste ich hierher kommen? Warum nur?«

»Das frage ich mich jede Nacht.« Freund fiel es selbst sehr schwer, seine aufkommenden Tränen zu unterdrücken.

»Er wird mich holen, Freund. Ich habe ihn gesehen. Er wartet schon auf mich. Er hat gesagt, dass ich etwas Besonderes bin. Er wird mich holen. Ich will nicht sterben.« Sie klammerte sich an ihn und er hielt ihre Hand noch fester. Er verfluchte die Mauern seines Gefängnisses, das ihn von Freundin trennte, so dass ihnen nur die Berührung ihrer Hände blieb. Nicht einmal sehen konnte er sie in der Finsternis.

»Ich höre sie. Freund, sie kommen, hörst du?« Freundin flüsterte leise und ängstlich wie ein kleines Kind.

»Nein, sie dürfen dir nichts tun. Das lasse ich nicht zu!« Freund schrie und er hoffte, dass sie ihn hören würden. »Hört ihr, ich lasse es nicht zu!« Tränen liefen an seinen Wangen hinunter, aber er bemerkte es nicht einmal. Freundin schluchzte und versuchte, Freund festzuhalten, aber er riss sich los und sprang von der Pritsche. Er lief zu der stabilen Tür des kleinen, fensterlosen Zimmers und hämmerte mit den Fäusten dagegen. »Lasst sie in Ruhe!«

Die Schritte auf dem Flur kamen näher. Niemand sagte etwas. Keiner antwortete ihm. »Freund!« Die Stimme seiner Freundin war schrill und tränenerstickt. Es brach ihm fast das Herz. »Hilf mir, Freund, hilf mir!«

Freund nahm Anlauf und warf sich mit aller Kraft gegen die Tür. Er prellte sich die Schulter, aber erreicht hatte er nichts. »Freund!« Er hörte das Klimpern eines Schlüsselbundes. »Sie sind da! Hilf mir!«

»Freundin!« Freund schrie und weinte, aber er konnte ihr nicht helfen. Wie in Trance nahm Freund das Ganze wahr, unfähig einzugreifen. Freund hörte, wie der Schlüssel in das Schloss des Nebenzimmers gesteckt wurde, das Geräusch des Herumdrehens und das Klicken des Schließmechanismus, als er aufsprang. Er hörte, wie Freundin nach ihm rief, immer und immer wieder, wie sie ihn anflehte, ihr Schluchzen, den fast wahnsinnigen Schrei und die plötzlich eintretende Stille. »Freundin«, flüsterte Freund. »Freundin, es tut mir Leid, so Leid.«

»Was tut dir Leid? Ist alles in Ordnung?« Nazareth wandte sich zu dem Jungen um, der in einer Decke auf der Klappbank hinten im Wagen lag. Nazareth hatte den PE Kommando des Angriffsteams von offensichtlichen und versteckten Leitsignalen befreit und für eigene Zwecke konfisziert.

»Ich habe wieder geträumt.«

»War es derselbe Traum?«, fragte Nazareth, während er den Blick wieder auf die Fahrbahn richtete.

»Nein, er war anders. Da war ein Mädchen. Sie nannte mich Freund.«

»Ein Mädchen? Du erinnerst dich noch immer nicht an alles?«

»Ich kann mich kaum erinnern …« Myst sah mit leeren Augen an die Decke. »Warum Freund und nicht Amadeus?«

»Vielleicht wollte sie nicht Amadeus, sondern nur einen Freund.«

»Warst du einer von beiden?«

Myst zögerte. »Sie hat mich niemals Amadeus genannt, glaube ich. Ich konnte ihr aber auch nicht helfen. Sie haben sie mitgenommen.«

»Warst du deshalb auch nicht ihr Freund?«

»Ich habe es versucht.« Mysts Augen füllten sich langsam mit Tränen. Nazareth wandte sich kurz zu seinem Mitfahrer um und reichte ihm eine sterile Kompresse.

»Das sind die Drogen und das Toxin, die sie dir verabreicht haben. Sie verursachen immer noch Nebenwirkungen. Die Ergebnisse der Analyse sind noch nicht komplett, aber es scheint nichts Handelsübliches zu sein. Sie wollten dich wohl nicht sofort töten. Es könnte sein, dass sie dich suchen und dich deshalb geschwächt haben, um das Ganze zu erleichtern. Wahrscheinlich bist du schon einige Tage durch die Stadt geirrt. Die endgültig tödliche Wirkung des Giftes war wohl dafür gedacht, dass sie dich nicht finden.«

»Warum hilfst du mir, Nazareth?« Der Mann wandte seinem jungen Schützling wieder den Kopf zu.

»Weil du Hilfe brauchst, Myst.«

»Du kennst mich doch gar nicht.«

»Macht das einen Unterschied? Du kennst mich doch auch nicht. Trotzdem lässt du dir helfen.«

»Bist du mein Freund?«

Nazareth schien überrascht und schwieg einige Sekunden, bevor er antwortete. »Das scheint so zu sein. Meine Handlungen ergeben sonst nur bis zu einem gewissen Grad einen Sinn. Ich bin tatsächlich dein Freund. Das verkompliziert die Situation.«

»Warum?« Der Junge hob mit Mühe den Kopf, um Nazareth besser sehen zu können. »Was ist denn? Hast du Schwierigkeiten damit? Ich glaube, mir wird schwindelig.« Erschöpft ließ Myst sich wieder fallen.

»Das ist nicht vorgesehen. Man wird nicht tolerieren, dass ich dich als Freund betrachte. Man wird mir Schwierigkeiten machen.«

»Das tut mir Leid. Ich glaube, irgendwie habe ich nur Pech. Vielleicht ist es am besten, wenn du hier irgendwo anhältst und mich rauslässt.«

»Das ist nicht akzeptabel. Ohne mich wirst du die Nacht mit großer Wahrscheinlichkeit nicht überstehen. Du bist noch nicht stark genug.«

»Werde ich denn jemals stark genug sein?« Dem immer noch bleichen Jungen fiel es schwer, sich zu konzentrieren.

»Ja, das wirst du.« Nazareth lächelte gedankenversunken. »Ganz bestimmt. Schlaf jetzt weiter! Wir fahren noch ein ganzes Stück.«

»Wohin fahren wir?«
»In die Wälder.«
»Warum?«
»Wir gehen auf die Jagd.«

Nazareth hatte vom Hauptquartier direkte Order erhalten, das Team um Eliza Young in die Wälder außerhalb Seattles zu verfolgen, um sie abzusichern. Im HQ ging man davon aus, dass die Shadowrunner dort bald aufgespürt wurden. Ein erneuter Angriff von Aztech-Kräften würde die Gruppe weiter in Bedrängnis bringen, möglicherweise auch demoralisieren. Dies hatte für den eigenen Konzern den Vorteil, dass Ms. Young unter Zugzwang geriet, und man selbst dadurch über günstigere Konditionen verhandeln konnte. Man würde den Kaufpreis problemlos drücken können. So zumindest stellten sich das die Herren in den oberen Etagen von Kurashima-Takagema vor. Nazareth sollte die Sicherheit dieses Vorhabens garantieren. Aztech durfte das Team zwar attackieren, aber nicht auslöschen.

Der aztekische Konzern war aber nach Nazareths Informationen nicht die einzige Gefahr für Eliza Young und ihre Begleiter. Die zuständige Stelle bei Kurashima-Takagema hatte erfahren, dass es auch von Seiten des benachbarten Elfenstaates zu Aktionen gekommen war. In Tir Tairngire hatte man wohl von ›FOREVER‹ erfahren, denn KT-Infiltratoren berichteten, dass ein spezielles Einsatzteam ausgesandt worden war, um die Shadowrunner falls nötig auch außerhalb der elfischen Grenzen abzufangen. Zunächst hatte Nazareth erwogen, Aztech und Tir Tairngire gegeneinander auszuspielen. Dann war er aber zu dem Schluss gekommen, dass es besser war, sich den Elfen separat zu widmen. Nur so würde Ms. Young schließlich unter den beabsichtigten Zugzwang kommen. Außerdem durfte man ja nach der Aussage Dr. Liebhardts und Nazareths ersten eigenen Erfahrungen Elfen nicht trauen und somit auch keine solch sensible Planung von ihnen abhängig machen.

Die Infiltratoren hatten dafür gesorgt, dass man bei Kurashima-Takagema jederzeit über den Aufenthaltsort des Tir-Teams auf dem Laufenden blieb.

Der auch geländegängige PE Kommando fuhr nun schon eine ganze Weile durch bewaldetes Gebiet. Nazareth verglich seine Position mit den Daten der Elfen. Nachdem er auch die Karten des Gebietes überprüft hatte, entschied er sich dafür, noch einige Minuten zu fahren und dann den Wagen in der Nähe einer kleinen Felsengruppe stehen zu lassen. Etwas weiter gab es eine Furt, die sich für einen Hinterhalt eignen würde.

Gold: »Siedler 4! Gib mir Deckung! Siedler 2 und 3 nachrücken! Prime an die Flanke!«

Siedler 4: »Verstanden, Squad Leader.«

Prime: »Roger, Squad Leader.«

Siedler 2: »Siedler 2 und 3 haben verstanden.«

Gold: »Arrow, ist das Areal sauber?«

Arrow: »Roger, Squad Leader. Kein Mensch zu sehen.«

Gold: »Wizzard?«

Wizzard: »Die Geister sind ruhig und das Mana ist stark.«

Gold: »Wizzard?!«

Wizzard: »Es ist alles in bester Ordnung, Squad Leader. Roger und so.«

Gold: »OK, Mädels, dann geht's los! Widow, bring den Jeep rüber!«

Widow: »Roger, Squad Leader.«

Gold: »Prime, deck sie! Arrow, pass auf!«

Prime: »Verstanden.«

Arrow: »Roger, Squad Leader.«

Arrow: »Was …?«

Gold: »Gibt es Probleme, Arrow?«

Arrow: »Ich denke nicht, Squad Leader. Nein, Sir. Nur das Reh da hinten …«

Gold: »Kümmere dich um den Jeep, Arrow!«

Arrow: »Verstanden, Squad Leader.«

Wizzard: »Squad Leader!«

Gold: »Was ist, Wizzard?«

Wizzard: »Irgendetwas stimmt nicht.«

Gold: »Widow, beeil dich! Was stimmt nicht?«

Wizzard: »Ich weiß nicht, es ist nur so eine Ahnung. Rufen sie den Wagen zurück!«

Gold: »Widow, bring endlich den Jeep rüber. Ganz ruhig, Wizzard! Arrow, hast du alles im Griff?«

Arrow: »Ja, Sir. Hier ist niemand.«

Gold: »Prime?«

Prime: »Alles klar hier!«

Wizzard: »Abbrechen, abbrechen!«

Widow: »Was ist los?«

Prime: »Da treibt irgendwas im Wasser.«

Gold: »Was ist es?«

Wizzard: »Brecht es ab!«

Arrow: »Ich sehe es auch. Eine Plastiktüte oder so. Soll ich sie exen?«

Gold: »Ok! Raus mit dir, Widow! Los!«

Prime: »Das ist doch … Aaaargh!«

Widow: »Aaaargh!«

Gold: »Granate! Siedler 2 und 3 ausschwärmen! Holt sie aus dem Wagen! Arrow, hast du Ziele?«

Prime: …

Wizzard: »Prime lebt noch. Zieht ihn aus dem Wasser, sonst ertrinkt er.«

Gold: »Arrow, hast du Ziele?«

Siedler 4: »Ich bekomme keine Signale von Widow.«

Gold: »Arrow!«

Arrow: «Arrow ist tot. Lang lebe Nazareth!«

Wizzard: »Verdammt! Ich werde dich … Aaaargh!«

Gold: »Arrow? Wizzard?«

Siedler 4: »Scharfschütze! In Deckung!«

Siedler 3: »Aaaargh!«

Gold: »Nebelgranaten. Los!«

Siedler 2: »Verstanden.«

Siedler 4: »Was ist mit Prime?«

Arrow: »Prime ist tot.«

Sielder 2: »Du verdammtes Schwein. Wer bist du? Ich werde dich umbringen!«

Arrow: »Danke für dein Geschrei! Gute Nacht, süßer Prinz!«

Siedler 2: »Aaaargh!«

Gold: »Siedler 2? Siedler 2? Funkstille!«

Arrow: »Mit wem willst du auch noch großartig kommunizieren? Oh, was ist denn das für ein Signal auf dem Sichtschirm?«

Gold: »Siedler 4, taktisches Signal abschalten! Sofort!«

Siedler 4: »Aaaargh!«

Gold: »Siedler 4?«

Arrow: »Der Letzte macht das Licht aus.«

Gold: »Aaaargh!«

Kapitel 25

Die Nacht war einigermaßen klar. Man sah die Sterne und auch der Mond glänzte in silbrigem Licht. »Verdammt kalt hier«, sagte Mongo und rieb sich die riesigen Hände. »Ich denke, ich besorge noch etwas Feuerholz.«

»Keine schlechte Idee«, meinte Melody, während sie sich den dunklen Mantel zurechtzog. »Dabei kannst du vielleicht auch noch einmal einen Blick auf die Geräte werfen. Die meisten Tiere haben ja wohl Angst vor Feuer, aber ich bin nicht sonderlich scharf darauf, von denjenigen ungewarnt besucht zu werden, für die das nicht gilt.«

Mongo grummelte eine Antwort und stapfte mit großen Schritten davon. Die Gruppe hatte ihr Lager auf einer kleinen Lichtung aufgeschlagen. Sie lag etwas erhöht und war nicht sehr gut einzusehen. Stellte man hier aber an den richtigen Stellen Wachposten auf, konnte man selbst Ankömmlinge gut ausmachen.

»Noch Kaffee, Eliza?«

»Danke, ich habe noch.«

»Sie, Professor?«

Der Zwerg lächelte müde. »Bitte. Es ist wirklich recht kalt.«

Eliza, die sich in eine große Decke gehüllt hatte, stocherte mit einem Stock zwischen den Scheiten des Lagerfeuers herum. »Wisst ihr, ich glaube das ist ein wenig wie bei den Pfadfindern oder im Sommerlager. Bloß ohne Marshmallows.«

Melody schaltete ihre Taschenlampe an und grinste breit. »Soll ich euch eine unheimliche Geschichte erzählen? Da ist dieses Pärchen und sie fahren in den Wald. Er ist Zahnarzt und hat zufällig auch einige seiner Instrumente dabei …«

»Ach hör auf«, rief Eliza und boxte Melody in die Seite. »Unser Leben ist schon gruselig genug.«

»Schon okay. Ich werde mal sehen, ob Blinky noch Kaffee möchte. Also ich hätte jetzt keine Lust, auf einem Baum zu sitzen und mir den Hintern abzufrieren.«

»Grüß ihn mal schön!«

»Mach ich.« Melody stand auf und verschwand in der Dunkelheit.

»Sagen Sie, Professor, wie ist das mit Ihnen und Undine?«

Beowulf räusperte sich und sah Eliza überrascht an. »Was meinen Sie damit? Was soll mit ihr sein? Sie ist seit vielen Jahren meine Vertraute. Ein Wasserelementar, der mich bei meiner Arbeit unterstützt.«

»Sie meinen, es ist rein beruflich?« Eliza konnte sich ein Lächeln nicht verkneifen, was der Zwerg allerdings nicht bemerkte, da er stur in seinen Aluminium-Becher sah.

»Ja, natürlich ist das rein beruflich. Ich bin hermetischer Magier und widme einen Großteil meiner Zeit der Forschung. Da ist eine Assistentin wie sie sehr wichtig. Auch bei unserem jetzigen Einsatz ist sie uns eine große Hilfe.«

»Sind Sie sich sicher, dass sie nur eine Assistentin ist und nicht mehr?«

Der Zwerg lief rot an und sah ärgerlich aus. »Was wollen Sie mir da unterstellen?«

»Gar nichts, Professor, es tut mir Leid, wenn ich Sie verärgert haben sollte. Sie ist aber doch ein hübsches Mädchen, oder? Natürlich ist ihr Erscheinungsbild ungewöhnlich, aber ich könnte mir gut vorstellen, dass ein Mann sie auch körperlich attraktiv findet. Ich wäre froh, ihre Figur zu haben.« Eliza nahm noch einen Schluck Kaffee und lächelte dann. »Ich finde, dass sie sehr interessant aussieht. Vor allem, wenn Licht auf ihren Körper fällt. Dieses Funkeln …«

Jetzt lächelte auch Beowulf und seine Stimme hatte etwas Schwärmerisches. »Besonders im Licht eines Sonnenaufgangs oder im Abendrot. Diese Orange- und Rottöne … Ihre Oberflächenstruktur ist in ständiger Bewegung. Sie fließt, bildet Strudel und Wellen. Sie hätten sie beim Kampf mit den Feuerelementaren sehen sollen – faszinierend.«

»Oberflächenstruktur?« Eliza lächelte wieder. »Das klingt aber nicht sehr schmeichelhaft. Wie fühlt sich ihre Haut an?«

Beowulf schluckte. »Das weiß ich nicht.«

»Das wissen Sie nicht? Sie kennen sie schon seit so vielen Jahren und haben sie noch nie berührt? Haben Sie ihr nicht einmal die Hand geschüttelt oder ihr auf die Schulter geklopft?« Eliza sah den zwergischen Magier ungläubig an.

»Warum sollte ich das wohl tun? Sie ist nur eine Dienerin. Sie tut, was ich sage.«

»Sie meinen, sie ist eine Sklavin für Sie?«

»Ich behandle sie gut.«

»Respektieren Sie sie?«

»Was soll das nun wieder heißen? Sie darf nicht alleine ins Kino, wenn Sie das meinen.« Beowulf wurde wütend.

»Ich denke, sie ist mehr für Sie als eine Dienerin. Ich habe Sie beobachtet. Ihre Blicke sind sehr vielsagend.«

»Meine Blicke? Jetzt hören Sie aber auf, so etwas muss ich mir nicht anhören!«

»Was müssen Sie sich nicht anhören, Prof? Will Mr. Johnson Sie vereidigen? Da wäre ich an Ihrer Stelle auch vorsichtig.« Mongo war wieder aufgetaucht und grinste über das ganze Gesicht, während er einen Stapel mit Holz neben das Lagerfeuer legte.

»Das geht Sie nichts an!« Beowulf stand auf und ging.

»Was war denn?« Mongo schien seine Frage zu bereuen.

»Ach, es ist nichts«, meinte Eliza. »Der gute Beowulf fängt nur gerade an, sich der Wahrheit zu stellen.«

»Das verstehe ich nicht.« Mongo kratzte sich unter dem Rand seiner Baseballkappe.

»Das ist nicht schlimm. Er versteht es auch noch nicht.« Eliza lächelte.

»He, Blinky, siehst du was?« Melody stand mit der Kaffeekanne unter einem riesigen Baum und blickte in die Höhe. »Blinky?«

»Ja, ich bin noch da. Ich wollte nur hören, wie sehr du mich vermisst, Schätzchen.«

»Schätzchen? Du willst wohl einen Satz heiße Ohren?«

»Ich liebe temperamentvolle Frauen.«

»Okay, dann bekommst du halt keinen Kaffee.«

»Kaffee? Hast du Kaffee gesagt?«

»Ja, und er ist noch warm.«

»Es tut mir Leid. Vergib mir! Ich bin ein Rüpel, ein gemeiner Schuft, Drek unter deinen Lackstiefeln …«

Melody verdrehte die Augen. »Halt den Mund und komm runter! Ich warte hier nicht ewig.«

Blinky ließ ein Kletterseil vom Baum und rutschte herab. Melody reichte ihm einen Becher und goss die dampfende Flüssigkeit ein. »Danke.« Blinky nahm einen tiefen Schluck.

»Wie sieht es aus?«

»Tja, bisher war nicht viel zu sehen. Ein paar Tiere, nichts Besonderes. Vielleicht sollte ich mir eine Pelzmütze machen.«

»Vielleicht solltest du dich untersuchen lassen.«

»Oh Melody, deine Worte sind Musik in meinen Ohren. Fang an, ich werde mich nicht verweigern.« Blinky schloss die Augen. »Aber sei bitte sanft zu mir.«

»Drekhead«, lachte Melody und goss sich selbst noch Kaffee ein. »Meinst du, die Azzies werden uns hier aufspüren, jetzt, wo Fox nicht mehr hier ist?«

»Ich weiß es nicht, aber wenn sie es tun, während Fox nicht hier ist, wird es ziemlich eng. Ich hoffe mal, unser Versteck taugt mehr als das letzte. Wie geht's der Kleinen?«

»Eliza ist ok. Sie ist zwar sehr nervös, aber der Wald scheint ihr doch ganz gut zu bekommen. Hätte ich gar nicht gedacht, wo sie doch auch so ein Stadtmensch ist.«

»Sie hält sich ganz gut, für eine städtische Programmiererin, meinst du nicht? Manche meiner Johnsons haben ihre Eloquenz durchgehend eher in fester Form geäußert, wenn du verstehst, was ich meine.«

»Sie haben sich öfter erbrochen als alles andere?«

»Genau das.«

»Ja, die ängstliche Sorte kenne ich zur Genüge. Was meinst du hat Eliza angestellt? Um was für Daten geht es wohl?«

Blinky befühlte den Boden und setzte sich dann unter den Baum. »Tja, was wohl? Auf jeden Fall geht es um eine ganze Menge Kohle. Schau dir unser Gehalt an! Würde ich so etwas öfter machen, hätte ich sehr bald ausgesorgt.«

»Wem sagst du das?« Melody setzte sich nun auch.

»Also Melody, wenn ich spekulieren sollte, dann hätte ich doch ein paar Ideen, um was es sich bei der ganzen Sache handeln könnte.«

»Und das wäre?«

»Ich habe da neulich ein paar Dinge gehört, die einem schon die Haare zu Berge stehen lassen können …«

»Tja, *Schätzchen*.« Melody besah sich Blinkys Kopf. »Wie es aussieht, wird das bei dir nicht ohne weiteres funktionieren. Ist ja kaum noch was da.«

»Sehr witzig«, knurrte Blinky und sein Auge zuckte dabei. »Ernsthaft, es gibt da einige Gerüchte auf den Straßen. Nichts für schwache Nerven.«

»Jetzt pack endlich aus.«

»Nun, da gibt es ein paar Geschichten. Da wäre zum Beispiel die Sache mit der Aztech-Pyramide …«

»Was ist mit ihr?«

»Weißt du, dass die Azzies damals Unsummen dafür bezahlt haben, um den genauen Standort für den Bauplatz bestimmen zu dürfen? Wenn ich genau sage, dann meine ich auf den Zentimeter genau.«

»Ja und? Ist das so außergewöhnlich?«

»Außergewöhnlich wird es dann, wenn man Freunde hat, die in der Nähe der Aztech-Pyramide wohnen. Die Azzies graben.«

»Sie graben?«

»Ja, sie graben, sie buddeln und sie bohren und das nur in der Nacht.«

»Muss ich jetzt erschrecken, oder was?« Melody sah Blinky spöttisch an.

»Erschreckend ist es, wenn die Leute verschwinden, die der Sache nachgehen, wenn diejenigen mundtot gemacht werden, die sich wegen der nächtlichen Unruhe beschweren. Ich habe einen Bekannten, der öfter in der Kanalisation arbeitet …«

»Das wundert mich gar nicht.«

Blinky überhörte Melodys Bemerkung und fuhr fort. »Er hat mir von alten Gängen erzählt, von merkwürdigen Bauwerken und seltsamen Schriftzeichen, die man da unten findet. Da soll es auch Massengräber geben. Er hat unzählige Schädel gesehen.«

»Klingt interessant, aber du hast selbst nichts gesehen, oder?«

»Nein, aber meine Quellen sind verlässlich.«

»Ja, schon gut. Was hast du noch gehört? Du sprachst von mehreren Geschichten.«

»Stimmt. Man erzählt, die Azzies arbeiten an einem neuen genetischen Programm. Das Troll/Ork-Mischwesen war wohl noch nicht genug. Sie versuchen jetzt nicht-menschliche DNA in den menschlichen Körper zu integrieren. Sie züchten Hybriden.«

»Mensch/Tierhybriden sind doch ein alter Hut. Wer nicht weiß, dass Aztech so etwas tut, der ist doch wirklich nur dumm. Erinnere dich an die Sache damals mit Frost.«

»Ich rede nicht von tierischer DNA. Sie sollen da etwas gefunden haben, was nicht aus unserer Welt stammt.«

»Sind das die gleichen, die sagen, dass man Dunkelzahn entführt hat? Kommen wir lieber zum nächsten Gerücht. Ich habe Eliza versprochen, mit ihr über etwas zu reden.«

»Tja, wenn du über Entführungen nichts hören möchtest, dann wäre es vielleicht wirklich besser, wenn du gehst. Denn die nächste … Moment mal!«

»Was ist los?«

»Ich habe irgendetwas gehört, glaube ich.« Blinky aktivierte seinen Mikro-Transceiver. »Mongo, gibt es irgendwelche Signale?«

»Nein, alles still.«

»Kannst du mal eine Drohne hochschicken?«

»Kein Problem. Ich lass mal einen Brummer kreisen.«

»Mach das und sag Beowulf Bescheid. Vielleicht kann der das Ganze auch mal astral checken.«

»Blinky?«

»Was gibt's, Professor?«

»Wir haben ein Problem.«

»Was ist es?«

»Sie sind es.«

»Ich? Was ist mit mir?«

»Sie sind magisch aufgespürt worden. An ihrem Körper haftet ein astrales Band.«

»Drek!«

»Durchaus!«

»Macht euch auf was gefasst!«

Wenige Minuten später waren die aztekischen Truppen da. Es waren drei Helikopter, mehr als ein Dutzend Trikes und vier gepanzerte Geländewagen. Sie versuchten erst gar nicht, den bevorstehenden Angriff zu verheimlichen, sondern näherten sich schnell und bedrohlich zielstrebig.

»Mongo, starte die Drohnen! Schnell! Ich versuche, die Helikopter auszuknipsen.« Blinky, der wieder in der breiten Krone des Baumes saß, schulterte das neue Barret Model 121 und visierte einen der Helikopter an.

»Es sind zu viele, Blinky, das werdet ihr nicht schaffen!« Mongo klang verzweifelt.

»Wir brauchen Zeit, das ist alles. Wir müssen es versuchen!« Blinky feuerte und traf den Heckrotor eines der Kamphubschrauber, der daraufhin qualmend abdrehen musste. Trotzdem machte er sich keine große Hoffnungen, aus dieser Lage heil herauszukommen.

Drei Trikes erreichten gleichzeitig die Lichtung, an der bis vor wenigen Augenblicken noch der Rolls Royce Prairie Cat gestanden hatte. Die Fahrer der dreirädrigen Geländemotorräder eröffneten das Feuer aus automatischen Bordwaffen und zerfetzten die Zelte und sonstige noch umherstehende Ausrüstung der Shadowrunner. Einer der Geländewagen kam mit kreischenden Bremsen nun ebenfalls im Lager des Teams zum Stehen, und gepanzerte Fußsoldaten sprangen aus seinem Inneren. Sie verteilten sich schnell, kamen aber nicht sehr weit. Eine ferngezündete Sprengladung detonierte und weißer Phosphor breitete sich mit seinem feurigen Atem über den Aztech-Soldaten aus. Diejenigen, die nicht sofort durch die Explosion umkamen, verbrannten unter qualvollen Schreien.

»Ich habe sie erwischt«, schrie Melody über Funk.

»Hau endlich ab! Ihr müsst Eliza in Sicherheit bringen! Ich und der Prof werden sie aufhalten, solange es geht!« Blinky schrie ebenfalls und feuerte weiter auf die nahenden Helikopter. «Mach dir um mich keine Sorgen!«

»Mach ich nicht, Blinky! Unkraut vergeht nicht!«

Beowulf robbte durch das Unterholz. Sein Mantel starrte vor Dreck und war am rechten Arm eingerissen, weil der Zwerg in der großen Eile an einem Dornenstrauch hängen geblieben war. Endlich erreichte der Magier sein Ziel, einen kleinen Findling, der ihm bei ihrer Ankunft schon aufgefallen war. Der Stein wies einige grobe Tierzeichnungen auf, von keiner besonderen Güte, aber er schien einmal als eine Art religiöser Stätte gedient zu haben. Seine magische Hintergrundstrahlung war für die Zwecke Beowulfs positiv.

Er war zwar kein Geologe, aber er hatte den Stein askennt und seine Aura einer genaueren Prüfung unterzogen. Die Kraft des Findlings konnte ihm helfen. Das hoffte er zumindest. Beowulf blickte vorsichtig auf. Er sah die Geländewagen und Trikes unbarmherzig näher kommen. Es waren sehr viele, zu viele, um sie in der kurzen Zeit einzeln zu bekämpfen. Beowulf musste an seine tiefsten Reserven gehen. Der kleine Magier griff in die Manteltaschen und förderte einige obskure Gegenstände zutage. Eine goldene Taschenuhr, einen Anhänger aus Silber und einen großen Kristallsplitter. Es waren Artefakte, Foki, die er auf seinen Reisen erstanden, gefunden oder ›organisiert‹ hatte.

Es waren Kraftfoki, mit denen er sein eigenes magisches Potenzial stärken konnte. Er würde die Kraft brauchen, da er einen besonders mächtigen Zauber wirken wollte. Auch so würde es ihm einiges abverlangen. »Meister?« Beowulf erschrak. »Ich habe dich nicht gerufen, Undine.«

»Ich könnte Euch aber von Nutzen sein, Meister. Wollt Ihr Euch nicht meiner Kraft bedienen?«

»Das wird nicht nötig sein, Undine.« Beowulf wusste, dass es für einen Geist wie Undine nicht sonderlich angenehm war, wenn man auf seine Magie zurückgriff. Umso mehr wunderte ihn das Angebot seiner Vertrauten.

»Ihr habt die anderen Foki aktiviert und sagt, dass meine Kraft nicht erforderlich sein wird? Meister, ich denke, Ihr seid nicht ehrlich zu mir.« Beowulf war verblüfft. Undine diskutierte mit ihm. Sie sagte ihm ins Gesicht, dass sie ihm nicht glaubte. Seine Dienerin gab Widerworte.

»Was erlaubst du dir?« Unwillkürlich griff Beowulf nach ihr. Ihr Arm war kühl, und man merkte, dass sie aus Wasser bestand. Trotzdem war er nicht flüssig, zwar angenehm weich, aber doch fest. Beowulf erschrak vor dem wohligen Gefühl, das sich in ihm ausbreitete, aber er ließ nicht los.

»Meister, ich möchte Euch helfen. Bitte lehnt meinen Wunsch nicht ab!« Die Anima sah ihm tief in die Augen. Beowulf war sprachlos. Noch nie hatte der Wasserelementar ihn um etwas gebeten. Er sah in Undines Augen, einen Quell tiefen Blaus, so tief, dass er glaubte, in diesen Tiefen ertrinken zu können. Sie sah ihn an und lächelte liebevoll. »Nehmt meine Energie an, Meister! Ich bitte Euch darum. Ihr werdet sie brauchen.«

»Ja, du hast Recht.« Der Zwerg konnte sich nur sehr schwer von seiner Vertrauten lösen. »Ich werde wahrscheinlich alles brauchen, was ich bekommen kann.«

Beowulf sammelte sich und begann, seinen Zauber vorzubereiten. Er rezitierte lateinische Verse und schrieb dabei mit den Händen geometrische Figuren in die Luft. Der Magier verband seine Magie mit der der einzelnen

Artefakte. Er knüpfte astrale Fäden zusammen und verwebte ihr Mana mit dem des Findlings, Undines und seiner eigenen arkanen Kraft, während er seinen Blick auf die aztekischen Kolonnen richtete. Die Energie pulste durch seinen Körper. Er spürte das Knistern mystischer Energien in der Luft und auf der Haut. Der kleine Magier richtete sich nun zu voller Größe auf, riss seine Arme empor und seinen Gegnern entgegen, wobei er den letzten Satz einer langen Formel laut schrie: »In nomine luminis!«

Beowulf wurde von den kurzen Beinen gerissen und einige Meter zurückgeschleudert, als sich die gewaltigen Energien in einer einzigen Entladung von ihm lösten. Er blieb benommen und mit vernebeltem Blick liegen, aber die Soldaten Aztechs hatten weniger Glück. Alle gegnerischen Einheiten in Beowulfs Sichtweite wurden in heißes Licht getaucht und ihr Inneres explodierte. Metall verglühte und Menschen verbrannten. Die gepanzerten Wagen schmolzen und die Trikes detonierten, als ihre Fahrer sich in Nichts auflösten. Bäume fingen Feuer, Blätter und Gras verdorrten augenblicklich und verwandelten sich in Asche.

Der Körper des zwergischen Magiers war ebenfalls angesengt und auch jetzt züngelten noch kleinere Energieblitze über seine Arme. Beowulf stöhnte und hauchte kraftlos ein paar Worte, bevor er das Bewusstsein verlor: »Armageddon – das jüngste Gericht.«

Undine näherte sich ihrem Meister und hob ihn vorsichtig vom Boden auf. »Das habt Ihr gut gemacht, Meister. Ihr erfüllt mich mit Stolz und Bewunderung.« Sorgfältig wickelte die Anima den Magier in eine Decke und achtete besonders darauf, dass man die kleine Tätowierung am linken Handgelenk des Zwerges trotz des weggebrannten Hemdes nicht sehen konnte. Noch war es nicht an der Zeit.

Der Rolls Royce jagte durch den Wald. Fünf Trikes und ein Hubschrauber hatten die Verfolgung aufgenommen, und trotz der Fahrkünste Mongos kamen sie sehr schnell näher.

Eliza saß mit Melody im hinteren Teil des Wagens. Mongo hatte den Thermorauchwerfer im Heck aktiviert und versuchte, es ihren Gegnern auch so möglichst schwer zu machen. Ein Trike zerschellte im dichten Rauch, der auch von Infrarotgeräten nicht durchdrungen werden konnte, an einem Redwoodbaum, aber die anderen ließen sich nicht ohne weiteres abschütteln.

Melody feuerte mit einem Sturmgewehr aus einem der hinteren Fenster und Eliza versuchte mit einem Ares Predator ebenfalls ihr Bestes, um die Flucht zu erleichtern, aber auch die beiden sahen nicht mehr als ihre Verfolger. Plötzlich gab es einen lauten Knall, und Mongo erkannte mit Hilfe seiner geriggten Sensorik, wie sich aus einem Gebüsch am Rande des Waldweges eine heiße Rauchfahne ihren Weg in die Luft über den Wagen und an ihm vorbei bahnte. Es folgte eine gewaltige Detonation, und der ungläubig glotzende Troll beobachtete, wie seine Anzeigen den Absturz und anschließenden Aufprall eines brennenden Helikopters registrierten. »Was war das?« Melody und Eliza hatten den Absturz offenbar auch mitbekommen.

»Keine Ahnung, ein Schutzengel?«

»Mir egal, wir müssen hier weg. Hofft einfach, dass der Schütze es gut mit uns meint.«

Mongo beschleunigte weiter und es grenzte an ein Wunder, dass er nicht die Kontrolle über den Rolls verlor. »Wo sind die Trikes? Ich habe nur noch drei auf dem Schirm. Nein, Moment, jetzt nur noch zwei. Was geht hier vor?«

»Wenn es nicht Fox ist, der mit unseren Feinden aufräumt, dann muss es wirklich ein Schutzengel sein. Versucht es auf seiner Frequenz!«

»Fox? Bist du da?«

»Fox? Keine Antwort. Es ist wohl doch ein Schutzengel.«

»Fox, ein Schutzengel oder die Jungfrau Maria!«, rief Mongo aufgeregt. »Wenn er so weitermacht, dann können wir es schaffen. Nur noch ein Trike, wir schaffen es. Ich hoffe, Beowulf und Blinky haben unser Glück.« Den letzten

Satz sprach Mongo leiser. Die restliche Fahrt über, auch, nachdem sie den Wald schon lange hinter sich gelassen hatten, wechselten die drei kein Wort mehr.

Blinky hatte zwar Glück, aber anscheinend nicht genug. Er hatte zwar schnell den zweiten Helikopter unter Feuer genommen, doch offenbar hatten auch die Azzies einen Scharfschützen an Bord. Blinky wurde an der rechten Schulter getroffen und wäre abgestürzt, wenn er sich nicht mit einem Geschirr in der Baumkrone festgemacht hätte. Er wurde aus seinem Versteck gerissen und verlor erneut seine Waffe. Zunächst baumelte er einige Meter über dem Boden hilflos an der Sicherheitsleine und musste tatenlos zusehen, wie sich Aztech-Soldaten an Seilen aus dem Helikopter abließen.

Nur mit größter Mühe gelang es Blinky, ein Messer aus einem Stiefel zu ziehen und sich doch noch aus dem beschädigten Geschirr zu befeien. Trotz aller möglichen Vorsicht stürzte er ein paar Meter und brach sich das Bein, als er unsanft auf dem unebenen Waldboden aufschlug. Blinky versuchte vergeblich, noch einen der Azteken mit dem Messer zu töten, konnte ihm aber nur eine oberflächliche Schnittwunde zufügen, bevor er von der Übermacht überwältigt und mit Schlagstöcken bewusstlos geprügelt wurde.

Kapitel 26

Der Raum war kalt und fast vollständig mit weißen Fliesen ausgekleidet. Nur für einige grelle Flutlichter und einen stabilen Metallhaken an der Decke hatte man Platz gelassen. Vanessa fröstelte selbst etwas, als sie an dem Wachposten vorbei das Verhörzimmer betrat. Einerseits behagte ihr die Kälte nicht, andererseits gefiel ihr auch diese Art von Aktionen nicht sonderlich.

Verhöre gehörten zu den unangenehmeren Seiten ihrer Arbeit. Sie waren schmutzig, oft brutal und natürlich auch wenig moralisch, aber ein Soldat, wie sie einer war, kam auch um solche Prozeduren nicht herum. Das brachte der Job nun einmal mit sich.

»Wie weit sind Sie, Enrico?«

Der Soldat reichte ihr ein Lesegerät und schüttelte leicht den Kopf. »Der Kerl ist zäh. Was wir bisher aus ihm herausbekommen haben, ist völlig unbrauchbar. Er flucht und schimpft, mehr nicht. Anscheinend ist er Drogen gewohnt. Wir sollten eine andere Methode in Betracht ziehen.«

Vanessa Hernandez studierte die Aufzeichnungen und überlegte kurz. »Hat er irgendwelche Filtersysteme?«

»Die Ärzte haben ihn zwar nur oberflächlich gecheckt, aber mit der Menge an Metall in seinem Körper ist das nicht auszuschließen. Er wird wohl auch einige Bioware haben.«

»Gut, Soldat«, der Major der Jaguargarde reichte ihrem Untergebenen das Gerät. »Das wäre erst einmal alles. Ich werde es selbst versuchen. Danach werden wir sehen, ob wir uns um eine andere Vorgehensweise Gedanken machen müssen. Wegtreten!« Enrico salutierte und verließ den Raum.

Vanessa zog ein Paar Einweghandschuhe aus einem Spender an der Wand und ging auf den Mann zu, der in der Mitte des Raumes an den Händen aufgehängt war. Er war nackt und daher sah Vanessa, wie übel sein Körper zugerichtet war. Man war nicht zaghaft gewesen, als man ihn überwältigt hatte, und dafür hielt sich ihr Gefangener recht gut. »Wie geht es Ihnen, Blinky?« Vanessa stieß ihn mit einem Finger an und achtete darauf, dabei erst einmal noch keine seiner Verletzungen zu berühren.

»Wirklich fabelhaft, Schätzchen. Ich steh echt auf Fessel-spiele. Sahne ist auch, dass ich Uniformen total sexy finde. Für die Kombination muss ich sonst richtig viel löhnen.«

Vanessa bemerkte, wie schwer Blinky das Sprechen fiel. Seine Stimme war schwach und der Spott in ihr klang nicht wirklich überzeugend. »Mr. Blinky ....«

»Sie können mich ruhig Liebesgott nennen.« Vanessa trat einen Schritt näher und drückte auf einen großen Bluter-guss auf Blinkys Brust. Ihr Gefangener stöhnte auf. »Das finde ich nicht witzig.«

»Mr. Blinky, das hier ist auch kein Scherz. Sie sind in einer sehr komplizierten Lage. Das muss ich Ihnen ja wohl nicht noch einmal vor Augen führen.« Während sie das sagte, betastete sie vorsichtig die blutverkrusteten Augenlider des Shadowrunners. »Sie sollten sich kooperativ verhalten, wenn Sie das Ganze überleben wollen.«

»Überleben? Ich bin ja nicht blöde. Wir beide wissen, dass ich so oder so den Löffel abgeben werde. Wenn Sie haben, was Sie wollen, heißt es Abschied nehmen, süßes Leben.« Vanessa behielt ihre gelassene Miene, aber er hatte Recht.

»Sie sehen das alles viel zu schwarz. Was bringt es dem Konzern, Sie zu töten? Nur Scherereien. Wissen Sie, wie teuer es alleine ist, einen Toten spurlos zu entsorgen?«

»Interessant, dass Sie das jetzt ansprechen. Ich weiß das zufällig sogar sehr genau.« Blinky versuchte zu lächeln. »Um die 70-120 Nuyen. Überlässt man es den wirklichen Fachleuten, dann können es auch schon einmal 500 Nu-yen sein. Mehr habe ich auch nie berechnet. Nicht viel für einen Konzern mit einem Milliardenhaushalt, oder?«

»Nun«, Vanessa zuckte mit den Schultern. »Wenn Sie es sagen. Ich denke, dass wir das hier glimpflich für beide Seiten ausgehen lassen können. Es liegt an Ihnen.«

»Ich denke, Sie lügen.« Blinky spuckte aus und er schmeckte dabei das Blut in seinem Speichel. Vanessa ging um ihn herum und strich mit ihrer Hand an seinem Oberkörper entlang.

»Blinky, Blinky. Was soll ich nur mit Ihnen machen, wenn Sie nicht mit mir zusammenarbeiten wollen? Sie machen es mir nicht leicht.« Vanessa ekelte sich fast vor sich selbst, aber es war ihre Pflicht und nur das, was sie in der Ausbildung gelernt hatte. Langsam zog sie ein festes Pflaster vom Rücken des Gefangenen. Unwillkürlich spannte dieser seinen Körper. »Blinky, ich bin ein sehr versöhnlicher Mensch, aber wenn Sie sich weiterhin sträuben …« Der Major drückte einen Finger in die offene Wunde und Blinky schrie auf. »… wird das hier eine sehr lange Nacht.«

»Drecksschlampe, du kannst mich!« Blinky schrie wieder und diesesmal schrie er länger als zuvor.

»Ihnen … ihnen scheint das genauso viel Spaß zu machen wie mir.« Blinky hustete und stöhnte, weil ihm die Brust dabei schmerzte. »Ihre Eltern wären sicher stolz auf Sie.«

»Da können Sie sich sicher sein.« Dieses Mal reagierte Major Hernandez nicht mit einer Bestrafung. Sie ging wieder um ihren Gefangenen herum und betrachtete ihn. Ihre Eltern? Ihre Familie war die Garde und ihr Ersatzvater der General. Was wusste schon ein Zivilist, Abschaum wie diese käuflichen Shadowrunner? »Wir reden hier über Sie, Mr. Blinky, aber wenn wir das Verhör zu meiner Zufriedenheit hinter uns gebracht haben, dann lade ich Sie gerne mal zum Tee zu meinen Eltern ein. Also, wo stecken Ihre Freunde?«

»Freunde? Tja, wie es aussieht, habe ich wohl keine Freunde, oder? Wenn ich Freunde hätte, dann hinge ich bestimmt woanders rum. Kennen Sie das PandNEONium? Da habe ich neulich einen Ziegenbock getroffen, der hervorragend zu Ihnen passen würde. Wenn Sie mich hier runterholen, dann rufe ich ihn an und mache gleich ein Date aus.«

Vanessa schlug ihm hart ins Gesicht und Blinky schwang an dem Haken einige Zeit hin und her. »Antworten Sie mir!«

»Sie würden mir doch auch nicht antworten, oder? Was sagt Ihr toller Militärehrenkodex dazu?«

»Sie weichen meinen Fragen aus. Wo sind Ihre Freunde? Wo ist die Datei?«

»Lasst sie doch einfach in Ruhe! Was kann so wichtig sein, dass man dafür so viel in Kauf nimmt. Haben wir euch nicht schon genug gekostet?« Dieses Mal traf Vanessa ihren Gefangenen viel tiefer und er stöhnte dabei besonders gequält. »Miststück!«

Vanessa ließ Blinky etwas Zeit, sich zu fangen. Sie dachte an ihre Männer, die Freunde und Kameraden, die sie wegen dieses Mannes verloren hatte. Dieser erbärmliche Söldner wusste überhaupt nichts. Nichts über Ehre, nichts über die Garde und nichts über den Krieg. »Wo ist die Datei und was wissen Sie darüber? An Ihrer Stelle würde ich antworten. Ich denke, Ihnen liegt an Ihrer Männlichkeit.«

Blinky hob mit Mühe den Kopf und versuchte, sie anzusehen. »Warum tun Sie das? Ich werde Ihnen nichts sagen. Sehen Sie es ein, ich bin cooler als Sie.«

Vanessa wollte zu einem erneuten Schlag ausholen. »Major!« Die Soldatin drehte sich um und sah, dass sie nicht mehr alleine mit ihrem Gefangenen war. »Mr. Drake?« Sie musste sich das einbilden, aber die Temperatur im Raum schien plötzlich weiter gefallen zu sein. »Sie sind in Seattle?«

»Ich bin des öfteren in der Stadt, Major. Im Moment möchte ich aber sehen, ob Sie Fortschritte machen. Ich will für Sie hoffen, dass Sie mich nicht wieder enttäuschen.«

»Wir haben einen Gefangenen . Auf den Straßen nennt man ihn Blinky. Er …«

»Er hat Ihnen nichts gesagt.« Drake ging an Vanessa vorbei und trat näher an Blinky heran, der kraftlos in den Ketten hing. »Was Verhöre angeht, scheinen Sie auch unfähig zu sein.« Vanessa spannte sich, gab aber keine Widerworte.

»Ich schlage vor, dass Sie mich mit ihm alleine lassen. Warten Sie draußen, Major! Wenn ich mit ihm fertig bin, werde ich Ihnen mitteilen, was Sie zu tun haben.«

»Ich .... Ja, Sir.« Vanessa gehorchte und schloss die Tür hinter sich. Draußen ging sie den Gang hinunter und zu einem kleinen Aufenthaltsraum. Sie hatte sich bereits einen Soykaf aus dem altersschwachen Automaten gezogen, bevor sie merkte, dass sie nicht allein war.

»So, Mr. *Blinky*.« Drake zog sich den vereinsamt stehenden Plastikstuhl heran und setzte sich vor den angeketteten Shadowrunner. »Rauchen Sie? Ach ja, Sie sind ja leider angekettet. Ich hoffe, es stört Sie nicht, wenn ich rauche.« Drake zog ein silbernes Etui aus der Jackentasche.

»Meinetwegen können Sie in einer Stichflamme verbrennen.« Blinky klang fast gleichgültig und gab sich Mühe, seinen Gesprächspartner anzusehen, was ihm allerdings nicht gelang.

»Wissen Sie«, sagte Drake, während er sich eine Zigarette anzündete, »Sie werden hier nicht wieder lebend herauskommen. Sie interessieren mich nicht im Geringsten. Ich will nur meine Arbeit zurückhaben.«

»Pech für Sie. Ich werde Ihnen nichts verraten. Nicht, dass ich ein Held wäre, aber Sie haben mich einfach nicht höflich genug behandelt.«

Drake nahm einen Zug und inhalierte den Rauch . »Natürlich werden Sie das. Sie haben gar keine andere Wahl.« Drake stand auf und schlenderte durch den Raum, während er gelangweilt die spärliche Einrichtung betrachtete. »Meine Methoden sind nicht darauf ausgelegt, Ihnen eine Entscheidung zu überlassen, wissen Sie?« Beiläufig zeichnete er mit der Zigarette ein verschlungenes Muster aus farbigem Rauch in die Luft. »Wo ist die Datei?«

»Mr. Johnson hat sie.« Blinky schwitzte und schien um jedes einzelne Wort zu kämpfen.

»Wo ist Ihr Johnson im Augenblick?«

»Er befindet sich auf dem Weg ins AQUARIUS«

»Ist sie alleine?«

»Nein.«

»Wer ist bei ihr?«

»Mongo und Melody.«

»Ihr Gebiet?«

»Mongo ist Rigger und Melody Straßensamurai.«

»Schön, Mr. Blinky. Das sollte genügen. Ich werde draußen Bescheid geben, dass man ihnen einen unschönen Tod bereiten soll. Es war mir ein Vergnügen!« Blinky regte sich nicht mehr. Sein Kopf hing schlaff herunter und sein aufgehängter Körper schien völlig kraftlos zu sein.

»Ah, Major. Anscheinend haben sie schon mit meinem Mitarbeiter Bekanntschaft gemacht.« Drake hatte den Aufenthaltsraum betreten und ging auf den Kaffeeautomaten zu, um es sich bei dessen genauerer Betrachtung sofort anders zu überlegen. Drake rümpfte seine Nase: »Dass man auch überall in den unteren Etagen dieses Soja anbietet. Ich sage ihnen etwas. Arbeiten Sie sich schnell an die Spitze! Die Versorgung ist dort weit besser.«

Vanessa saß Drake gegenüber auf einem schlichten Sofa und betrachtete ihn und seinen Handlanger. »Sind Sie an die Informationen gekommen, Sir?«

Drake funkelte sie an. »Natürlich! Wenn ich etwas will, dann bekomme ich es auch. Versammeln Sie Ihre Leute, das Ziel befindet sich im AQUARIUS. Es ist ein Szenenachtclub.«

»Jawohl, Sir!« Vanessa schauderte, als sie überlegte, wie Drake wohl an diese Informationen gekommen war. Sie wusste, dass Drake gefährlich war, aber sie wusste noch immer viel zu wenig über ihn selbst. Sie wollte gehen, aber Drake hielt sie auf. »Warten Sie, Major. Da ist noch etwas.«

»Sir?«

»Da Sie alleine ja nicht fähig sind, meine Befehle auszuführen, habe ich entschieden, dass Sie von nun an unter der Aufsicht von Mr. Metal stehen werden.« Drakes muskelbepackter Mitarbeiter trat aus der Nische des Raumes, die er während des Gespräches und auch zuvor nicht verlassen hatte. Die kalte Halogenbeleuchtung tauchte seinen blanken Titanschädel in gespenstisches Licht. »Mr. Metal ist von nun an der Leiter des Unternehmens und untersteht nur meinem direkten Befehl. Ist das klar?«

»Sir, ich …«

»Ist das klar?«

»Verstanden, Sir.« Drake verließ den Raum und Vanessas neuer Vorgesetzter begleitete ihn.

Major Hernandez war wütend. Sie ging durch das Zimmer und wusste nicht, wie sie ihre Aggressionen loswerden sollte. Sie hasste Drake und der ganze Auftrag war ein einziger Albtraum. Man tötete ihre Leute und setzte ihr dann auch noch ein Monster mit Metallkopf vor die Nase. Man entzog ihr das Kommando über die Truppe und behandelte sie wie den letzten Drek. Sie schlug mit der Faust gegen den altersschwachen Automaten. »Verdammt!«

»Major?« Vanessa schreckte hoch. In der Tür stand Enrico, einer der wenigen Verbliebenen ihrer Rumpfmannschaft. »Was gibt es?«

»Da ist ein Anruf aus Aztlan für Sie, Madam.«

Vanessa beruhigte sich wieder ein wenig. »Danke, Enrico.« Eilig lief sie in ihr Übergangsquartier, schloss die Tür und aktivierte die Telekomeinheit auf ihrem Schreibtisch.

Auf dem Bildschirm erschien das Gesicht einer älteren Frau. »Isabella?« Vanessa freute sich, das Gesicht der Haushälterin des Generals zu sehen.

»Wie geht es dir? Was …?« Vanessa stockte, weil sie erst jetzt bemerkte, wie traurig der Blick der alten Frau war. »Es gab einen Unfall. Der General ist tot.«

Vanessa starrte ungläubig auf den Bildschirm und schüttelte den Kopf. Sie wusste, dass es kein Unfall gewesen war. Und sie wusste, dass jemand für den Tod ihres Ziehvaters büßen würde.

Kapitel 27

»Wie Sie den beiliegenden Tabellen entnehmen können, sind die Biowerte durchweg im oberen Bereich. Der Yukai-Index beträgt alleine 28 Punkte. Vergleichen Sie die Zahlen auf Seite 14 mit denen des Vorläufermodells, sehen Sie, dass wir die zerebrale Kapazität um 13% steigern konnten. Sie werden gewiss bemerkt haben, dass wir den regenerativen Rhythmus von 5 auf 7 Phasen anheben konnten. Der Energieverbrauch ist damit zwar angestiegen, aber nur von unwesentlicher Bedeutung, wenn Sie bedenken, dass ... dass ...«

Es klickte leise, als Dr. Soto das Diktiergerät ausschaltete. »Verdammt!« Soto warf einen unzufriedenen Blick auf den Wust von Aufzeichnungen auf seinem Schreibtisch. Verkaufsgespräche gehörten absolut nicht zu seinen Lieblingsbeschäftigungen. Er war zwar auch Geschäftsmann, aber die wertvollsten Erzeugnisse von Kurashima-Takagema wie eine bloße Ware anzupreisen, missfiel ihm sehr.

Es ging hier schließlich nicht um Gebrauchtwagen. In seiner Abteilung schuf man etwas für die Zukunft, man kreierte Kunstwerke für eine schönere Welt. Gut, das neue Modell verbrauchte an einem Tag so viele Kalorien, wie ein Braunbär es in einer Woche nicht schaffte, aber dafür hatte es ganz andere Qualitäten. Soto schaltete das Aufnahmegerät wieder ein. »Ihnen ist vielleicht aufgefallen, dass der Energieverbrauch etwas angestiegen ist. Dies beruht darauf, dass der Regenerations-Rhythmus von 5 auf 7 Phasen erhöht werden konnte. Eine großartige Leistung unseres Teams. Ich möchte Sie nun darauf hinweisen, dass der ...«

Es klingelte und Dr. Soto schreckte auf. Fast hastig aktivierte er die stilvolle Telekomeinheit zu seiner Rechten. Auf dem flachen Bildschirm erschien das vertraute Gesicht seiner Sekretärin. »Ja?«

»Silkworm wünscht Sie zu sehen, Dr. Soto.«

»Danke, Ms. Habsburg. Ich brauche Sie heute nicht mehr. Gehen Sie ruhig!«

»Danke, Dr. Soto. Einen schönen Abend noch.«

»Ihnen auch, Ihnen auch …« Soto deaktivierte das Telekom und stand auf. Er steckte das Diktiergerät in die Hosentasche und griff sich noch sein Jackett, bevor er das Büro verließ. Er ging zügig durch das Vorzimmer und erntete einen recht mürrischen Blick durch die Hornbrille von Ms. Habsburg, als er ohne weitere Worte an ihr vorüberschritt.

Während er den langen Flur entlang lief, breitete sich in seiner Magengegend wieder das altbekannte Unwohlsein aus. Es war diese ewige Unsicherheit, was ihn in der obersten Etage des Nepal Centres erwartete. Dr. Soto seufzte und schraubte im Gehen ein kleines Fläschchen mit Magentabletten auf, von denen er eine Handvoll einnahm. Er musste sich zusammenreißen. Erst gerade war sein Gehalt beträchtlich angehoben worden und eigentlich konnte er sich keinen besseren Arbeitsplatz als diesen wünschen. Es gab schließlich Schlimmeres auf der Welt, als nicht zu wissen, für wen man arbeitete. Es ging ihm gut und er sollte sich wirklich nicht beklagen.

Als er bei den beiden schwerbewaffneten Sicherheitsgardisten ankam, zwang er sich zu einem Lächeln. »Ein schöner Tag, nicht wahr?« Soto zeigte seinen Ausweis vor. »Spielen heute Abend nicht die Katmandu Killers? Ich glaube, die Wetten stehen 4:1.« Die beiden Gardisten sagten kein Wort, traten aber beiseite, damit er seine Chipkarte durch den Leser des Magschlosses ziehen konnte. »Ich schätze, sie gewinnen, was?« Dr. Soto drückte seine Augen auf den Retina-Scanner und die gewaltigen Stahltore des Liftes öffneten sich. Soto trat ein und schluckte weitere Magenpillen. Irgendwie machte ihn diese Atmosphäre immer wieder fertig.

Wie jedes Mal stand Dr. Soto während der kurzen Fahrt und setzte sich nicht auf eine der gepolsterten Sitzbänke. Er fühlte sich zwar etwas schwach auf den Beinen, aber wenn er sich erst einmal hinsetzte, würde er so schnell nicht wieder hochkommen. Er versuchte, sich zu sammeln und atmete langsam und tief. Hatte er nicht etwas vergessen? Im Kopf Dr. Sotos machte es »Klick«, und die Türen des Fahrstuhls öffneten sich. An alles Weitere würde er sich nicht erinnern können.

Dr. Soto betrat die riesige Eingangshalle von Silkworms Habitat. Er betrachtete die gewaltige Anlage, den Luxus und die kunstvolle Arbeit, die in den eindrucksvollen Räumlichkeiten steckte, die dem Präsidenten des Nepal Centres Unterkunft boten. Soto ging weiter und wollte gerade einen etwas genaueren Blick auf eine augenscheinlich antike Marmorskulptur werfen, als er die Gestalt Silkworms wahrnahm. Er erschrak und wich einen Schritt zurück.

»Guten Abend, mein lieber Dr. Soto. Ja, ja, ich weiß, ich sehe seltsam aus. Vielleicht sogar furchteinflößend. Das hatten wir doch schon. Sie besuchen mich nun schon so viele Jahre, und ich muss sagen, dass ich Sie auch nicht sonderlich attraktiv finde. Ihre Spezies mag da einige Ausnahmen haben, aber Sie brauchen mich wirklich nicht so ansehen. Ich sage Ihnen, ich bin weiß Gott nicht die verrückteste Kreatur auf dieser Welt. Wäre es Ihnen lieber, wenn ich Schuppen und Flügel hätte?«

Soto schüttelte vorsichtig den Kopf, aber beruhigte sich erst wieder, als Silkworm mit den ihm eigenen Kräften dafür sorgte. Silkworm wandte sich um und aktivierte ein großes Display, dass in die massive Wand des hohen Raumes eingelassen war. »Haben Sie die jüngsten Berichte studiert?«

»Ja, Sir. Ms. Young konnte mit der Datei entkommen. Sie ist mit zwei Mitgliedern des Shadowrunnerteams auf dem Weg zu Mr. Ozwald …«

»Ich habe den Bericht auch gelesen«, sagte Silkworm, während er den Blick wieder auf Soto richtete. »Ich will wissen, was mit den anderen beiden Teammitgliedern geschehen ist.«

Trotz der beruhigenden Kräfte Silkworms trat Dr. Soto Angstschweiß auf die Stirn. »Ich … nun, Nazareth hat zwar die Flucht von Ms. Young ermöglichen können, aber über den Verbleib von Mr. Davids und Prof. Meineid konnte er uns nichts sagen. Sie sind … verschwunden.«

»Verschwunden?« Silkworm spuckte wütend aus und sein Speichel brannte ein schnell größer werdendes Loch in den teuren Perserteppich, der den Großteil des Bodens bedeckte. »Wie können zwei Personen einfach verschwinden? Wie kann Nazareth ein solcher Fehler unterlaufen? Was ist, wenn Aztech einen der beiden gefangen nehmen konnte?«

»Ich bin mir sicher, dass …«

»Sie sind sich sicher?« Silkworms Stimme grollte tief, und Dr. Soto erbleichte nun vollends . »Haben Sie die Randbemerkung dort gelesen?«

»Ich …«

»Ich werde sie Ihnen vorlesen: …weiter konnte ich feststellen, dass ich für Myst freundschaftliche Gefühle entwickelt habe.« Zitternd sah Soto mit an, wie der Speichel seines Vorgesetzten sich in die obere Schicht des Betonbodens fraß. »Nazareth hat diesem Jungen nicht nur einen Namen gegeben. Mittlerweile bezeichnet er ihn als Freund. Ganz beiläufig, als ob das so einfach wäre.«

»Sir, so etwas war nicht vorauszusehen. Wer konnte ahnen …« Dr. Soto schwieg, als er in die wütenden Augen Silkworms sah.

»Mein lieber Soto, Sie sind nicht hier, um Ahnungen nachzugehen. Sie sind Wissenschaftler und haben die Aufgabe, alle nur erdenklichen Risiken zu berechnen und einzukalkulieren. Das kann uns viel Geld kosten, sehr viel Geld. Seien Sie nur froh, dass Nazareth ansonsten annehmbare Arbeit geleistet hat.«

»Ja, Sir. Es tut mir Leid. Ich war nachlässig und …«

»Schon gut Soto, schon gut. Auch ich bin von Nazareths Persönlichkeitsentfaltung begeistert gewesen, aber genug ist genug. Freundschaft können wir ihm nicht erlauben.

Schicken Sie Jericho ins Feld und diesmal nicht alleine. Wir haben ja gesehen, dass man nicht vorsichtig genug sein kann. Setzen Sie Nazareth davon in Kenntnis, dass er umgehend abgelöst wird.«

»Jawohl, Sir.« Sotos Stimme zitterte etwas und Silkworm besann sich darauf, sich wieder mehr auf eine beruhigende Ausstrahlung zu konzentrieren. »Der Instruktionschip enthält wie üblich meine Anordnungen. Führen Sie alles auftragsgemäß aus!« Soto nahm den vorbereiteten Datenchip an sich und betrachtete den Firmenpräsidenten noch immer mit vor Schreck geweiteten Augen.

»Es ist gut, Soto, um das Loch im Teppich kümmere ich mich selbst. Ich sollte weniger Fruchtsäure zu mir nehmen. Gehen Sie!«

»Jawohl, Sir, es wird alles Ihren Wünschen gemäß ausgeführt werden.«

Soto verabschiedete sich mit einer Verneigung und betrat den Lift, dessen schwere Türen sich sogleich hinter ihm schlossen.

Dr. Soto zitterte wie Espenlaub und setzte sich ganz gegen seine Gewohnheit auf eine der weichgepolsterten Bänke. Das war zuviel für ihn. Hätte ihm jemand von einem Ereignis berichtet, das dem von ihm eben Erlebten auch nur ansatzweise glich, hätte er ihn ausgelacht. Wie konnte das alles nur unentdeckt bleiben? Der Präsident des Nepal Centres, eines Außenpostens des kleinen Konzernimperiums von Kurashima-Takagema war ein …

Es machte ›Klick‹, und Soto hatte vergessen, dass er vor dem Bruchteil einer Sekunde noch vollkommen verschreckt und aufgeregt gewesen war. Er stand auf und rückte seine Krawatte zurecht, während er sich über sein durchgeschwitztes Jackett wunderte. Er zog ein weißes Taschentuch aus der Hosentasche, um sich einige Schweißperlen von der Stirn zu tupfen, und bemerkte erst anschließend, dass ihm dabei etwas auf den Boden gefallen war. Dr. Soto bückte sich und griff nach dem kleinen Gegenstand. Es war sein Diktiergerät, und Soto hob interessiert die Augenbrauen, als er feststellte, dass es noch immer aufnahm.

Zügig gingen die drei Personen den in kaltes Neonlicht getauchten Gang hinunter. Ihre Schritte hallten auf dem blanken Fels und waren in der sonstigen Stille der unterirdischen Anlage noch weithin zu vernehmen. Zwei der Personen trugen weiße Kittel. Sie gingen links und rechts hinter der mit einem grauen Overall bekleideten dritten.

Auch dieses Mal konnte der übergewichtige Oliver kaum mit den anderen mithalten. »Können Sie nicht etwas Rücksicht auf mich nehmen? Sie wissen doch, dass ich seit langem ein schlimmes Fußleiden habe.«

Ohne das Tempo zu verringern, antwortete Liebhardt seinem angestrengt atmenden Begleiter. »Lieber Kollege, wir sind nicht hier, um Zeit zu verschwenden. Sie haben uns das doch eingebrockt. Ich will nicht nach Seattle. Sie waren so freundlich, unsere Dienste anzubieten. Hervorragende Weine, dass ich nicht lache. Dafür muss ich nicht um die halbe Welt reisen und mich Smog und giftigem Regen aussetzen. Bringen wir das Ganze schnell hinter uns.«

»Ach Sie, woher sollte ich denn wissen, dass Sie über das Wochenende nach Hawaii wollten? Hätten Sie mir das nicht verschwiegen, dann hätte ich uns auch nicht freiwillig gemeldet.« Die nächsten Minuten ihres Weges schwiegen sich die beiden Männer an, aber Jericho vernahm neben dem Keuchen Olivers nun auch noch ein leises Murren.

Bald erreichten sie das schwere Panzerschott, das die Schleuse und den Lagerraum sicher versperrte. Die beiden Wissenschaftler stellten sich an den Seiten des Tores auf und zogen erneut gleichzeitig ihre Schlüsselkarten durch die Lesegeräte, worauf sich die verstärkte Panzertür mit einem leisen Zischen öffnete. »Mein Gott, Oliver. Wischen Sie sich doch endlich den Schweiß von der Stirn, was soll den Jericho von Ihnen halten?« Oliver sah ihn böse an, tat aber, wie geheißen. Danach betraten die drei den Raum.

Liebhardt und Oliver gingen nur zögerlich daran, sich einige Kleidungstücke aus den fast endlosen Regalreihen herauszusuchen. Ihre eigentliche Aufmerksamkeit galt ihrer Begleitung.

Jericho streifte den grauen Overall ab. Oliver setzte sich schnell seine Brille auf und Liebhardt lugte vorsichtig zwischen zwei Stapeln mit karierten Oberhemden hindurch, um besser sehen zu können. Jericho war eine 1,75 m große Frau mit langen, blauschwarzen Haaren. Ihr Körper war athletisch und auch mit Hilfe seiner Brille fand Oliver kein Gramm überschüssiges Körperfett an ihr. Ihre Haut war leicht gebräunt, ebenmäßig und makellos, das Gesicht zart, aber die grauen Augen von selbstbewusster Kühle. Die Bewegungen ihres Körpers waren gleichmäßig, und während sie langsam durch die Regalreihen schritt, hatte sie etwas von einer Katze oder einem anderen, noch gefährlicheren Raubtier an sich.

Einigermaßen enttäuscht sahen die beiden Wissenschaftler nun zu, wie sich Jericho zügig ankleidete. Nachdem Sie sich für recht freizügige Unterwäsche entschieden hatte, zog sie aus einem höherliegenden Fach einen Overall. Dieser war nicht grau, sondern wies ein gelbgrünes Schlangenmuster auf. Sie streifte den elastischen Ganzkörperanzug über, und Liebhardt schluckte, als er sah, wie enganliegend und körperbetont er saß. Jericho zog die langen Reißverschlüsse zu, die sich an Armen und Beinen befanden, öffnete danach aber den, der sich nur knapp über ihren Brüsten befand. Der so zustande kommende Ausschnitt war gewagt und äußerst provokant. Liebhardt ebenso wie Oliver fiel es schwer, seinen Schützling mit den Augen eines objektiv denkenden Wissenschaftlers zu betrachten. Jericho griff nun nach einem kurzen Jäckchen aus schwarzer Spitze und zog es über, ohne es an den vorgesehenen Schnüren zuzubinden. Danach schlüpfte sie behände in ein Paar hoher Stiefel, die aus schwarzglänzendem Synthetikleder gefertigt waren.

Ein kurzer, ebenfalls schwarzer Wickelrock, dessen Ränder mit einem gezackten Flammenmuster versehen waren, rundete das Bild ab. Als nächstes ging Jericho zu einem Schaukasten, der mit Schmuckstücken verschiedenster Art und Qualität gefüllt war. Ohne langes Zögern griff sie hinein und förderte daraus erst zwei funkelnde Edelsteinohrringe in der Form von Tropfen zutage, dann ein kleines Silberkreuz an einer Kette und schließlich noch eine kleine Metallspinne. Liebhardt wusste, dass die Spinne aus Titan war und auch, welchen Zweck sie hatte, aber Oliver erkannte es erst und erschrak dementsprechend ein wenig, als Jericho sich das Piercing unter Zuhilfenahme einer kleinen Druckpistole selbst nur knapp hinter ihre Zungenspitze setzte.

Während Liebhardt und Oliver nun eingehend damit beschäftigt waren, ihre eigenen Reisekoffer mit Oberhemden, Nadelstreifenanzügen und mehr oder minder geschmacklosen Krawatten zu füllen, war Jericho zu dem Regal mit den Talentsofts gegangen. Sorgsam ging sie die einzelnen Chips durch und nahm immer wieder den einen oder anderen aus dem antistatischen Futteral. Jericho hatte sich die gleiche Sorte Reisekoffer ausgesucht, wie es vor ihr Nazareth getan hatte. Sogar die Farbe des Metalls war die gleiche. Chip für Chip verschwand in den dafür vorgesehenen Seitentaschen des silbernen Koffers. Talentsofts wie ›Klingenwaffen‹, ›Kampfsport‹, ›Sturmgewehre‹ und ›Pistolen‹ wanderten dabei ebenso durch Jerichos Hände wie ›Rotormaschinen‹, ›Chinesische Massage‹ oder ›Paranormale Wesen‹. Anders als Nazareth verzichtete Jericho bei ihrer Auswahl auf konventionellere Softs, die ihr für die Mission nicht von Bedeutung schienen. So etwas wie ›Filmzitate‹ oder ›Rockmusik‹ benötigte sie in ihrem Arsenal nicht.

Fast gleichzeitig wurden die beiden Männer und Jericho mit ihren Vorbereitungen fertig. Das Gepäck in den Händen gingen sie auf den Fahrstuhl zu, der sie aus der Anlage, die weit unter der Erdoberfläche tief in den Felsen gebaut worden war, nach oben und in das Licht einer sternenklaren Nacht bringen würde.

Wie auch das letzte Mal schwebte ein Helikopter des Konzerns über dem versteckten Ausgang. Seine Rotoren wirbelten Schnee auf und die Kälte der Nacht schlug der kleinen Gruppe klirrend entgegen. Einer nach dem anderen wurde mithilfe eines Tragegeschirrs in das Innere der unruhig schwankenden Maschine befördert. Oliver schien es sogar Spaß zu machen, aber Liebhardt wurde dabei ein wenig übel. Die drei setzten sich auf ihre Plätze und schnallten sich an. Oliver sah interessiert zu, wie Jericho ihr kleines Silberkreuz von der Kette löste, während sein hagerer Kollege verkrampft zu Boden sah.

Die junge Frau wog das Schmuckstück zunächst in der Hand, und Oliver erschrak fürchterlich, als Jericho mit einem Muskelzucken eine spitze Nagelklinge aus dem rechten Zeigefinger stoßen ließ und den unteren Teil des Kreuzes durchbohrte. Nun sah auch Liebhardt auf und beobachtete, wie Jericho das kleine Kreuz nun andersherum auf die Halskette auffädelte und anschließend anlegte. Oliver zuckte mit den Schultern und blickte aus dem Seitenfenster in die dunkle Berglandschaft, während Liebhardt noch blasser geworden war. »Ich will nicht nach Seattle.«

Bald waren die Bauten des Nepal Centres hinter schneebedeckten Bergkuppen verschwunden.

Kapitel 28

Elegische Musik schlug ihnen entgegen, als sie die dunkelblaue Plexiglastür aufstießen und den mit farbigen Korallen und Muscheln verzierten Gang hinter sich ließen. Es war noch recht früh am Abend und nur sehr wenige Gäste saßen an den fein gearbeiteten Glastischen des AQUARIUS. Erst später würden sich die Tanzflächen füllen und die in aufreizende Meerjungfraukostüme gekleideten Bardamen exotische Cocktails an ein bunt gemischtes Publikum ausschenken. So war es zumindest das letzte Mal gewesen, als Eliza, Melody und Mongo den Nachtclub besucht hatten.

Der breitschultrige Troll setzte sich vorsorglich an einen Tisch in der Nähe des Eingangs, um schnell und effektiv auf Eindringlinge reagieren zu können, während sich die beiden Frauen auf den Weg in den Hauptraum machten. Die Musik war momentan noch gedämpft und die melancholischen Klänge waren von sanftem Plätschern und weit entfernt wirkendem Walgesang unterlegt. Eliza kam es seltsam unwirklich vor, als sie mit Melody in den großen Raum mit der kreisförmigen Bar trat, die sich um ein mit aufwändigen Mosaiken gestaltetes Wasserbassin erstreckte. An der Bar saß im Augenblick niemand und die Bedienungen in Nixengestalt räkelten sich lasziv am Rande des leicht sprudelnden Beckens. Eliza sah sich um.

Sie waren gekommen, um mit Oz über das weitere Vorgehen und ihre momentanen Möglichkeiten zu reden. Melody setzte sich auf einen von tiefgrünen Fischen durchfluteten Barhocker und bestellte bei einer sichtlich träge reagierenden Meerjungfrau einen hochprozentigen Drink. Eliza dachte ebenfalls darüber nach, aber dann entdeckte sie Oz, der einige Meter entfernt neben einem Vorhang aus irisierenden Perlen stand. An seiner Seite stand eine junge Frau. Sie lehnte mit dem Kopf an seiner Schulter und hatte ihre Arme um den rothaarigen Schieber geschlungen.

Anscheinend waren Oz und die schlanke Blondine ein Liebespaar, denn die beiden gingen sehr vertraut miteinander um. Es sah nicht nach einer kurzfristigen Beziehung aus.

Eliza lächelte Oz an und wollte zu ihm gehen, als sie seinen Blick bemerkte. Er hob den Kopf und bedeutete ihr mit den Augen, dass sie sich umdrehen solle. Als Eliza es tat, sah sie Fox an einem Tisch an der gegenüberliegenden Seite des Raumes sitzen. Er betrachtete sie aufmerksam und mit einer Art, die Eliza vorher bei ihm noch nicht bemerkt hatte. Sein Blick wirkte vorwurfsvoll und streng, misstrauisch, als warte er auf etwas Bestimmtes. Die junge Deckerin sah hilfesuchend zu Melody hinüber, mit der sie während der Fahrt über einige wesentliche Dinge gesprochen hatte. Die lächelte ihr nur mit einem Schulterzucken zu und nahm einen kräftigen Schluck aus einem trüben Kristallglas, bevor sie aufstand und auf einen Seitenausgang zuschritt. Eliza atmete durch und setzte sich nun selbst in Bewegung.

»Hallo Fox. Ich freue mich sehr, dich hier zu treffen. Eigentlich wollten wir mit Oz sprechen und ihm seinen Rolls wiederbringen. Im Wald haben wir es nicht lange ausgehalten.«

Fox schwieg und sah Eliza an, während sie sprach. Sie fühlte sich unwohl und redete deshalb erst einmal weiter. »Die Azzies haben uns aufgestöbert. Wir haben es gerade noch geschafft. Es ging alles ganz schnell. Laut Beowulf haben sie Blinky ausfindig gemacht. Anscheinend über Blutspuren oder so etwas, die sie in Bellevue sichergestellt haben. Es war wohl ein dummer Zufall. Es ist … Fox, was ist los? Ist es …? Du weißt es wohl jetzt.«

»Sieht fast so aus«, meinte Fox, während er mit dem Zeigefinger der rechten Hand langsam über den Tisch fuhr und so einen gelbgrünen Zierfisch in seinen Bann zog. »Wie soll ich Sie nun nennen? Mr. Johnson? Eliza? Vielleicht einfach 17? Sagen Sie, haben die einzelnen Affen auch Namen? Vielleicht heißt einer Fox oder vielleicht Daniel?«

»Fox, ich weiß nicht, was ich sagen soll. Ich …«

»Sie hatten einen Auftrag! Wir beide hatten einen Auftrag!«

»Es tut mir Leid, Fox, Daniel. Ich wollte dich nicht hineinziehen, aber ich wusste nicht ...«

»Sie wussten nicht? Sie hatten Ihre Befehle, und ich hoffe, Sie haben sie gelesen. Die ›FOREVER‹-Datei sollte vollständig gelöscht werden. Vollständig und ohne Rückstände. Sie haben sie kopiert und damit den ganzen Auftrag sabotiert. Dann wollen Sie sie verkaufen und das Schlimmste ist, ich helfe Ihnen auch noch dabei. Finden Sie das irgendwie witzig? Ich meine, das muss Ihnen doch Spaß gemacht haben. Der gute Fox und eine Lady in Not ... Wirklich eine gute Idee. Ich werde wohl meinen Hut nehmen können. Agent Fox verkauft Daten, die er vernichten soll. Drek!« Fox schlug mit der Faust auf den Tisch und stand ruckartig auf, während sich der eben noch so faszinierte Fisch verängstigt in die hintersten Winkel seines gläsernen Heimes zurückzog.

»Es tut mir Leid. Wenn ich eine andere Möglichkeit gesehen hätte, dann ...«

»Was dann?« Fox sah sie wütend an, und Eliza fiel es schwer, seinem Blick standzuhalten. »Dann hätten Sie die Datei natürlich gelöscht und mich nicht angelogen. Sie hätten Ihre Pflicht erfüllt und den Eid befolgt, den wir beide geleistet haben. Aber Sie hatten natürlich gute Gründe, das nicht zu tun, nicht wahr? Lassen Sie mich raten. Ihre Affen brauchten eine teure Tetanusimpfung. Nein, halt, ich weiß es, Ihr Horoskop sagte, Sie müssten Ihr Land verraten und geheime Daten an fremde Mächte verkaufen. War es das? Vielleicht hielten Sie es auch einfach nur für eine gute Idee. Man steht auf und denkt so beim Frühstück, heute bin ich mal so richtig hinterhältig.«

Eliza wandte sich ab, aber Fox griff unsanft nach ihrer Schulter und drehte sie wieder um. »War es so? Sagen Sie es mir. War es so?« Eliza begann zu weinen. »War es so?!«

»Fox, es ist gut.« Oz fasste den aufgebrachten Geheimagenten am Arm. »So kommen wir doch nicht weiter.«

»Sie soll es verdammt noch einmal sagen. War es so?!«

»Fox!«

»Sag es!« Fox stieß Oz weg und schüttelte Eliza. »Sag es mir!«

»Ich … Ich habe es nicht geplant. Ich war … neugierig.« Elizas Stimme war tränenerstickt. Es schien, als würden die Ereignisse der letzten Tage nun geballt über ihr zusammenstürzen. »Ich habe es nicht gewollt.«

»Du hast es nicht gewollt?!«

»Fox!« Oz sah den erregten Briten vorwurfsvoll an, und auch seine attraktive Begleiterin blickte ernst.

«Ja, schon gut.« Fox setzte sich wieder.

»Ich wollte nur einen Blick darauf werfen. Ich hatte nicht vor, die Daten zu behalten. Aber dann … Ich habe nur einen kleinen Teil davon gelesen und noch weniger verstanden, aber danach war ich mir sicher, dass sie unglaublich viel Geld wert sind. Ich habe ein paar Stichproben davon Oz gegeben, und der hat sie für mich angeboten. Es war ganz einfach.«

»Du hast davon gewusst?« Fox sah Oz wütend an.

»Nicht sofort. Ich wusste nicht, dass es um einen eurer Jobs ging. Das habe ich erst später erfahren.«

»Ich habe Oz nichts gesagt. Ich wollte nur, dass er mir hilft. Bald war Aztechnologie hinter mir her. Sie haben mir einen Killer ins Haus geschickt. Ich wusste, dass Oz und du alte Freunde seid. Ich dachte, wenn mir einer helfen kann, dann du. Du warst schon auf der Akademie einer der Besten.«

»Versuch nicht, dich beliebt zu machen. Mach es nicht noch schlimmer!« Fox Stimme klang kalt und schneidend, und Eliza zuckte zusammen, als hätte er sie körperlich getroffen.

»Ich wusste nicht, an wen ich mich wenden sollte! Ich kenne außer Oz kaum jemanden in Seattle. Ich habe nicht nur gelogen. Ich habe total durchgedreht. Ich bin Decker und ansonsten nicht gerade ein Überlebenskünstler.« Eliza war nun auch lauter geworden, aber sie weinte noch immer. Sie verteidigte sich so gut es eben ging und in ihrer Stimme schwang jetzt recht mühsam aufrechterhaltener Trotz mit. »Ich liebe England und wollte mein Land auch nie verraten. Es war nur so verführerisch. Man hat mir so unglaublich viel Geld geboten. Du selbst hast ja gesehen, wie großzügig der Vorschuss war.«

»Es war falsch.« Fox sah sie nun mehr ernst als böse an.

»Das weiß ich doch selbst.« Eliza schluckte und wirkte so zerbrechlich, wie Fox sie noch nie gesehen hatte. »Ich weiß, dass es falsch war. Ich habe Mist gebaut und alles verraten, was mir etwas bedeutet. Ich habe unseren Eid gebrochen. Ich wollte nur einmal im Leben reich sein, einmal im Leben Glück haben.«

»Du kannst dir Glück nicht kaufen und der Wille dazu macht die Sache auch nicht besser.«

»Damals in Bellevue wollte ich es dir sagen, aber es ging irgendwie nicht. Der Angriff kam dann auch dazwischen.«

»Du musst die Datei vernichten!«

»Hey, macht jetzt nichts Falsches!« Oz schaltete sich wieder ein. »Die Datei ist Millionen wert, und wir alle werden mit ein paar Nuyen mehr auf dem Konto sehr viel ruhiger schlafen können. Das ist eure große Chance.«

»Dave hat Recht«, warf Ozwalds blonde Begleiterin ein. »So eine Gelegenheit kommt vielleicht nicht noch einmal. Fox, hast du nicht immer von einem angenehmen Ruhestand geträumt? Kannst du Eliza nicht verstehen?«

»Ich verstehe sie sehr gut, Venus. Nur zu gut. Es geht aber nicht. ›FOREVER‹ ist gefährlich. Ich weiß zwar nicht genau, worum es geht, aber man hat beschlossen, dass sie vernichtet werden muss. Die Abteilung wollte sie nicht stehlen, sondern restlos beseitigen. Das hat seine Gründe. Die Abteilung hat immer gute Gründe.«

»Die besten Gründe. Ich glaube, Fox hat Recht.« Elizas Stimme war nun fester, entschlossener, und Fox bemerkte, dass ihre Augen jetzt fast ein wenig glänzten. »Ich denke, wir sollten das Ganze an dieser Stelle beenden.«

»Das könnt Ihr nicht tun! Es ist eine zu große ...« Oz sprach nicht weiter, weil er von Schreien und dem Klang automatischer Waffen unterbrochen wurde.

»Aztech!« Fox sprang auf und zog blitzschnell seine beiden Maschinenpistolen. Eliza wich ebenfalls zurück. »Nein, wie konnten sie uns finden? Sie werden doch nicht Blinky oder den Professor …?«

»Venus, bring Eliza nach hinten! Fox und ich halten solange die Stellung.«

»Wenn sie dich töten, bringe ich dich um!«

Oz zwinkerte seiner Freundin zu und gab ihr einen langen Kuss. »Ich weiß.« Er zog einen Cavalier Deputy aus seinem aquamarinblauen Jackett und schraubte ein Laserzielsystem auf den verchromten Trommelrevolver. »Bring sie zu Melody! Bei ihr ist sie in Sicherheit. Verschwindet in meine Bude in den Barrens!«

»Wie in alten Zeiten, was, Oz?« Fox grinste bitter.

»Wie in alten Zeiten, Chummer!« Fox und Oz rannten los und eröffneten das Feuer, als sie die ersten Eindringlinge ins Visier bekamen.

Trotz seiner Vorsichtsmaßnahmen war Mongo nicht viel Zeit geblieben, sich in Sicherheit zu bringen, geschweige denn, den anderen Bescheid zu geben. Die angreifenden Fußsoldaten, wieder einmal in dunkle Kampfanzüge ohne Abzeichen gehüllt, hatten bereits das Feuer eröffnet, als sie noch nicht ganz aus den zwei urplötzlich aufgetauchten MAN-BGS-TF3-Mannschaftstransportern waren.

Der Troll kannte sich aus, was Fahrzeuge anging, und wusste, diese Art von Transporter bot jeweils Platz für 10 vollausgerüstete Personen. Ein paar zu viel für einen Troll, auch wenn er mit einem FN-HAR-Sturmgewehr ausgerüstet war, das immerhin über 35 Schuss verfügte. Das Problem war nämlich, dass Mongo zwar wunderbar mit geriggten Fahrzeugwaffen und ferngesteuerten Kampfdrohnen klarkam, aber selbst so miserabel mit Feuerwaffen umgehen konnte, dass sein früherer Arbeitgeber ihm die auftretenden Schäden auf dem Schießstand zum Schluss direkt vom Gehalt abgezogen hatte.

Mongo war sofort aufgesprungen und hatte einen Tisch umgeworfen, um dahinter in Deckung zu gehen, aber ihm fiel schnell auf, dass das wohl keine brillante Idee war. Der Glastisch barst und die darin befindlichen Fische und das Wasser ergossen sich über den Parkettboden des AQUARIUS. Mongo fluchte und rannte davon, während die Angreifer ihn ebenso wie alle anderen Gäste unter Beschuss nahmen.

Die Soldaten benutzten leichte Maschinengewehre und boten damit einige Feuerkraft auf. Sie schossen auf alles, was sich bewegte oder auch nur nach potentiellem Ziel aussah und nahmen dabei auch keine Rücksicht auf die Einrichtung. Hätte das AQUARIUS zu diesem Zeitpunkt mehr Besucher gehabt, wäre das Blutbad furchtbar gewesen, aber auch so war es massiv. Menschen wurden von einschlagenden Projektilen geradezu zerfetzt. Umherfliegende Kugeln oder auch Glassplitter rissen tiefe Wunden. Man hörte die Schreie von Verwundeten, Menschen, die mit ansahen, wie sie selbst verbluteten. Die dunkelgekleideten Männer und Frauen rückten unbarmherzig vor und achteten dabei nicht darauf, dass das mittlerweile fast knöcheltief stehende Wasser sich schnell rot färbte.

Mongo hatte währenddessen hinter einer breiten Marmorsäule eine bessere Deckung gefunden. Unfähig, wirklich genau zu zielen, schaltete er das Sturmgewehr auf Dauerfeuer und hielt es in die Menge seiner Gegner. Der Troll hatte Glück und landete beachtliche Treffer, einige tödlich, aber bald hatte er das Magazin der Waffe geleert. Was ihm danach blieb, waren seine Muskeln.

Während die Fußsoldaten das Feuer auf Mongos Versteck intensivierten, warf dieser sich mit aller ihm nur möglichen Gewalt gegen die antik wirkende Säule und hoffte, dass sie keinerlei tragende Funktion hatte. Sie wankte zunächst nur bedenklich, aber nach einem weiteren Stoß gab sie endgültig nach. Sie stürzte um und einer der Angreifer war nicht mehr schnell genug, um ihr zu entkommen. Die Säule erschlug ihn und zerbrach in ihre Einzelteile. Mongo war nun ohne Deckung. Er robbte über den Boden auf einen der hinteren Räume zu. Links und rechts von ihm splitterte Glas und spritzten Wasserfontänen. Fast hätte er es geschafft, aber nur wenige Meter vor zwei schützenden Marmorquadern, die normalerweise als Sitzbänke dienten, erwischte es ihn doch noch. Die Kugeln durchschlugen seine Körperpanzerung und zerschmetterten die Knochen beider Unterschenkel. Er blutete sofort sehr stark und verlor das Bewusstsein, noch bevor Fox und Oz erschienen.

Fox gab seinem alten Freund Feuerschutz, während dieser versuchte, den grobschlächtigen Troll hinter die massiven Bänke zu ziehen. Fox feuerte seine beiden Maschinenpistolen abwechselnd ab und zielte dabei genau, um die Gegner möglichst schon mit dem ersten Treffer zu stoppen. »Es sind verdammt viele, Oz! Ich glaube nicht, dass ich sie lange zurückhalten kann!«

»Venus wird Lone Star verständigen, aber die werden auch nicht schnell genug hier sein! Wir sitzen wirklich ziemlich im Drek!«

»Aber so lieben wir es doch, oder?«

Oz grinste angestrengt, während er Mongo hinter die Bänke zog. »Ja, so lieben wir es! Wir brauchen dringend einen Arzt. Mongo hat es ordentlich erwischt!«

»Mongo ist verdammt zäh! Er wird es schon schaffen!« Fox sah zu dem Troll hinüber. Hoffentlich wusste Mongo, dass er zu zäh zum Sterben war. »Das Picard-Manöver oder versuchen wir es mit einem regulären Durchbruch?«

»Sei kreativ und triff schnelle Entscheidungen, das weißt du doch!« Fox duckte sich, und einige Querschläger sausten über ihn hinweg.

»Versuch mal, das Aquarium an der Seite zu zerschießen! Wir brauchen noch mehr Wasser!« Fox zog seinen Betäubungsschlagstock unter dem Mantel hervor und trat zweimal mit voller Wucht gegen die Kontrollen. »Das sollte es tun!«

Währendessen hatte Oz das große Aquarium aus Sicherheitsglas unter Beschuss genommen, in dem sich einige bunt schillernde Tintenfische wanden. Seine großkalibrige Waffe erreichte bald erste Risse im stoßsicheren Glas, und Oz' letzte Kugel ließ den geräumigen Glaskasten vollends zerbersten. Das austretende Wasser warf zwei ihrer Gegner um und verteilte sich im Raum. »Na dann!«

Fox sprang auf und schleuderte den Betäubungsschlagstock in hohem Bogen zwischen die Reihen der Angreifer. In einem funkensprühenden Kurzschluss entlud sich die elektrische Energie der Handwaffe im Wasser. Ein halbes Dutzend der Angreifer wurde wie von einem unsichtbaren Hieb von den Beinen gehoben und einige Meter durch den Raum geschleudert.

»Sahne, Fox! Du hast es noch drauf!« Oz deutete eine Verbeugung an, und Fox lächelte noch, bis er selbst von einem gewaltigen Schlag umgerissen und zwischen zwei zersplitternde Glasvitrinen geschleudert wurde, wo er besinnungslos liegen blieb.

Am anderen Ende des Raumes stand ein Mann, der sich von den anderen Gegnern durch einen kurzen roten Mantel und ein Macautil, ein traditionelles aztekisches Breitschwert, unterschied. »Drek! Verdammte Magier!«, zischte Oz und zog den Kopf ein, während er so schnell wie möglich Patronen in die Trommel seines Revolvers schob.

Venus zog Eliza in die hinteren Räume des AQUARIUS. »Schnell, wir müssen hier weg! Oz und Fox werden sie aufhalten, aber wir haben nicht viel Zeit.«

»Meine Tasche, ich brauche meine Tasche!« Eliza sah aufgeregt zurück, aber Venus ließ sie nicht los.

»Melody!«

»Ja, was gibt's? Wo sind die anderen?« Die rothaarige Shadowrunnerin lief ihnen entgegen und sah suchend an ihnen vorbei.

»Wir sollen abhauen! Sie kommen nach.«

»Dann lasst uns verschwinden! Der Motor läuft schon.«
Die drei Frauen rannten den Flur hinunter und auf einen
Notausgang zu. Aus den Räumen hinter ihnen erklang der
Lärm des Feuergefechtes.

Melody schlug die Tür nach draußen auf. Venus und Eliza liefen an ihr vorbei in die stark verregnete Nacht.

»Wo ist der Wagen?« Venus schlang die Arme um den
Oberkörper und versuchte, sich so vor der schnell aufkommenden Kälte und Nässe zu schützen.

»Du fährst nicht mit!« Melody versetzte ihr einen Schlag
gegen den Hals und Venus klappte wehrlos zusammen.

Eliza schrie. Melody zog einen Ares Predator unter dem
Mantel hervor. »Halts Maul, Eliza! Wir ändern nur unsere
Pläne! Da lang!«

Melody stieß die völlig entsetzte Eliza mit dem Lauf der
Waffe an und schubste sie vor sich her. »Warum tust du das?«

»Warum, warum? Ich habe einfach keine Lust mehr,
ständig auf der Flucht zu sein. Ich habe eben mit Aztech
telefoniert und man wird mir eine schöne Abfindung zukommen lassen. Noch mehr, als du mir gezahlt hast. Es ist
nichts Persönliches. Du bist echt nett, aber ich bin mir wich-
tiger.«

»Das kannst du nicht machen! Wir sind doch … Freunde.«

»Quatsch nicht!« Melody stieß ihr unsanft die Waffe in
die Seite. »Mein Leben geht vor. Hilf dir selbst, dann bist
du immer gut bedient. Ich verkaufe meine Talente an den
Mächtigsten und Meistbietenden und das ist nun einmal
im Moment Aztech. Geh jetzt weiter!« Melody trieb die
völlig verängstigte Deckerin rücksichtslos vorwärts.

Am Ende der dunklen Seitenstraße stand ein schwarzer
Toyota Elite und vor ihm zwei Personen. Die eine war eine
Frau und in den gleichen dunklen Kampfanzug gekleidet,
wie das Team, das gerade ins AQUARIUS eingedrungen
war. Die andere Gestalt war ein großer und breitschultriger
Mann in ziviler, aber umso eleganterer Kleidung. Eliza erschrak, und auch Melody schien kurz verblüfft, als das

Scheinwerferlicht eines vorbeifahrenden Lkws das ungleiche Paar für einen Moment sichtbar machte und auf dem metallenen Schädel des Mannes funkelte. Die Frau trat vor. »Schön, dass Sie alles zu unserer Zufriedenheit regeln konnten, Melody. Ms. Young, wenn Sie uns dann bitte begleiten würden.«

»Wo ist mein Geld?«, fragte Melody und griff ihren Predator fester.

»Hier ist es.« Die Frau zog vorsichtig einen Checkstick aus dem Gürtel und hielt ihn Melody hin.

»Einen Moment!« Der große Mann trat vor und nun sah man, dass es sich wohl um einen Ork handelte. Melody schluckte, als sie die Stimme des Mannes erkannte.

»Du ... Das kann nicht sein.« Sie riss ihre Pistole hoch, aber der Ork reagierte zu schnell und schlug sie ihr fast beiläufig aus der Hand. »Du bist tot, Zed. Ich habe dich getötet!« Melody zitterte und war nicht fähig, einen weiteren Angriff auszuführen.

Der Ork packte sie an beiden Schultern und hob sie in die Höhe. »Nenn mich Mr. Metal! Ich wiederhole mich nur ungern, aber du bist totes Fleisch!« Der Titankopf sauste auf Melody hinab und zerbrach ihren Schädel.

Mr. Metal warf den leblosen Körper Melodys achtlos beiseite und zerrte die wimmernde Eliza in den Wagen. Die Frau in Kampfmontur hatte das Ganze bewegungslos verfolgt. Nun schüttelte sie den Kopf, gab über Mikro-Transceiver den Befehl zum Abzug und setzte sich ebenfalls in den Wagen, in dem sie gleich darauf in der Nacht verschwanden.

Kapitel 29

Müde blinzelnd verglich er die Zeichnungen, die er in den letzten Stunden angefertigt hatte. Es ergab alles keinen Sinn. Amadeus fuhr sich verzweifelt mit der Hand durchs Haar und rutschte ein Stück mit dem Stuhl zurück, was ein unangenehm schabendes Geräusch auf dem harten Betonboden machte. Irgendwie musste es doch gehen. Nervös trommelte er mit den Fingern der linken Hand auf der zerschrammten Plastiktischplatte. Wenn er heute wieder versagte, würde man ihn erneut bestrafen, und das wollte er nicht noch einmal ertragen müssen. Amadeus glaubte auch nicht, dass er es noch einmal ertragen konnte.

Er versuchte, sich zusammenzureißen und betrachtete wieder die verschiedenen Muster. Was sollte es ihm sagen, was stand dahinter? Er verstand es einfach nicht.

Seit sie ihn unsanft geweckt hatten, saß Amadeus nun schon über seiner Arbeit ohne wirklich weiterzukommen. Er hatte Dreiecke gezeichnet, Trapeze, Kreise und merkwürdige geschwungene Wellenlinien. Er verband die Figuren, radierte daran herum, zog parallele Linien oder zeichnete Kreise um sie, aber nichts half. Nichts von alledem, war das, was er suchte. Amadeus wusste zwar nicht, was er zu ergründen versuchte, aber er wusste, er würde es erkennen, wenn er es erst fand. Und er hatte Angst davor. Angst, das Ziel irgendwann zu erreichen und Angst, dann genauso zu verschwinden wie alle anderen vor ihm.

»Ist da jemand?« Amadeus schreckte hoch und wäre fast vom Stuhl gefallen, als er die schwache Stimme hörte. Seit Wochen hatte niemand mehr mit ihm gesprochen, und er hatte auch nicht mehr damit gerechnet, vor seinem Tod noch einmal mit einem anderen Menschen zu sprechen. »Wer ist da?«

»Bist du ein Junge? Ich verstehe dich so schlecht. Komm doch näher zur Wand.« Die Stimme klang aufgeregt und

Amadeus merkte, dass es wohl die eines Mädchens sein musste. Er stand auf und trat vorsichtig näher. »Wo bist du?«

»Hier, hinter der Wand. Hier ist so eine Art Loch. Ein altes Poster hat es verdeckt.« Amadeus runzelte die Stirn.

»Warte, hier hängt auch ein Poster an der Wand.« Er ging zu der unverputzten Mauer und kniete sich auf die dreckige Pritsche unmittelbar davor. Mit leicht zittrigen Händen schob er vorsichtig das verblasste und fleckige Poster beiseite, das nur am oberen Rand befestigt zu sein schien. »Ja, hier ist auch ein Loch. Ich sehe deine Hand.«

Amadeus war außer sich und streckte seine Hand in die dunkle Vertiefung. Er schreckte kurz zurück, als er die warmen Finger seiner Gesprächpartnerin berührte.

»Keine Angst, ich beiße nicht.« Amadeus vernahm leises Lachen und er konnte nicht glauben, dass jemand, der schon länger im Hort lebte, überhaupt noch fähig war, zu lachen. »Du bist eine Amadea, stimmt's? Kenne ich dich?«

»Ich weiß nicht. Warte, vielleicht ist der Durchbruch groß genug, dass wir uns sehen können.» Amadeus zog die Hand zurück und beugte sich vor, um in das Loch zu blicken. Zunächst sah er nichts, aber schließlich konnte er das Gesicht eines Mädchens erkennen. Sie war sehr hübsch, ein wenig älter als er, vielleicht 14 oder 15, hatte dunkelblonde Haare und, soweit er es erkennen konnte, grüne Augen. »Ich habe dich schon einmal gesehen. Bei den Waschräumen.«

»Ja, ich kenne dich auch«, antwortete das Mädchen verzückt. »Du hast mit dem Ork-Jungen geredet.«

»Ich …«

»Keine Sorge, ich werde dich nicht verraten. Wir dürften doch auch nicht miteinander sprechen.«

Amadeus wunderte sich über seine eigene Kurzsichtigkeit und hätte gerne gelächelt, aber er wusste nicht mehr, wie das ging. »Hast du das Loch gegraben?«

Das Mädchen schüttelte den Kopf und ihr blonder Schopf wippte sanft. »Ich glaube, das hat mein Vorgänger getan. Vielleicht war es auch deiner. Das war sehr mutig.«

Amadeus nickte. Er wusste, was mit denen geschah, die sich den Regeln nicht beugten, und verdrängte diesen furchtbaren Gedanken schnell wieder. »Vielleicht haben sie es auch gemeinsam getan. Wie lange bist du schon hier?«

Amadeus seufzte. »Ich weiß es nicht. Ich habe mich nicht getraut, eine Strichliste zu führen. Ich denke, es dürften zwei oder drei Monate sein.«

Das Mädchen lächelte warm und Amadeus fühlte sich dadurch fast wohl. »Ich bin seit zwei Monaten und siebzehn Tagen hier. Vorausgesetzt, sie ändern den Essensrhythmus nicht absichtlich.«

Amadeus staunte über den Mut des Mädchens. »Du traust dich was! Wo versteckst du deine Aufzeichnungen?«

Amadea lächelte wieder, diesesmal wirklich froh. »Ich schreibe auf die Rückseite des Posters. Weil es mehr wurde, habe ich das Loch entdeckt. Es war ein Zufall, reines Glück.«

Amadeus nickte wieder, schaffte es aber auch jetzt nicht, das Lächeln zu erwidern.

»Sie haben dir weh getan, nicht wahr?« Amadeus schluckte, antwortete aber nicht. »Du brauchst es mir nicht zu erzählen. Du kannst es aber jederzeit, wenn du magst.«

Amadeus verstand. Alle im Hort hatten Angst davor, auch nur über die Bestrafung zu reden. Noch jetzt, nachdem schon so viel Zeit seit seiner Bestrafung vergangen war, traten ihm Tränen in die Augen, wenn er nur daran dachte.

»Es ist gut!« Die Stimme des Mädchens klang beruhigend und er wünschte sich, nie wieder etwas anderes zu hören. »Sie können dir nur weh tun, wenn du dich dir selbst weh tun lässt. Sag mir, wie du heißen möchtest!«

Amadeus hob den Kopf und sah Amadea fragend an. »Wie ich heißen möchte?« Das erste, was man im Hort verlor, war der eigene Name. Man wachte eines Morgens auf und war niemand mehr. Man fühlte sich leer, nutzlos und alleingelassen und war dann überglücklich, dass man von dem Einen Amadeus getauft wurde. »Ich weiß nicht, wie ich heißen möchte.«

Das Mädchen sah ihn verständnisvoll an. »Ja, mir geht es ähnlich. Sie machen es dir sehr schwer, dich selbst zu finden. Willst du mein Freund sein?«

»Freund?« Amadeus Mundwinkel zitterten ein wenig. »Ich könnte dein Freund sein?«

»Wenn sie das nicht wissen, dann können sie dir das auch nicht nehmen. Amadeus ist doch nur ein Sklave. Sie nennen dich so und deshalb beherrschen sie dich.«

»Du bist sehr klug.« Nun lächelte Amadeus und es war ein schönes Gefühl, plötzlich und so vollkommen unerwartet wieder lächeln zu können. »Ich bin dein Freund.«

»Und ich deine Freundin.« Das Mädchen lächelte ihn an und Freund war glücklich. »Erzähl mir, wer du bist und du wirst ihnen nicht mehr gehören.«

»Myst?« Der Junge schreckte hoch und bemerkte, dass er sich nicht mehr im Hort, sondern in dem mittelmäßigen Motel befand, in dem er und Nazareth sich einquartiert hatten. »Das Frühstück ist fertig. Es gibt konzentrierte Kohlenhydrate, Eiweiße, Mineralien und Vitamine.« Der muskulöse Mann stand neben dem Bett und hielt einen tiefen Plastikteller in der linken Hand. »Vanille oder Erdbeere? Oder soll ich Fleischgeschmack drüber gießen?«

Der dunkelhaarige Junge setzte sich mit müdem Lächeln auf. »Ich denke, es wäre mal wieder Zeit für ein gutes Steak.«

»Kannst du haben.« Nazareth reichte ihm den dampfenden Teller und riss ein kleines Kunststofftütchen auf, um dessen Inhalt anschließend über das dünnflüssige Frühstück zu streuen. Myst verrührte das braune Pulver gedankenversunken. Nazareth setzte sich auf einen Stuhl neben ihn. »Iss, solange es heiß ist! Aber schling nicht! Es könnte sein, dass du es noch nicht wieder richtig verträgst.«

Myst aß langsam, aber es schien ihm zu schmecken. »Hast du wieder geträumt?«

»Ja, ich glaube, ich erinnere mich immer mehr an das, was passiert ist.«

Myst berichtete seinem großen Beschützer von dem Traum und beendete die Erzählung, indem er den leeren Teller beiseite stellte. »Mir scheint, dass du ziemlich viel erlebt hast. Es klingt sehr mysteriös, wenn du mich fragst.«

»Ich weiß gar nicht, ob ich mich an alles erinnern möchte.«

Nazareth stand auf, nahm den Teller des Jungen und ging in die kleine Küchenzeile. »Wenn ich danach gehe, was deine Freundin sagte, dann ist es wohl besser, wenn du etwas hast, worauf du dich besinnen kannst. Sie scheint mir ein kluges und tapferes Mädchen gewesen zu sein.«

Myst sah zum Fenster und betrachtete den Regen, der unablässig gegen die Scheibe trommelte. »Aber sie ist tot. Klugheit und Tapferkeit haben ihr nicht geholfen.«

»Aber sie hat dir geholfen, nicht wahr? Sie hat dich Freund genannt und dir damit etwas von dem zurückgegeben, was dir die anderen genommen haben.«

»Da hast du wohl Recht. So habe ich etwas von mir selbst zurückgewonnen. Wie ist das mit dir?«

Nazareth sah zu ihm herüber, während er das benutzte Geschirr abwusch. »Was soll mit mir sein?«

»Du hast gesagt, dass man dich Nazareth nennt. Ist das dein Name oder hat man ihn dir gegeben, um dich zu kontrollieren? Du sagtest, man hätte etwas dagegen, dass ich dein Freund bin.«

Nazareth unterbrach das Spülen und setzte sich zu dem Jungen. »Ja, sie haben etwas dagegen. Während du schliefst, habe ich Order erhalten, hier auf meine Ablösung zu warten. Jericho wird an meiner Stelle den Auftrag vollenden.«

Myst sah ihn unsicher an. »Was passiert denn jetzt mit mir? Nimmst du mich mit?« Nazareth zögerte. »Ich werde dich nicht mitnehmen dürfen, und bei Jericho wärst du ebenso wie bei mir ein zu großes Risiko für die Mission.«

»Was wird denn dann aus mir?«

»Das haben sie mir nicht gesagt.« Nazareth schien jetzt zu überlegen, so, als wäre ihm gerade erst klar geworden, dass ihm etwas entgangen war.

»Können sie dir denn einfach vorschreiben, was du zu tun hast? Wieso tust du nicht, was du für richtig hältst?«

»Ich habe einen Auftrag zu erfüllen.«

»Sagtest du nicht, dass sie dich ablösen? Dann ist deine Mission doch beendet.«

»Ich werde zur Basis zurückkehren.«

»Warum? Weil sie dir das sagen und du gehorchen musst? Willst du denn überhaupt zurückkehren?«

»Das ist keine Frage des Wollens. Ich bin dort geboren. Sie haben mich erschaffen.«

»Es ist nur eine Frage des Wollens!« Der Junge sah Nazareth fest an und schien nicht im geringsten überrascht von dem, was er gehört hatte. »Mir hat man alles genommen. Man hat mich zu einem Gefangenen gemacht und wie einen Sklaven behandelt. Dir haben sie erst gar nicht alles gegeben. Sie haben dir deine Freiheit von Anfang an vorenthalten. Dazu haben sie kein Recht. Niemand hat dazu das Recht!«

In Nazareths Kopf arbeitete es. Erziehung und Indoktrination wandten sich gegen das, was seine Schöpfer als individualistisch kreatives Potential bezeichnet hatten. »Ich habe die Pflicht, so zu handeln. Ich muss tun, was mir gesagt wird.«

»Dann sag es dir selbst!« Der Junge stand vorsichtig auf und hielt sich unsicher an der Stuhllehne fest. »Frag dich selbst, was du zu tun hast! Was würdest du dir befehlen?«

Nazareth sah aus dem Fenster, während Myst neben ihm stand und ihn schweigend beobachtete. So verharrten sie eine ganze Weile, bis Nazareth das Schweigen brach.

»Es regnet.«

Myst konnte sich ein Grinsen nicht verkneifen. »Was du nicht sagst!«

»Wo ich herkomme, gibt es keinen Regen. Da gibt es auch keine Sonne, keinen Mond und keine Sterne, nur künstliches Licht. Ich möchte auf das alles nicht verzichten.«

»Was wirst du tun?«

»Ich denke, ich werde dein Freund bleiben. Ich denke, ich werde zu Ende bringen, womit ich begonnen habe und ich denke, dass man sich mir dabei nicht in den Weg stellen sollte. Zuallererst werde ich mir aber die Haare abrasieren und den Peilsender aus dem Kopf schneiden.«

Der Junge wurde blass. »Weißt du denn, wie man so etwas macht?«

Nazareth lächelte und zog einen kleinen Datenchip aus dem Reisekoffer, der aufgeklappt neben ihm auf dem Boden lag. »Sie hatten das Werkzeug und sie hatten das Talent. Du kannst doch mit einem Skalpell umgehen?« Myst sah ihn entsetzt an und setzte sich vorsichtshalber erst einmal wieder.

Kapitel 30

Trotz des langen Schlafes richtete er sich immer noch erschöpft und unwillig auf. Sein Blick war etwas verschwommen und Beowulf rieb sich die Augen, nachdem er das wärmende Laken zurückgeschlagen und sich auf den Rand des weichen Bettes gesetzt hatte. Er wusste weder, wo er sich befand, noch, wie er hierher gekommen war. Das Letzte, was er gesehen hatte, war das Licht des Armageddons gewesen, seines mächtigsten Zaubers. Langsam klärte sich der Blick des zwergischen Magiers, und er konnte das Zimmer genauer erkennen. Es war recht vornehm eingerichtet, wirkte aber trotzdem nicht überladen.

Das Bett ebenso wie der stilvolle Schrank und der Tisch neben dem großen Fenster mit Vorhängen aus gutem Stoff waren aus echtem Holz. Ein gerahmtes Ölgemälde, das Zugvögel zeigte, hing über dem Tisch, auf dem eine Obstschale aus Keramik stand. »Undine«, sagte Beowulf, den Blick auf den dunkelgrünen Ledersessel gerichtet, auf dem einer seiner Anzüge samt Unterwäsche lag. Die wässrige Anima erschien und Beowulf war froh, dass es ihr gut ging.

»Ihr habt mich gerufen, Meister?«

»Sag mir, Undine, was ist passiert? Wo bin ich hier?«

»Ihr wirktet Eure stärkste Magie, erklärtet das Armageddon. Ihr konntet den Auswirkungen nicht standhalten und seid ihnen erlegen. Ich brachte Euch in Sicherheit. Zu Freunden, die in dieser Stunde an Eurer Seite stehen werden.«

Beowulf stand auf und ging zum Sessel, um sich anzukleiden. »Wende dich bitte ab! Was ist mit den anderen geschehen? Konnten sie entkommen? Wo genau bin ich hier?«

Der weibliche Elementar drehte sich um und antwortete: »Die Damen konnten mit Herrn Mongo entkommen. Leider ist mir nichts über Herrn Blinky bekannt. Er fiel wohl dem Feind in die Hände. Ich war darum bemüht, Euch in die sicheren Hände Eures Freundes Ludwig zu geleiten.«

»Ludwig?« Der Zwerg lächelte, während er ein dunkelgraues Oberhemd zuknöpfte. »Warum hast du mich nicht zu Oz und den anderen gebracht? Du weißt, dass das der ausgemachte Treffpunkt war.«

»Ich hielt es nicht für ratsam, diesen Plan zu befolgen. Herr Ludwig ist meiner Ansicht nach die bessere Wahl.«

Beowulf sah skeptisch zu seiner Verbündeten hinüber und legte die Stirn in Falten. »Die bessere Wahl? Seit wann lege ich Wert darauf, dass du meine Befehle in Frage stellst?«

»Ihr legt schon seit Jahren Wert darauf, Meister.«

Die Wangen des Zwerges röteten sich. »Was bitte tue ich?«

»Euch liegt daran, dass ich mich entwickle und dazulerne. Eine Gefährtin, die Euch gedankenlos zu Diensten ist, begehrt Ihr nicht.«

»Sag mir nicht, was ich will! Überhaupt ›begehre‹ …« Beowulf gab sich Mühe, einen Windsorknoten in die blauschwarz-karierte Krawatte mit dem Emblem *Ehran Barnes* zu binden, schaffte es aber nicht, weil er sich zu sehr über die Worte des Elementars erregte. »Was sagst du da? ›Gefährtin‹? Du bist meine Dienerin, damit das klar ist!«

Undine wandte sich zu dem aufgebrachten Zwerg um und band ihm die Krawatte, was dieser, nun völlig fassungslos, ohne Einwand geschehen ließ. »Ihr begehrt eine Gefährtin und ich bin Euch sehr dankbar, dass Ihr gerade mich dazu auserkoren habt, Meister. Ich habe Euch immer treu gedient und großen Stolz dabei empfunden, aber dieses Geschenk erfüllt mich mit unermesslichen Glück.«

»Äh … puh … du … was?!« Der Zwerg starrte die kristallklare und anmutige Undine an und musste husten, weil er sich verschluckt hatte.

»Ich bin Euch unendlich dankbar für Eure Gefühle, Meister, denn auch ich bringe Euch große Liebe entgegen.«

»Du tust was?! Du … du bist … Du bist nur ein Elementar. Du bist nicht fähig, zu lieben!«

»Ach, Meister.« Undine bewegte sich schwebend zum hölzernen Bett und schüttelte die Kissen auf. »Ihr selbst habt doch darüber an der Universität gelehrt. Ihr berichtet von bestätigten Fällen, bei denen zwischen Geistern und Menschen freundschaftliche Beziehungen entstanden. Meint Ihr wirklich, dass ein Elementar, der genauso wie Ihr ein Kind kosmischer Kräfte ist, nicht mehr empfinden kann?«

»Ich habe nie … Das ist nicht … Hör auf, du verdrehst, was ich gesagt habe.« Undine faltete sorgsam die Laken und schwebte dann zu Beowulf, um ihn direkt anzusehen.

»Meister, ich liebe Euch und ich würde alles für Euch tun.«

»Du bist meine Dienerin! Du musst alles tun, was ich sage. Du hast gar keine …«

Undine legte ihm sanft einen Finger auf die Lippen. »Schweigt, Meister. Ihr würdet später bereuen, was Ihr jetzt unüberlegt sagen wollt.«

Beowulf war völlig durcheinander. Die Welt um ihn herum schien zu wanken. »Ich liebe Euch. Ihr seid der wunderbarste, weiseste und ehrenwerteste Mensch, der mir jemals begegnete, und ich bin dankbar für jeden Moment, den ich mit Euch verbringen darf. Seht mich genau an. Ihr habt doch bemerkt, wie stark meine Magie mit den Jahren geworden ist. Ihr selbst habt sie mir gegeben. Ich könnte Eure Herrschaft abstreifen, wenn mir daran läge. Das will ich aber nicht, Meister. Der Gedanke, nicht bei Euch zu sein, schmerzt mich. Ich will immer für Euch da sein.«

Beowulf setzte sich aufs Bett. Er hatte ihr zugehört. Jedes einzelne Wort klang in seinem Kopf nach und irgendwie klang es sehr schön, wenn er so darüber nachdachte. »Du liebst mich wirklich?« Der kleine Magier bebte innerlich und war begierig, die weiche Melodie ihrer Worte noch einmal zu vernehmen.

»Ja, ich liebe Euch.« Beowulf lächelte und wusste, dass er es in diesem Moment mit der ganzen Welt aufgenommen hätte.

»Ich liebe dich auch.« Der Zwerg stand auf und umarmte Undine, die ihn mit einem fremdartig kühlen und von Mana durchströmten Kuss bedachte.

Etwas später ging Beowulf eine stabile Holztreppe hinab, an deren Ende sein alter Studienfreund Emanuel Ludwig wartete. »Beowulf!« Emanuel kam ihm entgegen und schloss ihn in die Arme. »Ich bin so froh, dass du hier bist.«

»Ich freue mich auch, dich zu sehen.« Ludwig, wie Beowulf Ende Vierzig, löste sich von seinem Freund, der sich etwas irritiert einige Tropfen von der Jacke wischte. Gemeinsam gingen sie einen mit Parkettboden ausgelegten Flur entlang und traten danach in einen kleinen Salon.

»Zigarre?« Beowulf hob abwehrend die Hand. »Danke, ich versuche, es mir abzugewöhnen. Nur noch ab und zu ein Pfeifchen.«

Die Freunde setzten sich in bequeme Ledersessel und der Zwerg schaute sich erst einmal um. »Nett hast du es hier. Du scheinst es zu etwas gebracht zu haben.« Ludwig lächelte und man sah, dass er das wohl oft tat. Er hatte kleine Lachfältchen im Gesicht, nur noch wenige schwarze Haare und einen Bauchansatz sehr ähnlich dem Beowulfs.

»An die 20% des Edelsteinbedarfes in den UCAS laufen über meine Geschäfte. In Seattle sind es sogar 38%. Ich kann mich wirklich nicht beklagen.«

»Das freut mich für dich. Der Anfang war ja auch nicht leicht. Wie geht es Rosa?«

»Gut, sie besucht unsere Tochter in Hamburg. Sie steht kurz vor dem Abschluss, weißt du?«

»Meine Güte, wie die Zeit vergeht.«

»Wir werden nicht jünger, Beowulf.« Sie lachten.

»Beowulf, es ist ein passender Zufall, dass dich deine Verbündete hierher gebracht hat. Es geschehen Dinge, die deine Anwesenheit erforderlich machen.« Beowulf überlegte kurz, ob die Handlung Undines wirklich so zufällig gewesen war. Gegenteiliges würde ihn nun auch nicht mehr verwundern. »Von Brückheim hat den kanadisch-amerikanischen Rat zusammengerufen. Ich fahre heute Abend hin. Er wollte auch dich unbedingt dabei haben. Er sagte, du würdest eine wichtige Rolle spielen.«

Beowulf sah seinen Freund fragend an, aber er wusste, dass er erst in der Ratsversammlung Genaueres erfahren würde. »Tja, dann werden wir mal sehen, was passiert ist. Aber bis dahin ist ja noch etwas Zeit. Sag mal, spielst du noch Schach?«

Ludwig lächelte. »Ich spiele kein Schach. Ich gewinne Schach.«

»Das bezweifle ich«, sagte Beowulf, aber der Rest des Nachmittags zeigte, dass seine Zweifel unangebracht waren.

Langsam bog der dunkelblaue Rolls Royce Phaeton in die Einfahrt des beachtlichen Anwesens. Man hatte sie vor dem schmiedeeisernen Tor mit Verfahren kontrolliert, die bei normalen Sicherheitskräften nur Erstaunen ausgelöst hätten, aber die Ratsmitglieder wussten, was sie taten. Fast lautlos rollte die Luxuslimousine über den Kiesweg. Auf den letzten Metern beobachtete Beowulf die patrouillierenden Wachen und hoffte, dass ihm ihre furchteinflößenden Hunde nicht noch einmal so nahe kamen wie am Eingang. Der Rolls Royce rollte aus und blieb vor den großen Doppeltüren des gewaltigen Herrenhauses stehen.

Ein livrierter Butler eilte mit einem Schirm herbei und öffnete die Wagentür. Beowulf erkannte ihn und wunderte sich überhaupt nicht, dass von Brückheim seinen engsten Vertrauten aus Berlin mitgebracht hatte. »Benjamin, schön, Sie zu treffen.« Der Butler lächelte. »Herr Prof. Meineid, Herr Dr. Ludwig. Die anderen Herrschaften warten bereits. Wenn Sie mir bitte folgen wollen.« Die drei eilten ins Haus.

Sie durchquerten eine große Halle mit gepflegtem Parkettboden und Beowulf bemerkte auch hier die intensive Überwachung. Es waren zwar nicht die vier Ritterrüstungen in den Ecken des weiten Flures, vor denen sich Angreifer und Spione hätten fürchten müssen, wohl aber die sechs mit Maschinenpistolen bewaffneten Männer in schwarzen Anzügen. Und Feuerwaffen waren nicht das einzige, was Gegner des Rates bedrohte.

Kurze Zeit später betraten Beowulf und Ludwig den Versammlungsraum, und wieder wurden sie überprüft. Ein Wächter trat näher und sie entblößten erneut die linken Handgelenke, um die tätowierte Doppelhelix vorzuzeigen.

Sie durften passieren und nahmen auf den letzten freien Plätzen am langen Konferenztisch Platz. Beowulf kannte die meisten, aber nicht alle, Anwesenden. Er lächelte zurückhaltend in die Runde und nickte besonders von Brückheim zu, der am äußersten Ende des Tisches saß.

»Meine Damen und Herren, ich erkläre die Sitzung des kanadisch-amerikanischen Rates für eröffnet. Ich freue mich, dass sie alle kommen konnten, aber es bleibt uns nicht viel Zeit, und daher würde ich vorschlagen, dass wir den Austausch von Höflichkeiten auf später verschieben und gleich zur Sache kommen.«

Beowulf lächelte in sich hinein. Der alte Ork, der schon seit über 15 Jahren den Vorsitz im Rat hatte, war mit der Zeit immer direkter geworden. Er mochte ihn und er wusste auch, dass von Brückheim außerhalb der Arbeit ein fröhlicher Mensch war, der gern einen guten Schluck seines besten Whiskeys teilte. »Öffnen Sie bitte die Umschläge vor sich!« Ein allgemeines Rascheln setzte ein. »Wie Sie den Unterlagen entnehmen können, haben unsere Leute einen Level-4-Verstoß hier in Seattle aufgedeckt.«

Die Ratsmitglieder tuschelten aufgeregt, aber der Ork nahm darauf keine Rücksicht. »Wie es der Zufall will – und wir wissen alle, dass der Zufall unser erbittertster Gegner, aber auch unser stärkster Verbündeter sein kann – steht eines unserer Mitglieder mitten im Geschehen. Prof. Meineid, ein Mann, der nicht zuletzt durch sein beherztes Eingreifen damals in Heidelberg bewiesen hat, dass man auf ihn zählen kann, ist hier bereits vor Ort aktiv geworden.«
Die Gesichter der Ratsmitglieder wandten sich zu Beowulf, der die gerade überflogenen Schriftstücke etwas irritiert beiseite legte, aber dann ernst und sorgenvoll nickte. Er hatte mit vielem gerechnet, aber damit nicht.

Kapitel 31

Der Fahrer des Wagens aktivierte die Fernsteuerung und das schwere, durch krakelige Graffiti verzierte Garagentor öffnete sich. Langsam rollte der schwarze Toyota Elite durch das Tor eines unscheinbaren Hauses in einem der düsteren Hinterhöfe der Seattler Barrens. Vanessa gefiel das nicht. »Warum bringen wir sie nicht zur Pyramide zurück oder gleich nach Boston? Was ist das hier für eine Bruchbude?«

Mr. Metal grinste. Zumindest sah es für Vanessa, die den kräftigen Ork noch nicht allzu lange kannte, danach aus. »Mr. Drake zieht diesen Ort diskretionshalber vor. Aber das hat Sie eigentlich auch nicht zu interessieren, nicht wahr?«

Vanessa kochte innerlich, nickte aber nur kommentarlos. Sie hatte Mr. Drake von Anfang an nicht gemocht und seit den letzten Stunden hasste sie ihn abgrundtief. Nur konnte sie es sich momentan nicht erlauben, sich gegen ihn zu stellen. Vanessa hatte mit angesehen, was Mr. Metal mit der kleinen Rothaarigen angestellt hatte. Die Kleine hatte einen beachtlichen Ruf auf der Straße gehabt. Sie war eine wirklich gute Kämpferin gewesen, und man hatte ihr gemeinhin einiges Talent bescheinigt, aber der Handlanger Drakes hatte sie problemlos und ohne Zögern getötet.

Vanessa wusste nicht, ob Drake das von Anfang an geplant oder Mr. Metal aus eigener Initiative gehandelt hatte, aber das spielte auch nur eine untergeordnete Rolle. Vanessas Position war günstiger, wenn sie erst einmal alles tat, was man ihr sagte. Sie mochte ihr Gesicht und hatte nicht vor, es in der nächsten Zeit nach innen zu tragen. Drake würde dran glauben müssen. Die Frage war nicht mehr, ob, sondern nur noch, wann.

»Wo sind wir hier?« Vanessa blickte auf und war überrascht, dass ihr unfreiwilliger Fahrgast diese Frage stellte, ja, überhaupt etwas von sich gab. Ms. Young hatte während der Fahrt ängstlich zusammengekauert und völlig eingeschüchtert auf ihrem Platz gesessen, aber jetzt sah sie den Major der Jaguargarde relativ gefasst an. Vanessa wollte antworten, aber Mr. Metal kam ihr zuvor. »Betrachten Sie sich als persönlichen Gast Mr. Drakes, meine Liebe! Dies ist für Sie eine Art Zufluchtsort, ein sicherer Unterschlupf, in dem Sie sich geborgen fühlen können.«

Der breitschultrige Ork stellte es mit unangenehm ironisch klingender Stimme fest, während der Fahrer den Wagens zum Stehen brachte. »Wir sind da, Ms. Young. Es wird Ihnen gewiss an nichts fehlen.« Der Ork beugte sich vor und näherte seinen stählernen Schädel auf wenige Zentimeter der sichtlich erschrockenen Deckerin. »Ich bin mir sogar sicher, dass Ihnen hier einiges geboten wird, auf das Sie lieber verzichtet hätten.« Eliza Young zitterte, aber auch Vanessa stellten sich die Nackenhaare auf.

Mr. Metal öffnete die Tür der Limousine, und die drei stiegen aus. Sie befanden sich in einer recht geräumigen, aber ziemlich verwahrlosten Garage, in der schon einige Wagen, darunter ein alter Schulbus und ein schwarzer Mercedes PE Kommando standen. Major Hernandez vermutete, dass dies einmal so etwas wie eine kleine Fabrikhalle gewesen war, aber mittlerweile war das nicht mehr eindeutig zu erkennen. Es war sehr dunkel und nur an wenigen Stellen schien das Licht offener Feuer. Man erkannte die Schatten einer Handvoll Personen in dunklen Kapuzenmänteln, die darum herumstanden.

Der Ork beachtete die vermummten Gestalten nicht weiter und ging zielstrebig auf eine Tür zu, die der fast verblichenen Aufschrift nach in ein Treppenhaus führte. Vanessa folgte ihm und hielt dabei die Gefangene fest am Arm gepackt, obwohl die ängstliche Deckerin sich an diesem düsteren Ort kaum alleine davongemacht hätte. Mr. Metal öffnete die Tür und ging voraus. Die Schritte der kleinen Gruppe hallten auf dem kalten Stein der nach unten führenden Stufen, und es dauerte einige Minuten, bis sie die richtige Tür und die dahinter liegende Etage erreichten.

Hinter dem Treppenhaus erstreckte sich ein langer Flur, der mit zerschlissenem Teppichboden ausgelegt war. Hier unten gab es elektrisches Licht und die in regelmäßigen Abständen an der Wand befestigten Neonröhren schienen sogar einigermaßen neu. Ab und an kreuzte eine vermummte Gestalt ihren Weg, aber niemand sagte ein Wort.

Nach einiger Zeit gelangten die drei an eine Sicherheitstür, an der zwei in Kapuzenmäntel gekleidete Personen standen. Eine der beiden trat vor und Vanessa erkannte eine ältere Frau mit schlechten Zähnen. »Oh, was willst du hier, mein Junge? Es ist doch längst Schlafenszeit.«

Mr. Metal knurrte und hätte sie wohl am liebsten zerrissen. »Verzieh dich! Wir bringen Mr. Drake eine Gefangene.«

»Oh, eine Gefangene!« Die Frau humpelte unbeholfen vor und hob die dürren Arme. »Wer ist es denn? Nein, verrate es mir nicht. Hihi, es ist das junge Ding mit dem guten Herzen! Nein, vielleicht die Raubkatze mit den stumpfen Krallen? Bist du es?«

Die Alte tastete nach Vanessa, aber sie wich angewidert zurück. »Lass mich!«

»Oh, du bist es nicht. Nein, du nicht.« Ein dünner Speichelfaden tropfte am Kinn der Alten hinunter. »Oh, dann ist es doch das junge Ding. Mein kleines Lamm, du bist es. Wie schön, du bist es, mein gutes Lamm. Hihi!« Kurz schien der Ork die Alte schlagen zu wollen, aber irgendetwas hielt ihn davon ab. »Mein Lamm, du kommst hierher, aber du weißt gar nicht, was das bedeutet, nicht wahr? Nein, du weißt es nicht, hihi! Sie wissen es alle nicht, nicht einmal er weiß es, und es fürchtet sich auch nicht. Nein, wie sollte es sich auch fürchten, ich dumme alte Frau? Weißt du, ich bin verrückt. Ich bin verrückt, hörst du, verrückt.«

»Mach endlich Platz!« Mr. Metal trat einen Schritt vor und die Alte wich beiseite, während ihr vermummter Begleiter die massive Tür öffnete, aber sie kicherte noch immer.

»Sie bringen dich hierher, aber das ist nicht klug, nicht klug! Er wird dich finden. Er ist klug und wird dich finden, weil er dich sucht. Ja, weißt du denn nicht, dass er dich auch sucht? Er ahnt es bereits, aber du weißt es, nicht wahr? Du bist das Lamm und er wird dich stehlen. So war es immer, hihi! Er wird dich finden und noch mehr.« Mr. Metal und die anderen ließen die zeternde Alte schnell hinter sich, aber eine ganze Zeit lang hörten sie noch ihr wirres Lachen.

Hinter der Sicherheitstür waren die Räume etwas wohnlicher. Es war sauberer, es gab ein paar Möbel und hier und da sogar Grünpflanzen. Dennoch spürte man mit jedem Schritt, dass dieser Ort ein düsteres Geheimnis barg, dessen Auswirkungen sich immer weiter auszubreiten schienen.

Bald erreichten die drei eine hölzerne Doppeltür mit Messingbeschlägen, die gar nicht hierher zu passen schien, und Vanessa stutzte. Mr. Metal klopfte und aus dem hinter der Tür liegenden Raum vernahm man ein »Herein!« Der Ork öffnete sie und gab den Blick auf ein vornehm eingerichtetes Büro frei, dessen längste Wand das riesige in Öl gemalte Bild eines Jaguars zierte. Hinter einem großen Schreibtisch saß Mr. Drake in einem Ledersessel und Vanessa war wirklich erstaunt, als sie feststellte, dass dieser Raum bis ins kleinste Detail Drakes Büro in Boston glich. Sogar der Geruch von echtem Holz lag in der Luft. Allerdings stammte er dieses Mal wohl aus hinter der Deckenverkleidung versteckten Aromadüsen.

Drake hob den Blick, stand aber nicht auf. »Ah, Ms. Young, kommen Sie ruhig herein! Mr. Metal, Major Hernandez, lassen Sie uns bitte alleine!« Eliza betrat zögernd den Raum, und der breitschultrige Ork schloss hinter ihr die Türen. Vanessa verspürte Mitleid mit der zerbrechlichen Deckerin. Man hatte sie dem Löwen zum Fraß vorgeworfen.

»Treten Sie ruhig näher, Ms. Young. Ach, wissen Sie, ich nenne Sie einfach Eliza, wenn es Ihnen recht ist. Das macht doch alles gleich viel persönlicher, nicht wahr?« Drake wartete nicht auf eine Antwort, sondern fuhr gleich fort. »Meine liebe Eliza.« Drake nahm die goldumrandete Brille ab und steckte sie in die Innentasche seines teuren Jacketts. »Ich sehe Sie heute zum ersten Mal und ich bin fast ein wenig enttäuscht, dass unsere kleine Jagd nun vorbei ist. Oh, meine Manieren, setzen Sie sich doch!«

Eliza folgte der Aufforderung, während Drake weitersprach. »Ich war sehr erpicht darauf, Sie endlich persönlich zu treffen. Sie haben es also geschafft, meine Datei zu stehlen. Das ist ganz beachtlich, wirklich. Haben Sie sie auch gelesen?« Eliza schwieg zunächst, aber die stechenden Augen Drakes veranlassten sie, doch zu antworten.

»Ich habe mir ›FOREVER‹ angesehen, aber ich kann nicht behaupten, dass ich verstanden habe, worum es geht.«

»Natürlich haben Sie das nicht verstanden!« Drake lachte schallend und er hatte dabei etwas Dämonisches an sich. »Wie könnte Ihr beschränkter Geist in der Lage sein, meine Arbeit nachzuvollziehen. ›FOREVER‹ ist nur ein Teil, die Spitze des Eisberges, wenn Sie wollen, aber die Komplexität dürfte Ihre Vorstellungskraft sprengen!«

»Es geht um ewiges Leben!« Elizas Stimme klang trotzig und die Blicke Drakes brannten nun noch mehr.

»Als wenn das so einfach wäre! Ewiges Leben! Hah! Das ist doch längst nicht alles! Was schätzen Sie, wie alt ich bin? Nur zu, nicht so schüchtern! Gut, ich sage es Ihnen. Ich bin 141 Jahre alt.« Elizas Augen weiteten sich. »Ja, ich wusste, dass Sie das überrascht. Glauben Sie mir, ich war anfangs selbst erstaunt. Aber man gewöhnt sich daran. Man hat viel Zeit zum Nachdenken, auch Zeit, um Fehler zu begehen, aber vor allem Zeit, etwas aus sich zu machen. Aber ich rede hier und lasse Sie gar nicht zu Wort kommen. In all den Jahren scheine ich meinen Enthusiasmus noch immer nicht verloren zu haben.« Drake stand auf und ging zu einem kleinen Schränkchen an der Wand. »Auch etwas zu trinken? Nein? Gut, ich trinke ohnehin lieber alleine.«

Er goss sich ein Glas Whiskey ein und schwenkte es nach dem ersten Schluck versonnen hin und her. »Wissen Sie, Unsterblichkeit, ja natürlich, das hört sich bedeutend an.

Aber Unsterblichkeit ist doch nur der Anfang. Nicht mehr als eine Art Sprungbrett. Nur, wenn man die Zeit hat, kann man die Mysterien der Welt erlernen, erforschen und verstehen. Ob 5., 6. oder 7. Welt, ich werde sie alle erleben!« Drake lachte laut auf und Eliza drückte sich beunruhigt in den Ledersessel. »Habe ich Sie erschreckt? Das tut mir Leid. Nein, eigentlich ist es mir egal. Es wäre mir vermutlich auch egal, würde ich die Datei nicht wiederbekommen, aber … Ach, dürfte ich Sie jetzt um meine Datei und Ihre Kopien bitten?«

Eliza griff in ihren Mantel. Sie zog nacheinander drei Datenchips hervor und schob sie über den Schreibtisch. Drake nahm sie an sich und prüfte sie einzeln in einem Lesegerät. »Ja, es wurden keine weiteren Kopien gemacht. Schön, dass Sie nicht versuchen, mich zu hintergehen. Das spricht für Ihre Intelligenz, aber wem sage ich das. So, wo war ich stehen geblieben? Richtig, es wäre an sich nicht so wichtig für mich, wäre ›FOREVER‹ abhanden gekommen. Ich habe sie einmal verfasst und könnte sie problemlos erneut schreiben. Der störende Faktor ist, dass man durch die Datei an andere, wichtigere Dinge und Dateien herankommt, die ich geheim halten muss. Würde jemand mit dem nötigen Genie die Informationen auswerten, käme man mir und damit auch meinem kleinen Geheimnis auf die Schliche. Das kann ich nicht dulden. Deshalb habe ich Sie gejagt, gehetzt und in die Enge getrieben.«

Drake leerte sein Glas und lächelte. »Sie waren so neugierig, dass Sie ›FOREVER‹ stahlen, obwohl das meines Wissens nicht Ihr Auftrag war. Ich glaube, Ihre Neugier sollte belohnt werden. Was meinen Sie? Nein, ich lasse Sie nicht so einfach gehen, aber ich werde Ihnen etwas zeigen. Einen Moment!« Drake stellte das Whiskeyglas auf den Schreibtisch und ging auf das große Ölgemälde zu. Eliza sah sich schnell um, konnte aber keine Fluchtmöglichkeit entdecken. »Ja, Ms. Young, entschuldigen Sie, Eliza. Ich werde Ihnen etwas zeigen, dass Ihren beschränkten Horizont bedeutend erweitern wird.«

Drake hob die rechte Hand und drückte Mittel- und Zeigefinger in die Augen des gemalten Jaguars. Die Wand ruckte ein Stück nach hinten und rollte anschließend zur Seite. »Kommen Sie! Na los, seien Sie nicht schüchtern!« Drake fasste Eliza grob am Arm und zog sie durch die Geheimtür. Eliza hatte Angst, aber weniger vor dem, was sich hinter der Tür verbergen konnte, als vielmehr vor dem Wahnsinn, der Drake aus jeder Körperpore drang.

Der angrenzende Raum war nur etwas kleiner als das geräumige Büro Drakes. Eliza merkte, dass es hier wesentlich wärmer war und die Luft merkwürdig feucht wirkte. In der Mitte des Raumes stand ein riesiger, mit einer dunklen Flüssigkeit gefüllter Glasbehälter. Ein seltsam schwerer Geruch lag in der Luft, süßlich nach Moschus duftend, dazwischen etwas Metallisches. Eliza würgte, als sie bemerkte, dass das Glasbecken mit Blut gefüllt war.

»Ich habe mich schon immer für die Forschung begeistert. Schon als kleiner Junge bin ich durch die Wälder und Berge um meinen Heimatort gelaufen. Ich habe jeden Kaninchenbau aufgestöbert, kannte jeden hohlen Baum, jeden Schlupfwinkel, jedes Versteck. Ich konnte tagelang fortbleiben, ohne dass mich jemand fand. Dann entdeckte ich eines Tages durch Zufall eine weitere Höhle. Ich bin beim Rennen gestolpert und hätte mir am blanken Fels den Kopf aufgeschlagen, aber der Fels war gar nicht da. Er war nur eine Illusion, ein raffinierter magischer Trick. Ich fiel hindurch und stand in einer alten unterirdischen Anlage von gewaltigen Ausmaßen. Wie gewaltig sie war, habe ich erst im Laufe der kommenden Monate festgestellt. Sie können sich nicht vorstellen, was ich dort gesehen habe. Es war eine ganze antike Stadt, mit Thermen und Aquädukten. Es gab sogar einen Marktplatz und eine große Bibliothek. Leider war der größte Teil zerstört. Vielleicht durch Erdbeben oder eine Belagerung. Überall lagen die Überreste von Toten. Skelette soweit das Auge reichte, aber auch unermessliche Schätze. Sie machen sich keine Vorstellung.«

Eliza nickte stumm, aber ihre Hauptaufmerksamkeit galt dem Glasbehälter. Irgendetwas bewegte sich darin. »Das wichtigste für mich war natürlich die Bibliothek, aber ich konnte die Schriften nicht verstehen. Sie waren in einer Sprache verfasst, die ich nicht kannte. Aber ich fand einen Lehrer. Ja, sehen Sie sich ihn ruhig genauer an.« Drake lächelte verzückt und wies mit der Hand auf den Behälter. »Ich fand ihn in einem der größeren Gebäude, ihn und einige Dutzend seiner Schwestern, die noch immer dort liegen. Damals schlief er, und ich machte mich daran, ihn irgendwie aufzuwecken. Ich schleppte ihn aus dem Gebäude und in die Bibliothek. Ich habe Tage gebraucht, ihn so munter zu bekommen, wie er heute ist.«

Ein Ruck ging durch das dunkle Blut im Becken und Eliza schrie entsetzt auf. »Bleiben Sie bitte ruhig. Ich möchte nicht, dass Sie ihn verärgern. Es war wieder ein Zufall. Ich entdeckte, dass er auf den Geruch von Blut reagierte. Später entdeckte ich seine anderen Vorlieben. Wissen Sie, es war eine Fügung des Schicksals. Wir beide machten ein Geschäft. Ich gab ihm, was er wollte, und er begann, mich zu unterrichten. Noch heute lerne ich von ihm. Ist es nicht so, mein bleicher Freund?«

»Ja, Drake, du sagst die Wahrheit. Komm doch näher, Eliza! Ich möchte mehr von deiner Angst kosten. Eine direkte Empfindung kann wirklich wohlschmeckend sein.«

Eliza fasste sich mit vor Panik geweiteten Augen an den Kopf, in dem die Worte noch immer nachhallten, auch wenn sie sich nur in ihren Gedanken geformt und nicht wirklich an ihre Ohren gedrungen waren. Sie schüttelte sich immer und immer wieder, aber sie wurde die leise flüsternde Stimme nicht los. Mit einer Mischung aus Angst, Ekel und Abscheu betrachtete sie die kalbsgroße, weiße, madenartige Kreatur, deren zahllose lidlose Augen sie gierig musterten, während ihre beiden purpurnen Zungen über Dutzende scharfer Reißzähne fuhren. Eliza erbrach sich, aber auch das schien dem albtraumhaften Wesen nur zu gefallen.

Kapitel 32

Das klare Wasser war angenehm warm und die zahllosen kleinen Wellen schaukelten den massigen Körper sanft hin und her. Silkworm trieb ruhig im Salzwasser des künstlich angelegten Meeresbeckens, konnte sich aber dennoch nicht so entspannen, wie er es gewohnt war. Normalerweise genoss er es, die Wärme und Feuchtigkeit auf sich einwirken zu lassen, während er dem Rauschen des Meeres und dem aufgezeichnetem Möwengeschrei zuhörte, aber die aktuelle Geschäftslage lenkte momentan selbst ihn ab. Der Präsident des Nepal Centres war verstimmt und wurde zunehmend besorgter, während er gedanklich dem Profilbericht von Mr. Vincent Drake folgte.

»... wobei schließlich ungeklärt bleibt, welcher Art die Beziehungen zur Führung Atzlans nun genau sind. Trotz des Einsatzes unseres Erfassungsteams war letztendlich nicht in Erfahrung zu bringen, woraus sich seine wirklich weitreichenden Freiheiten und Kompetenzen ableiten. Mr. Drake ist weder der Leiter eines als wirklich bedeutend anzusehenden Firmenkomplexes, noch hat er wesentliche wissenschaftliche Errungenschaften beigesteuert. Mr. Drake arbeitet vor allem auf dem Gebiet der Genetik, verfügt aber auch über solide Kenntnisse in Geschichte und Archäologie. Es gibt so gut wie keine Veröffentlichungen seiner Arbeit. Ebenso mangelt es an jeglichem amtlichen Beweis seiner Fähigkeiten. Der private Bereich, Freizeitaktivitäten, Hobbys, Bekanntenkreis, intime Freundschaften und ähnliches lässt sich nicht nachvollziehen. Allenfalls regelmäßigere Treffen mit einigen einflussreichen Persönlichkeiten aus Politik, Wissenschaft und Militär innerhalb Atzlans konnten bestätigt werden. Es liegen weiterhin weder einsehbare Unterlagen über Schulbildung und Abschlüsse vor, noch gibt es Hinweise auf akademische Titel. Daher stützt sich der Großteil unserer Schlussfolgerungen zwangsläufig auf personelle Aussagen. Mr. Drake entstammt danach einer alteingesessen und recht wohlhabenden Familie, über die aber ebenfalls keine genaueren Angaben vorliegen. Offenbar ist Mr. Drake augenblicklich das einzig lebende Familienmitglied. Es gibt keine Hinweise auf Brüder oder Schwestern, seine Eltern waren unseren Erkundigungen zufolge beide Einzelkinder. Der Vater starb im Alter von 75 Jahren, die Mutter kurz nach seiner Geburt. Es muss an dieser Stelle erneut darauf hingewiesen werden, dass sämtliche Ausführungen unter großem Vorbehalt zu betrachten sind. Das Erfassungsteam hat zwar keine direkten Hinweise auf Manipulation nachweisen können, aber die wenigen Schriftstücke und anderweitig bestätigten Tatsachen legen nahe, dass sie stark gefiltert sind. Hierbei fällt ein Punkt besonders ins Gewicht. Es liegen relativ leicht zugängliche Krankenhausunterlagen vor, welche die Geburt Mr. Drakes eindeutig zu verifizieren scheinen. Es gibt eine genaue Liste mit den Namen des behandelnden Arztes, den eingeteilten Schwestern, den benutzten Räumlichkeiten, den verwendeten Medikamenten und Geräten. Es existieren zusätzlich ein detaillierter Krankenbericht und ein Mitschnitt einer Überwachungskamera. Zwei der bei der Geburt anwesenden Krankenschwestern und auch der noch lebende, mittlerweile pensionierte Arzt können sich zudem noch sehr genau an die Geburt Mr. Drakes erinnern. Die Nachforschungen unseres Teams ergaben, dass keine andere Geburt im betreffenden Krankenhaus derart detailreich dokumentiert wurde und nachgewiesen werden kann. Auch dürfte es als auffällig anzusehen sein, dass sich das befragte Krankenhauspersonal nach 40 Jahren noch an eine vollkommen normale und komplikationsfreie Geburt erinnern kann. Vergleicht man nun abschließend die Informationsdichte bezüglich der Umstände der Geburt und die ansonsten durchweg geringe Dokumentation und Beweislage, muss man annehmen, dass gerade im Zusammenhang mit der Geburt Drakes etwas verheimlicht werden soll.

Mögliche Gründe wären eine verschleierte Adoption, gefälschte Familienzugehörigkeit oder ein veränderter Geburtszeitpunkt. Abschließend ist festzustellen, dass tiefergehende Ermittlungen unseres Teams möglicherweise die letztgenannte Ungereimtheit klären und die Lücken im Profil Mr. Drakes füllen könnten. Allerdings bestünde hier zweifellos die Gefahr unerwünschten Aufsehens. Weitere Aktivitäten bleiben daher zu überdenken. – Ende des Berichts – Masaki Daimon; Leiter, Erfassungsteam Alpha«

Silkworm schlug wütend ins Wasser und bewegte sich aufgebracht an den nahegelegenen Strand. Der Bericht war absolut unbefriedigend. Die Person Vincent Drake war wesentlich undurchsichtiger und unkalkulierbarer als zunächst angenommen. In bloßen Wahrscheinlichkeiten lag immer ein gewisses Risiko, aber die aktuelle Situation war deutlich komplizierter. Er hatte seine besten Leute ausgesandt, um mehr über den zwielichtigen Konzernexec zu erfahren, ein speziell dafür ausgebildetes Erfassungsteam, aber er blieb nach wie vor eine unberechenbare Variable in seinen Plänen. »Veränderter Geburtszeitpunkt« Hah!

Silkworm lachte grimmig. Anscheinend hatte die ›FOREVER‹-Datei schon Früchte getragen. Drake war anscheinend nicht um die Vierzig, sondern im Zusammenhang mit Forschungen, die das ewige Leben betrafen, ganz anders einzustufen. Drake war nicht der, für den er sich ausgab, und auch nicht jemand, der erst vor vier Dekaden das Licht der Welt erblickt hatte. Silkworm missfiel dieser Gedanke. Möglicherweise hatte Drake sogar mehr Sonnenaufgänge erlebt als er selbst. Nun lächelte Silkworm und schüttelte den Kopf. Nein, das wohl kaum. Trotzdem behagte es ihm nicht, dass er bei dieser Operation einen Gegner hatte, der mit verdeckten Karten spielte. Normalerweise schätzte der Leiter des Nepal Centres solche Abwechslungen als willkommene Herausforderung. Er hatte in derartigen Dingen so etwas wie sportlichen Ehrgeiz entwickelt und genoss es, seinen planenden Verstand ab und an mit dem anderer zu messen, aber die Komplikationen mit der Nazareth-Reihe waren schon unerfreulich genug. Als Leiter eines kleinen, wenn auch weltweit agierenden Konzernimperiums musste er auch immer an die wirtschaftlichen Aspekte denken.

Es ging bei ›FOREVER YOUNG‹ um sehr hohe Einsätze, und die durften unter keinen Umständen verschwendet werden. Ihm lag auch persönlich sehr viel am Gelingen der Operation. Er musste diese Datei bekommen. Unsterblichkeit war ein Privileg, nichts für die breite Masse.

Nach dem Abtrocknen betrat Silkworm seinen Arbeitsbereich und ließ sich vor dem erst kürzlich neu aufgestellten Terminal und dem großen Trideoschirm nieder. Er streifte die netzartige Elektronik der SimSinn-Technologie über und überprüfte danach die einzelnen Rezeptoren und Stimulansgeber. Er freute auf Sinneserfahrungen, die er selbst nicht erleben konnte. Die Idee, ohne entsprechende Organe Gerüche wahrzunehmen, hatte ihn schon früh begeistert, aber etwas eigentlich nicht Fassbares doch zu spüren und zu erfahren, konnte wahrhaft süchtig machen.

»Wie konnten Sie nur! Das kann doch wirklich nicht wahr sein!« Der Geruch von nassem Asphalt, gemischt mit dem von Autoabgasen und den Pheromonen verschiedenster Individuen lag in der Luft. »Ich weiß wirklich nicht, warum Sie sich so aufregen. Mr. Slicer war doch wirklich zuvorkommend und meines Erachtens waren seine Forderungen auch nicht überzogen.« Der Geruch von Maiglöckchen stieg in ihre Nase und Silkworm vermutete, dass es sich dabei um Parfüm handelte, da in den Straßen der Barrens weit und breit keine Maiglöckchen zu sehen waren.

»Nicht überzogen?« Liebhardt öffnete die Tür des angemieteten grauen Ford Americars. »Werter Kollege, Ihnen scheint entgangen zu sein, mit welch gierigen Augen uns dieser widerliche Elf betrachtet hat.«

Auch die anderen öffneten die Türen und stiegen ein. »Vorurteile, nichts als Vorurteile. Er hat sich allenfalls für unsere hübsche Jericho interessiert, was wir ja wohl beide gut verstehen können.« Silkworm vernahm den Geruch von etwas, dass die junge Frau als ›Schweiß‹ identifizierte. Sie verband keine positiven Gedanken mit diesem Stoff und auch Silkworm gefiel der Geruch von Regen und Maiglöckchen besser. Er wunderte sich daher nicht, dass Oliver den eigenen Duft mit dem der Blumen zu überdecken versuchte. Wahrscheinlich hatte das auch großen Einfluss auf seine Partnerschaften. Gerüche, Pheromone und Lockstoffe waren wirklich ein außerordentlich interessantes Gebiet.

»Das sind keine Vorurteile! Es gibt anerkannte Statistiken über das Sozialverhalten von Elfen. Der homo sapiens nobilis ist wahrhaftig nicht so nobel und tugendhaft wie der Großteil der Bevölkerung noch gemeinhin annimmt.«

»Kann es sein, dass Sie jetzt ein kleines bisschen rassistisch werden, lieber Kollege? Gleich erzählen Sie wohl wieder die Geschichten über die unkoordinierten Gewaltausbrüche unserer größeren Freunde, der Trolle.« Liebhardt zündete sich eine Zigarette an, deren Geruch Silkworm unangenehm beißend vorkam, und startete den Wagen. »Sie können sich meinetwegen vor den harten Fakten verschließen, Oliver. Ich für meinen Teil halte mich an Zahlen und an bestätigte Erfahrungswerte.«

»Ich habe Hunger«, ertönte es von der Rückbank. Jericho hatte nun selbst gesprochen und Silkworm nahm über ihre Organe den Geruch von vitaminhaltigem Fruchtkaugummi wahr.

Oliver und Liebhardt sahen gleichzeitig auf ihre Armbanduhren, aber Liebhardt schaute nur ungläubig, während Oliver verständnisvoll nickte. »Ja, Jericho, Ihr Metabolismus braucht Energie. Es sind zwar erst zwei Stunden vergangen, seit wir gespeist haben, aber ich selbst könnte jetzt vielleicht etwas Kuchen oder ein paar Sandwiches vertragen.«

»Das kann ja wohl nicht wahr sein!« Liebhardt schüttelte sich und Jericho ordnete den aufkommenden Geruch überwiegend asiatischem Massageöl zu. »Wir haben eben erst ausgiebig gegessen und Sie haben schon wieder Hunger? Jericho hat andere, physisch erklärbare Bedürfnisse und muss natürlich ihren Operationslevel halten, aber Sie haben bisher noch nicht sonderlich viel geleistet.«

Oliver lief rot an. »Was erlauben Sie sich? Während Sie die ganze Zeit herumjammern und unkonstruktives Verhalten an den Tag legen, bin ich mit ganzem Herzen bei unserer Außenmission. Ich wiederhole auch nicht alle 12½ Minuten, dass ich nicht nach Seattle wollte.«

»Sie haben auch keine nicht-stornierbare Reservierung für ein hawaiianisches Luxushotel. Außerdem halte ich es nicht für sonderlich konstruktiv, gleich im erstbesten Restaurant alleine eine Flasche Wein zu leeren!«

»Es reicht!« Die Stimme Jerichos erklang durchdringend und ließ keinen Zweifel daran, dass sie es ernst meinte und sich bewusst darüber war, was sie im Fall weiterer Streitigkeiten zu tun gedachte. »Ich habe Hunger. Wir werden jetzt essen und danach werden wir Nazareth ablösen!«

Oliver sah seinen Schützling nur wenig erstaunt an, aber Liebhardt schien doch etwas erschreckt. »Jericho, dir ist hoffentlich weiter bewusst, wer diese Mission leitet? Das ist es doch, nicht wahr?«

Die dunkelhaarige Frau lächelte süß. »Natürlich, entschuldigen Sie den Imperativ. Es muss sich um ein Softwareproblem handeln. Ich werde mich darum kümmern.« Silkworm checkte die Anzeigen, aber Jerichos Protokolle liefen ohne das Hochfahren einer Kontrollroutine fort, was ihn nicht weiter verwunderte.

»Gut, dann lassen Sie uns etwas essen und anschließend zu Nazareth aufschließen.«

Oliver nickte. »Ja, das hört sich doch nach einem annehmbaren Vorschlag an. Sie sind ja gar nicht so ein Walross wie ich dachte.« Silkworm stutzte. Ein Walross? Falls das Ausdruck einer humoristischen Ader sein sollte, dann hegte er nun großes Bedauern für seinen übergewichtigen

Angestellten. »Lassen Sie uns zu *Buffalo's Bar & Grill* fahren. Nazareth hat in seinem Bericht eine interessante Auswahl an Speisen und ein sehr abwechslungsreiches Publikum erwähnt.«

Liebhardt hob die Schultern, ohne das Lenkrad loszulassen. »Meinetwegen. Ich werde sowieso nichts essen. Aber lassen Sie uns endlich aufbrechen. Ich bin froh, wenn ich etwas Schlaf bekomme.« Den letzten Satz unterstrich er mit einem hinter der Hand verborgenen Gähnen. Jericho und durch sie auch Silkworm bemerkte dabei den eindeutigen Blick, den er ihr zuwarf, aber keiner von beiden war darüber erstaunt.

Nach dem Besuch in dem nur notdürftig wiederhergerichteten Imbiss sprachen die drei zunächst kein Wort, aber Silkworm selbst hatte der kurze Abstecher doch interessante Eindrücke vermittelt. Die Geruchskulisse, Fett, Fleisch, Qualm und Schweiß in allen Variationen waren in einer massiven und fast erdrückenden Wolke vermischt gewesen, aber die ausgeprägten Sinne Jerichos hatten ihm dennoch jede einzelne Nuance vermitteln können.

»Das ist ja wohl eine bodenlose Unverschämtheit! Ich kann mir mittlerweile denken, warum Nazareth zurückgerufen werden soll. Das waren keine Speisen, das war übelster Fraß!«

Oliver nickte. »Da muss ich Ihnen zustimmen. Delikatessen hat man vergeblich gesucht. Wirklich eine Beleidigung für den Gaumen.«

»Dafür haben Sie aber reichlich gegessen, lieber Kollege.«

»Das war nur interessehalber. Sie wissen ja, ich werfe privat auch gerne mal ein paar Steaks auf den Gartengrill.« Die beiden Männer sahen sich an und grinsten.

»So, Jericho. Wo hält sich Nazareth momentan auf?«

Jericho übertrug die ankommenden Daten ihres Signalempfängers auf das Retinadisplay. »Die Nazareth-Einheit befindet sich noch immer im angegebenen Motel.«

»Schön, schön.« Oliver rieb sich die Hände, während er auf die mittlerweile durch vereinzelte Laternen und beleuchtete Gebäude erhellte Fahrbahn sah. »Es wird auch langsam Zeit, dass wir ins Trockene kommen. Auch wenn ich gehört habe, Seattle böte ein aufregendes Nachtleben.«

Liebhardt, der den Mietwagen lenkte, schüttelte nur den Kopf. »Elfen- und Trollpopulationen in hoher Dichte. Sie gebrauchen ›aufregend‹ als Synonym für ›gefährlich‹, wenn ich mich nicht täusche.« Er wartete keine Antwort ab, sondern beschleunigte ruckartig und Oliver wurde völlig unvorbereitet in seinen Sitz gedrückt.

Wenig später erreichten die drei das Mittelklasse-Motel, in dem Nazareth mit seinem jungen Begleiter untergekommen war. Die intakte Leuchtreklame wies das Gelände, das neben dem Hauptgebäude etwa einem Dutzend Bungalows Platz bot, recht einfallsreich als ›The Motel‹ aus. Oliver stellte einige Minuten Mutmaßungen darüber an, ob hinter dem schlichten Namen nicht vielleicht eine interessante Geschichte steckte.

Dadurch jetzt wieder sichtlich aufgebracht, stellte Liebhardt den Ford in einer dafür vorgesehenen Parkbucht ab, und er, Oliver und Jericho stiegen aus, um dem Signal Nazareths zu Fuß weiter zu folgen. Bald standen sie vor einem der gleichförmigen Bungalows und Oliver wollte anklopfen, doch Liebhard hielt ihn zurück. »Was ist, wenn er Probleme wegen des Jungen macht? Er hat ihn als ›Freund‹ eingestuft. Was, wenn diese nicht vorgesehene Klassifizierung der von ›ZSP‹, einer ›zu schützenden Person‹, gleichkommt? Er ist imstande, Ihnen den Kopf abzureißen, dass wissen Sie?«

Oliver wich einen Schritt zurück. »Ja … nun … das ist natürlich zu überlegen. Jericho, übernimm du das!« Ohne zu zögern trat Jericho die Tür ein und warf sich in den Raum, wobei sie sich mit ihrem Ares-Alpha-Combatgun-Sturmgewehr absicherte. Anders als ihre erschreckten Begleiter wusste Jericho, dass Nazareth trotz eines überraschenden und aggressiven Eindringens nicht auf sie feuern würde, falls er nicht wirklich vollkommen neue Prioritäten gesetzt hatte. Nazareth war wie sie strikt konditioniert und ihm war jegliches Vorgehen gegen ausgewählte Angehörige Kurashima-Takagemas abgewöhnt worden.

Er wusste, dass sie ihn ablösen sollte, und hatte diesem konkreten Befehl Folge zu leisten. Anders war es vermutlich, wenn er mit ›Freund‹ wirklich einen eigenen Status geschaffen hatte. Doch Jericho bekam noch keine Gelegenheit, die Vorgehensweise Nazareths zu interpretieren. Der Raum war bis auf die Möbel vollkommen leer.

Nazareth und sein junger Begleiter waren verschwunden. Nur der winzige Signalgeber, der blank geputzt auf einer roten Papierserviette auf der Mitte eines der beiden Betten lag, wies noch darauf hin, dass sie hier gewesen waren. Silkworm nahm den bekannten Geruch von Desinfektionslösung wahr.

Oliver und Liebhard traten nun ebenfalls ein und machten sich schnell ein Bild von der neuen Situation. Während Oliver die zerstörte Tür in Augenschein nahm, lies sich Liebhardt verzweifelt auf das andere Bett fallen. »Ich will endlich nach Hawaii!«

Kapitel 33

»Den Mantel kann ich ja wohl vergessen, oder?«

»Halt jetzt endlich still, sonst schneidere ich dir noch das Auge zu!« Venus klang zornig und vorwurfsvoll, aber Fox wusste, dass sie es nicht wirklich böse meinte. Sie war selbst nach dem Angriff Melodys noch immer blass und verunsichert. Fox betrachtete Oz' Lebensgefährtin, während sie vorsichtig die lange Schnittwunde in seinem Gesicht nähte.

Der aztekische Gaukler hatte ihn voll erwischt und Fox hätte eigentlich froh sein können, dass er noch lebte. Er war aber ganz und gar nicht froh. Er hatte nicht aufgepasst und war nur durch Zufall einem unschönen Tod entronnen. Und dass ihn fast ein Gaukler gegeekt hätte, war das Schlimmste. »Sieh dir das doch an! Völlig zerrissen und überall Blutflecken. Das geht doch nie wieder raus.«

»Freu dich lieber, dass die Glassplitter dich nicht weiter aufgerissen haben!« Venus hatte Recht. Fox hatte den Aufprall nahezu unverletzt überstanden und sich nur ein paar Schnittwunden zugezogen, aber irgendwie musste er sich doch ablenken. Die ganze Situation war außer Kontrolle geraten. Die Notärzte von DocWagon™ hatten Mongo sofort ins Krankenhaus gefahren. Bis jetzt hatte er noch nicht das Bewusstsein wiedererlangt. Ihr Rigger war erst einmal aus dem Spiel. Die Verletzungen des Trolls waren nicht lebensgefährlich, aber es war wirklich eng gewesen.

Fox gab sich die Schuld am Scheitern ihres Auftrages. Hätte er 17s Identität früher entdeckt, hätten sie sich nicht getrennt und wären wohl auch nicht in eine solche Lage gekommen. Mongo lag im Krankenhaus, Beowulf und Blinky waren verschollen und Eliza von Aztech entführt worden. Dass Melody tot war, hatte Fox erst ebenfalls etwas mitgenommen, aber nun fragte er sich nur noch, wie er eigentlich so blind hatte sein können. Er hatte nie damit gerechnet, dass sie das Team und Eliza verraten könnte.

»Alles in Ordnung?« Venus sah ihn mitfühlend an. Fox lächelte und nickte. Oz hatte wirklich ungeheures Glück. Der Schieber hatte Venus mit ihm zusammen vor Jahren in der Matrix kennen gelernt. Wer hätte damals gedacht, dass sich hinter der grauen Maus mit der Sonnenbrille und dem ulkigen Hut im PARANOIA-FORUM eine solche Frau verbarg? Sie war hochintelligent, sogar Doktor der Medizin, zudem ein wirklich lieber und aufopferungsvoller Mensch und ihre körperlichen Vorzüge waren unübersehbar. Sie war eine echte Traumfrau.

Er hatte seinen Freund anfangs belächelt, hatte sich über sein plötzliches ›solides Leben‹ lustig gemacht und sich weiter fröhlich dem Junggesellenleben gewidmet, aber mittlerweile machte er sich Gedanken. Das AQUARIUS war total verwüstet, seine Einrichtung völlig zerstört und allein die Behebung der Wasserschäden würde Unsummen verschlingen. Oz hatte schon seit seiner Kindheit von einem eigenem Nachtclub geträumt und viel Herz und Arbeit ins AQUARIUS gesteckt. Trotzdem hatte er nicht alles verloren. Oz war nicht allein, er hatte Venus. Was hatte er? Fox verzog das Gesicht. Einen verdammt dreckigen Mantel.

Oz kam wieder ins Hinterzimmer. »Ich habe Elizas Tasche gefunden. Sie lag noch neben ihrem Platz.« Fox blickte auf, wurde aber von Venus sofort wieder in Position gerückt, so dass er den rothaarigen Schieber nicht ansehen konnte, während er antwortete.

»Ist irgend etwas drin, was wir ihren Verwandten zukommen lassen sollten? Ach nein, sie hatte ja niemanden mehr. Das dürfte sich wohl auch erübrigen. Vielleicht sollten wir es an Bedürftige verteilen.«

»Mach mal halblang!« Oz setzte sich neben Fox. »Was ist los mit dir? Du gibst doch sonst nicht so einfach auf!«

»Sonst habe ich auch noch den Hauch einer Chance. Das Team existiert nicht mehr. Ich bin der jämmerliche Rest. Ich bin gut, aber ich bin nicht blöd. Ich weiß, wann ich verloren habe. Ich … Au! Drek.«

Venus zog den Tupfer mit dem Jod zurück und ihre Miene ließ keinen Zweifel daran, dass sie Fox den Schmerz gönnte. »Verdammt, Fox, benimm dich nicht wie ein Baby!«

Fox sah Venus verblüfft an, während sich Oz ein Grinsen nicht verkneifen konnte. »Du wirst das Mädchen nicht im Stich lassen! Auf gar keinen Fall und wenn ich dich an deinen eigenen Ohren zu Aztech schleifen muss!«

»Es ist aussichtslos. Ich kann nicht …«

»Daniel P. Fox, jetzt hörst du mir aber gut zu! Du hast die verdammte Pflicht, Eliza rauszuholen! Sie verlässt sich auf dich! Du hast ihr Geld genommen und auch, wenn du es ihr zurückgibst, hat sie noch dein Wort als Ehrenmann.«

»Ehrenmann?« Oz gluckste, verstummte aber, als Venus ihn strafend ansah.

»Fox, ich weiß, dass im Moment wirklich alles Drek ist.« Venus hob den Arm und wies mit dem Zeigefinger zur Wand. »Da draußen schwimmen die Reste unseres Vermögens. Aztech hat uns einen Tiefschlag verpasst, der es in sich hatte. Das kann man nicht leugnen. Aber niemand, wirklich niemand, kommt einfach in den Club meines Mannes spaziert und prellt die Zeche, hörst du?« Oz hob interessiert die Augenbrauen und auch Fox folgte gespannt den Worten der jungen Frau. »Guck dir mein Kleid an! Diese Aztech-Schlampe hat mich in den Müll gestoßen. Weißt du, wie teuer das Kleid war? Natürlich nicht, du beklagst nur das Ableben deines speckigen Mantels. Vielleicht weißt du es noch nicht, aber ich kann wirklich sehr böse werden, wenn man mich ärgert.«

Oz nickte ernst. »Sie ist eine äußerst resolute Frau.«

»Und ich habe auch keine Lust, mir jahrelang dein Gejammer anzuhören, wenn du an den vermasselten Auftrag zurückdenkst und dich anschließend mit diesem Ex-Nachtclubbesitzer hier besäufst.«

Oz wollte offensichtlich protestieren, aber er kam nicht zu Wort. »Wir alle gemeinsam werden Eliza rausholen und Aztech in den Hintern treten, damit das klar ist! Reiß dich

zusammen und sag uns endlich, wie wir dir helfen können!«
Fox starrte Venus an und wusste nicht recht, was er sagen
sollte. Es dauerte fast eine Minute, bis er antworten konnte.

»Du hast Recht. Danke.«

»Das hat sie immer«, seufzte Oz und lehnte sich mit dem
Rücken an die Wand hinter der Liege.

»Erzählt mir was Neues! Was sollen wir tun?«

Fox stand auf und ging einige Schritte. »Was können wir
tun? Wenn Eliza noch nicht tot ist, müssen wir erst wissen,
wo sie ist.«

Venus setzte sich neben Oz auf die Liege. »Was ist mit
der Pyramide?«

»Das ist zu unsicher. Bevor wir uns über ein Himmel-
fahrtskommando wie den Einbruch in die Aztech-Pyramide
den Kopf zerbrechen, müssen wir wirklich sicher sein, dass
Eliza auch dort ist. Wir brauchen Informationen. Oz, gibst
du mir bitte die Tasche?«

Der Schieber reichte Fox Elizas große Sporttasche und der
britische Agent betrachtete den Inhalt. Schließlich holte er einen neongrünen Plastikkasten heraus. »Ihr wisst, was das ist?«

Venus nickte. »Das ist ein Cyberdeck mit Satellitenver-
bindung – richtig heiße Hardware, denke ich.«

»Es ist richtig heiße Hardware, und wie ich 17, äh, Eliza kenne, auch mit entsprechend heißer Software. Deckst du noch?«

»Nicht mehr oft, seit ich fest angestellt bin.« Venus griff
nach dem Cyberdeck und klappte es auf. »Es hinterlässt
keinen guten Eindruck in der Personalakte, weißt du? Ich
lese meist nur die Berichte unserer Hausdecker.«

»Fühlst du dich in der Lage, wieder etwas mehr Matrixprä-
senz zu zeigen, auch wenn es die einer anderen Persona ist?«

Oz sah ihn fragend an. »Worauf willst du hinaus?«

»Ich denke, wir haben eine gute Chance, Elizas
Aufenthaltsort zu ermitteln, wenn wir in Drakes private
Datenbänke in der Bostoner Anlage decken. Alleine könnte das allerdings etwas viel für mich sein. Das Schirmchen
arbeitet besser, wenn es Rückendeckung hat.«

»Es wird vielleicht ein paar Stunden dauern, aber ich glaube, ich komme mit 17 zurecht.« Venus fuhr forschend mit den Fingern über die Tastatur des Decks. »Das Deck ist zwar fast vollständig umgebaut, aber damit komme ich schon klar. Die wichtigsten Befehle sind sowieso auf neuralen Input angelegt und die Tastenlage kann ich auch wieder ändern.« Venus grinste. »Wenn ich mir erst einmal ein Bild über die Bewaffnung gemacht habe, dann weiß ich auch, wie man den roten Knopf drückt.«

Fox sah erleichtert aus. »Gut, wenn du das hinbekommst, sind wir schon ein ganzes Stück weiter. Was ist mit dir, Oz? Hast du noch genug Equipment, um eine Lady in Not aus den Fängen des Drachen zu erretten? Ich meine, der Cavalier Deputy mag ja hübsch aussehen und vielleicht die Leute im *Buffalo's* beeindrucken, aber wenn wir die Jungfrau aus dem Drachenhort befreien müssen, dann wäre etwas Vollautomatisches mit mehr Feuerkraft doch die bessere Wahl. Wir sind weniger als zuvor, deshalb müssen wir jetzt größere Geschütze auffahren.«

»Der Keller ist randvoll. Alles, was das Herz begehrt. Ich habe Maschinengewehre, Sprengstoff, Handgranaten, Kampfgas, explodierende Weihnachtsbäume – was du willst! Auch die übrige Ausrüstung dürfte kein Problem sein. Was ich nicht habe, kann ich besorgen.«

»Gut zu wissen. Auch wenn es nicht die Pyramide sein sollte, wird es sicher nicht einfach werden. Wir haben ja gesehen, dass Drake nicht kleinlich ist. Jetzt sind wir zwar die Jäger, aber wir müssen den aztekischen Herrschaften auf jeden Fall vorher noch klarmachen, dass sie von jetzt an die Beute sind. Wir müssen überzeugend sein.«

»Hey Jungs, macht mal langsam! Wir wissen noch nicht einmal, ob Eliza noch lebt oder nicht, geschweige denn, wo wir sie finden können. Eins nach dem anderen. Wir dürfen jetzt nicht den Überblick verlieren.«

Fox staunte. Er hatte sich eingebildet, Venus schon seit Jahren gut zu kennen, aber wie es aussah, war dem ganz und gar nicht so. Diese Seite an ihr kannte er bisher nicht. Sie hatte ihm, einem britischen Regierungsagenten, den Kopf gewaschen und ihn daran erinnert, was wichtig war. Er konnte die Kleine wirklich nicht einfach aufgeben. 17 war Kollegin, Agent wie er, die grundsätzlich wusste, dass sie jederzeit sterben konnte, aber Eliza hatte er als junge, sensible, fast zerbrechliche Frau kennen gelernt, die gar nicht so abgebrüht war, wie es ihr Job vermuten ließ. Sie war Einsätze eher aus den virtuellen Sphären gewohnt, aber die Realität, die kalte und unbarmherzige Welt der Schatten Seattles war doch noch etwas anderes.

Eliza fühlte sich außerhalb der Matrixwirklichkeit unwohl und hatte sich mit ›FOREVER‹ weiter vorgewagt, als gut für sie war. Sie hatte Mist gebaut, es aber auch eingesehen und sich dafür entschuldigt. Nun war er an der Reihe. Eliza hatte Schutz bei Fox gesucht und um Hilfe gebeten. Es war nun an ihm, zu beweisen, dass man ihm vertrauen konnte. Wenn Eliza Young noch lebte, würde er sie finden und befreien, egal, wo sie war und wer sie bewachte. Er war schließlich Daniel P. Fox, Geheimagent im Dienste seiner Majestät, ausgebildet, es mit den Härtesten und Besten dieser Welt aufzunehmen. Drake zog sich besser warm an.

»Okay, Oz, bereite schon einmal alles vor und wir setzen uns mit 17s Deck auseinander. Wir werden ihm viel abverlangen müssen. Ich ahne irgendwie, dass der nächste Besuch in Boston schwieriger wird als mein letzter. Aber ich weiß, wer uns dabei helfen kann. Ein Bekannter aus dem Forum, Ihr werdet ihn lieben.«

»Ich hoffe, er ist süß.« Venus sah Oz herausfordernd an.

»Hey!« Oz mimte den Schmollenden.

»Süß und dabei noch gesund, ihr werdet sehen. Also dann: Einer für Alle!«

»Und alle für einen!«

»Oz?«

»Ja, Fox, was gibt es noch?«

»Kannst du mir einen Mantel leihen?«

Kapitel 34

»Es ist wirklich schön, dass Sie die Zeit gefunden haben, sich das Objekt selbst anzusehen, Mr. Johnson. Ich bin überzeugt, dass Sie absolut nicht enttäuscht sein werden.«

»Das werden wir dann sehen, Mr. Smedfield. Verschaffen Sie mir zunächst einmal einen kurzen Überblick!«

»Ganz, wie Sie es wünschen, Sir. Wenn Sie mir bitte folgen wollen!«

Der korpulente Mann im modisch geschnittenen Blazer öffnete die verspiegelte Glastür und lud Nazareth mit einer höflichen Handbewegung ein, näher zu treten. »Die Villa hat zwei Obergeschosse und ist natürlich auch unterkellert.«

»Natürlich.«

»Wie Sie sehen können, hat man hier viel mit Marmor und edlen Hölzern gearbeitet. Betrachten Sie nur den feinen Parkettboden.«

»Ja wirklich, sehr fein.« Smedfield und Nazareth gingen weiter und der übergewichtige Makler fühlte sich immer mehr in seinem Element. »Allein der kunstvolle Torbogen dort nahm über 10.000 Arbeitsstunden in Anspruch.«

»Sehr beachtlich.«

»Alles in allem hat das Haus 22 Zimmer, vier Badezimmer, eine Küche, den Fitnessraum und natürlich die Sauna.«

»Natürlich.«

»Bei der Anfahrt haben Sie gewiss einen Blick in den wundervollen Garten geworfen. Wir beschäftigen drei Gärtner dauerhaft. Daneben natürlich nach Notwendigkeit zusätzliche Arbeitskräfte. Das Wetter in Seattle kann sehr launisch sein, wissen Sie?«

»Was Sie nicht sagen? Tatsächlich?«

»Ja, glauben Sie mir, das ist hier zwar nicht Hawaii, aber es wird dahingehend auch selten langweilig.« Smedfield drückte eine blankgeputzte Messingklinke runter und die beiden Männer betraten den nächsten Raum.

»Das ist einer von drei Kaminen im ganzen Haus. Manche Menschen mögen offenes Feuer nicht und ziehen diese stillosen Simulationen vor, aber ich schwöre auf die Realität, wenn Sie verstehen, was ich meine.«

»Unbedingt, Smedfield, unbedingt.«

»Beachten Sie den Teppich!« Der Makler kniete sich auf den Boden und fuhr mit den massigen Händen fast zärtlich über den blauen Stoff. »Eine spezielle Synthetikfaser, ungeheuer weich. Trotzdem unglaublich strapazierfähig, sogar feuerresistent. Sie kippen mal ein Glas Rotwein um, während Sie mit Ihrer Angebeteten das romantische Knistern im Kamin verfolgen, und es muss Sie nicht im Geringsten irritieren. Einfach antrocknen lassen und ausbürsten.«

»Phantastisch.«

»Ja, nicht wahr?« Smedfield stützte sich an der Lehne eines Sessels auf und kam mit einem leisen Ächzen wieder hoch. »Der Fortschritt ist einfach nicht aufzuhalten.«

»Ihr Wort in Gottes Ohr!«

»Erwähnte ich, dass ein Hausdiener-Expertensystem von van Dyck Industries ohne Aufpreis inbegriffen ist?«

»Wirklich?«

»Ja, wirklich. Diesen Service bieten wir. Männer wie Sie, die mit viel Wichtigerem beschäftigt sind, als sich Sorgen über die Vorräte oder den Anzug in der Reinigung zu machen, haben es sich doch mehr als verdient, wenn die moderne Technik Sie von derlei Lappalien entbindet.«

»Absolut.«

»Ja, die Expertensoftware nimmt Ihnen all das ab. Sie erledigt Einkäufe, regelt die Temperatur, führt Ihren Terminplaner, macht sogar selbstständig kurze Anrufe. Sie bestimmen, wie weit die Kompetenzen Ihres guten Geistes gehen.«

»Wirklich ganz ausgezeichnet.«

»Nicht wahr? Sie entscheiden auch selbst, ob es eine virtuelle Frau oder ein Mann sein soll. Es stehen über 300 Stimmmuster zur Auswahl. Da bleiben keine Wünsche offen.«

»Unglaublich.«

»Sie sagen es, Mr. Johnson. Unsere Kunden sind durchweg begeistert. Seien wir ehrlich, wer von uns hat abends nicht schon mal keine Lust mehr gehabt, sich mit richtigen Menschen auseinander zu setzen? Der Hausdiener hat über die Matrix Zugriff auf eigens angelegte Datenbänke. Sie wählen ein Thema und er diskutiert mit Ihnen. Kunst, Musik, Sport, Trideo, Aktienkurse, Sex, was Sie wollen.«

»Fabelhaft.«

»Ganz meine Rede, Mr. Johnson. Ich kann das nur immer wieder betonen. Der Fortschritt …«

»Ja, der Fortschritt.«

»Selbstverständlich steht es Ihnen frei, auch auf unser menschliches Personal zurückzugreifen. Wir haben ein breitgefächertes Angebot für alle Wünsche. Ganz nach Belieben stehen Ihnen Bedienstete jedweder Art zur Verfügung. Mögen Sie den gehobenen britischen Butler? Wir bieten Ihnen geschulte Dienerschaft aus den besten Schulen Englands. Legen Sie mehr Wert auf schneidig militärischen Stil? Wir pflegen gute Kontakte zur Allianz Deutscher Länder. Sie lieben asiatische Hingabe und eine aufopfernde Geisha? Überhaupt kein Problem. Sie sind der Herr im Haus und das sollen Sie jederzeit spüren.«

»Ich kann mich kaum beruhigen.«

»Es ist auch wirklich ein wahres Traumschloss, was Sie hier beziehen, wenn Sie sich dazu entschließen.«

»Es scheint fast so. Ein schönes neues Heim.«

Smedfield und Nazareth betraten einen großen Salon, dessen besonderer Blickfang ein detailreiches Mosaik an der hohen Decke war. »Haben Sie sich bereits entschieden?«

»Ja, ich denke, es könnte meinen Ansprüchen gerecht werden. Allerdings bin ich mir noch nicht vollkommen sicher. Ich kann doch eine Woche zur Probe einziehen?«

Nazareth griff in die Manteltasche und zog erst ein Taschentuch, eine Schlüsselkarte und anschließend den ebenholzfarbenen Credstick hervor. »Wo hab ich denn nur meine Zigaretten?«

Smedfields Augen wurden groß. »Äh, ich denke, das ist zu machen. Kein Problem, Mr. Johnson.« Schnell griff er in die Jacke und reichte Nazareth ein silbernes Etui. »Wir haben zwar noch einige Interessenten, aber man sollte auch in der heutigen Zeit wissen, mit wem man auf einer guten Vertrauensbasis Geschäfte machen kann. Ich verlasse mich da auf meine Menschenkenntnis, wissen Sie? Ich habe ein untrügliches Gespür für einen guten Geschäftsmann.«

Nazareth nahm sich eine Zigarette aus dem Etui, behielt sie aber unangezündet in der Hand. »Dann ist ja alles klar. Ich und mein Neffe ziehen hier für eine Woche ein und danach werden wir das Anwesen wohl erwerben. Seine Qualitäten scheinen wirklich überzeugend zu sein.«

»Ja, Sir. Da haben Sie absolut Recht. Hier sind die Schlüssel, und wenn ich Ihnen vielleicht noch mit der Einrichtung des Hausdienersystems zur Hand gehen soll ...«

»Ich denke, dass ich das alleine schaffen werde, vielen Dank.«

»Selbstverständlich, Mr. Johnson. Die van-Dyck-Software ist unglaublich anwenderfreundlich und erklärt sich wortwörtlich von selbst.«

»Sehr schön. Ich bringe Sie zur Tür, mein lieber Smedfield.«

Wenige Augenblicke später ließ sich Myst auf ein bequemes Sofa fallen. »Ich glaube, ich habe noch nie ein so luxuriöses Haus gesehen.«

»Ich kenne es aus den Chips.« Nazareth lächelte seinen Schützling an und setzte sich in den Sessel, auf den sich Smedfield bei seinen Teppichübungen gestützt hatte. »Es ist nicht schlecht, vor allem, wenn man bedenkt, dass wir über keinerlei Bargeld verfügen. Jedes billige Motel, jede stinkende Pension und jedes schmierige Hotelzimmer muss bezahlt werden. Es wäre töricht, wenn ich mich über den Credstick und die Kontobewegungen verfolgen ließe, jetzt, wo wir uns abgesetzt haben. Meine Arbeitgeber werden über mein Handeln nicht sonderlich begeistert sein.«

Myst setzte sich nach vorne. »Das tut mir alles wirklich Leid. Du tust so viel für mich. Ich weiß nicht, wie ich das alles wiedergutmachen soll.«

Nazareth lächelte wieder. »Mach dir da keine Sorgen! Ich bin derjenige, der dankbar sein sollte. Wenn ich es mir so recht überlege, sehe ich gar keinen Grund, zu tun, was andere mir vorschreiben. Gut, ich bin konditioniert und habe antrainierte psychische Barrieren, aber glücklicherweise auch die psychologische Software, die mir erlaubt, das Ganze zu verwerfen. Es wird nicht allzu lange dauern.«

»Du bist schon ein interessanter Mensch, Nazareth. Ich habe noch nie jemanden wie dich getroffen.«

»Schön, dass du nicht ›etwas‹ sagst.« Beide grinsten. »Allerdings würde ich sagen, dass du der Interessantere von uns bist. Das Medkit hat ein paar Analyseergebnisse ausgeworfen, die mich neugierig machen.«

»Was ist es?«

»Wenn ich das wüsste. Nicht einmal meine hochstufige Medizinsoftware kann sich einen Reim darauf machen. Du produzierst irgendeinen unbekannten Stoff, ein Hormon oder etwas Ähnliches. Nichts, was ich oder das Medkit einordnen könnten. Kannst du dir das erklären?«

Der Junge schluckte und schüttelte den Kopf. »Ich habe keinen Schimmer, wirklich nicht. Dieser widerliche Mann aus meinem Traum sagte, dass ich etwas Besonderes sei. Ob er das damit gemeint hat? Das könnte doch sein, oder?«

»Vielleicht. Ich weiß es nicht, aber etwas Besonderes ist es sicher. Ich denke, ich werde noch ein paar Tests machen, aber dass dabei etwas herauskommt, bezweifle ich.«

Myst lehnte sich wieder zurück. »Solange es nicht gefährlich ist, kann es mir ja wohl eigentlich auch egal sein.«

»Ja, solange schon.«

Nazareth stand auf und ging ein paar Schritte auf die großen Fenster zum Garten zu. Er betrachtete sein Gesicht und fuhr vorsichtig über die frische Narbe über dem linken Ohr und seinen kahlgeschorenen Schädel.

»Tut es weh?« Nazareth schüttelte den Kopf, ohne sich umzudrehen.

»Ich weiß es nicht. Vielleicht schon, aber ich spüre keinen Schmerz.«

»Mann, so ein Glück möchte ich auch haben!«

»Das willst du ganz bestimmt nicht! Meine Empfindungen sind zum größten Teil nur Informationsquellen. Gefühle zu entwickeln, fällt mir schwer. Es ist, als würde einem der eigentliche Wert verborgen bleiben.«

»Das wusste ich nicht.« Der Junge sah etwas betreten auf den Boden. »Vielleicht ist es ein Trost für dich, wenn ich dir verspreche, dass nicht alles so toll ist, was man fühlt.«

»Vielleicht.« Nazareth wandte sich wieder zu seinem jungen Freund um und sah ihn an. »Ich denke, so nach und nach werde ich lernen können, was mir Kurashima-Takagema verwehrt und genommen hat.«

»Ist das dein Arbeitgeber?«

»Das war er. Aber auch mehr. Ich bin dort geboren und aufgewachsen. Ich kenne alles andere nur aus gefilterten Wiedergaben. Aber das ist ja nun vorbei, nicht wahr?«

Wieder lächelten beide und Myst nickte. »Wenn ich deine Möglichkeiten hätte, jederzeit das machen, das sein könnte, was ich wollte, würde ich nur zugreifen. Mit deinen ›Talentleitungen‹ steht dir doch wirklich alles offen!«

»Da hast du Recht.« Nazareth neigte nachdenklich den Kopf. »Aber ich denke, ich bin erst dann wirklich frei, wenn ich nicht mehr die Erinnerungen anderer konsumiere, sondern eigenständig lerne und dann selbst lebe, ganz, wie ich es will.« Die beiden Freunde schwiegen. Die gemeinsame Stille war angenehm und voller positiver Energie.

»So, ich denke, du solltest dich jetzt auf dein Zimmer zurückziehen, Myst! Es ist möglich, dass wir bald wieder aufbrechen müssen. Du brauchst Ruhe!«

»Wahrscheinlich hast du Recht. Na ja, dann werde ich mal gehen. Und wenn die Betten auch nur halb so bequem sind wie dieses Sofa ...«

»Davon ist auszugehen. Schlaf gut, mein Freund!«

»Du auch, Nazareth!« Myst wandte sich zum Gehen, aber drehte sich noch einmal um. »Ja?«

»Danke, dass du mich nicht liegen gelassen hast!« Nazareth lächelte. »Ab ins Bett mit dir!«

Der Hort war ganz anders, als er ihn sich vorgestellt hatte. Der Junge wischte sich die Tränen ab, aber es half nicht viel. Noch vor ein paar Tagen war er überglücklich gewesen und hatte sich als Glückspilz gesehen, aber er hatte sich mehr als getäuscht. Das war kein Heim für fördernswerte Jugendliche, es war ein Gefängnis, es war die Hölle.

Warum tat man ihnen das an? Warum quälte man sie so? Gab es einen Grund, konnte es überhaupt einen Grund geben, irgendjemanden oder irgendetwas so zu behandeln? Der Junge umklammerte seine Knie, aber er suchte vergeblich nach Wärme. Der gefliste Boden war kalt und feucht, aber der nackte Körper des Jungen zitterte nicht nur deshalb. Er hatte Angst, panische, unverfälschte Angst in ihrer ureigensten Form. Bebend kroch er über den glatten Boden in eine der Ecken des Raumes. Würden sie gleich wiederkommen? Würden sie ihm das alles wieder antun? Das konnten sie doch nicht, niemand konnte so grausam und unmenschlich sein. Der Junge versuchte, sich zu erinnern, aber er konnte kaum einen klaren Gedanken fassen. Wie lange war er schon hier? Eine Stunde, zwei, einen ganzen Tag? Er wusste es nicht. Alles, was er wusste, war, dass man ihm wehgetan hatte. Er wusste nicht wie und er wusste nicht, wie oft, aber spürte den Schmerz noch immer.

Vorsichtig versuchte er erneut, die Tränen aus seinem Gesicht zu wischen, und erst jetzt bemerkte er, dass es auch Blut war, das aus seinen Augen rann. Der Junge schrie kraftlos auf, aber niemand hörte ihn.

Er ekelte sich vor sich selbst und versuchte, das Blut von seinem Körper zu entfernen, aber er verteilte es nur noch mehr. Warum nur? Wieso haben sie mir das angetan? Er wusste die Antwort, aber konnte nicht verstehen, dass sie der Grund für seine Qualen sein konnte. Als der Junge merkte, wie sinnlos sein Bemühen war, sank er wimmernd zusammen und lehnte den Kopf an die kalten Fliesen. Er weinte und konnte überhaupt nicht mehr damit aufhören. Er war so schwach, so hilflos und alleine. Man hatte ihm alles genommen. Nichts war mehr geblieben von seinen Träumen. Keiner im Hort rechnete damit, jemals auch nur wieder Tageslicht zu erblicken. Was war mit seinen Wünschen, seinen Hoffnungen? Er würde nie wieder heim kommen. Niemand würde stolz auf ihn sein und ihm danken. Er war in den Hort gegangen, um etwas aus sich zu machen, etwas im Leben zu erreichen, auch wenn er nicht die besten Voraussetzungen dazu gehabt hatte. Aber das alles war vorbei, sein Leben war zerplatzt wie eine Seifenblase.

Der Junge schreckte hoch, weil er glaubte, etwas gehört zu haben und horchte zitternd in die Dunkelheit. War da etwas? Nein, er war ganz alleine und alles, was er hörte, war sein eigenes gequältes Atmen. Er legte sich erschöpft auf den eiskalten Boden und sah mit leeren Augen an die tropfende Decke seines Kerkers. Er war ein Nichts, ein Niemand. Man würde ihn vergessen und sich niemals wieder an ihn erinnern. Die Erinnerungen würden verblassen und aus dem Gedächtnis der Menschen für immer verschwinden. Er kannte das Gefühl und er hasste es, auch wenn es momentan an ein Wunder grenzte, dass er überhaupt noch die Kraft besaß, Hass zu empfinden. Sie hatten ihn beraubt und ihm das genommen, was ihn von den anderen unterschied. Sie hatten seine Persönlichkeit verschleiert und ihn zu einem untrennbaren Teil des Horts gemacht. Sie hatten ihn zu einem der vielen Amadei gemacht und ihm seinen eigenen Namen brutal entrissen. Sie taten ihm weh und bestraften ihn für Gedanken, die ihn zu einem Individuum machten und ihn noch immer wehrhaft hielten.

»Wer bin ich?«, hatte er sie gefragt, und die Antwort war der Schmerz gewesen.

Kapitel 35

Der volle Mond tauchte den nächtlichen Garten in gespenstisches Licht. Die Kronen der hohen Ulmen wiegten sich leicht im Wind und ihr knorriges Geäst ächzte wie unter der Last vieler Jahrzehnte. Trotz des heftigen Regens zogen bewaffneten Sicherheitskräfte durch die Dunkelheit und bewachten diejenigen, die selbst seit langer Zeit über die Geschicke der Menschheit wachten. Beowulf schwenkte andächtig den alten Whiskey in seinem Glas und ging dann zurück zu einem der alten Schreibtische, die zu den Seiten der gewaltigen Bibliothek aufgereiht standen. Der kleine Magier war nicht alleine in den heiligen Hallen des kanadisch-amerikanischen Rates.

Seine Mitstreiter, darunter auch sein alter Freund Ludwig und einige andere Ratsherren, waren damit beschäftigt, die wertvollen und für die anstehende Mission möglicherweise noch kostbareren Schriften zu studieren. Die schier endlos wirkenden Regale der Bibliothek bargen unzählige Bücher, aber auch Schriftrollen mit primitiven Bildern oder fein gearbeiteten Hieroglyphen. Ebenso Steintafeln, gravierte Felsblöcke, geknotete Lederschnüre, mit Schriftzügen versehene Wandteppiche und sogar ein gewaltiges antikes Mosaik, das sich weit über eine Wand erstreckte.

Beowulf setzte sich und stellte sein Glas neben den alten Folianten, den Undine für ihn aus dem Archiv herausgesucht hatte. Das Buch war gut 1000 Jahre alt und wie einige Bücher dieser Bibliothek in Menschenhaut gebunden. Die Sprache, in der das Werk geschrieben war, war eine fast vergessene, symbolische Sprache, die eher aus Metaphern und verhüllenden Umschreibungen bestand. Beowulf vermied es sorgsam, zu lange Wortabfolgen hintereinander im Geiste durchzugehen. Es war verboten, die Sprache laut zu lesen, und der Zwerg wusste, warum. Aus diesem Grund formte er die Sätze auch gedanklich nur

237

bruchstückhaft. Noch heute glaubte der Großteil der Erd-
bevölkerung, die Pest wäre im Mittelalter verantwortlich für
die Abertausenden von Toten gewesen und nicht ein einzel-
ner, unvorsichtiger Mönch aus dem schönen Sachsen.

Auch heute war die Gefahr für die Welt noch nicht gebannt. Es gab so viel, was die Menschheit Tag für Tag aufs
Neue bedrohte und die letzten Stunden hatten Beowulf
diese Tatsache und seine daraus resultierende Pflicht nach
einiger Zeit der Ruhe wieder bedrohlich deutlich ins Gedächtnis zurückgerufen. Der Ethikrat, dem der zwergische
Magier schon seit vielen Jahren angehörte, war zur Jahr-
tausendwende in Deutschland ins Leben gerufen worden.
Damals hatte seine eigentliche Aufgabe darin bestanden,
für die damalige Bundesrepublik über die Arbeit und
Konsequenzen auf dem damals noch jungen Gebiet der
Gentechnologie zu urteilen.

Die Doppelhelix, als Symbol für die menschliche DNA,
wies noch auf die Wurzeln der mittlerweile weltumspan-
nenden Organisation hin. Damals wie heute setzte sich der
Rat aus Experten zusammen, auch wenn sich der Arbeitsbereich mit den Jahren deutlich verändert und erweitert
hatte. Heutzutage war das Auslöschen von Klonlaboren
und hochgezüchteten Kampfmaschinen schon fast nicht
mehr an der Tagesordnung, weil es einfach Wichtigeres gab.
Vor allem nach diesem denkwürdigen 24. Dezember im Jahr
2011 und dem Erwachen der sechsten Welt hatten sich die
Prioritäten des Ethikrates verschoben.

Das, was schon Äonen verborgen unter den Augen
ahnungsloser Menschen geschwelt hatte, war mit vernich-
tender Gewalt ausgebrochen und auch für den Einfältigsten
unter den Narren deutlich sichtbar geworden. Finstere
Drachen, unsterbliche Elfen, blutsaugende Vampire und
menschenfressende Wendigos existieren genauso wie
Geister, Werwölfe und Dämonen, und vor allem mit letz-
teren hatte der Rat nur sehr wenige Nichtangriffspakte
geschlossen. Beowulf fuhr vorsichtig mit dem Handschuh

über die vergilbten Seiten des Folianten. Hätte er das Buch astral betrachten können, wäre es einfacher gewesen, das, was er suchte, aus der alten Schrift zu entnehmen, aber auch das war viel zu gefährlich und wahrscheinlich tödlich – oder noch Schlimmeres.

»Meister, kann ich Euch noch weiter zu Diensten sein?« Beowulf sah auf und blickte in die tief dunkelblauen Augen seiner Vertrauten.

»Ich danke dir, aber ich glaube, du hast erst einmal genug getan. Das hier …« Der Zwerg klopfte mit dem rechten Zeigefinger auf das Buch, »ist genau das Richtige, wenn ich mich auf diesen Level-4-Verstoß vorbereiten muss.« Undine lächelte sanft und Beowulf war trotz der ernsten Lage so, als würde in seinem Herzen die Sonne aufgehen. Er konnte immer noch nicht ganz begreifen, was mit ihm und Undine geschehen war. Es war nichts Ungewöhnliches, dass ein Magier und seine Vertraute eng miteinander verbunden waren. Sie teilten schließlich ihre Magie und in vielen Fällen standen sie darüber hinaus in ständigem telepathischen Kontakt. Aber diese Art von Beziehung, die Liebe, die den zwergischen Magus mit seiner Verbündeten verband, war etwas ganz anderes, Seltenes und überaus Besonderes.

»Ja, es ist etwas Besonderes, Meister.« Beowulf war zunächst etwas überrascht, lächelte die wässrige Schönheit dann aber belustigt an. »Du liest meine Gedanken? Nun, was ist dann hierzu deine Meinung?«

Undine strahlte und aufgeregte Strudel versetzten die wallende Oberfläche ihres Körpers in unruhige Bewegung. »Du machst mich glücklich! Und wenn es dein Wille und dir nicht zuwider ist, dann nenne ich dich nicht wieder Meister, Geliebter.«

»Es ist mein Wille«, antwortete der Zwerg und streckte seine Hand aus. Wie auf eine geistige Aufforderung hin, tat es die Anima ebenfalls und ihre Hände berührten sich und verschmolzen für einen langen Augenblick.

»Leider muss ich nun weiterarbeiten, Undine, aber wenn das alles hier vorbei ist, dann werden wir endlich Zeit füreinander haben. Ich habe dir noch soviel zu sagen.«

»Ich weiß, Geliebter.« Ohne Beowulf loszulassen ging der humanoide Elementar um ihn herum und näher an den Folianten heran. »Es ist das Bronzetor, nicht wahr? Eine alte Geschichte.«

»Ja, du hast Recht.«

»Die Made im Fleisch des Geistes. Ihr habt ihren Marschall ausgemacht?«

Beowulf nickte. »Es ist Drake, der Konzernexec der Bostoner Aztech-Filiale. Es hängt alles zusammen. Ein unglaublicher Zufall.«

»Es ist kein Zufall, Geliebter. Ihr habt die Zeichen nicht bis ins Letzte gedeutet. Seht her: Mit einer Hand am Hort. Es ist so, wie es schon immer war.« Der Zwerg legte seine Stirn in Falten und folgte geistig den Worten der Anima. »Was meinst du?«

»Es ist das eine Lamm, das zuviel ist. Siehst du? Der Fuchs ist auf der Jagd und er ist trickreich dabei. Der Marschall kommt in Bedrängnis. Das ewige Spiel.«

»Der Marschall ist der Jaguar. Ja, ich verstehe, was du meinst.« Beowulf lächelte, während er seine Gedanken den einzelnen Symbolen zuordnete. »Der Fuchs wird versuchen, das Lamm zu stehlen.«

»Ja, Geliebter, so wird es geschehen. Er wird sich in die Höhle des Jaguars wagen und seine Hand nach dessen Beute ausstrecken.«

»Wird er erfolgreich sein?«

»Die Macht des Marschalls ist niemals von Dauer, aber ob der Fuchs ihn in diesen Tagen bezwingt, steht in den Sternen und nicht auf den Seiten des Buches. Die Made selbst wird es ihm schwer machen.« Die Augen des Magiers glänzten. Seine Wangen röteten sich vor Erregung. Die Ausführungen seiner Undine waren so klar, und er selbst hätte für die Auslegung der Zeichen noch Stunden gebraucht.

Undine neigte ihren Kopf zur Seite. »Etwas ist seltsam.«

»Was?«

»Nun, da ist noch ein zweites Lamm, nicht minder stark und sogar der Made ebenbürtig.«

»Wie kann das sein? Ich dachte, die Geschichte des Bronzetors wäre in sich abgeschlossen.«

»Ja, das war sie auch, aber die Zeit webt sie nun weiter. Sieh, Geliebter, die Bilder sind in Bewegung!«

Beowulf atmete schneller und er spürte, wie sich die Magie des Folianten rührte. »Ein zweites Lamm, du hast Recht. Wie kann aber ein Lamm es alleine mit dem Marschall oder der Made aufnehmen?«

»Es ist auch für mich rätselhaft, Geliebter, aber es scheint, dass das Lamm Krallen bekommen hat. Wir erleben die sechste Welt und keine Welt ist wirklich so wie die vorherige. Sieh, das Lamm ist durchströmt von großer Stärke. Es ist der Sonne zu nahe gekommen und hat sich verbrannt, aber sein Sturz wurde aufgefangen. Jetzt trägt es die Sonne in sich selbst.«

Beowulf griff nach seinem Glas und leerte es, ohne abzusetzen und ohne den Blick von Undine und dem Folianten zu nehmen. »Die Lämmer vor dem, das zuviel ist, sterben, anders kann es doch nicht sein. Sonst wäre es doch selbst dieses eine Lamm.«

»Aber es ist so, Geliebter.«

»Heißt das vielleicht, dass die Geschichte dieses Mal ein Ende finden wird?«

»Ja, das Bronzetor wird durchschritten werden. Der Quell des Unheils, die Höhle der Made und ihrer Schwestern steht offen. Es kann beendet werden.«

Längst waren Undine und Beowulf nicht mehr allein. Ludwig und die anderen standen um sie herum und lauschten aufgeregt, aber vollkommen still den prophezeienden Worten der Anima, die mittlerweile fast wie in Trance die Bilder des Lacrimanicon in Worte fasste. »Dieses Mal ist der Fuchs nicht allein. Nicht nur er wird seine Hand an den Hort legen, sondern es werden derer viele sein. Das zweite Lamm wird aufbegehren und mit ihm der Wanderer. Die Zeit hat einen Wendepunkt erreicht. Dieses Mal ist es nicht nur der Einzelne. Das Bronzetor selbst steht offen und es wird zu einer Entscheidung kommen.«

Undine schwieg jetzt, aber die Stille im Raum währte nur Sekunden. »Meine Herren, soeben wurde der Verstoß gegen die zweite Satzung auf Level-9 hochgestuft.«

Die Blicke aller Anwesender richteten sich auf von Brückheim, der seine Krawatte zurechtzog und dabei mit festem Blick über jedes einzelne Ratsmitglied fuhr und schließlich bei Beowulf und Undine stehen blieb. »Die Anima spricht die Wahrheit und hat das Lacrimanicon besser gedeutet, als ich es hätte tun können. Die anstehende Mission ist von ebensolch großer Bedeutung wie Bug-City, der Heidelberg-Exitus oder das Banshee-Schlachten in Ohio vor 10 Jahren. Wir müssen den Weltrat in Berlin verständigen, aber ich kann Ihnen schon jetzt sagen, dass wir eingreifen werden, mit allen vorhandenen Mitteln. Es geht hier nicht um ein begrenztes Gefecht, sondern um die Erledigung einer Aufgabe, an deren Erfüllung schon Generationen von tapferen Männern und Frauen gescheitert sind. Wie Sie gehört haben, ist die Zeit reif. Wir haben die Möglichkeit, die Akte Bronzetor ein für alle Mal zu schließen. Diese Chance dürfen wir uns nicht entgehen lassen. Wenn wir jetzt versagen, bietet sich diese Gelegenheit vielleicht nie wieder.«

Der alte Ork schritt durch die Reihen der Ratsmitglieder und sprach dabei weiter. »Wir wissen nicht – und ich muss Ihnen allen wohl nicht erklären, dass durchaus die Möglichkeit besteht – ob ein Scheitern unter diesen außergewöhnlichen Umständen nicht auch außergewöhnlich schwerwiegende Folgen haben kann. Das Bronzetor steht, wie Sie gehört haben, offen. Bisher gab es immer nur die eine Made, aber wenn ihre Schwestern erwachen sollten, dann Gnade uns Gott! Wir können, bildlich gesprochen, versuchen, das Tor zu durchqueren und diese verdammten

Maden bis auf die letzte auszuräuchern und dahin zurückzuschicken, woher sie gekommen sind. Wenn das nicht gelingt, wird die Welt Bekanntschaft mit einem Übel machen, von dem sie nach ihrem erneuten Erwachen bisher nur ängstlich träumen musste. Wie es einmal ein Schauspieler in einem alten 2D-Film formulierte: Das Tor schwingt in beide Richtungen. Meineid, Sie werden das Unternehmen Bronzetor leiten! Ich denke, dass Sie genau der Richtige dafür sind. Ludwig, Herbinger und Rosenholz, Sie werden dafür sorgen, dass Dr. Meineids Kampfverband mit Artefakten, Hightech und allem sonst nur erdenklichen Equipment ausgestattet wird. Geld spielt keine Rolle, Aufwand spielt keine Rolle, es muss nur schnell gehen. Meine Herren, es gilt die Erde zu retten – mal wieder!«

Zuerst waren es Beowulf und Ludwig, dann schlossen sich auch die anderen an und allgemeiner Applaus und Zustimmungsrufe ertönten. Beowulf fühlte das Knistern der Spannung in der Luft und spürte, dass eine wirklich bedeutsame Aufgabe vor ihm lag, aber anders als in den letzten Jahren verunsicherte ihn das nicht mehr. Heidelberg hatte ihn damals vor die Tür gesetzt, aber was bedeutete das schon? Die Zeit war reif für neue Helden und er würde seinen Anteil dazu beitragen, die ›Lämmer‹ aus ihrem Jahrtausende anhaltenden Martyrium zu befreien. Er war wieder Teil von etwas Wichtigem, etwas Bedeutsamem und Entscheidendem für die gesamte Welt und er war nicht mehr allein. Schon fühlte er die Hand Undines auf der seinen und ihr stolzes Lächeln in seinem Herzen. Er war bereit, egal, was ihn erwartete.

Kapitel 36

»Zieh das an!« Die Stimme des Orks hallte von den kahlen Wänden des düsteren Raumes wider. »Los, ich habe keine Lust, hier den ganzen Tag zu verbringen!«

Eliza fürchtete sich. Mr. Metal war ein brutaler und gefühlloser Killer, aber das alleine ließ sie nicht mehr erzittern. Obwohl es ihr unter anderen Umständen fast unmöglich gewesen wäre, sich vor Fremden auszuziehen, streifte sie, ohne nachzudenken, ihre Kleidung ab. Ihr war es egal, was der widerliche Ork sah. Sie hatte unglaubliche Angst, aber vor etwas ganz anderem. Nachdem sich die junge Frau bis auf die Unterwäsche entkleidet hatte, zog sie die graue Wollkutte über, die ihr der Ork achtlos zugeworfen hatte. Eliza war gerade fertig, als sich die verschrammte Tür des Zimmers mit lautem Knarren öffnete.

Mr. Metal und sie blickten gleichzeitig auf und sahen, dass es Drake war, der in den Raum trat. »Eliza, ich bin wirklich entzückt!« Der aztekische Konzernexec schritt mit unangenehm kühlem Lächeln um sie herum. »Wissen Sie, es haben über die Jahrzehnte schon viele weibliche Wesen in dieser Robe gesteckt, aber Ihnen steht sie wirklich fabelhaft und, ohne ihnen schmeicheln zu wollen, am allerbesten.«

»Sie können mich!« Eliza schluckte und wunderte sich, dass sie mutig genug gewesen war, Drake anzufahren.

»Halts Maul, du Schlampe, sonst breche ich dir deine dürren Knochen!« Der kräftige Ork trat auf die erschreckte Deckerin zu, und sein blanker Schädel spiegelte das Licht der schwachen Deckenlampe wider.

»Metal, ich bitte Sie! Seien Sie nicht so grob zu Eliza!« Drake lächelte dünn. »Sie ist etwas verstört und weiß es nicht besser. Sie ist immer noch unser Gast und wird es noch eine Zeit lang bleiben. Wir sollten alle etwas nachgiebiger sein, schließlich sind wir doch alle eine große und glückliche Familie.«

»Ja, meine Kleine, du gehörst mir. Der Duft deiner Angst ist verlockend!«

Elizas Knie knickten ein und sie musste sich an einem der Regale abstützen, aus denen Mr. Metal ihr eines von unzähligen grauen Gewändern gegeben hatte. Drake sah sie zunächst erstaunt, dann aber erkennend und gespielt besorgt an. »Keine Sorge, Sie werden sich daran gewöhnen, liebste Eliza.«

Mr. Metal sah von Eliza zu Drake und wieder zurück. Er schien nicht zu verstehen, was genau geschehen war.

Der Ork weiß nicht, was wir wissen, Eliza. Es ist unser kleines Geheimnis, unser kleines süßes Geheimnis.«

Eliza presste beide Hände an den Kopf, aber es half nicht. Sie hörte die Stimme, auch wenn niemand, der körperlich anwesend war, die Worte formte.

Ja, Eliza, fürchte dich, du hast allen Grund dazu. Mmmh, du tust so gut! Ja, mehr, mehr!«

Tränen liefen über das Gesicht der jungen Frau. Sie fühlte sich erniedrigt und schmutzig. Sie hielt sich die Ohren zu, aber dieses Ding war in ihrem Kopf, in ihren Gedanken, in ihren Gefühlen, wie ein dunkler, klebriger Fleck.

»Metal, wir bringen sie in einem der freien Zimmer unter. Ich denke, dass sie noch ein wenig Kraft schöpfen sollte, bevor ich sie zu einer Amadea mache.« Der Ork nickte und griff Eliza hart am Arm. »Komm!« Unbeholfen stolperte sie Drake und seinem finsteren Handlanger hinterher.

»Wissen Sie, Eliza, sie sind der erste Gast hier, dem ich etwas von meinem Refugium erzähle. Es hat viele Jahre gebraucht, das alles hier so einzurichten, aber es waren ja nicht meine.« Drake lächelte kalt und Eliza zitterte noch mehr, weil sie langsam ahnte, was er damit meinte.

»Ich nenne es den Hort. Es ist eine Stätte des Geistes und der Bildung.« Mr. Drake wies mit seiner Rechten über die Räume, die sich vor den dreien erstreckten. »Das alles hier ist notwendig, um die schlummernden Talente junger Menschen nicht verkümmern zu lassen.«

Eliza nahm auf ihrem Weg kaum wahr, dass sie an etlichen Gestalten in dunklen Kapuzenmänteln, aber auch vielen Kindern vorbeischritt, die in ebensolche Gewänder wie sie gekleidet waren. »Ich bin ein Förderer, ein Weltverbesserer. Schauen Sie sich die Kleinen an, Eliza! Was sehen Sie? Diese Kinder stammen aus der untersten Klasse, sie waren ihr Leben lang unterprivilegiert und ohne Aussicht auf Besserung. Ja, natürlich, Hoffnung haben Sie hier auch keine. Sie werden alle sterben, genauso, wie Sie es tun werden, aber hier ist das nicht umsonst.« Eliza hob ihren Blick, den sie bisher kraftlos gesenkt gehalten hatte und sah Drake mit Verachtung und Abscheu an.

»Ja, Eliza, er ist schon lange kein Mensch mehr. Er hat genug gekostet, um nicht mehr menschlich zu sein. Ich habe ihn verdorben und es war schön.«

Dieses Mal gelang es Eliza, beim Erklingen der öligen Stimme nicht völlig die Fassung zu verlieren. Sie ekelte sich noch immer. Es war, als würden schmierige Zungen in ihrem Geist wühlen und an der Innenseite ihres Schädels lecken. Sie würgte und hustete, aber sie ging weiter.

»Oh, du versuchst mir zu widerstehen. Weißt du, dass es so ein noch größeres Vergnügen für mich sein wird, deinen Willen zu brechen und mich an deinem Blut zu laben?«

Die junge Deckerin versuchte, die Stimme zu ignorieren, aber sie schaffte es nicht. Warum tat sie ihr das an?

»Warum? Warum? Warum müsst Ihr erbärmlichen Menschen immer so seicht und dreidimensional denken? Warum nehmt Ihr euer Schicksal nicht einfach an? Ihr werdet nackt und schwach auf diese Welt geworfen und werdet genauso nackt und schwach sterben!«

Mittlerweile waren die drei in einer großen Halle angelangt, die mit langen Tischen und Bänken möbliert war. »Das ist der Speisesaal. Die Kinder sollen hier nicht hungern müssen, wie sie es zu Hause getan haben. Sie bekommen hier alles, was sie brauchen, um zu dem zu werden, was sie sein sollen, Amadeae und Amadei.«

»*Drake macht sie wirklich zu etwas Besonderem, Eliza. Du wirst es selbst erleben. Er gibt ihnen die Rätsel auf, die ich ihm selbst einmal beigebracht habe, und sie werden sie niemals lösen können, niemals. Nicht noch einmal ...*«

Rätsel? Nicht noch einmal? Der letzte Teil der eindringlichen Worte hatte erzürnt geklungen.

»*Ja, nicht noch einmal! Niemand soll sie lösen! Niemand! NIEMAND!!*«

Eliza wäre zusammengebrochen, hätte Mr. Metal sie nicht mit stählerner Umklammerung gehalten. Die Stimme hatte sie wie ein körperlicher Fausthieb getroffen und ihr körperliche Schmerzen zugefügt. »Eliza, was ist mit Ihnen? Geht es Ihnen nicht gut?« Drake warf ihr einen teuflisch funkelnden Blick zu. »Ihnen wird es bald noch viel schlechter gehen.«

Nach der Halle steuerte Drake einen von fünf breiten Gängen an. Es war dunkel und muffig, aber dafür etwas wärmer als in der zugigen Halle. An beiden Seiten erkannte Eliza zahllose Türen, die auf etliche, wenn auch nicht besonders große Zimmer hindeuteten.

»*Es sind die Zellen der Auserwählten. Hier wirst du bis zu deinem Ende leben, vegetieren, Eliza. Du wirst allein sein und niemand wird dir beistehen, keiner kann dir helfen. Aber sei dir gewiss, ich werde dich niemals verlassen!*«

Eliza hob den Kopf und nahm allen Mut zusammen. Was hatte die verwirrte Alte bei ihrer Ankunft gesagt? Sie erinnerte sich nicht mehr, aber irgendwie wusste sie, dass das eigentlich nur gut sein konnte. Was sie nicht wusste, konnte dem Dämon in ihrem Kopf nicht zum Vorteil gereichen.

»*Was für eine Alte? Sag es mir! Wer ist es, was verbirgst du vor mir? Eliza, glaub nicht, dass du nur den Hauch einer Chance hast, dich vor mir zu verstecken. Du hast keine Hoffnung, kein Leben, keine Freiheit und keine eigenen Träume mehr. Ich kenne dich! Ich kenne deinen Namen und bald wirst du ihn selbst nicht mehr wissen. Dann Eliza, dann wirst du ganz und mit jeder Faser deines Wesens mir gehören.*«

»Nein.« Elizas Stimme war nicht laut, sie schrie nicht, sie war nicht trotzig oder zornig. Sie war ruhig, sicher und gefasst. Drake, Mr. Metal und auch ihr unsichtbarer Begleiter beobachten die junge Frau mit spürbarer Überraschung und etwas, dass dem Begriff ›Respekt‹ nahe kam.

»Ja, nun, das ist Ihr Zimmer.« Drake sah Eliza skeptisch an, fragte aber nicht, was Eliza mit dem »Nein« gemeint hatte. »Es ist nichts Besonderes und daher eigentlich nicht das Richtige für Sie, aber Sie werden sich daran gewöhnen, dessen bin ich mir sicher. Es ist schließlich nicht für immer.«

»Das denke ich auch.« Eliza sah Drake direkt an und der Konzernexec wirkte erbost und unzufrieden. »Gut, wenn Sie es nicht anders wollen! Ich hätte Ihnen noch etwas Ruhe gegönnt, aber so … Sie werden bald nicht mehr so aufmüpfig sein, das verspreche ich Ihnen.« Drake kam dicht an sie heran und lächelte grimmig. Er legte der jungen Frau die flache Hand auf den Kopf und spreizte die Finger. Elizas Körper zuckte wie von einer unsichtbaren Macht ergriffen, aber Metal hielt sie fest, bis Drake die Hand wieder zurücknahm. Schlagartig endete ihr Zittern und der Körper Elizas entspannte sich völlig.

»Wer bin ich?«

»Sei willkommen, Amadea. Du bist etwas Besonderes.«

Das kleine Zimmer war düster und kühl. Sie konnte nur wenige Einrichtungsgegenstände ausmachen: die unbequeme Liege an der Wand, ein leerer Tisch und ein Stuhl aus fleckigem Plastik, der gleich neben der Tür stand und recht instabil wirkte. »Hallo, ist da jemand?« Sie zuckte zusammen und richtete sich abrupt auf. Wie lange hatte sie geschlafen? Amadea saß nun aufrecht auf der Pritsche und horchte. War das wieder nur die Stimme in ihrem Kopf gewesen? Eine Stimme in ihrem Kopf? Was für eine Stimme? Vorsichtig rutschte sie an den Rand des Bettes und setzte die Füße auf den Boden. »Hallo, ich habe da doch jemanden gehört, oder?«

Nein, das war kein Dämon, das war die Stimme eines kleinen Jungen. Amadea antwortete: »Ja, hier ist jemand. Wo bist du?«

»Hier, im Nebenzimmer, hinter der Wand.« Amadea bemerkte das Zittern in der kindlichen Stimme. »Hinter der Wand? Wo denn da?«

»Hier ist ein Loch. Es war hinter einem Poster versteckt. Ich glaube, es geht bis zu dir durch.«

»Hier ist auch ein Poster.« Amadea rutschte wieder aufs Bett und kniete sich hin. Vorsichtig schob sie das alte Papier beiseite und entdeckte nun ebenfalls die Öffnung in der Wand. »Ja, hier ist ein Loch. Wer bist du?«

»Ich bin Amadeus und du?« Die junge Frau überlegte, aber es fiel ihr schwer, sich zu konzentrieren. Sie sah eine Menge Bilder, einen großen Mann mit freundlichen Augen, kurzen, schwarzen Haaren, einer etwas länglichen Nase und kantigen Gesichtszügen, zwei kleine weiße Hunde, mit denen sie in einem Garten spielte, einen schmächtigen Jungen mit roten Haaren und dicker Brille, der sie beim ersten Kuss in die Lippe gebissen hatte, einen blutüberströmten Menschenkörper, der im Inneren eines Badezimmers lag und immer wieder ein kleines Mobile aus Glas, das aus 17 grünen Äffchen bestand. »Bist du noch da? Sag doch was!«

»17, nenn mich 17, ich glaube, das ist mein Name.«

»17? Das ist aber ein komischer Name.«

»Also, ich würde sagen, dass Amadeus auch nicht viel besser ist.« 17 bereute schnell, dass sie das gesagt hatte, denn sie hörte genau, wie ihr junger Gesprächspartner mit den Tränen kämpfte. »Es sollte nur ein Scherz sein, wirklich.«

Instinktiv lächelte sie, obwohl das niemand sehen konnte. »Wie kommst du hierher, Amadeus? Was ist das für ein Ort?«

»Es ist …« Der kleine Junge schluckte. »Es ist der Hort, eine Schule, wo ich etwas lernen soll, damit ich einmal ganz reich bin und immer etwas zu essen habe.«

»Was lernt ihr denn hier?« 17 wusste, dass es wichtig war, möglichst genau zu wissen, womit sie es zu tun hatte, auch

wenn sich ihre Gedanken nur nach und nach wieder ord-
neten. »Wir lösen solche Aufgaben. Es sind Rätsel. Hast du
denn keine Aufgaben bekommen?«

»Nein, bisher nicht. Ich bin aber auch erst seit kurzem
hier. Was sind das für Rätsel?«

»Das sind Muster und Bilder. Ich verstehe es nicht so gut,
weißt du? Aber man muss einfach zeichnen, was einem so
in den Sinn kommt, wenn man sie betrachtet. Es geht ihnen
um Mana.«

»Mana?«

»Ja«, antwortete der Junge und 17 bemerkte, dass Stolz
in seiner Stimme mitschwang. »Ich habe es einen Wächter
sagen hören. Wir sollen Mana machen.«

»Mana? Das ist so etwas wie magische Energie, oder?«

»Ja, das hat der Wächter auch gesagt. Er sagte, ihr Chef
sei verrückt, aber ein Chauvie.«

»Du meinst, Genie?«

»Ja, Genie, das sagte ich doch. Er sagte, der Chef würde
uns irgendwie dazu bringen, selbst Mana zu machen. Das
ist gut, oder?«

17 zog die Stirn in Falten. »Da bin ich mir nicht so sicher,
aber ich kenne mich da auch nicht aus.«

»Der Wächter meinte, es wäre was ganz Besonderes.«

»Das ist es wohl auch.«

»Er sagte, der Chef würde die Welt in einen Hexenkessel
verwandeln, wenn er mit seinem Plan Erfolg habe. Wie hat
er das gemeint?«

17 lehnte sich mit dem Kopf an die Wand und dachte
nach. »Das weiß ich nicht, Amadeus, aber wenn der Chef
hier es für gut hält, dann kann ich dir versprechen, dass es
das nicht ist.«

»Du, 17?«

»Ja, Amadeus, was ist?«

»Möchtest du meine Freundin sein?«

Kapitel 37

Mit einem leichten Lächeln schritt sie den Flur hinunter. Es war kein fröhliches oder wohlwollendes Lächeln, sondern selbstsicher und kühl. Vanessa Hernandez war zufrieden mit den Fortschritten, aber noch war es zu früh, einen Erfolg zu feiern. Der Magier der Sicherheitsabteilung war ein fähiger Mann, er hatte getan, was sie von ihm verlangt hatte und keinerlei Fragen gestellt. Auch wenn Vanessa gemeinhin nicht viel von Magie und ihren aktiven Anhängern hielt, war das ein bloßer Grundsatz, von dem man abweichen konnte. Der Magier der Bostoner Aztechfiliale war schließlich wie sie ein Mitglied der Jaguargarde.

Major Hernandez öffnete die Tür und betrat den Mannschaftsraum. Enrico und Maria waren die einzigen Anwesenden, die von ihrer Rumpfmannschaft noch übrig waren, und sie steuerte ihren Tisch an. Die beiden waren ein Paar, jeder wusste das, auch, wenn sie selbst versuchten, es zu verheimlichen. Vanessa hatte sie mal bei etwas erwischt, das mehr als eindeutig war, aber was war schon dabei? Auch wenn die meisten Militärs der Meinung waren, Gefühle behinderten die Arbeit, wusste Vanessa doch, dass sie oft auch von großem Vorteil sein konnten, etwas, was auch der gerissenste Feind nicht einkalkulieren konnte.

»Major!« Enrico war aufgesprungen. Maria schloss sich ihm augenblicklich an und salutierte ebenfalls. »Schon gut, schon gut. Setzt Euch wieder.«

Vanessa nahm an dem grauen Plastiktisch Platz und ihre Untergebenen taten es ihr nach. »Und, gibt es etwas Neues in der Anlage? Spione, Attentäter, genießbares Essen in der Messe?« Vanessa lehnte sich in ihrem Stuhl zurück und blickte die beiden abwechselnd an.

Enrico hob die Schultern: »Nein, Major. Seit unserer Rückkehr nichts Neues. Mr. Drake ist noch immer in Seattle und hier tut sich eher wenig.«

Maria versuchte, aufmunternd zu wirken: »Wir haben die Mission erfolgreich abgeschlossen. Wir haben das Mädchen, die Chips und die 150 Nuyen Gefahrenzulage, was will man mehr?«

Vanessa sah an die Decke und einer Spinne zu, die langsam auf eine zappelnde Fliege zukroch, die sich in ihrem unsichtbaren Netz verfangen hatte. »Ja, das volle Leben hat uns wieder. Es wäre schön, wenn wir nicht die Einzigen wären, die davon noch etwas hätten ... Wisst ihr, dass Paco heute Geburtstag gehabt hätte?«

Enrico senkte den Kopf und Maria nickte verlegen. »Ja, wir hatten für ihn gesammelt. Zwei Karten für Bunny Deluxe ...«

Enrico seufzte und kratzte gedankenversunken mit den Fingernägeln über den glatten Tisch.

»Tja, irgendwann müssen wir alle abtreten«, sagte Major Hernandez, ohne den Blick von der Spinne zu nehmen. »Wir sind Soldaten und da ist das im Sold mit inbegriffen. Trotzdem hätte ich ihnen mehr Zeit gewünscht oder wenigstens ein ruhmreiches Ende in einer richtigen Schlacht. In Atzlan könnten sie uns gerade jetzt gut brauchen.«

»Ich hasse Drake!« Vanessa und Maria sahen Enrico überrascht an, der noch immer die Oberfläche des Tisches bearbeitete. »Er ist ein Schwein! Er ist ein dämlicher Drekhead!«

Maria stieß ihren Freund in die Seite. »Sei still, wenn das jemand hört!«

»Ist doch so! Wir werden reihenweise gegeekt, und er hält es nicht einmal für nötig, zur Beerdigung zu kommen.« Vanessa sagte nichts und Maria sah sich vorsichtig um. »Es interessiert nie jemanden sonderlich, wenn einer unserer Leute stirbt, aber die anderen haben wenigstens noch den Anstand, so zu tun.«

Vanessa lächelte. »Vielleicht wird Mr. Drake bei der nächsten Beerdigung dabei sein.«

Enrico hob den Kopf. »Madam?«

»Nur so ein Gedanke, Rico, nur so ein Gedanke.«

»Major, Sie ...« Maria sprach nicht weiter, weil plötzlich das Alarmlicht im Mannschaftsquartier aufblinkte. Vanessa aktivierte ihre Kommverbindung. »Zentrale, was ist los?«

»Wir haben hier ein Problem in der Matrix. Möglicherweise Eindringlinge.«

»Ich bin unterwegs!« Die drei sprangen auf und verließen den Raum, ohne zurückzusehen. Hätten sie es getan, hätte zumindest Vanessa sich gefreut, dass die Fliege verschwunden war und die Spinne hilflos umherirrte.

Banane: »So, mein Freund, da wären wir also wieder.«

Schirmchen: »Banane, eines muss man dir echt lassen. Du weißt wirklich, wie man durch Wände geht.«

17 feat. Venus betritt den Knoten.

17 feat. Venus: [Zu Schirmchen] »Schirmchen, du hattest völlig Recht, er ist süß!«

Banane: [Zu 17 feat. Venus] »Danke für die Blumen. Das Kompliment kann ich nur zurückgeben.«

Schirmchen: »Hört auf zu flirten! Wir haben noch eine Menge Arbeit vor uns. Wo fangen wir an?«

Banane: »Drake wird die Daten sicher nicht auf einem für alle zugänglichen Speicher ablegen. Dafür sind seine Geschäfte viel zu schmutzig.«

17 feat. Venus: »Davon kannst du ausgehen. Also, wo wird er es verstecken? Da, wo wir es nicht vermuten würden, oder da, wo man nicht so leicht rankommt?«

Matrixfreund™ betritt den Knoten.

Matrixfreund™: »Hoi, Chummers!«

Schirmchen: [Zu Matrixfreund™] »Matrix, was machst du denn hier? Das ist kein Spiel! Verzieh dich!«

Baby Byte betritt den Knoten.

Baby Byte: »Er ist mit mir hier, Schirmchen!«

Schirmchen: »Was?«

Banane: [Zu Schirmchen] »Ruhig Blut, Mr. Schirm. Ich habe die beiden eingeladen. Ich dachte, wir könnten ein wenig Rückendeckung gebrauchen.«

Matrixfreund™: [Zu Schirmchen] »Das Fallobst da hat mir gesagt, dass es gegen die geht, die meine Lieblingskneipe angezündet haben. Wer dem Forum was will, der bekommt es mit mir zu tun!«

Baby Byte: [Zu Schirmchen] »Und mir hat die Banane gesteckt, dass du hier bist, Schirmchen und du weißt ja, dass ich auf dich stehe!«

Schirmchen: »Ihr seid doch alle wahnsinnig!«

Banane: »So sieht es wohl aus.«

17 feat. Venus: »Das sehen wir ähnlich!«

Baby Byte: »Wer ist denn die Schickse mit den Affen? Die will doch nichts von dir, oder?«

Schirmchen: »Haltet die Klappe! Wir haben nicht ewig Zeit!«

Greif: »Hört ihm gut zu!«

Banane: »Den hab ich nicht mitgebracht!«

Schirmchen erhöht Rechenleistung.

17 feat. Venus erhöht Rechenleistung.

Matrixfreund™ erhöht Rechenleistung.

Baby Byte erhöht Rechenleistung.

Greif: »Nein, ich habe mich selbst eingeladen.«

Schirmchen: »Langsam wird es mir zuviel! Warum gab es keine Eintrittsnachricht?«

Schirmchen aktiviert Angriffsutility.

Greif: »Ich habe auf euch gewartet. Ich habe gehofft, dass ihr bald kommt.«

Banane: [Zu Greif] »Du kommst mir bekannt vor. Wo habe ich deinen gefiederten Körper schon mal gesehen?«

Greif: »Das wüsste ich auch gern!«

17 feat. Venus: »Ich weise darauf hin, dass je länger das hier dauert, die Wahrscheinlichkeit steigt, dass man uns entdeckt! Also, Greif, Freund oder Feind?«

Matrixfreund™ aktiviert Angriffsutility.

Banane: »Ich komm schon noch darauf …«

Greif: »Ich schätze, wir haben denselben Feind. Schirmchen, denk mal an das *Buffalo's*!«

Schirmchen: »Was?«

Banane: »Gleich, gleich hab ich es …«

Schirmchen: [Zu Greif] »Du bist der Kerl mit dem Raketenwerfer?«

Baby Byte: »Ihr macht mich neugierig!«

17 feat. Venus: »Ditto.«

Banane : »Jetzt weiß ich es! Das kann ja wohl nicht wahr sein!«

Greif: [Zu Banane] »Woher kennst du mich?«

Schirmchen: [Zu Greif] »Wer bist du?«

Banane: »Ich habe seine Persona selbst programmiert. Du … dann bist du Nazareth. Wer sonst kommt an die Software? Und meine Leute suchen dich überall!«

Greif: [Zu Banane] »Du bist es also. Nun, ich habe nicht vor, zurückzukehren!«

Baby Byte: [Zu 17 feat. Venus] »Schon spannend, oder?«

17 feat. Venus: [Zu Baby Byte] »Das muss ich auch sagen.«

Matrixfreund™: »Wer ist wer?«

Schirmchen: »Was soll der ganze Drek?«

Banane: [Zu Greif] »Das werden wir sehen, Nazareth!«

Greif: [Zu Banane] »Ja, Silkworm, das werden wir sehen.«

Matrixfreund™: [Zu Banane] »Silkworm? Du bist Silkworm?«

Baby Byte: »Du kriegst die Tür nicht zu!«

Schirmchen: »WAS?!«

17 feat. Venus: »Silkworm? The one and only?«

Banane: [Zu Greif] »Wenn das hier vorbei ist, werde ich mich um dich kümmern!«

Matrixfreund™ [Zu Silkworm] »Wie kommt ein Insektengeist in die Matrix?«

Baby Byte: [Zu Matrixfreund] »Er ist ein Drache! Was Dunkelzahn konnte, kann er auch.«

Schirmchen: [Zu Banane] »Du bist Silkworm? Was willst du hier?«

Banane: [Zu Schirmchen] »Geschäfte.«

Schirmchen [Zu 17 feat. Venus] »Ich schätze, ich weiß jetzt, wer uns letztendlich bezahlt.«

Banane: [Zu Schirmchen] »Du hast mich erwischt, Fox! Können wir jetzt, nachdem die Fronten vorerst geklärt sind, versuchen, uns wieder mit dem Wesentlichen zu befassen?«

Greif: »Das wäre mir persönlich auch angenehm. Ich habe nicht den ganzen Tag Zeit.«

Schirmchen: [Zu Banane] »Wenn du irgendetwas versuchst, was Eliza in Gefahr bringt, werde ich dich finden .«

Banane: [Zu Schirmchen] »Ich will nur die Datei. Eliza schaden werde ich nicht. Was Nazareth hier angeht, das kann ich später noch regeln.«

Greif: »Ja, das verschieben wir auf später!«

17 feat. Venus: [Zu Banane] »Was bist du wirklich?«

Matrixfreund™: [Zu 17 feat. Venus] »Ein Mantidengeist!«

Baby Byte: »Ein großer östlicher Drache!«

Banane: »Also, wenn ihr es wirklich wissen wollt ...«

Warnung – Systemalarm – Warnung – Eindringlinge in Sektor 23 – Warnung

Schirmchen: »Das habt ihr wirklich toll gemacht!«

Banane erhöht Rechenleistung.

17 feat. Venus: »Ich denke, dass heißt, es geht los! Wohin gehen wir?«

Banane: [Zu 17 feat. Venus] »Wir sollten Drakes privates System korrumpieren. Wir haben keine Zeit für Spekulationen!«

Schwarzer Gardist 1 betritt den Knoten.
Schwarzer Gardist 13 betritt den Knoten.
Schwarzer Gardist 2 betritt den Knoten.
Schwarzer Gardist 5 betritt den Knoten.
Schwarzer Gardist 19 betritt den Knoten.
Schwarzer Gardist 20 betritt den Knoten.
Schwarzer Gardist 4 betritt den Knoten.
Schwarzer Gardist 7 betritt den Knoten.
Schwarzer Gardist 8 betritt den Knoten.
Schwarzer Gardist 9 betritt den Knoten.

Greif: »Let's dance!«

Matrixfreund™: [Zu Greif] »Ich wäre für Davonlaufen ...«

Banane aktiviert Utility51 – unbekannter Befehl.

Schwarzer Gardist 1 wurde ausgeworfen.

Schwarzer Gardist 2 wurde ausgeworfen.

Schwarzer Gardist 7 wurde ausgeworfen.

Schwarzer Gardist 5 wurde ausgeworfen.

Schwarzer Gardist 9 wurde ausgeworfen.

Baby Byte aktiviert Angriffsutility.

Baby Byte: »Silkworm, du bist es wert, die Banane zu sein, die wir alle so lieben.«

Schirmchen: [Zu 17 feat. Venus] »Wir ziehen das Feuer auf uns! Dring du bei Drake ein! Meinst du, du bekommst das alleine hin?«

17 feat. Venus: [Zu Schirmchen] »Hey, schließlich hab ich das Deck der Decke!«

Banane [Zu 17 feat. Venus] »Und ich dachte, das habe ich hier ...«

Banane aktiviert Utility-23 - unbekannter Befehl.

Schwarzer Gardist 4 wurde ausgeworfen.

Schwarzer Gardist 8 wurde ausgeworfen.

Schwarzer Gardist 13 wurde ausgeworfen.

17 feat. Venus verlässt den Knoten.

Matrixfreund™: [Zu Banane] »Wie machst du das? Du manipulierst das System... Wie?«

Baby Byte: »Das kann nur ein Drache!«

Schwarzer Gardist 21 betritt den Knoten.

Schwarzer Gardist 22 betritt den Knoten.

Schwarzer Gardist 23 betritt den Knoten.

Schwarzer Gardist 24 betritt den Knoten.

Schwarzer Gardist 25 betritt den Knoten.

Schwarzer Gardist 26 betritt den Knoten.

Greif: »Nehmt das!«

Schwarzer Gardist 23: »Aaaargh!«

Schwarzer Gardist 26: »Aaaargh!«

Schwarzer Gardist 23 wurde ausgeworfen.

Schwarzer Gardist 26 wurde ausgeworfen.

Schwarzer Gardist 24: [Zu Matrixfreund™] »Deadly as ICE!«

Matrixfreund™ [Zu Schwarzer Gardist 24] »Das glaubst du vielleicht.«

Schwarzer Gardist 24: »Aaaargh!«

Schwarzer Gardist 24 wurde ausgeworfen.

Baby Byte: [Zu Matrixfreund™] »Ich wusste gar nicht, was du drauf hast.«

Schirmchen: [Zu Baby Byte] »Hinter dir!«

Baby Byte: »Aaaargh!«

Baby Byte wurde ausgeworfen.

Matrixfreund™: »Baby!«

Schwarzer Hauptmann: »Sie ist Wurmfutter.«

Matrixfreund™: »Ich werde... Aaaargh!«

Schwarzer Hauptmann: »Sterben?«

Matrixfreund wurde ausgeworfen.

Banane aktiviert Utility-00.

Schwarzer Hauptmann: »Icccccchhhhh weeeeeeeerdeee-ee Eeeeeeeeuuccccchhh!«

Greif [Zu Banane] »Der hängt erst einmal.«

Schwarzer Gardist 21: [Zu Greif] »Ich bin noch da!«

Schirmchen: [Zu Schwarzer Gardist 21] »Nein.«

Schwarzer Gardist 21: »Aaaargh!«

Schwarzer Gardist 21 wurde ausgeworfen.

Greif: [Zu Schirmchen] »Zu gütig!«

Schwarzer Gardist 28 betritt den Knoten.

Schwarzer Gardist 29 betritt den Knoten.

Schirmchen: [Zu Greif] »Scheint nicht allzu lange zu halten.«

Banane: »Der Hauptmann zappelt ganz schön. Wo bleibt denn Venus?«

Schwarzer Gardist 28 [Zu Schirmchen] »Sie verletzen aztlanische Gesetze!«

Schirmchen: »Aaaargh!«

Schirmchen wurde ausgeworfen.

Banane: »Das wird Schirmchen Kopfschmerzen bereiten, aber für euch hab ich zum Ausgleich noch etwas echt Britisches.«

Banane aktiviert Utility-007.

Schwarzer Gardist 28: »Aaaargh!«

Schwarzer Gardist 20: »Aaaargh!«

Schwarzer Gardist 29: »Aaaargh!«

Schwarzer Gardist 25: »Aaaargh!«

Schwarzer Gardist 22: »Aaaargh!«

Schwarzer Gardist 28 wurde ausgeworfen.

Schwarzer Gardist 20 wurde ausgeworfen.

Schwarzer Gardist 29 wurde ausgeworfen.

Schwarzer Gardist 25 wurde ausgeworfen.

Schwarzer Gardist 22 wurde ausgeworfen.

Greif: [Zu Banane] »Nicht schlecht, wirklich... Aaaargh!«

Greif wurde ausgeworfen.

Banane: »Endlich Ruhe.«

Schwarzer Gardist 19: [Zu Banane] »Du vergisst.... Aaaargh!«

Schwarzer Gardist 19 wurde ausgeworfen.

Banane: »Wenn ich ›Ruhe‹ sage, dann meine ich auch ›Ruhe‹!«

Banane senkt Rechenleistung.

17 feat. Venus betritt den Knoten.

Schwarzer Hauptmann: »Iiiiiiicccccchhh weeeeerrrdeeee...«

Banane: [Zu Schwarzer Hauptmann] »Ich habe es gehört.«

17 feat. Venus: [Zu Banane] »Wo sind denn alle?«

Banane: [Zu 17 feat. Venus] »Ausgeworfen, aber ok. Hast du die Daten?«

17 feat. Venus: [Zu Banane] »Ja, alles bekommen. Wir werden Drake da erwischen, wo es wehtut!«

Banane: [Zu Venus feat.] »Macht das! Grüß Oz von mir und sag ihm, dass ich zufrieden mit eurer Arbeit bin. Sehr zufrieden!«

17 feat. Venus: [Zu Banane] »Ist in Ordnung. Ein Lob vom Chef baut immer auf. Ich hau dann ab. Wir melden uns!«

Banane: [Zu 17 feat. Venus] »Bis dahin!«

17 feat. Venus verlässt den Knoten.

Schwarzer Hauptmann: [Zu Banane] »Duuuuuuu bi-iiiiiiisssssstttttt keeeeeeeiiiiiiiiinnnnnn Meeeeeennnnnnnnsch-hhhhhh, odeeeeeeerrrrrrrrr?«

Banane: [Zu Schwarzer Hauptmann] »Das willst du gar nicht wissen. Einen schönen Tag noch und lass dich nicht so hängen!«

Banane verlässt den Knoten.

Kapitel 38

Nachdenklich löste er die Elektroden von seinem Körper, während er sich ein Stück von dem chromfarbenen Cyberdeck zurücksetzte. Dieses Cyberdeck war anders als die übliche Hardware, die Decker auf den Straßen oder in den Büros der Konzerne benutzen. Schon die Größe war außergewöhnlich. Das Deck war riesig und verfügte über unglaubliche Rechenkapazitäten, fast grenzenlosen Speicherplatz und eine hochmoderne und komplexe Elektronik, die auch die hervorragendesten Techniker nur mit sehr viel Zeit und Mühe hätten nachvollziehen können.

Eigentlich hätte Silkworm furchtbar wütend sein müssen, aber auch wenn ihn die Begegnung mit Nazareth zunächst verärgert hatte, konnte er nicht verleugnen, dass er so etwas wie Respekt für seine Schöpfung entwickelte. Nazareth hatte sich abgesetzt und das mit einem Wert an Ausrüstung, der allenfalls mit einem höchst unangenehmen Nachgeschmack zu verkraften war. Dennoch gefiel Silkworm in gewisser Weise, was Nazareth getan hatte. Der junge Mann hatte seine Konditionierung und sein determiniertes Leben hinter sich gelassen und eigene Wege eingeschlagen. Die besten Wissenschaftler von Kurashima-Takagema und vor allem der Chef des Nepal Centres selbst hatten Jahre damit verbracht, jede noch so kleine Chance von rebellischem Wesen auszuschließen und jedes mögliche Aufkommen schon im Keim zu ersticken, aber sie waren gescheitert, was nun allzu deutlich geworden war.

Nachdem auch die letzte Elektrode mit einem leicht saugenden Geräusch vom blauseidenen Körper Silkworms verschwunden war, bewegte er sich aus dem weit abgelegenen Teil seines Arbeitszimmers in den Bereich, in dem er in einigen Minuten Dr. Soto empfangen würde. Auf dem Weg ließ er sich bewusst Zeit, weil er noch immer über das aufwieglerische Modell der Nazareth-Reihe nachdachte.

Natürlich waren die Folgekosten bei Jericho etwas höher, aber wenigstens hatten sich bei den vergangenen Testphasen und auch dem im Moment stattfindenden Einsatz keine derartigen Störungen im vorgefertigten Verhaltensmuster ergeben.

In Gedanken ging Silkworm die verschiedenen Berichte durch, die er in den letzten Tagen gelesen hatte. Sowohl die Nazareth- als auch die Jericho-Reihe hatten bewusst ein kreatives und begrenzt individuelles Potential erhalten, um sie von profillosen Cyberzombies oder bloßen Drohnen abzugrenzen. Das konkrete Modell hatte in seiner Entwicklungsphase niemals ernstliche Probleme bereitet. Seine Leistungen waren stets zufriedenstellend, wenn nicht sogar eher überdurchschnittlich und überraschend gewesen, aber auch jemand wie Silkworm hatte nicht damit gerechnet, dass die sozialen Kontakte zu einem kleinen Jungen alle Berechnung und die geballte Intelligenz von Kurashima-Takagemas exzellentesten Wissenschaftlern austricksen könnten. Doch die Ereignisse der jüngeren Vergangenheit hatten ihn eines Besseren belehrt.

Silkworm erreichte den Empfangsraum und der relativ kleine Bildschirm an der Decke über dem Fahrstuhl zeigte ihm, dass sein Gast schon auf dem Weg war. Der heimliche Herrscher über das kleine Imperium Kurashima-Takagemas musterte seinen Untergebenen interessiert. Anders als sonst saß Dr. Soto auf einer der bequemen Sitzbänke des Lifts. Ebenso auffallend war, dass Soto nicht im geringsten aufgeregt oder nervös schien. Silkworm legte misstrauisch den Kopf zur Seite und fixierte das Bild des Monitors, während der Fahrstuhl die letzten Meter zurücklegte.

Die Türen des Lifts öffneten sich und Soto betrat den teuren Perserteppich, der erst kürzlich neu ausgelegt worden war. Langsam und respektvoll, aber nicht ängstlich oder etwa unterwürfig ging der Asiate auf seinen Vorgesetzten zu. »Guten Morgen, Sir. Sie wünschten mich zu sehen?«

»Willkommen, mein lieber Soto, willkommen. Ja, treten Sie näher, nehmen Sie ruhig Platz! Etwas zu trinken?«

»Danke.« Soto trat näher und setzte sich in einen der tiefen Sessel, die Silkworm gegenüberstanden. »Vielleicht ein Glas Paramalz, wenn Sie welches haben, Sir.«

Silkworm zögerte kurz, aber reichte seinem Gast dann das gewünschte Getränk aus seiner gutsortierten Hausbar. »Soto, ich entdecke völlig neue Züge an Ihnen, aber lassen wir das. Ich bin momentan nur an den Neuigkeiten über ›FOREVER YOUNG‹ interessiert.«

Obwohl Silkworm das sagte, war dem nicht wirklich so. Seine empathischen Sinne tasteten nach den Gefühlen seines Gegenübers und etwaigen Anomalien in seinen Emotionen, aber er machte nur Ruhe, Selbstsicherheit und Disziplin aus. Gemeinhin waren das vielleicht Eigenschaften, die man mit Soto in Verbindung bringen konnte, aber zumindest bei seinen Besuchen in der obersten Etage des Nepal Centres waren immer Unruhe, Angst und Panik vorherrschend gewesen.

»Ja, Sir, ich habe die neuesten Berichte von unserem Mann in Seattle, beziehungsweise seiner Verlobten, Ms. Stone. Ich denke, dass das Ende der Operation in greifbare Nähe gerückt ist.« Soto reichte seinem Vorgesetzten einen Datenchip, den dieser sogleich in ein Lesegerät einlegte, um die Informationen auf dem Bildschirm zu sichten.

»Schön, Soto, schön. Es scheint letztendlich doch alles nach Plan zu verlaufen. Der Hort, aha. Es scheint eine recht heruntergekommene Gegend zu sein, die der gute Mr. Drake sich als Unterschlupf auserkoren hat, nicht wahr?«

»Ja, eine der schlimmsten Gegenden Seattles, wenn man dem Bericht glauben kann. Es wird niemanden stören, wenn das Gelände Schauplatz eines sehr ausgedehnten Kampfes wird. Mr. Ozwald erwähnt, dass die nähere Stadtbevölkerung, aber auch die benachbarten Gangs den Ort meiden und in Bezug auf ihn von schlechtem Karma sprechen.«

»Das soll uns nicht aufhalten, nicht wahr, Soto? Fox und seine Leute werden sich davon kaum abhalten lassen.«

»Nein, Sir, aber es wird trotzdem kein leichtes Unterfangen werden. Drake ist nicht dumm und wird sich, auch wenn er vielleicht nicht konkret mit einem Angriff rechnet, generell auf einen solchen Fall vorbereitet haben.«

»Ja, Soto, zweifellos darf man einen Mann wie Drake nicht unterschätzen, aber wir werden natürlich das Nötige tun, um Fox zu unterstützen. Pilot!«

»Ja, Meister?«, antwortete die computergenerierte Stimme aus unsichtbaren Lautsprechern sogleich.

»Gib mir Jericho!«

»Sofort, Meister.« Es rauschte leicht und eine Sekunde später stand die Verbindung nach Seattle und in den Kopf der jungen Frau. »Jericho, hier spricht Silkworm. Verstehst du mich?«

»Ja, Sir, der Empfang ist gut.« Soto lehnte sich unter den skeptischen Blicken seines Vorgesetzten bequem zurück und nahm einen Schluck seines schäumenden Getränks. »Jericho, deine Mission ist bald abgeschlossen. Wir wissen, wo sich Miss Young und die Daten momentan befinden und werden zuschlagen. Der Zeitpunkt ist gekommen. Du wirst Fox und dem Rest seines Teams zur Seite stehen. Sie werden deine Unterstützung gebrauchen können.«

»Ja, Sir, verstanden. Wie sieht meine Order im Bezug auf die fehlerhafte Nazareth-Einheit aus?«

»Die Lösung dieses Problems verschieben wir. Die Operation ›FOREVER YOUNG‹ muss beendet werden und hat höchste Priorität.«

»Verstanden, Sir.«

»Ich übermittle die vorhandenen Informationen. Das wäre alles.« Unmittelbar nach der Empfangsbestätigung des Transfers unterbrach Silkworm den Kontakt zu Jericho.

»So, Soto.« Silkworm schaltete den Bildschirm aus. »Ich denke, das wäre zunächst alles. Sie können gehen. Vergessen Sie Ihren Instruktionschip nicht!«

Silkworms Untergebener nickte, leerte sein Glas und stand auf. »Ja, Sir.« Dr. Soto wandte sich zum Gehen, aber Silkworm hielt ihn noch einmal zurück. »Soto?«

Der Asiate drehte den Kopf »Sir?«

»Wenn die Operation hier vorbei ist, und ich bin guter Hoffnung, dass sie das sehr bald sein wird, dann müssen wir einmal miteinander reden.«

»Unbedingt, Sir«, sagte Soto und lächelte. Er ging zum Fahrstuhl, dessen stabile Türen sich automatisch öffneten und sogleich wieder schlossen, nachdem Soto den Lift betreten hatte.

Silkworm verfolgte die Abfahrt in die unteren Etagen über den Monitor und verlor sich dabei in Gedanken. Wie es schien, würde er sich in der nächsten Zeit nach einem neuen fähigen Mitarbeiter umsehen müssen.

»Was hast du gesagt?« Liebhardt fuchtelte aufgeregt mit der Krawatte herum, während er sich anzog. »Das … das kann doch alles nicht wahr sein. Kampfeinsatz? Wieso Kampfeinsatz? Davon steht nichts in meinem Vertrag!«

Jericho schlüpfte in ihre knappe Unterwäsche ohne zu vergessen, aufreizend zu wirken, wie es ihre jahrelange Konditionierung verlangte. »Dr. Liebhardt, ich bin sicher, dass Sie einen Standardvertrag haben, also haben Sie auch die übliche Sonderüberstundenklausel mit unterschrieben.«

»Sonderüberstundenklausel? Was soll das denn sein? Ein Kampfeinsatz hat doch nichts mit Überstunden zu tun!«

»Deshalb heißt es ja auch Sonderüberstunden, nicht wahr?«

Liebhardt hüpfte auf einem Bein, wobei er nervös versuchte, das Gleichgewicht zu halten, während er den linken Schuh anzog. »Das ist doch gelogen. Das kann man nun wirklich nicht von mir verlangen. Kampfeinsatz …!«

»Was ist denn bei Ihnen los?« Oliver stand verschlafen im Türrahmen und wischte sich die Augen. Jericho stand auf und zog damit die frisch geklärten Blicke des dicklichen

Wissenschaftlers auf sich. »Wir haben neue Befehle erhalten. Das Ende der Mission steht bevor, aber Dr. Liebhardt scheint davon nicht besonders begeistert zu sein.«

»Sie wollten doch nicht nach Seattle?«, fragte Oliver, ohne die Augen von Jericho zu wenden, die betont langsam die Reißverschlüsse ihres Overalls hochzog. »Warum sträuben Sie sich jetzt so dagegen? Jericho wird Ihnen doch auch in Nepal zur Verfügung stehen …«

»Was soll das denn heißen, Oliver? Werden Sie nicht unverschämt! Sie wollen wissen, warum ich mich sträube? Haben Sie schon einmal etwas von der Sonderüberstundenklausel gehört?«

Oliver nickte »Ja, natürlich. Die besteht bei Standardverträgen durchweg. Aber ich meine, wer lässt sich schon auf einen Standardvertrag ein? Man sollte ja wohl wissen, zu welchen Konditionen man zu arbeiten bereit ist.«

Liebhardt wurde blass. »Sie meinen, Sie … Ich … Sie haben keinen Standardvertrag?«

Oliver glotzte Liebhardt ungläubig an. »Sagen Sie nicht, Sie haben den Standardvertrag unterzeichnet. Ich weiß, der Personalchef, der Sie eingestellt hat, war ein Elf, oder?« Oliver musste grinsen.

»Nein, es war kein Elf, es war … Was soll das denn jetzt heißen?«

Liebhardt stolperte, und nur die schnellen Reflexe Jerichos verhinderten, dass er umfiel. Sie schmiegte sich an seinen Körper und hielt ihn fest, während sie ihm ins Ohr hauchte. »Doc, Sie können ein armes Mädchen wie mich doch nicht alleine gehen lassen. Sie wissen doch, dass ich Sie brauche und Sie wollen mich doch immer noch!«

Liebhardt schluckte und ihm wurde heiß. »Ja«, flüsterte er, um dann wieder laut zu Oliver zu sagen: »Sie haben diese Klausel nicht?«

»Nein, was soll ich bei einem Kampfeinsatz? Das überlasse ich doch lieber so Heißspornen wie Ihnen, Liebhardt. Hätte ich Ihnen aber gar nicht zugetraut, wirklich nicht.«

»Ach, Sie kennen mich eben nicht.« Liebhardt spannte den Oberkörper und versuchte, eindrucksvoll zu wirken. »Gefahr ist mein zweiter Vorname!«

Oliver flüsterte: »Und ich dachte, der wäre Adolf.«

»Was haben Sie gesagt?«

»Ich sagte, dass ich Sie wohl offensichtlich wirklich falsch eingeschätzt habe.«

Liebhardt räusperte sich. »Ja, das haben Sie wohl. Das Leben ist kein Wunschkonzert. Ein richtiger Mann muss tun, was er tun muss.« Jericho, die noch immer hinter ihm stand, spitzte die Lippen und hob lächelnd die linke Augenbraue. »Wenn mein Konzern mich braucht, dann verstecke ich mich nicht hinter Verträgen oder Gewerkschaftsvereinbarungen wie Sie, Oliver! Ich bin schließlich kein Feigling!«

Oliver sah seinen Kollegen betont anerkennend an. »Sie sind ein richtiger Draufgänger, alle Achtung!«

»Danke, Oliver, dass Sie das sagen. Ich weiß eben nur, was meine Pflicht ist. Auch wenn ich diese Klausel nicht unterschrieben hätte, würde ich dem Kampfeinsatz nicht aus dem Weg gehen.«

»Mein starker Mann!« Jerichos Stimme klang klebrig und süß, während ihre Hand an der Seite Liebhardts hinunterfuhr. »Dann lass uns beide nun aufbrechen, Liebster. Slicer hält noch etwas Equipment für uns bereit.«

»Ja«, sagte Liebhardt, und zog sich die schmale Camouflage-Krawatte zurecht. »Oliver, halten Sie hier ruhig die Stellung. Das ist genau das Richtige für jemand so Zartbesaiteten wie Sie es sind.«

«Mein lieber Liebhardt, ich bin stolz auf Sie, aber noch eine Frage, falls Sie nicht zurückkommen: Wo haben Sie eigentlich Ihre Hawaiitickets?«

Kapitel 39

Seine Lippen bewegten sich, während er langsam und sorgfältig die Zeilen auf dem Sichtbildschirm durchging wie in der letzten Stunde immer wieder. Beowulf hatte jedes Detail beachtet und sich jeden einzelnen Satz eingeprägt, aber er wollte absolut sicher sein, dass ihm nichts entging. Die Stirn des kleinen Magiers legte sich in nachdenkliche Falten. Für einen Moment unterbrach er das Studium des Einsatzplans. Er nahm einen Schluck Tee aus der Tasse, die ihm Benjamin, der treue Butler von Brückheims, an den provisorischen Arbeitsplatz gebracht hatte und genoss die wohlige Wärme, die sich schnell in ihm ausbreitete.

Wie lange war das alles schon her? Viel zu lange! Seit dem Experiment in Heidelberg, das ihn letztendlich fast mehr gekostet als es eingebracht hatte, waren doch schon einige Jahre ins Land gezogen. Gut, seine Tätigkeit in den Schatten als magischer Beschützer, die unerwartete Begegnung in Polen und ganz zuletzt die Arbeit mit Fox waren nicht unbedingt Dinge, die alltäglich, wenig spannend oder aufreibend gewesen waren, aber seine jetzige Aufgabe war etwas viel Bedeutenderes. Der Ethikrat sorgte schließlich einmal mehr für den Zusammenhalt der ganzen Welt und der bestehenden Ordnung.

Beowulf legte den Kopf zurück und blickte einen Moment ins Leere, während er fast ein wenig versonnen an seinem kleinen Spitzbart zupfte. Die Zeit in Heidelberg würde er wohl niemals vergessen. Seine damaligen Studenten, von denen heute einige selbst hochkarätige und aufstrebende Wissenschaftler auf dem Gebiet der arkanen Künste waren, hatten ihn angebetet. Sie hatten ihn wirklich verehrt und seinen Worten andächtig und wissbegierig gelauscht. Die Augen des zwergischen Magus glänzten bei diesem Gedanken. Bei seiner Entlassung, dem Rauswurf aus der Universität Heidelberg, hatten sie ihn unter tosendem Beifall verabschiedet, nachdem es zuvor tage-lange Proteste und heftige Diskussionen gegeben hatte.

Ja, seine Studenten hatten ihn geliebt, aber es hatte nicht zuletzt deshalb auch immer Neider unter den Kollegen ge-geben. Ihm war es egal gewesen, dass sie ihn für etwas merkwürdig und verschroben gehalten hatten. Man hatte ihn oft belächelt und wohl auch hinter vorgehaltener Hand getuschelt, aber das hatte ihn nicht gestört, weil er wusste, wovon er redete. Neid hatte wohl auch immer etwas mit Unwissen zu tun. Beowulf nahm einen weiteren Schluck heißen Tees und lehnte sich noch ein wenig mehr in dem bequemen Ledersessel zurück. Niemand in der Fakultät außer ihm hatte gemerkt, was vorgegangen war. Allein er, der ›naive Phantast‹ mit den ›bodenlosen und unhaltbaren Horrormärchen‹ hatte die drohende Gefahr gespürt.

»So nachdenklich, alter Freund?« Beowulf erschrak nicht und hob nur lächelnd den Kopf, als er die bekannte Stimme vernahm. Emanuel Ludwig hatte das Zimmer betreten und setzte sich, ebenfalls eine dampfende Teetasse in Händen haltend, neben ihn an den von etlichen Jahrzehnten ge-zeichneten Holztisch. »Ist alles in Ordnung mit dir?«

»Ja«, lächelte der Zwerg . »Ich habe ein wenig über die Vergangenheit sinniert. Wir werden alt.«

Ludwig lachte: »Da sagst du was! Ich spüre es an jedem verdammten Regentag in den geschundenen Knochen.« Die beiden Freunde grinsten, aber bald wurden ihre Mie-nen wieder ernst. »Wird alles nach Plan laufen?«

Beowulf zuckte mit den Schultern. »Ich bin alles durch-gegangen, die Inventarlisten, die Profile der Soldaten, ihre Fähigkeiten … Wir haben alles bekommen, was wir woll-ten. Ob es genug ist …«, Beowulf wandte den Kopf zu der großen barocken Standuhr an der anderen Seite des Rau-mes, »… wissen wir in ziemlich genau sechs Stunden.«

Ludwig nickte, während er mit einem kleinen Löffel in seiner Tasse rührte. »Sag mal, hast du eigentlich noch den Kristall, den ich damals aus dem Jemen mitgebracht habe?«

Beowulf lächelte und griff in die Taschen seines Mantels, der über der Lehne eines weiteren Sessels hing. Nach der goldenen Taschenuhr und dem Anhänger aus Silber zog er auch den großen Kristallsplitter hervor und hielt ihn dem Freund triumphierend entgegen. »Er hat ein wenig gelitten, aber er leistet mir noch immer gute Dienste.«

Ludwig nahm den Splitter entgegen und betrachtete ihn mit geübtem, aber sichtlich überraschtem Blick. »Beowulf, Beowulf, du bekommst doch wirklich alles kaputt.«

Der Zwerg grinste: »Außergewöhnliche Situationen erfordern außergewöhnliche Maßnahmen, dass dürftest du fast besser wissen als ich.«

»Nun ja, damit dürftest du auch wieder Recht haben. Es war zwar nur ein kleiner Drache, zudem auf einem Auge blind, aber es war trotzdem nicht einfach und bestimmt nicht ungefährlich, es mit ihm aufzunehmen. Nun, was tut man nicht alles, um satanische Rituale, Menschenopfer und die Zersetzung des globalen Genpools zu unterbinden?«

»Ist Rosa immer noch so tapfer wie früher?« Ludwig zwinkerte ihm zu.

»Sie trägt es mit Fassung, obwohl ich weiß, dass sie es dabei wirklich nicht leicht hat. Wenn es mal wieder hart auf hart kommt, dann droht sie mir regelmäßig mit Scheidung, falls ich nicht wiederkommen sollte. Du hast es da leichter, oder? Deine Anima scheint ein liebevolles und auch sehr verständnisvolles Mädchen zu sein!«

Der Zwerg schluckte ein wenig: »Du weißt davon?«

Ludwig lächelte aufmunternd. »Alter Freund. Mach dir mal keine Gedanken. Daran ist nichts Verwerfliches und sie ist wirklich ein hübsches Ding. Ich denke, dass es dir wirklich mal gut tut, wenn du jemanden hast. Außerdem wüsste ich wirklich nicht, was besser zu dir arkanem Eigenbrötler passen würde, als eben ein magisches Wesen. Wenn ich mir überlege, welche Damen aus unserem Bekanntenkreis mir Rosa schon als Ehefrau für dich vorgeschlagen hat, dann ist sie wirklich das Beste, was dir passieren kann.«

Ludwig lachte und steckte Beowulf mit an, dessen aufkommende Sorgen sogleich wieder verflogen waren. »Sie ist wirklich wundervoll! Du hast ja selbst miterlebt, wie leicht es für sie war, das Lacrimanicon zu deuten. Sie ist so ungeheuer klug …«

»Ja, das war wirklich eine beachtliche Leistung. Du weißt jetzt ganz genau, was es mit dem Bronzetor auf sich hat?«

Der kleine Magier nickte. »Undine hat es mir noch einmal genau erklärt, und mit ihrer Hilfe habe ich die faktischen Realitäten aus den alten Geschichten so gut es ging herausgefiltert. Du weißt ja, dass sich das Magieniveau unserer Welt in ständigem Fluss befindet.«

»In Zyklen, ja, es geht in einem Jahrhunderte dauernden Kreislauf auf und ab, wenn man den Theorien glauben schenken kann.«

»Jahrtausende, einige Jahrtausende. Die Maya haben es wirklich sehr exakt verzeichnet. Die Magie, die wir heute erleben, ist viel stärker als sie es noch vor ein paar Jahrzehnten war, aber sie hat noch lange nicht ihren Höhepunkt erreicht. Wäre dem so, dann würde hier einiges anders aussehen und gerade der Rat hätte schon jetzt keine ruhige Minute mehr. Denk an die Ereignisse im Zusammenhang mit dem Halleyschen Kometen und potenziere das mit tausend. Dann kannst du dir ein Bild davon machen, was noch alles vor der Menschheit liegt.«

»Oder hinter ihr?«

»Oder hinter ihr, du sagst es.«

»Nun, das Bronzetor ist etwas, dass in dieser Beziehung auch immer wieder eine Rolle spielte. Aber auch sonst gab es schon oft derartige oder zumindest ähnliche Dinge.«

»Was meinst du?« Ludwig unterbrach für einen Moment das Rühren in seinem Tee.

»Schon immer gab es Menschen, die versucht haben, den Zyklen vorzugreifen. Sie haben versucht, Magie zu entfesseln, bevor es an der Zeit dafür war. Wie viele Sagen und Geschichten gibt es über finstere Schwarzmagier,

Teufelsanbeter, Hexen und Dämonenbeschwörer, die alles nur Erdenkliche taten, um astrale Mächte zu unterwerfen und für ihre Zwecke zu benutzen? Unzählige, aber alle haben denselben Kern. Menschen wollen Macht und sind nicht bereit, darauf zu warten, dass sie ihnen in den Schoß fällt. Eher verkaufen sie ihre Seele an den Teufel.«

»Und so ist es auch beim Bronzetor?«

»Ja, das Bronzetor ist eine Legende, die wiederum genau das zum Inhalt hat. Das Bronzetor steht sinnbildlich oder auch vielleicht real für ein Tor, ein Portal, dass unsere mit einer anderen Metaebene verbindet oder verbinden kann, wenn es an der Zeit ist. Ich möchte nicht darüber nachdenken, was uns für Schrecken auf der anderen Seite erwarten, aber von Brückheim hat mir einmal einen Auszug aus den ›Visionen einer Weinenden‹ zur Ansicht überlassen. Ich konnte drei Wochen nicht mehr schlafen.«

Beowulf nahm einen letzten Schluck aus seiner Tasse und stellte sie dann auf den Tisch, während Ludwig, gebannt wie einer der früheren Studenten des Zwerges, fieberhaft lauschte. »Vorboten dieser Schrecken oder eben Nachzügler befinden sich bereits in unserer Realität und auf dieser Welt. Das sind die Geister und Dämonen, die den Hexern aus den Mythen stets ihre dunklen Wünsche erfüllt haben. Aber wie es auch in jedem guten und wahren Märchen der Fall ist, taten diese Dämonen nie etwas uneigennützig. Bei der Legende vom Bronzetor gibt es einen Ablauf, der sich immer wieder von neuem wiederholt. Die Made, eine paranormale Kreatur, die nicht in unsere Welt gehört, wird von einem Menschen entdeckt. Dieser Mensch, das Lacrimanicon nennt ihn ›Marschall‹, geht einen Handel mit der Made ein. Er versorgt sie mit dem, was sie braucht, in den Worten der Legende ›Leid, Blut und Tränen‹.«

»Das kommt mir irgendwie bekannt vor.« Ludwigs Augen weiteten sich.

Beowulf nickte. »Ich sagte ja schon, dass sich die Geschichte wiederholt. Unser Fall ist nicht der erste, aber vielleicht der letzte. Auf jeden Fall paktiert der Marschall mit der Made. Er schafft für sie Nahrung herbei und nährt sie sogar zunächst selbst mit dem eigenen Blut. Dann beginnt die Made mit ihrem Teil des Handels. Sie weiht den Marschall in die Geheimnisse des Lebens ein. Sie lehrt ihn nahezu unbegrenztes Wissen, verleiht ihm sogar ewiges Leben. Dieser Prozess dauert eine halbe Ewigkeit, die der Marschall damit verbringt, seine eigene Macht auszubauen und die der Made wiederherzustellen.«

»Da sie infolge des niedrigen Magieniveaus geschwächt ist.«

»Richtig.« Beowulf nickte. »Die Made kann noch nicht wirklich eigenständig in unserer Welt existieren. Sie ist auf die Energie anderer angewiesen.«

»Wie ein Vampir?«

»Ja, in gewisser Weise, aber lass das Vlado nicht hören! Der wird dir buchstäblich an die Gurgel gehen, wenn er hört, dass du ihn mit den Bronzetor-Maden vergleichst. Der Marschall versorgt die Made mit Mana, mit der magischen Energie, die sie zur Existenz benötigt. Er alleine kann den Bedarf der Made nicht stillen und so sammelt er für sie die ›Lämmer‹, meist junge Menschen, Kinder, deren Lebensessenz noch völlig rein und unverbraucht ist.«

»Die Made frisst sie?« Endlich bemerkte Ludwig die Tasse mit dem mittlerweile fast kalten Tee in seinen Händen und stellte sie ebenfalls beiseite.

»Nein, das wohl nicht, zumindest nicht sofort. Die Made konfrontiert ihre Lämmer mit paradoxen Rätseln, die sie nicht verstehen und niemals lösen können. Mit fremden Realitäten, für die der menschliche Geist nicht geschaffen ist. Stell dir vor, du machst eine SimSinn-Aufnahme von einem Insektengeist in fleischlicher Gestalt und durchlebst sie anschließend.«

»Ich würde verrückt werden!«

»Ja, und das werden die Lämmer in gewisser Weise auch. Sie werden aus ihrer normalen Identität *ent*rückt und geistig auf eine Ebene geschickt, die sie niemals erfassen können. Zu einem bestimmten Zeitpunkt erreicht der Verstand der Lämmer einen Punkt, der nahe an dem ist, was er erreichen sollte, aber niemals kann, und ihr Körper wird von wirklichem, wenn auch gewissermaßen künstlichem Mana, von echten astralen Kräften durchströmt, obwohl dieser Zustand allenfalls für ihre Nachfahren in weit späteren Generationen vorgesehen war. Dann nämlich, wenn das Niveau der Magie auf ihrem Höhepunkt angekommen ist und sich das Bronzetor und alle anderen Verbindungen zu unserer Welt vollständig öffnen würden und nicht mehr nur winzigste Risse und Übergänge zwischen den verschiedenen Ebenen bestünden.«

»Und von diesen Kräften ernährt sich die Made?«

»So ist es. Sie labt sich zwar an den Ängsten, dem Leid, dem Hass und der Verzweifelung ihrer Opfer, aber ihre eigentliche Existenzgrundlage ist die schlummernde Magie ihrer Opfer, die sie über deren Blut aufnimmt.«

Ludwig bewegte den Kopf auf und ab, während er gedanklich die Worte seines Freundes nachvollzog. Dann nickte er bekräftigend. »Das habe ich verstanden, aber wo kommen jetzt das eine Lamm und der Fuchs ins Spiel?«

Beowulf freute sich, dass Ludwig nachfragte, und bereitwillig trug er weiter vor, wie er es so gerne in den Zeiten als Professor der Heidelberger Universität getan hatte. »Ja, das eine Lamm … Das ist das Lamm, das zuviel ist.«

»Zuviel wofür?«

»Nun, mit diesem Lamm übernimmt sich die Made, wenn man so möchte. Es scheint zunächst nichts Besonderes zu sein. Der Marschall entführt es in sein Refugium, in den ›Hort‹, der ihm und der Made als Versteck und Gefängnis für die anderen Lämmer dient. Doch damit besiegelt die Made ihren eigenen Untergang. Dieses Lamm mag zwar wie die anderen zuvor seine Identität verlieren, aber trotzdem wird es nicht in Vergessenheit geraten. Das ist das, was das Lacrimanicon mit ›Mit einer Hand am Hort‹ bezeichnet.«

Beowulf lächelt ein wenig. »Wenn du möchtest, ist es so etwas wie die Pfote des Fuchses in der Tür bzw. im Bronzetor. Das besagte Lamm wird in den Hort gebracht und damit hat bereits der Fuchs seine Hand am Hort. Der Fuchs ist ein Mensch, der sich dem Lamm verpflichtet fühlt, ein Verwandter, ein Freund oder ein Liebender, der nicht eher ruhen wird, bis er es aus seinem Gefängnis befreit hat. Im Normalfall, also nach dem, was die Legende vom Bronzetor gemeinhin vorgibt, stirbt bei der Befreiung der Marschall und manchmal auch die Made. Letzten Endes war das aber immer nur ein Aufschub, da die eine Made über zahlreiche ›Schwestern‹ verfügt, die das ewige Spiel an anderer Stelle und zu einem anderen Zeitpunkt fortführen.«

»Die klassische Form des ewigen Kampfes zwischen Gut und Böse.«

Beowulf nickte wieder. »Ja, du hast völlig Recht. Wie ich schon sagte, eine der unendlich vielen Geschichten und Mythen. Aber eben auch eine, die bisher nie ein Ende fand.«

»Das wollte ich dich gerade fragen.« Ludwig rutschte auf seinem Sessel ein Stück vor. »Was hat das mit dem zweiten Lamm zu bedeuten? Warum kann das alles beenden?«

»Nun, das ist so. Das Bronzetor selbst ist der Durchgang zu einer Art Vorhof zu den eigentlich gefährlichen Ebenen. Du musst es dir wie eine Insel zwischen den Welten vorstellen. Diese Insel liegt halb in unserer, halb in der nächsten Realität, sie verschmilzt praktisch mit beiden. Dort lauern die Maden und warten auf ihren nächsten Marschall. Sie vegetieren dort nahezu untätig vor sich hin, schlafen und vermehren sich nur gerade genug, um eigene Verluste auszugleichen, während die Maden auf unserer Seite des Tores Mana ernten. Das zweite Lamm, das jetzt aufgetaucht ist, bringt den gewohnten Kreislauf durcheinander. Es hat die unlösbaren Rätsel anscheinend gelöst.«

»Wie das?«

»Das kann ich dir nicht sagen und das wird wohl auch niemand sagen können, weil es eben gar nicht möglich ist.

Es ist paradox. Auf jeden Fall hat das Lamm Kräfte entwickelt, die alles verändern werden. Wenn es stimmt, was die neuen Verse im Lacrimanicon prophezeien, dann ist das zweite Lamm, das zuviel ist, in der Lage, das Bronzetor für immer zu schließen oder auf ewig zu öffnen und auch den dahinterliegenden Weg für alle Teufel und Dämonen freizumachen. Deshalb wird es auch an dieser Stelle entschieden werden.«

»Nun, wieder eines der vielen Endzeitszenarien, die wir durchlebt und ausgefochten haben. Ich denke, wir werden das auch noch hinbekommen, oder? Schließlich hat von Brückheim das ganze Unternehmen ja – und zwar eines von Level-9 – vertrauensvoll in deine Hände gelegt.«

Beowulf sah seinen guten Freund und Kollegen an und lächelte erneut. »Nun, du, Herbinger und auch die alte Rosenholz werden mir ja mit Rat und Tat zur Seite stehen. Außerdem kenne ich diesen Fuchs, wie es aussieht, auch persönlich und ich denke, dass wir gute Chancen haben, letztendlich mit seiner Hilfe das Unternehmen zu einem guten Ende zu bringen. Wie von Brückheim es formulierte: Es gilt mal wieder, die Erde zu retten! Ach, wie hab ich das vermisst!«

Die beiden Freunde lachten. »Sag mal, irgendwie habe ich jetzt Lust auf etwas anderes als lauwarmen Tee.«

Beowulf grinste Ludwig an. »Nun, wir wissen ja alle, welche Geheimnisse in der Bibliothek von Brückheims liegen, aber Benjamin hat mir eben anvertraut, dass auch der Keller seines Arbeitgebers so manch guten Tropfen birgt. Ich denke, man kann es den ewigen Rettern der Welt nicht verübeln, wenn man sich da einmal umschaut.«

»Beowulf, Beowulf, du wirst nicht älter, nein, du wirst nur besser.«

Kapitel 40

Bibbernd verkrampfte sich ihr Körper auf der harten Pritsche. Ihr war kalt und ihr war schlecht. 17 hatte sich die ganze Nacht unruhig hin und her gewälzt und kein Auge zugetan. War es überhaupt Nacht? Sie wusste es nicht. So vieles war aus ihrem Kopf und ihren Erinnerungen verschwunden. Sie hatte keinerlei Vorstellung davon, was es war, aber 17 spürte die bedrückende Leere, die sich in ihr ausgebreitet hatte. Zitternd richtete sich die junge Frau auf und lauschte. Sie war alleine, dennoch hatte 17 das Gefühl, dass irgendjemand oder irgendetwas in ihrer Nähe war.

Vorsichtig horchte sie an der versteckten Öffnung zur Nebenzelle. Sie hörte den kleinen Amadeus atmen und im Schlaf leise weinen. Wie konnte man ein Kind nur so quälen? Der Junge litt unter der Einsamkeit seines Kerkers. Er hatte ihr so viel wie möglich von sich erzählt. Es war wie ein Wasserfall hervorgesprudelt, als ob er seine wenigen Erinnerungen unbedingt hätte mitteilen müssen, damit sie nicht doch noch verloren gingen. Der kleine Kerl hatte einen Freund gebraucht und 17 war für ihn da gewesen. Sie lächelte. Eigentlich hatte Amadeus wohl ihr selbst mehr Kraft und Hoffnung gegeben, als sie ihm schenken konnte. Wie schnell konnte man die eigenen Sorgen kurz vergessen, kümmerte man sich um die Ängste eines anderen.

17 lehnte ihren Kopf müde an die Wand und dachte nach. Vergessen. Ja, sie hatte vergessen, wer sie war, aber nicht alles war verschwunden. Einzelne Bilder schossen durch ihren Kopf, Gesichter, Stimmen und immer wieder dieser große, schwarzhaarige Mann mit den freundlichen Augen. Wer war dieser Mann? Woher kannte sie ihn und warum hatte sie gerade ihn nicht vergessen? 17 wusste nicht, ob sie den Mann mit der etwas länglichen Nase und dem markanten Gesicht gut kannte, vielleicht schon lange Zeit mit ihm befreundet war, aber irgendetwas sagte ihr, dass

sie zu ihm gehörte. Je mehr sie über ihn nachdachte, umso deutlicher wurde dieses Gefühl. Sie waren ein Paar, das konnte auch magische Amnesie nicht auslöschen. Magie? Ja, ein Zauberspruch hatte versucht, ihr wirkliches Wesen zu vernichten, aber es war ihm nicht gelungen. 17 war nicht verschwunden und einer gefügigen Amadea gewichen, sie war noch immer da, vielleicht wehrhafter als zuvor.

Die junge Frau umschlang ihre schlanken Beine und gab sich Mühe, sie warm zu reiben. Erinnere dich, 17, erinnere dich! Langsam wurde ihr etwas wärmer und mit der Kälte schien sich auch ein eisiges Band, das ihr Herz umklammert hielt, nach und nach zu lösen. Mit der Zeit fügten sich einzelne Gedanken wie ein Puzzle wieder zusammen und Teile ihrer Erinnerung formten sich neu. Sie war nicht nur 17. Nein, dass war nicht ihr wirklicher Name, sondern nur ein Pseudonym, eine Art Kosename, den sie sich selbst zugelegt hatte, um in einer anderen Welt zu bestehen.

17 war eine Deckerin. Ja, sie verbrachte ihre Zeit in der Matrix, einer virtuellen Realität, aber einer Realität, die sich nicht einfach verleugnen ließ. Die Matrix war immer ein realeres Zuhause für sie gewesen als die sogenannte Wirklichkeit es hatte sein können. Früher, in ihrer Kindheit, war das noch anders gewesen, aber sie war auch damals schon meist alleine gewesen. 17 hatte sich in den Cyberspace zurückgezogen und war dort zu einer Persönlichkeit geworden, die nicht weniger wirklich war als Eliza selbst. Eliza, ja, das war ihr wirklicher Name! Sie hieß Eliza, Eliza Young.

»Halt, was geht in dir vor? Wie ist das möglich? Hör auf damit! Lass das sein!«

Eliza schlug die Hände vors Gesicht und schüttelte sich. Was war das für eine Stimme gewesen? Eine Stimme in ihrem Kopf. Sie kannte sie, und langsam erinnerte sie sich auch, wem sie gehörte.

»Amadea, hör auf zu denken! Du bist nur ein zartes Lamm! Du bist nichts! Du bist ein Niemand! Du hast nicht die Kraft, mich abzuschütteln!«

Eliza schloss die Augen. Die Stimme steckte tief in ihrem Kopf und klammerte sich mit aller Macht an ihren Verstand. Wer war sie und was wollte sie von ihr?

»Amadea, lass endlich los! Deine Vergangenheit ist unwichtig und liegt weit hinter dir, wo sie dir nicht wehtun kann! Nie wieder Enttäuschungen, nie wieder Furcht vor dem, was war. Wenn du willst, werde ich für dich sorgen! Lass es nur einfach geschehen!«

Wo saß diese Stimme? Was hatte sie vor? Warum versuchte sie ihren Widerstand mit süßen Schmeicheleien zu schwächen? Hatte sie … Angst?

»Nein, ich habe keine Angst! Ich kann mich nicht fürchten, weil ich allmächtig bin, Eliza! Du kannst mir nichts tun! NICHTS!«

Das letzte Wort peitschte wie ein elektrischer Schlag durch ihren Körper und warf sie gegen die Wand. Trotzdem fühlte sie neben einem pochenden Schmerz in der linken Schulter und dem verirrten Echo der Stimme in ihrem Kopf auch Genugtuung. Ja, sie war Eliza und sie war 17, aber eine Amadea war sie nicht mehr. Die Stimme selbst hatte es zugegeben.

»WAS? Nein! NEIN, DAS HABE ICH NICHT! DU GEHÖRST MIR!«

Elizas Körper zuckte unkontrolliert und sie hustete Blut, aber ihr Wille brach nicht. »Ich gehöre dir nicht mehr! Fox wird kommen« und mich holen! Du wirst verlieren!«

»Fox? Der Fuchs? Er kommt, um dich zu holen? Schon jetzt? Du weißt von dem Fuchs? Drake! DRAKE!«

Eliza fuhr in die Höhe und schrie laut auf. Sie schrie und schrie, bis all das, was sich in ihrem Kopf und Herzen festgesetzt hatte, aus ihr gewichen war. Die Stimme, die wie ein dunkler Makel an ihrem Verstand gehaftet hatte, verstummte, und auch Eliza schwieg nun wieder.

»Kleines, du hast ein Organ, das Tote aufwecken kann.« Eliza erschrak und sah zur Tür, hinter der sie eine neue, aber ihr ebenfalls bekannte Stimme vernommen hatte. »Sei mal lieber still, sonst wird der gute Mr. Drake mich noch entdecken und das wollen wir doch nicht. Ich meine, nicht bevor ich ihn enthauptet und schales Bier in den offenen Stumpfgekippt habe.«

»Blinky!« Eliza sprang von der Liege und musste sich Mühe geben, nicht das Gleichgewicht zu verlieren.

»17, was ist los? Was ist mit dir? Hast du so geschrien?« Ihr kleiner Freund aus der Nebenzelle war nun ebenfalls wach geworden und flüsterte aufgeregt durch den Spalt an der Wand. »Mir geht es gut, Amadeus. Sei ganz ruhig! Es ist alles ok. Schlaf weiter!«

Eliza liefen Tränen über die vor Aufregung geröteten Wangen. Nun musste wirklich alles gut werden.

»Drek, Eliza, da lässt man dich mal für ein paar Stunden alleine und du lachst dir schon den erstbesten Knaben als glühenden Verehrer an!«

»Blinky, wie kommst du hier her? Sind Fox und die anderen auch da? Was ist mit Beowulf?«

»Eliza, das ist eine lange Geschichte. Ich bin allein hier, das heißt, ohne Fox und die anderen. Sozusagen allein in geheimer Mission.«

Eliza trat an die Tür heran. »Geheime Mission? Allein? Blinky, was machst du hier?«

»Ihr Frauen wollt wirklich immer alles ganz genau wissen, oder? Sahne, Eliza, dann werde ich mal auspacken. Alles fing damit an, dass mein herber männlicher Charme diese kleine Army-Braut von den Socken gehauen hat.«

»Army-Braut? Wen meinst du? Moment, diese Schnalle, die mich mit dem Metallschädel zusammen zu Drake gebracht hat?«

»Ja, genau, Vanessa und ich haben uns von Anfang an verstanden. Ich meine, hey, wer kann mir schon widerstehen?«

»Blinky, lass den Quatsch und sag, was los ist!« Eliza trat unruhig von einem Bein auf das andere.

»Ja, ja, Kleines, ist schon ok. Nun, also, Van hat total die Wut auf Drake, musst du wissen! Er hat ihren Ziehvater gegeekt und das muss bestraft werden.«

»Aber was hast du damit zu tun?«

»Tja, das ist doch mein Geschäft, oder? Ich bin Shadowrunner und weiß, wie man sowas erledigt. Meinst du, Drake
lässt Vanessa so einfach in den Hort marschieren? Nein, da
braucht man jemanden mit Know-how und Talent.«

»Jemanden wie dich.«

»Ja, jemanden wie mich. Drake denkt, ich bin tot. Er hat
mein Ende selbst angeordnet, und als Vanessa das durch-
ziehen sollte, sind wir ins Gespräch gekommen. Warum sich
gegenseitig bekämpfen, wenn man eigentlich auf derselben Seite steht? Van ist sich sicher, dass Drake gegen die
Interessen ihres Konzerns handelt und das mit ihrem Dad
nimmt sie echt persönlich. Ich für meinen Teil habe bei dir
unterschrieben und ich bringe meine Jobs zu Ende.«

»Blinky, wenn hier keine Tür wäre, dann würde ich dich
küssen!«

»Aufgeschoben ist ja nicht aufgehoben. Das muss leider
erst noch warten, Mr. Johnson, Sir.«

»Wie meinst du das?«

»Nun, ich kann dich jetzt noch nicht rausholen, noch
nicht, so Leid es mir tut, Eliza, Darling.«

»Red jetzt keinen Drek, Blinky-Boy!«

»Nein, im Ernst, es wäre unklug, dich zu befreien, bevor
ich mich um Drake gekümmert habe. Wenn er irgendwas
ahnt, dann bin ich geliefert und der Azzi-Magus, der mein
Bein und den Rest meines Astralbodys wiederhergestellt
hat, soll wegen mir nicht noch mehr Überstunden schieben müssen.« Eliza konnte das schiefe Grinsen des Shadowrunners förmlich sehen.

»Wie lange soll das denn noch dauern? Ich sitze hier wirklich nicht zu meinem Vergnügen und mein kleiner Freund
hier nebenan hat auch ziemliche Angst. Weißt du, es könnte sein, dass ich Probleme bekomme. Hinter Drake steckt
mehr, als man meinen könnte. Und er ist nicht alleine …«

»Kleines, mach dir da mal keine Sorgen, der alte Blinky
wird es schon richten, auch wenn Drake noch so viele seiner

Handlanger ins Feld bringt. Warte …« Die Stimme des Mannes klang beunruhigt. »Ich höre etwas. Ich muss weg, aber ich komme wieder. So long, Eliza!«

»Nein, Blinky, warte!« Die junge Deckerin legte ihre Hände an die Tür, aber der Runner war schon weg.

Was würde passieren, wenn Drake ihn bemerkte? Schlimmer noch, was, wenn diese abscheuliche Made auf die Idee kam, mit wenigstens einer ihrer beiden Zungen sein Blut zu kosten? Warum hatte sie Blinky nicht warnen können?

»Och, mein armes Lamm, mein gutes Lamm, warum hast du so geschrien? Hast du einen bösen Traum gehabt?« Eliza schreckte auf.

Es war die Stimme der Alten, der sie bei ihrer Ankunft begegnet war. Sie konnte sich nun wirklich wieder an alles erinnern. »Nein, habe ich nicht.«

»Hast du nicht? Das ist gut, mein Lämmchen, das ist sehr gut. Du musst auch keine Angst mehr haben, hihi, nein, du bestimmt nicht. Er ist schon unterwegs …«

»Was faselst du da? Wer ist unterwegs?«

»Mein gutes Lamm, du kennst doch die Antwort. Der Fuchs ist am Zug.«

»Der Fuchs? Meinst du Fox? Die Stimme … Warum redest du in solchen Rätseln?«

»Ach Lämmchen, warum nur so viele unnötige Fragen? Es kommt so, wie es kommen muss, das war doch schon immer so, weißt du das denn nicht mehr? Hihi, ich habe es gewusst. Man sieht es dir an, du bist das Eine, das zu viel ist. Seltsam, seltsam, er hat genauso ausgesehen. Aber warum zwei, wenn eines ausreicht? Ach, mein kleines Lämmchen, selbst eine alte Frau wie ich weiß nicht auf alles eine Antwort, nein, nein, wirklich nicht, nein, das darfst du mich nicht fragen, hihi!«

»Was soll ich dich nicht fragen?« Eliza bereute ihren Satz schon, bevor sie ihn ganz ausgesprochen hatte. Die Alte schien immer mehr dem Wahnsinn zu verfallen. »Nein, nein, nein. Wirklich nicht, mein Lämmchen, das verstehe ich nicht. Zwei Lämmer? Warum denn zwei, wenn eines alleine schon zu viel ist. Oh, hihi, ob es ein Ende nehmen wird? Hihi, ja, das klingt fein. Es wird ein Ende finden, und ich kann endlich wieder ruhig schlafen. Ach mein Lamm, mein süßes, süßes Lamm. Du weißt ja nicht, wie es ist, wenn man nicht mehr schlafen kann. Gut, dass der Fuchs kommt, um dich zu holen, ihr werdet ein gutes Paar abgeben, da bin ich mir sicher!«

»Ein Paar?« Eliza hatte in Gedanken wieder das Bild des dunkelhaarigen Mannes vor Augen und erst jetzt wusste sie endgültig, dass es Fox war.

»Natürlich, das kluge, sanfte Lamm und der trickreiche und mutige Fuchs. Ihr seid füreinander bestimmt. Wärst du sonst hier? Nein, das wärst du nicht, nein, nein, hihi.«

Eliza lehnte sich erschöpft und verwirrt an die kahle Wand des kleinen Zimmers. Die Ereignisse der letzten Minuten schienen ihr über den Kopf zu wachsen und hinterließen auch körperliche Spuren. Die Stimme der Alten klang nun sanfter und beruhigend, so, als würde sie genau spüren, wie sich Eliza im Moment fühlte. »Es ist gut, Eliza. Mach dir keine Sorgen mehr. Fox weiß, wo du bist und er wird nicht eher ruhen, bis er dich wieder in die Arme schließen kann. Gerade in diesem Augenblick denkt er an dich und wundert sich darüber, dass ihm so viel an dir liegt. Er liebt dich, Eliza, und er würde für dich sterben.«

»Woher weißt du das alles?« Eliza war müde und sprach leise und beinahe tonlos.

»Ich weiß es, weil ich hinsehe, Eliza. Ich habe sie alle gesehen. Irgendjemand muss doch ihre Geschichte erzählen und das Schicksal derer beweinen, die es nicht geschafft haben.«

»Wer bist du?« Eliza glitt langsam an der Wand hinunter und kauerte sich auf den nackten Boden.

»Ich bin nur eine alte Frau, aber wer, wenn nicht eine alte Frau, wäre besser dafür geeignet, Geschichten aus der Vergangenheit zu erzählen?«

Kapitel 41

Sorgfältig legte er den maßgeschneiderten Körperpanzer an. Dabei überprüfte er noch einmal seine Oberfläche und achtete darauf, dass er richtig und vor allem sicher saß. Fox ging jeden einzelnen Ladestreifen der Maschinenpistolen von Hand durch und tat dies auch bei dem Ares Predator II, den er sich anschließend um den rechten Oberschenkel band. Die Wurfmesser aus den Stiefeln und auch den neuen Betäubungsschlagstock wog er in den Händen, bevor er sie einsteckte. Grün war nicht seine Farbe, aber Fox konnte nicht abstreiten, dass der Mantel, den Oz ihm aus seinem gutsortierten Kleiderschrank gegeben hatte, mit seinen unzähligen Taschen und Halftern geradezu ideal für einen Handlungsreisenden in Sachen Schattenlauf war.

Nun wandte sich der britische Geheimagent seinem schwarzen Rucksack zu. Er wollte bei dieser Art Endkampf auf wirklich alles vorbereitet sein. Handgranaten, Sprengstoff, Gasmaske, Magschlossknacker, Kletterausrüstung, Survival-Kit und sogar eine modifizierte Haftmine wurden geprüft und sorgsam verstaut. Zuallerletzt griff Fox nach dem auf Smartgun II umgestellten FN-MAG-5-Maschinengewehr und legte sich den breiten Trageriemen über die Schulter. Sowohl das rückstoßdämpfende Gasventil als auch den Infrarotlichtaufsatz testete er gewissenhaft auf ihre Funktionstüchtigkeit. Mit dem 500-Schuß-Gurt an seiner Seite sollte nun wirklich nichts mehr schief gehen können. Das Equipment war gut, jetzt lag es nur noch an ihm und seinen Freunden, den Gegner zur Strecke zu bringen.

»Oz, Venus? Wie sieht es aus? Seid ihr bereit, eine Lady aus der Not zu retten?«

»Immer Fox, immer!« Der rothaarige Schieber trat durch die offene Tür des Kellerraumes und grinste ihn breit an. »Also, wenn ich für etwas bereit bin, dann auf jeden Fall für das!«

Venus steckte nun ebenfalls ihren Kopf durch die Tür und zurrte den Munitionsgurt ihres Freundes weiter fest, während sie Fox zulächelte. »Ja, Jungs und ihre Spielzeuge. Gebt ihnen ein Maschinengewehr und sie werden wieder zum wilden Jäger!«

»Hey, zieh den Gurt nicht so stramm! Die Panzerplatten im Gehrock drücken mir schon den Cavalier durch die Rippen!«

»Stell dich nicht so an, Großer«, sagte Venus und zog noch einmal kräftig nach.

Fox schüttelte den Kopf. »Cavalier. Drek, Oz, schmeiß das verdammte Teil doch endlich weg und hol dir was Automatisches! Damit kannst du doch heute niemanden mehr hinter dem Ofen hervorlocken!«

»Ich will ja auch niemanden hervorlocken, sondern gerade in Leute hineinschießen. Dazu reicht der allemal, außerdem ist er verchromt und sieht einfach Sahne aus.«

Fox grinste. »Also, wenn du einen Tipp willst, dann halte dich eher an das Maschinengewehr.«

Venus trat nun auch ganz in den Raum und musterte ihren Freund. »Gut siehst du aus, so richtig zum Fürchten. Ja, mit dir kann ich weggehen.« Oz sah skeptisch am Körper der schlanken Blondine herunter. »Ist nur die Frage, ob ich dich so mitnehme. Auch wenn Drake wohl nach den Unterlagen keine Aztech-Kampftruppen zum Schutz dieses merkwürdigen Hortes abgestellt hat, gibt es da sicherlich genug geschlechtsreife Männer, die sich an dir vergehen möchten. Hast du nichts weniger figurbetontes?«

Venus boxte ihm verspielt in die Seite. »Der Overall ist verstärkt und sogar feuer- und säurebeständig. Man muss manche Dinge in Kauf nehmen!«

Fox hob das Maschinengewehr über seine Schulter. »Außerdem sollten wir niemals den Faktor der Ablenkung unterschätzen! Wenn das hier vorbei ist, dann muss ich euch mal erzählen, was mir auf dem Wohltätigkeitsball das Leben gerettet hat.«

»Ich fasse es nicht!« Oz sah die beiden mürrisch an. »Ist das hier eine Verschwörung? Wenn das hier vorbei ist, dann heirate ich Venus, damit ich mehr zu sagen habe!«

Fox hob die Augenbrauen und Venus verstummte, um ihren Geliebten nur noch anzustrahlen. »Du …«

»Noch ist es nicht vorbei!« Oz hustete und zog sich den Mantel zurecht. »Über alles andere reden wir später! Venus, wo hast du deine Waffen?«

»Hier, mein Ein-und-Alles. Zwei Walther PPD mit genug gefüllten Gel-Kapseln, um unsere gigantische Hochzeitsgesellschaft, den Kirchenchor und den Pfarrer zu betäuben, bevor du es mit deiner Rede geschafft hast.« Oz streckte ihr die Zunge raus.

»Ja, und ich werde Trauzeuge.« Fox klopfte mit der Faust geräuschvoll gegen die Wand. »Jetzt ist aber Schluss, wir müssen los! Eliza braucht uns!«

Die drei hatten gerade die noch immer in Scherben liegende Eingangshalle des AQUARIUS erreicht, als sich die dunkelblauen Plexiglastüren vor ihnen öffneten und eine kleine Gruppe lautstark diskutierender Personen einließ. »Nazareth, das hättest Du nicht tun sollen! Auch wenn er ein Elf war und ein unhöflicher und raffgieriger dazu, wirklich nicht. Das war unmenschlich!«

»Mein lieber Liebhardt, er war fällig und ich habe ihm gesagt, dass ich zurückkommen werde. Er wollte an mein Geld, im Übrigen das Geld des Konzerns, der Sie bezahlt.«

Oz und Venus behielten die Hände an ihren Waffen und blieben stehen, während Fox ungläubig noch ein paar Schritte weiterging. »Mongo?«

»Hoi, Chummer!« Der breitschultrige Troll lachte dem Geheimagenten entgegen. »Toll, dass du mich auch im Rollstuhl Erkennst. Erlös mich doch bitte von diesem Haufen Schwachsinniger! Es ist ja nett, dass dieser Nazareth mich zu unserer Abschiedsparty bei Aztech eingeladen hat, aber ich kann dieses Gelaber echt nicht mehr ertragen!« Fox sah von einem zum anderen und legte die Stirn in Falten.

Vor ihm standen Nazareth, der ihm zuerst in *Buffalo's Bar & Grill* geholfen hatte, und der Junge, der ihn damals begleitet hatte, ein schlaksiger Mann in einem offensichtlich zu kurzen Kampfanzug, eine ziemlich attraktive und aufreizende Frau in einem hautengen Reptildruck-Overall, dessen Extravaganz sogar den von Venus übertraf, und vorneweg Mongo, der gewaltige Troll, dessen Unterschenkel in ebenfalls gigantischen Gipsverbänden steckten und selbst für den schon ziemlich massiv wirkenden Rollstuhl eine ungeheure Herausforderung sein mussten. Fox hätte am liebsten in die Decke geschossen, um der nicht abbrechenden Diskussion ein Ende zu setzen, aber er schrie anstelle dessen einfach nur laut: »**Ruhe!** Haltet die Klappe, oder es gibt hier Tote und Schwerverletzte!«

Tatsächlich verstummten die Ankömmlinge und Fox fuhr fort. »Einer nach dem anderen! Was geht hier vor? Sie da in dem zerknitterten Anzug! Wer sind Sie, was machen Sie hier?«

»Äh, nun, mein Name ist Liebhardt, Dr. Treugott Liebhardt und ich bin autorisierter Vertreter von Kurashima-Takagema. Dies ist Jericho, meine Mitarbeiterin, an Kampfkraft und Raffinesse nicht zu überbieten.«

»Hoi, Chummer!« Die dunkelhaarige Schönheit lächelte ihm verführerisch zu, was Fox nicht wirklich gefallen wollte. Vor Frauen wie dieser hatte ihn seine Mutter immer gewarnt. Moment, Melody war doch auch so eine Frau gewesen …

»Wir beide sind hier, um Sie bei Ihrem Vorgehen gegen Mr. Drake zu unterstützen und natürlich anschließend wie vorgesehen die ›FOREVER‹-Datei entgegenzunehmen. Vor der Tür wartet ein vollgepanzerter und sofort einsatzbereiter GMC Bulldog Step-Van, Sicherheitsvariante, geriggt und mit einer Ladung ausgeklügeltster Angriffsdrohnen.«

»Und das alles kostenlos.« Nazareth zog lächelnd ein neongelbes Stückchen Stoff aus der Innentasche seines Mantels, knüllte es zusammen und warf es achtlos zu

Boden. Irgendwie schien es Fox Ähnlichkeit mit einer Augenklappe zu haben. »Euren Freund Mongo habe ich mitgebracht, damit wir auch jemanden haben, der sich mit dem Wagen und den Drohnen auskennt.«

Mongo hob den Daumen seiner rechten Hand. »Yeah, Fox, ich brauche nicht herumzurennen, um die Maschinen zu riggen. Es ist Topqualität und wer kann damit besser umgehen als ich?«

Nazareth ging auf Fox zu und legte ihm die Hand auf die Schulter. »Fox, ich bin raus aus dem Geschäft. Kurashima-Takagema interessiert mich nicht mehr, und wenn das hier vorbei ist, gehe ich nach Disneyland. Aber ich möchte noch zu Ende bringen, was wir alle irgendwie gemeinsam angefangen haben. Mein kleiner Freund Myst hier war selbst im Hort, und man hat ihm dort Dinge angetan, die wir uns nicht vorstellen können. Dort dürften noch hundert anderer Kinder sein und jetzt auch noch Eliza. Was denkst du?«

Fox sah sich um und jedem Mitglied seines neuen Teams in die Augen, um anschließend zu antworten: »Nun, ich denke, wir haben noch jemanden zu erledigen. God save the King!«

Geduckt lief Fox aus dem Schatten eines verrosteten Autowracks über die Straße und blieb neben einem Müllcontainer stehen. Er tauschte einen Blick mit Nazareth aus, der auf der gegenüberliegenden Straßenseite in einem Hauseingang in Deckung lag und winkte Oz und Venus zu, die schnell, aber in aller Vorsicht zu ihm aufschlossen.

Der Hort, wie Drake seine Unterkunft in Seattle nannte, war ein abbruchreifes Gebäude mitten in der übelsten Gegend der Redmond Barrens. Die Umgebung hatte einen so unguten Ruf, dass sich nicht einmal die Gangs in diesen Teil Seattles verirrten. Hier gab es nur den wirklichen Abschaum. Es waren eben die Barrens. Niemand, der sich anders entscheiden konnte, blieb aus freien Stücken hier. Fox hatte sich bei der Planung dieser Mission noch einmal genau informiert. Der Hort war angeblich eine Schule für Unterprivilegierte, aber das konnten auch nur Leute wirklich ohne jede Perspektive glauben. In den Barrens hielt man durch oder man starb, und den Gerüchten nach hielt man sich bei beidem vom Hort besser fern. Fox flüsterte in seinen Mikro-Transceiver: »Mongo, wie sieht es auf der Rückseite aus?«

»Alles ruhig. Hier stehen drei Personen in merkwürdigen Kutten um ein kleines Lagerfeuer, aber meine Ares Guardian hat sie im Visier. Wenn sie mit unheiligem Ausdruckstanz anfangen, dann leg ich sie um.«

»Wir haben hier vorne auch drei. Sehen wirklich nach Freaks aus. Doc, was meinen Sie?«

»Äh, nun ja, ich denke, wir müssen vorsichtig agieren, nicht wahr? Nun, haben sie einen Vorschlag?«

»Ich denke ja. Oz, tut mir jetzt echt Leid um den Mantel.«

»Mach keinen Drek, Fox!« Der Schieber klang nervös.

Fox kniete sich auf den schmutzigen Boden und rollte sich hin und her. Dann stand er auf, zerzauste sein Haar, krempelte den Kragen hoch und präsentierte sich Venus und ihrem Geliebten. »Wie sehe ich aus?«

»Wie einer, der mir die Reinigung für einen 2000-Nuyen-Anzug bezahlen darf.«

»Venus?«

»Tja, Fox, du siehst ziemlich schmierig aus.«

»Na, vortrefflich!« Der dunkelhaarige Brite humpelte aus der Deckung und bewegte sich betont schwankend auf die kleine Gruppe vor dem Gebäude zu.

»Verflucht noch eins, was hat dieser Mann vor?« Dr. Liebhardt schien die Fassung zu verlieren. Oz grollte: »Ich hoffe, das war es wert. Mein schöner Mantel!«

»Guten Abend, Chummers. Habt ihr noch ein Plätzchen frei an eurem Feuer? Ich teile auch meinen Schnaps mit euch.« Fox bewies einiges Talent bei seiner Vorstellung, aber die Kuttenträger zeigten sich unbeeindruckt. »Verzieh dich, Drekhead, bevor ich dich aufschlitze!«

»Ja, mach, das du wegkommst, oder möchtest du, dass ich aus deinen Eingeweiden die Zukunft vorhersage?«

»Ihr seid aber ganz schön gemein zu mir.« Ohne weitere Verzögerung rammte Fox seinen Ellbogen in die Seite des ihm am nächsten Stehenden und riss noch in der Bewegung die schallgedämpften Heckler-&-Koch-Maschinenpistolen aus den Halftern, um sie auf die anderen abzufeuern. Überrascht und ohne Möglichkeit zur Gegenwehr wurden die beiden von den beinahe lautlosen Salven herumgerissen und gingen zu Boden.

Dafür hatte sich der Erste schnell wieder gefangen. Er versetzte Fox einen heftigen Stoß und zog ein Sturmgewehr unter dem langen Gewand hervor. Abfeuern konnte er es nicht mehr, denn Fox war schneller. Der Brite trat es ihm aus den Händen und schlug ihm eine MP gegen die Stirn. Er hob die andere Maschinenpistole, um seinem Gegner ins Gesicht zu schießen, konnte aber nur noch mit ansehen, wie dessen obere Rumpfhälfte seitlich wegrutschte und sich vom Rest des Körpers löste.

Jericho stand hinter ihm und rollte in einer grausam langsamen und eleganten Bewegung die feine Monofilament-peitsche auf, die durch den Körper des Mannes geglitten war wie durch Butter. Das kleine Biest im Schlangengewand lächelte ihm zu, aber Fox erwiderte das Lächeln nicht, sondern gab das Signal zum Nachrücken.

Fox betrachtete das mit Graffiti verschmierte Garagentor, brachte eine Sprengladung an und trat anschließend einige Meter zurück. »Ok, Mongo, geek die drei an der Rückseite und dann bring die Drohnen rein. Auf eins, auf zwei, auf drei!« Das Tor explodierte und das Team griff an. Fox und Nazareth stürmten von links sowie Oz und Jericho von rechts, dabei gezielt um sich schießend, in das Innere der alten Fabrikationshalle, während Venus, Myst und Dr. Liebhardt die Nachhut bildeten. Wie schon vermutet, waren ihre Gegner, trotz der seltsamen Aufmachung, nicht wehrlos. Sie waren vercybert und bewaffnet.

Ihre Kapuzenmäntel verdeckten nur die gepanzerten Jacken und das militärische Equipment. Oz und Jericho nahmen eine Schar von Kapuzenträgern unter Beschuss, die es sich neben ein paar alten Kisten mit verblichener Beschriftung bequem gemacht hatte. Oz ging in die Hocke und zog den Dauerfeuer spuckenden Lauf des MGs von links nach rechts. Jericho blieb in ständiger Bewegung und gab die Salven aus ihrem Sturmgewehr im Laufen ab, was ihrer Treffsicherheit aber nicht im geringsten beeinträchtigte. Fox und Nazareth rannten auf die Tür des Treppenhauses zu. Der einzelne Mann, der sich ihnen in den Weg stellte, wurde gleichzeitig aus den Läufen der vier beidhändig geführten Maschinenpistolen weggefegt, ohne dass er die Sturmschrotflinte überhaupt richtig angesetzt hatte. »Nazareth, deine Art, die Waffen zu führen, kommt mir echt bekannt vor! Das ist mir schon im *Buffalo's* aufgefallen.«

Fox warf im Lauf leere Munitionsstreifen aus und schob möglichst schnell neue nach. »Das kann ich gut nachvollziehen«, rief Nazareth, der nun mit den Zähnen den Ring einer Rauchgranate abzog und diese anschließend in die Mitte des Raumes schleuderte. »Ich habe schließlich die Fox-Fighting-Talent-Software für Maschinenpistolen eingeworfen. Beim nächsten Mal solltest du vielleicht mal genauer hinterfragen, was mit den Auswertungen deines Trainings bei der ›Abteilung‹ im Nachhinein geschieht.«

»Das ist nicht wahr!«

»Und ob das wahr ist!« Nazareth grinste und warf sich gegen die Tür zum Treppenhaus, die aus den Angeln brach und nach innen fiel.

Fox schüttelte den Kopf. »Ich reiß dir den Arsch auf, Perry!« Dann rannte er Nazareth hinterher.

Jericho schien in eine Art Blutrausch zu verfallen, während sie unter ihren Gegnern wütete. Schon längst hatte sie ihre Feuerwaffe fallengelassen und war in den Nahkampf übergegangen, während Oz noch immer wie wild um sich schoss. Jericho schlitzte unter schrillen Schreien immer neue Körper mit ihren scharfen Nagelmessern auf. Auch wenn einige Hortwächter selbst lange Cybersporne, Messer oder sogar Schwerter gezogen hatten, konnten sie der dunkelhaarigen Furie nicht das Wasser reichen. Jericho war unglaublich schnell und ihre Bewegungen für das menschliche Auge kaum nachzuvollziehen. Sie trennte Gliedmaßen ab, zerschnitt Kehlen und durchbohrte immer wieder neue Angreifer mit ihren bluttriefenden Cyberwaffen. Mittlerweile waren auch Mongos Kampfdrohnen aufgetaucht. Sie und Oz schossen die letzten Reste der Verteidiger auf dieser Ebene zusammen.

»Ok, Mongo«, sagte Oz keuchend, während er die schwere Waffe absetzte. »Das Gebiet ist gesichert. Schick die Drohnen zu Fox runter! Wir kommen gleich nach. Jericho, du … Jericho?« Oz lief zu der blutverschmierten Frau hinüber, die zitternd in einem Haufen von toten Körpern stand. »Bist du verletzt? He, Jericho, was ist los?«

»Ich … ich … verdammt, ich … muss … was … essen.« Oz sprang nach vorne und fing Jericho auf, die ohne ein weiteres Wort zusammenklappte.

Währenddessen erreichten Fox, Nazareth und die anderen bereits die unteren Ebenen. Vor ihnen erstreckte sich ein langer Flur. »Wo kann Eliza stecken?« Venus' Stimme hallte leise von den nackten Wänden zurück.

»Ich denke, ich weiß, wo sie ist.« Fox rannte los und das Team folgte ihm. Es stimmte, aber er konnte sich nicht erklären, woher er es wusste. Irgendwie hatte er das Bild von einem kleinen dunklen Zimmer im Kopf. Eliza auf einer Pritsche, die Arme um die Beine geschlungen. Was in aller Welt ging hier vor?

Inzwischen gab es immer weniger Gegenwehr. Die Schergen Drakes waren zweifellos gut, bezahlte Straßensöldner, aber nicht das Kaliber von Jaguargarde-Kampfverbänden oder Fox und Nazareth. Die meisten suchten bereits das Weite, wenn die gepanzerten Flugdrohnen Mongos auf der

Bildfläche erschienen, weil sie ihnen kaum etwas entgegenzusetzen hatten. Bald erreichte das Team eine große Halle, von der fünf Gänge abgingen. Hier herrschte blankes Chaos.

Männer und Frauen in Kapuzenmänteln rannten wild umher, ebenso wie unzählige Kinder in grauen Wollkutten. Irgendjemand hatte den Feueralarm ausgelöst, und im allgemeinen Tumult und der Panik fiel es allen schwer, sich ihren Weg zu bahnen. »Irgendwas stimmt hier doch nicht, das ist zu leicht.«

»Zu leicht?« Venus warf einen neben Fox stehenden Tisch um und begab sich in Deckung, während sie zwei Schüsse aus ihrer Pistole abgab. »Beschwör nichts herauf, Fox!«

Fox duckte sich unter den Schüssen eines Gewehres weg und durchsiebte den Schützen mit einer langen Salve aus dem MAG-5-Maschinengewehr, auf das er inzwischen umgestiegen war. »Es ist zu leicht. Das ist doch keine Gegenwehr! Wenn ich Drake wäre, dann würde ich meinen Hort heftiger verteidigen. Drek, wo steckt Nazareth? Doc, wo ist er hin? Myst?«

Liebhardt zuckte nur eingeschüchtert und anscheinend verängstigt mit den Schultern, und der Junge hob lächelnd seinen Arm und wies hinter Fox in die Höhe. Der britische Geheimagent wandte den Kopf und entdeckte Nazareth, der über eine Treppe auf eine Empore gestiegen war und sich zu einer hölzernen Doppeltür mit Messingbeschlägen vorarbeitete, die Fox verdammt bekannt vorkam.

Nazareth stieß die Tür mit einem Fußtritt auf und sah in ein vornehm eingerichtetes Büro, dessen längste Wand das gewaltige, in Öl gemalte Bild eines Jaguars zierte. Am anderen Ende des Raumes stand ein großer Schreibtisch, an dem ein großer Ork mit einem stählernen Cyberschädel lehnte. »Wer bist denn du, kleiner Mann? Ich dachte, der große Fox persönlich kommt her und will mit mir spielen.« Der Ork zog sein teures Jackett aus und legte es behutsam über die Lehne eines der Ledersessel.

»Man nennt mich Nazareth. Ich hoffe, Sie nehmen es mir nicht übel, wenn ich Fox vertrete. Er hat anderes zu tun.«

»Nein wirklich, was du nicht sagst? Nun, dann nehme ich erst einmal mit dir vorlieb. Es ist ja auch eigentlich egal, wem ich das Genick breche.« Ruckartig warf sich der Ork mit erhobenen Armen nach vorne, aber Nazareth tauchte unter ihm weg und schlug ihm in die Nieren.

Sein Gegner zuckte nicht einmal, sondern packte Nazareth am linken Unterarm. Nazareth warf sich nach hinten, setzte seine Beine als Hebel ein, warf den schweren Körper des Orks über sich hinweg und schleuderte ihn gegen den massiven Schreibtisch. Das Holz splitterte und ein Stück der Seitenwand brach heraus, aber im Ganzen hatte er der Wucht des Aufpralls standgehalten. Das Metall seines Schädels glänzte im matten Licht der Deckenbeleuchtung, als Mr. Metal langsam aufstand. »Drek, Nazareth, du bist stärker, als ich dachte. Vielleicht sollte ich froh sein, dass Fox nicht gekommen ist. Ich liebe Herausforderungen.«

Nazareth ließ den Gehrock mit dem silbernen Drachenmotiv auf der Rückseite von seinen Schultern rutschen und drückte die linke Faust in die Innenfläche seiner Rechten, wobei seine Fingerknochen leise knackten. »Ich habe zwar keine besonderen Instruktionen in Bezug auf Orks bekommen, aber ich kann Ihnen versichern, dass meine Kraft und Ausdauer die Ihre bei weitem übersteigen dürfte.«

»Was du nicht sagst, Kleiner? Das werden wir ja sehen«, sagte der Ork und kam mit erhobenen Fäusten auf Nazareth zu. Dieser sprang nach vorne, allerdings viel eleganter und mit einem perfekten Kampfsporttritt, der Mr. Metal auf der Brust traf und erneut zu Boden schleuderte. Allerdings hatte der Ork diesen Zug einigermaßen rechtzeitig vorausgesehen. Noch beim Auftreffen des Fußes hatte er nach Nazareths Bein gegriffen, es gepackt und ihn im Sturz mit sich gerissen. Beide rollten sich nun über den Boden und schlugen aufeinander ein. Mr. Metal gewann kurzzeitig die Oberhand und kniete sich über Nazareth.

»Verdammter Drekhead, ich werde dich zu Brei zermalmen!« Die Stimme des Orks klang kalt und schneidend, aber auch wütende Erschöpfung war deutlich herauszuhören.

»Wirklich kein feiner Zug von Ihnen, Sir.« Nazareth warf die Hände nach oben und packte den metallenen Schädel an beiden Seiten. »Runter kommen sie alle!«

Er legte seine ganze Kraft in einen gewaltigen Ruck und riss dem Ork den Schädel von den Schultern, wobei er trotz der schmerzhemmenden Modifikationen spürte, dass er dabei eigene Sehnen und Muskelgewebe verletzte. Der Ork erschlaffte augenblicklich und kippte zur Seite, während die gerade noch grimmig leuchtenden Cyberaugen des Metallschädels ihr gefährliches Funkeln verloren. »Schätze, du bist jetzt kleiner als ich, oder?«

Fox, Venus, Dr. Liebhardt und Myst waren unterdessen unter dem Deckungsfeuer von Mongos Drohnen weitergelaufen. Venus kam kaum mit, weil es Fox unaufhaltsam weiter drängte. Er kannte diese Räumlichkeiten, zumindest hatte er sie schon einmal gesehen. Er wusste, dass irgendwo hier Drake seine Eliza gefangen hielt. Er kannte die Zelle, wusste, dass sie kalt und dunkel war, wie muffig sie roch und ja, hinter einem fleckigen Poster an der Wand verbarg sich eine kleine Öffnung, über die man sich mit dem kleinen Jungen aus dem Nebenraum verständigen konnte. Woher zum Teufel wusste er das und warum bezeichnete er sie als ›seine‹ Eliza? »Fox, wo willst du hin?«

»Hier sind die Wohnzellen! Die von Eliza müsste gleich da drüben sein! Mongo, sorg mal dafür, dass die anderen Zellen auch keine Gefängnisse mehr sein können!«

»Sahne, Fox, ich erledige das.« Die Vektorschubdrohnen lösten sich von der Gruppe und begannen damit, die Türen der Zellen zu zerstören. »Ja, Drek, nehmt das und das!« Mongo jauchzte in seinen Transceiver und Fox freute sich darüber, den großen Troll wieder im Team zu haben.

»Hier, Venus, das ist die Zelle.« Die vier blieben stehen und Myst nickte aufgeregt. Ja, das musste sie sein. »Das ist auch meine gewesen. Es fällt mir alles wieder ein!«

Fox wunderte in diesem Moment gar nichts mehr. »Geht beiseite, ich schieße sie auf! In Deckung da drinnen!« Fox bemühte erneut das MAG-5-Maschinengewehr und ließ die Tür in zahllose Einzelteile zersplittern. Dann trat er in den Raum, aber nicht Eliza erwartete ihn, sondern ein Geschöpf geradewegs aus den fiebrigen Albträumen eines H. P. Lovecraft. In der Mitte des ansonsten völlig leeren Raumes räkelte sich eine weiße, kalbsgroße Made, deren blutbesudelter Körper von unzähligen lidlosen Augen bedeckt war. Zwei blauviolette Zungen fuhren zuckend über Dutzende rasiermesserscharfer Zähne von der Länge eines männlichen Unterarmes.

»Ah, der Fuchs ist gekommen! Endlich, endlich bist du hier! Mein Marschall hat mich im Stich gelassen! Wie konnte er das tun! Sag mir, WIE???«

Die Stimme in seinem Kopf versetzte Fox einen gewaltigen Hieb und warf ihn zurück auf den Gang, wo er benommen liegen blieb. »Nein, wo ist Eliza? Nein!«

Venus schrie und wich verängstigt zurück, während Dr. Liebhardt einfach bewusstlos wurde und wie ein gefällter Baum der Länge nach auf den Boden schlug. Allein Myst blieb stehen und glotzte die Made aus großen Augen an.

»Oh, du bist es! Mein kleines Lamm ist zurückgekehrt. Mir ist es egal, ob du meine Rätsel gelöst hast, hörst du? ES IST MIR EGAL!«

Myst taumelte, blieb aber auf den Beinen, während der madengleiche Dämon näher kroch.

»Ich werde dich auffressen mit Haut und Haaren, mein kleines Lamm, und es ist mir gleich, ob du alle Magie dieser Welt in dir trägst. Ich werde sie mit dir zusammen verschlingen.«

Die Made stieß nach vorn und schnappte nach Myst, verfehlte ihn aber, weil ihn die wässrigen Arme Undines zur Seite gerissen hatten. Fox richtete sich mühsam auf und sah sich, genau wie die nun wieder verstummte Venus, um. Im Gang stand Oz mit Jericho im Arm, dazu gut zwei Dutzend schwerbewaffneter Männer und Frauen in dunklen Kampfmonturen und allen voran Beowulf, der eine ebensolche Kluft trug und das altrömische Kurzschwert fest in den Händen hielt.

Beowulf lächelte Fox an und der britische Geheimagent schwor sich in diesem Moment feierlich, dass er jeden, der in seiner Gegenwart noch ein einziges Mal Witze über kleinwüchsige Jahrmarktmagier machen würde, mit nicht weniger als zwanzig gebrochenen Knochen und mindestens einem Liter Blutverlust davonkommen lassen würde.

Die Made richtete ihren Körper auf Beowulf aus und beäugte ihn verwirrt aus den lidlosen Augen

»Wer bist du, Zwerg, was machst du hier? Du bist nicht Teil dieses Spieles!«

»Ich bin Dr. mag. herm. Beowulf Meineid, ausführender Kommandeur des Ethikrates und damit beauftragt, dich von dieser Existenzebene zu tilgen. Meine Damen und Herren, terminieren!« Die eben noch still verharrenden Soldaten feuerten aus allen Rohren. Lichtblitze zuckten durch die Luft, Feuerbälle prasselten auf die Made herab, und auch einige metallene Lanzen bohrten sich tief in das fahle Fleisch der schrill aufschreienden Kreatur. Ihre Haut lief dunkel an, warf Blasen, platzte auf und nach einer ohrenbetäubenden Explosion verging sie schließlich in einer übelriechenden Wolke aus Blut, Kälte und knisternder Energie.

Kapitel 42

Wütend zerriss er das komplizierte Netz aus Sensoren und Stimulansgebern, das er über seinen schimmernden Körper gestreift hatte. Er spuckte aus und sein saurer Speichel brannte ein Loch in die Wand des Raumes, so dass er von hier aus in den prächtigen Garten sehen konnte. Silkworm war verbittert, böse und fassungslos. Bis gerade hatte er die Gefühle der Jericho-Einheit miterlebt, und es war weiß Gott kein Vergnügen gewesen.

Das konnte doch alles nicht wahr sein. Was hatte er da nur kreiert? Natürlich war es ihm gleich, ob das kleine Biest in einen Blutrausch verfiel, wenn es trotzdem ihre Gegner effektiv ausschaltete. Es war ihm auch egal, dass sie mit Liebhardt schlief, um bei ihm Punkte zu sammeln, aber warum war sie zu dumm, auf ihren Energiehaushalt zu achten? Silkworm grollte mit seiner sonoren Bassstimme und zerschlug einen der unzähligen Monitore an den Wänden. Was passierte gerade? Wie verlief Operation ›FOREVER YOUNG‹, jetzt, wo ihm Jerichos Sinne keine Eindrücke mehr vermittelten? Noch immer zornig verließ Silkworm den mit teurer Kommunikationselektronik gefüllten Raum und machte sich auf den Weg zum Strand.

Wenn alles nach Plan lief, würden Fox und seine Leute Eliza ausfindig machen, Drake erledigen und die kostbare ›FOREVER‹-Datei sicherstellen, auf die er schon so lange gewartet hatte. Die baldige Bergung Nazareths würde wohl nicht vonstatten gehen. Wer sollte das wohl tun? Jericho zwischen einer ihrer Mahlzeiten, vielleicht gar während des Zähneputzens? Oder der einfältige Liebhardt, der meinte, seine Verführungskünste bedeuteten seinem weiblichen Schützling irgendetwas? Wohl kaum!

Silkworms Körper schob sich über warmen Sand und der leichte Luftzug des simulierten Windes prickelte auf seiner seidigen Haut. Das künstliche Meer rauschte und der seichte Wellengang fing das Licht des künstlichen Mondes ein. Silkworm hielt kurz inne, um die Szenerie genauer zu betrachten. Was brachte es ihm eigentlich, Nazareth zurück zu holen? Profit würde er nicht mehr aus ihm schlagen, zumindest nicht so, wie ursprünglich geplant. Alle wichtigen Daten und Informationen über ihn existierten noch immer in den Großrechnern des Nepal Centres. Insoweit stellte seine Abwesenheit keinen zusätzlichen Verlust dar.

Der heimliche Herrscher des Kurashima-Takagema-Imperiums lächelte. Eigentlich mochte er Nazareth, er war das Erste gewesen, was er auf diesem Gebiet zustandegebracht hatte, und er hatte alle Erwartungen übertroffen. Er ließ sich nicht mehr als Produkt auf den Markt bringen, aber vielleicht war das auch gar nicht so wichtig. Nazareth hatte sich der jahrelangen Indoktrinierung widersetzt, hatte alle Befehle missachtet, nur, um für etwas einzustehen, das ihm selbst etwas bedeutete. Silkworm glitt langsam ins Wasser und überließ seinen Körper dem Spiel der schäumenden Wellen. Nazareth hatte sich nicht zurückpfeifen lassen wie ein abgerichteter Jagdhund, sondern wollte zu Ende bringen, was er begonnen hatte. Nicht, weil man ihn darum gebeten hatte, nicht, weil Liebhardt und Oliver ihn sein Leben lang darauf vorbereitet hatten, nicht, weil Silkworm, sein Schöpfer, es ihm in die Wiege gelegt hatte, sondern, weil er es selbst für eine gute Idee hielt.

Der Präsident des Nepal Centres ließ sich weiter treiben und betrachtete dabei gedankenversunken den vollen Mond, der nur scheinbar hoch über dem Meer leuchtete. Was machte er hier eigentlich? Warum war es für ihn so wichtig gewesen, dass Nazareth das tat, was er sagte? Nazareth war ein junger Mann, ein Mensch, der nur versuchte, das Beste aus seinem Leben zu machen und er, Silkworm, hatte sich immer Mühe gegeben, ihm das abzugewöhnen und ihn in die richtige Richtung zu lenken. Aber die richtige Richtung für wen? Silkworm hatte ihn als gewinnversprechendes Geschäft betrachtet, als innovatives

Produkt für einen riesigen Markt, aber nicht als das, was er war: als einen Menschen. Natürlich war Nazareth kein normaler Mensch, er war nahezu perfekt, und die Entwicklung seiner Reihe hatte viel Zeit, große Mühen und etliche Millionen verschlungen, aber letztendlich war er eben doch ein Lebewesen und keine hirn- und vor allem traumlose Maschine.

Das sanfte Schlagen des sommerlich warmen Wassers an seinen massigen Leib beruhigte und besänftigte Silkworm. Vielleicht war es einfach eine Fügung des Schicksals. Nazareth hatte bewiesen, wie fähig er war, kreativ und einfallsreich, wenn man ihn nur ließ. War das nicht mehr wert als das, was Silkworm für ihn geplant hatte? Nazareth konnte in der Welt außerhalb des Nepal Centres von großem Nutzen sein, wenn er wollte und was war das für eine Welt, in der jemand wie Drake oder er selbst Konzerne leiten konnten, ohne dass die Menschheit revoltierte? Silkworm lachte laut, zum ersten Mal seit langer, langer Zeit.

Bedächtig schwamm er ans Ufer zurück. Er legte sich auf den weißen Sand des Strandes und wartete ab, bis sein Körper getrocknet war, während er überlegte. Nazareth sollte machen, was er wollte. Die materiellen Verluste durch seine Widerspenstigkeit waren so oder so nicht mehr zurückzugewinnen. Es war lohnender, in gehen zu lassen und sich dadurch vielleicht einen Aktivposten zu sichern, auf den man sich verlassen konnte. Vielleicht war ja an Jericho noch etwas zu retten. Sie mochte ein Miststück sein und ein Biest, das den Geruch von Blut liebte, was Silkworm nicht wirklich nachvollziehen konnte, aber mit ein wenig gutem Willen und der leitenden Hand ihres Schöpfers konnte man aus ihr oder ihren Schwestern vielleicht noch Prinzessinnen machen. »Pilot.«

»Ja, Meister?«, antwortete die bekannte Computerstimme.

»Dr. Soto möchte bitte umgehend bei mir erscheinen!«

»Ja, Meister.« Silkworm erhob sich und trottete gemächlich zurück zu seinem Arbeitsbereich.

Noch war Operation ›FOREVER YOUNG‹ weder verloren noch gewonnen und Kurashima-Takagema hatte noch einige Personen im Spiel, die entscheidend an einem positiven Ausgang mitwirken konnten. Zunächst einmal waren da Dave Ozwald und seine Freundin Venus Stone, die schon seit vielen Jahren loyal für ihn arbeiteten. Ozwald war ein Organisationstalent, wie man es sich besser nicht wünschen konnte und hatte Silkworms Pläne immer perfekt ausgeführt. Oz, wie seine Freunde ihn nannten, hatte auch Fox für diese Mission vorgeschlagen, noch bevor Eliza Young diesen Wunsch geäußert hatte, und Fox war wirklich der Richtige für den Job. Ms. Stone war ebenfalls eine verlässliche Kraft und ihr Geld wert.

Zwar würden weder sie oder ihr Freund für Geld alles tun, aber genau darin lag ja auch ihre besondere Güte. Mit Geld konnte man sich einiges sichern, man konnte sich die besten und talentiertesten Profis für jeden nur erdenklichen Zweck kaufen, aber wirkliche Loyalität, Loyalität dem eigenen Gewissen gegenüber, kannten nur sehr wenige Menschen in diesem Geschäft. Dann waren da noch Liebhardt und Oliver, von denen man nicht unbedingt Großes zu erwarten hatte, wenn es nicht um ihr wissenschaftliches Fachgebiet ging, aber sie waren dennoch relativ loyale Angestellte. Allein schon, weil keiner der beiden überhaupt auf die Idee käme, seinen ruhigen und interessanten Job aufzugeben, um sich etwas nebenher zu verdienen.

Oliver gefiel Silkworm immer mehr. Er war ein Mann nach seinem Geschmack, mit Sinn für Humor und gutes Essen. Vielleicht würde er ihm eine bessere Stelle anbieten, wenn es demnächst die jetzige Position Sotos neu zu besetzen galt. Liebhardts naiver Rassismus war zwar stellenweise auch erheiternd, aber er machte ihn auf Dauer ungeeignet als Silkworms Verbindungsmann nach außen.

Dann war da noch die gute Jericho, etwas aus der Fassung geraten, aber im Grunde doch noch lernfähig, und mit demselben Potential wie ihr Bruder Nazareth. Vorerst musste man sie natürlich streng beobachten und sogar darauf achten, dass sie genug Nahrung zu sich nahm, aber durch die eine oder andere biologische oder kybernetische Modifikation ließ sich das vielleicht noch beheben. Zuletzt richteten sich die Gedanken Silkworms wohlwollend auf Nazareth. Er würde nicht ruhen, bevor er die Mission erfolgreich beendet hatte. Darauf konnte man sich verlassen.

Die Türen des Lifts öffneten sich in dem Moment, in dem Silkworm seinen Arbeitsbereich erreichte, und Dr. Soto trat heraus. »Mein lieber Soto!« Der Präsident des Nepal Centres rief laut zu seinem Angestellten hinüber. »Kommen Sie, kommen Sie her, ich bin gerade in meinem Arbeitszimmer. Seien Sie nicht schüchtern!«

»Ja, Sir!« Soto machte sich ohne Zögern auf den Weg und betrat bald ebenfalls den weitläufigen Raum, in dem es sich Silkworm gerade bequem gemacht hatte. »Sir, Sie haben mich rufen lassen.« Die Stimme Sotos klang wieder gefasst und vollkommen ruhig.

»Ja, Soto, setzen Sie sich. Hab ich Ihnen eigentlich schon einmal mein Arbeitszimmer gezeigt?«

»Nicht, dass ich wüsste, Sir.« Soto lächelte.

Silkworm selbst musste über die ironische Anspielung auf den Datenfilter grinsen, aber diese Belustigung wurde dadurch getrübt, dass er sich wieder fragte, warum Soto seit Neuestem so unangenehm selbstsicher war. Früher hatte der bloße Anblick seines Arbeitgebers Panik und Angst bei ihm ausgelöst, aber jetzt erfassten die empathischen Sinne Silkworms nichts als absolute Gelassenheit. »Soto, an Ihnen ist ein Komödiant verloren gegangen.«

»Sir, ich versuche mir die Abende freizuhalten.« Silkworm kicherte, aber trotzdem war ihm das alles immer weniger geheuer. »Lassen wir die Scherze, mein lieber Soto! Bitte seien Sie so gut und nehmen Sie das mobile SimSinn-Gerät wieder mit nach unten! Ich bin der Gefühle Jerichos mehr als überdrüssig. Ich denke, ich verlasse mich lieber auf die gewohnten Berichte meines Personals.«

»Ja, Sir, das wird sofort erledigt.«

»Und denken Sie bitte daran, mich sofort zu informieren, wenn es Neuigkeiten aus Seattle gibt, Soto!«

»Selbstverständlich, Sir. War das alles?«

»Nein, Soto, der eigentliche Grund, warum ich Sie herbestellt habe ist, dass ich beschlossen habe, Nazareth die Freiheit zu schenken. So …« Silkworm reichte seinem Untergebenen einen neubeschriebenen Datenchip. »Hier sind die neuesten Instruktionen. Handeln Sie danach, und wir werden alle Freunde bleiben! Auf Wiedersehen, Dr. Soto.«

»Auf Wiedersehen, Sir.«

Nachdem Soto die Türe zu seinem Büro geschlossen hatte, legte er zunächst den Instruktions-Chip auf den Schreibtisch und griff dann in seine Jackentasche, um einen anderen Datenträger hervorzuholen. Den zweiten Datenträger hatte er aus dem heimlich dafür umgebauten SimSinn-Gerät genommen, das er soeben aus der obersten Etage mit nach unten gebracht hatte. Es war nur ein kleiner Chip, unscheinbar im Vergleich zu der Wichtigkeit der Daten, die sich auf ihm befanden, aber die sechste Welt hatte Möglichkeiten mit sich gebracht, die alle anderen zuvor wohl wie ein fades Abbild erscheinen ließen.

Der Fortschritt hatte in den letzten Jahrzehnten einiges erreicht und etwas davon war die SimSinn-Technologie. Man zeichnete die Gefühle anderer auf und konnte sie mit Hilfe der Technik selbst durchleben, so, als hätte man selbst diese Erfahrungen gemacht. Man erfuhr dadurch Dinge, die man sich nie hätte träumen lassen. Jemand wie Soto konnte nachempfinden, wie es war, der Chef eines weltweit agierenden Unternehmens zu sein, der seine wahre Identität vor allen verborgen hielt und einen Mantel von Verschwörungstheorien um sich gehüllt hatte.

Dieser kleine Chip vor ihm würde das Geheimnis lüften, das besser gehütet worden war als der heilige Gral. Die zusätzlichen Modifikationen würden ihm eine vollsensorische

Wiedergabe dessen liefern, was sich hinter dem Namen Silkworm verbarg. Er würde seine Gefühle erleben, sein Bild sehen, seine Pheromone wahrnehmen und die Wärme seines Körpers spüren. Soto würde alles erfahren. Vorsichtig zog der Wissenschaftler den bereits eingelegten SimSinn-Chip aus der Datenbuchse, der ihn mit einem unerschütterlichen Gefühl von Selbstsicherheit, Ruhe und Gelassenheit versorgt hatte und legte den neuen Chip ein.

Die unerwarteten Emotionen und Gefühle prasselten auf ihn ein wie ein gewaltiges Feuerwerk aus Farben und Empfindungen. Das alles verdichtete sich, wurde immer klarer, bis es sich schließlich zu einem erhellenden Ganzen zusammengefügt hatte. Dr. Soto warf den SimSinn-Chip bald wieder aus und führte aufgeregt und mit zitternden Fingern den anderen zur Beruhigung wieder ein. Damit hatte er nun wirklich nicht gerechnet.

Kapitel 43

Bedächtig bahnte sich die Gruppe von Menschen einen Weg durch die tiefschwarze Dunkelheit. Die starken Taschenlampen gingen fast gänzlich unter, so, als wollte die Dunkelheit nicht, dass man sich ihr widersetzte. Ab und zu konnte man sehen, dass der Weg über einen schmalen Felssims führte, der zu beiden Seiten steil bergab in eine schier endlose Tiefe führte. Trotzdem schien es dem Führer der Gruppe nicht schwer zu fallen, dem gefährlich unsicheren und nahezu unsichtbaren Pfad zu folgen. »Achtet nur darauf, wo ich hergehe, liebe Freunde. Ich bin früher so oft durch diese Höhlen gestreift, dass man meinen könnte, es hätte keinen schöneren Ort auf der Welt gegeben. Wenn ich es mir recht überlege, gibt es auch wirklich nichts Schöneres als mein geheimes Königreich hier. Hier hat alles angefangen. Mach dich bereit, B'an Iestas, dein König ist zurück!«

Drake lachte kehlig auf. Der Klang seiner kalten Stimme hallte von den blanken Felsen der Kavernen wider und wurde weit in die allumfassende Finsternis hinausgetragen. Eliza fröstelte. Drakes unterirdisches Reich, von dem sie bisher nicht mehr gesehen hatte als gähnende Schwärze, war zwar kühl und feucht, aber der eigentliche Grund für ihr Zittern war die aufkommende Angst. Vor wenigen Stunden waren sie noch in Drakes Hort in Seattle gewesen, einem unangenehmen Ort, aber die Anlage, in die er sie und einige seiner Anhänger in den dunklen Kapuzenmänteln nach ihrer überstürzten Flucht nun gebracht hatte, verbreitete eine noch bedrückendere Stimmung, die von Furcht und Tod geprägt war.

Der Hort war ein Platz gewesen, an dem man gespürt hatte, dass hier Hunderte, ja, über die vielen Jahre vielleicht sogar tausend Menschen und unschuldige Kinder gelitten hatten und auf grausamste Weise bis zu einem, vielleicht nicht einmal erlösenden, Tod gequält worden waren. Aber über diesen Höhlen tief unter den Bergen Atzlans lag eine Aura des Bösen, die mit kaltem Lächeln vom furchtbaren Schicksal Abertausender verzweifelter Menschen erzählte.

»Eliza, seien Sie ja vorsichtig! Ich möchte Sie nicht auf den letzten Schritten zu meinem grandiosen Erfolg noch an die ewigen Schluchten verlieren. Sie alleine sind doch dafür verantwortlich, dass für mich alles so glänzend verläuft, liebe Freundin! Ich dachte mir gleich, dass Sie etwas Besonderes sind, aber das Sie mein Schicksal und das der ganzen Welt so sehr beeinflussen könnten, hätte ich wirklich niemals zu hoffen gewagt.«

»Schön für Sie, Drake, wirklich!« Eliza gab sich Mühe, unbeeindruckt und kühl zu klingen. »Ich möchte nicht verpassen, wie Sie hier zugrunde gehen. Fox wird Sie finden und er wird Sie töten.«

In den letzten Satz legte die junge Frau so viel Überzeugung, wie sie nur konnte, was ihr selbst ein wenig Zuversicht gab. Mr. Drake lachte wieder. »Ach, liebste Eliza, ich denke, da muss ich Sie enttäuschen. Natürlich war es überraschend, als mir mein bleicher Lehrer vom Bronzetor-Mythos von dem Fuchs berichtete, der kommt, um Sie zu holen, ja, der gerade jetzt vielleicht einen Angriff auf meinen alten Hort unternimmt, aber in den vielen Jahren meines Lebens habe ich so etwas wie völlige Gelassenheit entwickelt. Ich kann mit einer solchen Änderung meiner Pläne umgehen, auch wenn die Made meinte, alles ginge zu Ende. Aber mein Lehrer ist wohl selbst in die Jahre gekommen. Das süße Leben ohne Anstrengung, ohne Feinde und Herausforderungen hat sie weich und schließlich sogar ängstlich werden lassen.«

»Sie sind es, der sich fürchten sollte, Drake!«

»Fürchten? Vor wem? Vor einem zweitklassigen Spion aus einem drittklassigen Land? Wohl kaum! Oder meinen Sie, dass ich mich vor Ihnen in Acht nehmen sollte? Ich bin neben den Anwesenden der einzige Mensch auf dieser

Welt, der von der Existenz dieser Höhlen weiß, und ihre Erbauer haben viel Wert darauf gelegt, von nichts und niemandem entdeckt zu werden. Niemand wird uns hier finden, Eliza, und niemand wird Sie retten. Es tut mir wirklich Leid.« Drake kicherte gehässig und Eliza stellten sich die Nackenhaare auf. »Sie, Eliza, sind das erste Lamm einer neuen Epoche für mich und die Menschheit. Auch, nein, gerade, weil Sie fähig waren, meinem Zauber und auch der Herrschaft eines Dämonen zu widerstehen, werden Sie ein neues Zeitalter einleiten, wenn ich Sie zur Schlachtbank führe und Ihr Blut meinen neuen Lehrern zu trinken gebe. Warum auch nur einem, wenn ich sie alle haben kann?«

Eliza senkte ihren Kopf, auch wenn in dieser Dunkelheit wohl niemand gesehen hätte, dass ihr Tränen über die Wangen liefen. Als sie aber das leise Flüstern der vermummten Gestalt neben sich vernahm, fasste sie neuen Mut. »Weine nicht, Kleines! Hochmut kommt vor dem Fall.«

»So, meine Freunde, macht euch bereit auf einen Anblick, den ihr euer Leben lang nicht mehr vergessen werdet. Es gibt nichts Schöneres auf der Welt. Se'seterin!«

Nachdem die letzten Silbe über Drakes Lippen gekommen war, keimte links und rechts von ihnen ein lautes Tosen und Prasseln auf, schwoll immer mehr an und füllte schließlich alles um sie herum aus. Urplötzlich erstrahlte die Szenerie in taghellem Licht. Geblendet hoben Eliza, Drake und die anderen schützend die Hände vor die Augen, aber schnell gewöhnten sie sich an die neue Helligkeit.

Was sie blendete und Drake wie ein kleines Kind jauchzen ließ, war eine Stadt. Es war kein Bunker, keine spartanische Höhlenunterkunft, wie man sie vielleicht zu rein militärischen Zwecken angelegt hätte, sondern eine prachtvolle, wenn auch vom Zahn der Zeit in Mitleidenschaft gezogene Stadt. Ein Raunen ging durch die Gruppe und man merkte, wie sich Ehrfurcht und Bewunderung ausbreiteten. Eliza selbst war fassungslos. So etwas Wunderschönes und zugleich Todtrauriges hatte sie nicht einmal in der Matrix gesehen. Die Gruppe stand mitten auf einem antiken Marktplatz umringt von zahllosen Wohngebäuden, deren Baustil sich durch Zweckmäßigkeit, aber auch durch vollendete Handwerkskunst auszeichnete. Überall waren prächtige Verzierungen, lebensecht wirkende Statuen, kunstvolle Mosaike und Fresken, Gold, Edelsteine und teure Stoffe, soweit das Auge reichte. Marmor, feiner Basalt und edle Hölzer verliehen den Bauwerken einen Glanz, den man tatsächlich nur als ›königlich‹ bezeichnen konnte.

Drakes Königreich, wie er es auch genannt hatte, erstreckte sich weit in den Berg und seine unterirdischen Tiefen, aber dennoch erblickte man kein Felsgestein, wenn man den Blick nach oben richtete. Über ihren Köpfen sah man keine Decke aus behauenem Stein, sondern nur blauen Himmel, der von vereinzelten Wolken und einer strahlenden Sonne geschmückt wurde.

»Es ist pure Magie.« Drake hatte bemerkt, dass sich die Augen Elizas zur Decke gerichtet hatten. »Es mutet wie eine Verschwendung astraler Ressourcen an, aber die Illusion erlangt wohl nur so ihre völlige Perfektion. Würden Sie denken, dass die Decke dieses Gewölbes eigentlich recht niedrig und von zahllosen scharfkantigen Stalaktiten bedeckt ist? Der Aufwand war nötig, um den Bewohnern eine lebenswerte Umgebung zu schaffen. Ansonsten hätten sie es über die Jahrhunderte kaum aushalten können.«

Eliza nahm Drakes Bemerkung kommentarlos entgegen und tastete mit ihren Blicken nur weiter die atemberaubende Umgebung ab. Die Welt außerhalb der Matrix war ihr seit langer Zeit immer unsicher und irreal erschienen, aber diese kleine Stadt war wohl ursprünglich so gewesen, wie sie sich ein Zuhause immer erträumt hatte. Oft hatte sie versucht, eine ähnliche Realität zu programmieren. Etwas, wohin sie hätte flüchten können, wenn sie die nicht-virtuelle Wirklichkeit wieder einmal schmerzlich eingeholt hatte. Der Tod ihres Vaters, des einzigen Menschen, der ihr damals etwas bedeutet hatte, der für sie da gewesen war und sie immer beschützt hatte, hatte sie noch weiter in ihre Traumwelten abgleiten lassen. Aber immer war es nur schöner Schein gewesen, etwas, das mit dem Quit-Befehl und den Ausstöpseln der Datenbuchse endete, aber nun atmete sie Wirklichkeit und schmeckte realen Staub in der Luft.

Die Stadt war genauso echt wie sie selbst. In den kostbar gestalteten Thermen sprudelte richtiges Wasser, und der stete Klang der Wellen bestand nicht aus programmierten Informationen, die über ein elektronisches Datenverarbeitungssystem in ihr Großhirn gespeist wurden. Eliza sah sich um und seufzte tief. Wie auch sie selbst, hatten die Erbauer und Bewohner dieser Stadt aber nicht gänzlich aus ihrer Realität flüchten können. Auch hier unten waren sie von der grausamen Wirklichkeit eingeholt worden. Teile der Gebäude waren rußgeschwärzt, andere lagen vollends in Schutt und Asche. Überall lagen Skelette, zerrissen und weit verteilt. Eingedrückte Schädel, zermalmte Knochen und widernatürlich verdrehte Gliedmaßen bildeten einen grausamen Teppich über der ganzen Stadt. Manche Bewohner waren wohl im Schlaf überrascht worden. Noch immer trugen ihre knöchernen Leichen die nicht verwesen wollenden Überreste kostbarer Nachtkleider. Andere trugen zerfetzte oder geschmolzene Körperpanzer aus blankem Metall. Manche hielten noch Schwerter und lange Spieße fest umklammert in ihren Händen, auch wenn sie ihre letzte Schlacht nicht überlebt hatten.

Irgendetwas hatte die Idylle der Stadt zerbrechen lassen wie eine der noch immer funkelnden Klingen. Dieses Etwas war überraschend und über Nacht in die Stadt eingefallen und hatte machtvoll alles hinweggefegt, was sich ihm entgegengestellt hatte. Eliza zweifelte daran, dass jemand überlebt hatte, denn die kleine Stadt, die ein beschauliches Paradies hätte sein können, glich nun einem Massengrab von unüberschaubaren Ausmaßen. Zehntausende mussten hier ihren überraschenden, aber von ihnen wohl irgendwie doch geahnten und gefürchteten Tod gefunden haben.

Sie hatten sich tief unter der Erde versteckt, aber auch hier hatte man sie entdeckt, aufgestöbert und grausam hingerichtet. Vielleicht konnte man vor manchem einfach nicht davonlaufen. Vielleicht musste man manchmal dem Feind entgegentreten und um sein Leben kämpfen.

Ein unsanfter Stoß riss Eliza aus ihren Gedanken. »Eliza, ich rede mit Ihnen!« Die junge Deckerin erschrak und hob instinktiv die Arme zu einer abwehrenden Haltung.

»Keine Sorge.« Drakes Stimme klang versöhnlich. »Ich werde Ihnen nicht wehtun, liebste Eliza. Noch nicht. Sehen Sie das große Gebäude dort drüben? Das ist unser Ziel.«

Eliza senkte die Arme, sah sich aber trotzdem vorsorglich nach möglicher Hilfe um. »Dort, hinter dem berüchtigten Bronzetor, warten meine Verbündeten im Halbschlaf darauf, dass ich sie wecke und um Hilfe bitte. Ich werde sie erwecken und nun nicht nur eine einzelne Made. Dieses Mal nicht, nein, ich habe dazugelernt und Sie, liebe Freundin, haben mir diesen Weg aufgezeigt. Eine Made alleine ist schwach, so schwach, dass selbst Sie ihren Bann abschütteln konnten. Eliza, Ihr Blut, das Blut eines so widerspenstigen Lammes, sollte ausreichen, sie alle zu erwecken. Und wenn ich mich mit all diesen Dämonen zusammengetan habe, wird es mir möglich sein, noch gewaltigere Mächte zu entfesseln. Die Maden sind nur die Wegbereiter für Wesenheiten, die mir unendliche Größe verleihen werden. Ich werde ein König sein, ein Gott! Schade, dass Sie das nicht mehr miterleben werden.« Drake lachte.

Eliza versuchte überzeugend zu lächeln. »Ich wäre schon froh, wenn Sie ein richtiger Mann wären.«

Drake schlug ihr als Antwort die geballte Faust ins Gesicht. Eliza wankte und knickte ein, während sie warmes Blut auf ihren Lippen schmeckte. »Packt sie! Es geht hier entlang. Ich verspüre keine Lust, dieses kleine Miststück länger als unbedingt nötig in meiner Nähe zu dulden. Je schneller wir durch das Bronzetor schreiten können, umso eher ist sie für immer still!«

Zwei der gesichtslosen Gestalten in schwarzen Kapuzenmänteln ergriffen Eliza und schleppten sie hinter Drake her, der zügig und zielsicher das große und noch völlig intakte Gebäude am Ende einer langen Straße ansteuerte.

Bald erreichte die Gruppe ein bronzenes Doppeltor. Es war matt, nicht unbedingt prunkvoll und nur wenig verziert, aber von ihm ging eine Macht aus, die es von allen anderen Türen unterschied, die Drake und seine Begleiter auf ihrem Weg durchschritten hatten. Das Metall war nicht kalt, wie es bei normaler Bronze der Fall gewesen wäre, sondern warm und auf sonderbare Weise weich. Es schien zu leben, sich irgendwie zu bewegen und an Vitalität zu gewinnen, als die neuen Ankömmlinge es durchschritten.

Als Eliza durch die Tür trat, spürte sie einen leichten Druck auf ihrem Gesicht. Es war wie ein leichter Vorhang, wie eine Art Spinnennetz. Auch hinter dem Bronzetor fühlte man, dass etwas anders war. Der weitläufige Saal hinter der Tür glich nicht den übrigen Räumen des Gebäudes. Eliza war sich sogar fast sicher, dass sie überhaupt nicht mehr in dem Gebäude war und zweifelte daran, dass sie sich noch in der ihr bekannten Welt aufhielt. Sie konnte es nicht an einem bestimmten Merkmal festmachen, sie konnte nicht genau definieren, was den Raum so unwirklich machte, aber etwas stimmte nicht.

Sie erschrak, als sie sich genauer umsah. Das, was sie eben noch für Schutthaufen oder Steine gehalten hatte, regte sich. Es waren Maden, genauso abscheulich und abstoßend wie die aus dem geheimen Zimmer in Drakes Hort, aber es waren mehr, viel mehr. Eliza konnte sie nicht zählen, aber es mussten an die fünfzig dieser monströsen Wesen sein.

»Sind sie nicht wunderschön?« Eliza sah zitternd zu Drake, der die Dämonen mit fast zärtlichen Blicken bedachte. »Wenn sie sich erst unter den ersten Bluttropfen winden und zu neuem Leben erwachen, werden sie wirklich in voller Schönheit erstrahlen. Dann, liebste Eliza, werde ich mich in ihrem Glanze sonnen und voller Wehmut an Ihren liebenswerten Beitrag erinnern. Macht sie dort hinten fest! Die Arm- und Beinketten werden das kleine Lamm in die perfekte Position bringen. Die Arme genau horizontal zu beiden Seiten und die Beine senkrecht zum Boden. Ach, wie ein zweiter Leonardo da Vinci, auch wenn es sich bei meinem vitruvianischen Menschen um eine junge Frau handelt. Aber selbst jemand wie der alte Meister persönlich kann nicht alles richtig machen, nicht wahr?«

»Nein, wirklich, das ist der Punkt, wo ich kotzen muss, wenn ich ihn nicht auf der Stelle geeke. Vanessa, Darling, puste sie weg!« Die beiden Gestalten, die Eliza noch eben an den Armen gehalten hatten, stießen sie nun hinter sich und rissen Maschinenpistolen unter den Gewändern hervor, um auf Drake und die anderen zu feuern.

Eliza strauchelte und stürzte zu Boden. Drei von Drakes flüchtenden Begleitern wurden von gezielten Salven erfasst und ihr Blut spritzte über die nun munter werdenden Maden. Drake selbst stand vom Kugelhagel unbeeindruckt in der Mitte des Saales und lachte dem automatischen Feuer und auch Blinky und Major Vanessa Hernandez, die sich von den hinderlichen Kapuzenmänteln befreit hatten, entgegen. Die Projektile prallten wie von einem unsichtbaren Schild gebrochen nach allen Seiten ab und erreichten den schallend lachenden Magier nicht. Blinky und seine wehrhafte Begleiterin feuerten weiter, konnten die magische Barriere aber nicht überwinden. Während weitere Kugelsalven auf den Schild einhämmerten, trat Drake kopfschüttelnd näher. »Major, Major, was muss ich da sehen? Mr. Blinky lebt noch, und Sie haben sich mit ihm gegen mich verbündet? Wie habe ich denn das zu verstehen? Ist das die vielbeschworene Ehre der Jaguargarde?«

Drake machte eine wegwerfende Handbewegung, und die Maschinenpistolen flogen Blinky und Vanessa aus den Händen, um an den massiven Wänden des Saales zu zerschellen. »Haben Sie denn gar nichts gelernt, Major? Habe ich Sie nicht gut erzogen? Erst vernichte ich Ihre Familie in einem der schönsten Beben, das ich jemals zustande gebracht habe, dann töte ich Ihren Onkel, Ihre Tante und Ihre Cousinen mitsamt der ganzen Dorfbevölkerung und zuletzt Ihren Pflegevater, den General, und Sie zeigen sich noch immer unbeeindruckt? Ich dachte, Sie seien endlich ein vernünftiges und gefügiges Werkzeug. Sie enttäuschen mich.«

Vanessa schrie ungläubig auf. »Nein! Sie lügen! Das ist nicht wahr! Niemals!« Drake lächelte kalt, während er mit einer frisch angezündeten Zigarette ein geometrisches Muster aus buntem Rauch in die Luft zeichnete. »Es ist alles wahr, kleine Vanessa. Auch ich war einmal ein Lehrer, dein Lehrer, liebes Mädchen, aber du hast mir damals nicht zugehört und meine Liebe abgewiesen. Die Maden werden sich über ein zweites Opfer freuen. Nun zu dir, Blinky …«

»Drek, ich denke, ich weiß, was jetzt kommt. Es hat was mit Pieken und Stechen zu tun, oder?«

»Nein, ich denke, es hat etwas mit Feuer, endlosem Leid und einem für Sie viel zu fernen Tod zu tun.«

Eliza schauderte. Drake hob lächelnd die linke Hand und Blinky ging schreiend in grellroten Flammen auf. »Glauben Sie nicht, dass das allzu bald vorbei ist, mein Lieber!«

Kapitel 44

Die vier Motoren der Lockheed C-260 brummten monoton. Es war ein Klang, der einen normalerweise zur Ruhe brachte, bei dem man wohlig schlafen konnte, aber die Besatzung der schwer gepanzerten Transportmaschine war zu konzentriert auf die bevorstehende Mission, um sich zu entspannen. Fox, Oz und Venus, Mongo, Nazareth und Myst saßen zusammen mit Beowulf und der Kommandoeinheit des Ethikrates auf den zweckmäßigen Bänken im Frachtraum und vertrieben sich die Zeit damit, Pläne für die nächsten Stunden zu schmieden.

Mongo lehnte sich hinüber zu Fox: »Wie kommt es, dass du so genau weißt, wo wir nach Eliza suchen müssen? Klar, du fühlst dich mit ihr verbunden, aber bei mir reicht das nicht, um zu wissen, was meine Mama gerade macht!«

Fox lächelte den großen und in dem eher beschränkten Frachtraums ziemlich fehl am Platz wirkenden Troll freundlich an. »Tja, Mongo, wenn ich das nur wüsste. Es ist ein ziemlich seltsames Gefühl, wenn man feststellt, dass man nicht nur die eigenen Gedanken im Kopf zu haben scheint. Ich weiß nicht, warum das geschieht, aber ich weiß, dass diese Verbindung da ist.«

Beowulf räusperte sich. »Es ist die Bronzetor-Legende, von der ich euch berichtete. Eliza ist das eine Lamm und Fox der Fuchs, der sie stiehlt. Ich denke, es sind einfach die Ereignisse, die alles so zusammenfügen, wie es sein soll. Wäre Eliza nicht entführt worden, müsste es keinen Fuchs geben, der sie rettet. Müsste der Fuchs sie nicht retten, bräuchte es keine Verbindung zwischen ihm und dem Lamm.«

»Klingt nach Hirn-Frikassee.« Mongo rieb sich die Stirn und lehnte sich auf seinem Platz zurück. Fox und die anderen lachten, aber im Grunde dachten wohl fast alle so.

»Mr. Mongo«, Beowulf setzte eine belehrende Miene auf, die zu seinem Tonfall passte. »Es ist alles eine Frage der

Ereignisse. Situationen schaffen Helden. Daran ist nichts Ungewöhnliches, oder? Jemand, dem in seinem Leben absolut nichts Aufregendes begegnet, der immer zufrieden und normal durch seinen Alltag geht, erhält keine Gelegenheit, etwas Großartiges zu leisten. Der Mensch braucht einen Ansporn, etwas, das ihn nach Höherem streben lässt. ist dieser Anlass da, verändert das auch den Menschen.«

Venus meldete sich nun zu Wort. »Jungs, ist das nicht eigentlich vollkommen egal? Fox weiß, wo wir Eliza finden, und das ist ja wohl die Hauptsache. Ich finde das viel zu romantisch, um es weiter zu zerreden. Es ist einfach so, wenn zwei Menschen zueinander gehören.«

Oz lächelte seiner Freundin zu und streichelte ihre Hand. »Wie klug du doch bist.«

»Nicht wahr?«

Nun meldete sich Myst vorsichtig zu Wort, nachdem er Nazareth fragend angesehen und dieser ihm bekräftigend zugenickt hatte. »Ich spüre den Aufenthaltsort von Eliza auch.« Alle Blicke richteten sich auf ihn, was den Jungen aber nicht einschüchterte, sondern ermunterte, fortzufahren. »Ich meine, ich wüsste es nicht, wenn ich nicht spüren würde, wo sich dieser Drake aufhält, wie ihr ihn nennt. Ich weiß nur, dass sie bei ihm ist. Drake will sie opfern.«

Beowulf nickte. »Ja, Myst, das will er. Er strebt nach noch größerer Macht, als er bereits durch den Tod der vorherigen Opfer erlangen konnte. Er glaubt, dass es der Tod des ›einen Lammes‹, des Menschen, der nach der Vorsehung eigentlich nicht sterben dürfte, eben das bewirken wird. Und ich fürchte, er hat Recht damit, auch, wenn es nur eine Nebenerscheinung eines viel bedeutenderen Übels ist. Der Tod Elizas könnte die Verbindung zu einer anderen, einer finsteren und verdorbenen Welt öffnen, und wenn das geschieht, möchte ich keinem wünschen, dass er dann noch hier ist.«

»Hat das was mit den Zyklen zu tun, den Niederhöllen und dem Feind?« Beowulf und die anderen Mitglieder des

Ethikrates, die sich auf diesem Gebiet auskannten, sahen den blassen Jungen verblüfft an, während Fox und die anderen nur verwirrte Blicke austauschten.

»Ja, aber woher weißt du das?« Der Junge lächelte etwas schüchtern, fuhr dann aber einigermaßen sicher fort. »Ich habe es aus den Rätseln erfahren, die sie mir im Hort aufgegeben haben. Ich bin hinter ihre Bedeutung gekommen und habe all das gelesen. Man kann es sich wie eine Waage vorstellen. Wenn auf unserer Seite das Magieniveau zunimmt, dann senkt sie sich auf die gleiche Ebene wie die der anderen Welt, und ein Zugang wird möglich. Das sollte erst in ferner Zukunft geschehen, aber Drake könnte so etwas wie einen Tunnel schaffen, der die Kluft überbrückt.«

Ein Raunen ging durch die Reihen, aber Beowulf lächelte den Jungen nur an. »Du bist ein ziemlich aufgeweckter Bursche. Alle Achtung! Wie war es dir denn überhaupt möglich, die Rätsel der Made zu lösen?«

Der Junge strahlte und fuhr stolz fort. »Ja, das war nicht ganz einfach. Ich habe mir, wie alle anderen auch, immer wieder den Kopf darüber zerbrochen. Wir mussten die Lösung zu etwas finden, ohne die Frage zu kennen. Dann, eines Nachts, als ich wieder an der Aufgabe gescheitert war, fiel es mir wie Schuppen von den Augen. Es war wieder dasselbe gewesen. Ich hatte versucht, das Rätsel zu lösen und war gescheitert. Das musste passieren, weil es einfach keine Lösung gab. Es war ein Teufelskreis; ich war gefangen in einem Ablauf, der sich niemals ändern konnte. Ich sah vor mir einen Kreis und dann, ich weiß auch nicht, dann wurde es ganz warm in mir. Es war so, als würde ich für einen kurzen Augenblick meinen Körper verlassen und mich und den Kreis von einem anderen Punkt aus betrachten. Aus dieser Sicht ging ich um mich herum und erkannte dann, dass dieser Kreis gar keiner war. Es schien nur so, als ob es einer wäre. Von oben sah es wie ein Kreis aus, aber von der Seite besehen war es eine Spirale. Ich hatte in der falschen Dimension gedacht. Geometrisch wäre das zweidimensional gewesen. Es war kein geschlossener Kreis, sondern eine lange Abfolge von Kreisen in einer Spirale, mit einem Anfang und einem Ende. Ich verstand, dass ich nicht auf ewig gefangen bleiben musste, sondern entkommen konnte. Es konnte ein Ende der Gefangenschaft geben. Als ich das wusste, hatte ich das Rätsel gelöst.«

Beowulf sah Myst kopfschüttelnd an. »Damit hast du etwas erreicht, was Tausenden vor dir nicht gelang. Du hast das Ende einer Geschichte eingeleitet, die ansonsten vielleicht niemals geendet wäre. Aus diesem Grund sind wir jetzt hier. Wir müssen versuchen, das Bronzetor zu schließen, weil Drake ansonsten selbst die Gelegenheit nutzt, um seine finsteren Pläne zu verwirklichen.«

»Hört sich weltbewegend an.« Fox grinste in die Runde. »Wisst ihr, irgendwie hat mir das in letzter Zeit auch gefehlt. Es ist immer wieder ein gutes Gefühl, wenn man einen Job hat, der über das Schicksal der Welt entscheidet.«

Ein breites Lächeln zog sich über Mongos Gesicht. »Cool!«

Venus lachte und Oz nickte dem gewaltigen Troll zustimmend zu. »Ja, Mongo, das ist wirklich cool. Du stehst morgens auf, ziehst dich an, liest die Zeitung und denkst, es wird ein Tag wie jeder andere. Hier und da eine Schießerei, die Bar wird dir zerlegt, ein Mega-Konzern will dich umbringen, Freunde erweisen sich als Verräter, Gegner als Freunde, ein kleiner Junge macht seinen Doktor in Metaphysik und arkanem Brimborium und ich trage eine Cyber-Schickse auf Händen, die umfällt, weil sie ihr viertes Frühstück nicht bekommen hat. Aber dann, wenn eine Geheimorganisation aus dem Nichts auftaucht und du in ihrem Jet nach Atzlan düst und nur von radarabweisender Beschichtung und Stealth-Technologie davor bewahrt wirst, abgeschossen zu werden, wird dir plötzlich klar, dass du entweder der heimliche Held deiner Generation wirst oder leider dafür verantwortlich bist, dass die Welt von geifernden Monstern gestürmt und in den siebten Kreis der Hölle gezogen wird. Das ist etwas, was ich wirklich cool finde.«

Alle lachten und für einen Moment löste sich die allgemeine Anspannung. Nazareth legte bedächtig den Kopf zur Seite und sprach leise, aber so eindringlich, dass ihm alle zuhörten. »Ich habe lange darüber nachgedacht, was ich mache, wenn das alles hier vorbei ist und ich tun kann, was ich will. Ich glaube, ich bleibe einfach Nazareth. Warum sollte ich alles ablegen, nur weil es mir zuvor jemand vorgeschrieben hat? Ich muss mich nicht zwanghaft von etwas loslösen, was mir gefällt, nur weil es auch anderen gefällt. Ich glaube, das wäre das Einzige, was ich wirklich falsch machen könnte. Man gab mir den Namen Nazareth, und warum soll ich mich für etwas anderes entscheiden und nach einem neuen Namen suchen? Nazareth ist doch ein guter Name für mich, oder? Mir gefällt er. Nazareth bleibt Nazareth. Ist doch cool.«

Aufeinander abgestimmt und präzise wie ein Uhrwerk liefen die Aktionen der Kommandoeinheit ab. Das Gelände um den versteckt liegenden Eingang zu Drakes unterirdischem Reich war felsig und zerklüftet, was ihnen einige Deckung bot, aber auch ihren Gegnern leicht als Versteck dienen konnte. Man sicherte sich gegenseitig ab und versuchte möglichst vorsichtig, die von Fox beschriebene Stelle zu erreichen, aber letzten Endes musste man mehr Gewicht auf ein schnelles Vorankommen legen als auf absolute Sicherheit. Fox und sein Team schlossen, ebenfalls größtmöglichen Schutz suchend, zu der Einheit des Ethikrates auf.

Seit dem Sturm auf den Hort in Seattle hatten sie die Ausrüstung nicht wieder aus den Händen gelegt und waren daher immer noch bestens auf einen Kampfeinsatz vorbereitet. Nach der Landung der Lockheed-260 und dem einstündigen Fußmarsch drängte es alle danach, endlich ans Einsatzziel zu kommen. Die Landschaft wirkte friedlich, vielleicht ein wenig trostlos, weil es in letzter Zeit nicht viel geregnet hatte, und man brauchte sich nicht darüber zu wundern, dass Drakes Unterschlupf über die vielen Jahre verborgen geblieben war. Es gab keinerlei Anzeichen für Zivilisation, nicht einmal einen kleinen Trampelpfad. Hätte Fox nicht ein genaues Bild vor Augen gehabt, wäre es ihnen kaum möglich gewesen, auch nur in die Nähe des unsichtbaren Einganges zu kommen, aber so hatten sie ihn schließlich doch bald und ohne Zwischenfälle erreicht.

Beowulf trat vor, zog sich den schwarzen Handschuh von den Fingern und tauchte mit der rechten Hand in den nur als Illusion vorhandenen Stein. »Faszinierend! Etwas Ähnliches habe ich noch nicht gesehen. Es ist nicht einmal über astrale Wahrnehmung zu erfassen. Erstaunlich! Emanuel, sieh dir das an!«

Ludwig stellte sich neben den alten Freund und betrachtete nun ebenfalls den geheimen Zugang. »Es ist zu klein für einen normalen Eingang. Wahrscheinlich ist es eine Art Flucht- oder Erkundungstunnel. Ich denke, dass er eigentlich verschlossen sein sollte. Siehst du die Maserung im Stein, Beowulf? Es hat hier Erdverschiebungen gegeben.«

»Du bist der Geologe, Emanuel.«

»Auf jeden Fall ist die Magie sehr alt.«

»Drachisch? Guck dir einmal die feinen Knoten an. Dazu gehört schon eine ganze Menge theoretisches Wissen.«

»Nein, ich vermute, es ist zwergisch. Betrachte die Lage des astralen Chassis. Es ähnelt dem Grab, das wir im Schwarzwald aufgetan haben. Aber du hast Recht, es sind auch elfische Einflüsse vorhanden. Es könnte ein Kaer sein.«

Fox knurrte. »Das ist ja alles wunderbar, aber Sie können ihre Fachgespräche verdammt noch mal später führen. Wir haben jetzt nicht die Zeit dazu!«

Beowulf nickte verlegen. »Entschuldige, Fox, natürlich. Major, rücken Sie vor! Aber vorsichtig! Die Höhlen könnten noch immer aktive Verteidigungssysteme besitzen.«

»Jawohl, Sir.« Eine Gruppe von 8 Personen löste sich aus dem Kampfverband und verschwand in der nackten Felswand.

»Mongo?«

»Ja, Fox?« Es rauschte, aber die Verbindung zum mobilen Kommandostand in der Lockheed C-260 hielt. »Es ist zu riskant, die Ares-Guardian-Drohnen reinzubringen. Vielleicht fliegt uns dann alles um die Ohren. Ich möchte keinen Einsturz riskieren. Wer weiß, wie sicher die Höhlen sind. Nimm die Speedy-Drohnen, okay?«

»Speedy-Drohnen? Wenn es sein muss. Ich hoffe, dass ich damit mehr Glück habe als beim letzten Mal.«

»Gut, dann mal los!« Zuerst liefen nun auch die drei Drohnen durch den unsichtbaren Eingang und anschließend folgte der Rest des Teams.

Das Innere der Höhle war dunkel und auch Restlichtverstärker, Infrarotsicht und die Schallerkennung durch Ultrasoundsysteme vermochten die Schwärze nicht vollständig zu durchdringen. »Seid vorsichtig!« Die Stimme Beowulfs klang angespannt. Die Dunkelheit ist magisch bedingt und vermutlich Teil der Abwehr. Ich möchte wetten …«

»Aaaargh!« Der gellende Schrei eines Truppmitglieds hallte durch die Höhle und verklang in den Tiefen. »Müller hat es erwischt. Es ist nur ein schmaler Felssims und es geht steil bergab.«

»Verstanden, Major, seien Sie um Gottes Willen vorsichtig!«

»Beowulf, es ist besser, wenn ich die Führung übernehme, ich weiß zwar auch nicht hundertprozentig, wie der Pfad verläuft, aber ich habe wenigstens eine vage Vorstellung vom Weg, den Eliza gegangen ist.« Die Stimme des Briten klang zuversichtlich.

Beowulf nickte, auch wenn das in der Dunkelheit niemand sah. »Okay, Fox, du hast Recht. Major, Fox und seine Leute übernehmen die Führung.«

»Verstanden, Sir.«

Vorsichtig tastete sich Fox vorwärts. Er spürte die gähnende Tiefe, die sich seitlich von ihm auftat und ihn für immer verschlingen würde, wenn er nur einen falschen Schritt machte. Aber er tat es nicht, und seine Begleiter, die ihm unmittelbar folgten, blieben ebenfalls auf dem sicheren Weg. Nach einigen Minuten wurde der Pfad breiter und es wurde etwas heller. Vor der Gruppe lag ein kleines Plateau. Zwischen behauenen Felsen und gedrungenen, geflügelten Statuen führte der Pfad zu einem Torbogen, hinter dem er sich in drei verschiedene Richtungen gabelte.

Fox zögerte, irgendetwas missfiel ihm, obwohl er nicht genau sagen konnte, was es war. »Beowulf, kannst du dich bitte einmal genauer umsehen? Die Statuen dort, irgendetwas an ihnen gefällt mir nicht.«

Beowulf wollte gerade vorgehen, warf sich aber sofort flach auf den Bauch, um dem plötzlichen Anflug der geflügelten Wesen zu entgehen. »Feuer!« Die Soldaten der Kommandoeinheit, aber auch Fox und seine Leute versuchten ihr Bestes, um die Angreifer mit Sturmgewehren, Maschinenpistolen und Gewehren zu erwischen, aber sie schienen nichts ausrichten zu können. Die fliegenden Kreaturen stürzten sich auf sie herab, und diejenigen, die zu ungeschickt versuchten, ihren Attacken auszuweichen, stolperten, stießen gegeneinander oder fielen schreiend in den bodenlosen Abgrund.

Chaos breitete sich aus, und Fox bemerkte als Erster, dass das der einzige Zweck dieses Angriffs zu sein schien. »Herhören, das ist nur ein Trick! Es ist ein Hinterhalt!«

Beowulf hob vorsichtig den Kopf. »Ja, Fox hat Recht. Es ist eine weitere Illusion!«

»Ja, aber wir sind dafür so real wie dein nahender Tod, Zwerg.«

»In der Tat, wir werden euch zeigen, wie wirklich die Schmerzen sind, die wir euch schenken.«

»Ihr sagt es, meine Schwestern, lasst uns die jämmerlichen Menschenkinder verspeisen!«

Beowulfs Augen weiteten sich und erschreckt sah er die drei bleichen Maden, die über die einzelnen Wege auf sie zukrochen. »Zum Angriff!«

Die Kommandoeinheit stürmte nach vorn und erneut stürzten zwei ihrer Mitglieder in die Tiefe. Wieder richteten sie die Waffen auf ihre Gegner und gleichzeitig mit dem Automatikfeuer fuhren die ersten magischen Energieschläge auf die dämonischen Kreaturen hinab. Schrille Schreie klangen durch die Höhlen, aber es waren nicht nur die Rufe der verletzten Maden, denn diese setzten jetzt selbst tödliche Magie ein, um ihre Opfer zu vernichten.

Zwei der Soldaten gingen in Flammen auf, die sie so schnell in glühende Asche verwandelten, dass jede Hilfe zu spät gekommen wäre. Der Major und die sieben Frauen und Männer, die sich in einer Defensiv-Formation um ihn herum aufgestellt hatten, leuchteten in einem merkwürdigen pulsierenden Licht auf. Sie schrien und wanden sich unter unerträglichen Schmerzen, und Fox sah mit blankem Entsetzen, wie sich ihre Haut bei lebendigem Leib von ihren Körpern schälte.

Dann wurde er selbst umgerissen und von der Druckwelle einer gewaltigen Explosion zu Boden geworfen. Nazareth hatte eine Rakete aus der M79B1 abgefeuert und einen direkten Treffer auf der Made gelandet, die über den mittleren Pfad auf sie zugekrochen war. Fleischstücke, Hautfetzen und Sekret spritzen in alle Richtungen davon, so, als hätte man mit der geballten Faust in einen Eimer Wasser geschlagen.

»Lauft!«, schrie Nazareth, während er die leichte Panzerabwehrwaffe schulterte. »Wir müssen von dieser Plattform runter, sonst werden wir alle sterben!« Die anderen ließen sich das nicht zweimal sagen. Oz und Venus, die überlebenden Mitglieder der Ethikratstruppen, danach Fox, Beowulf, Myst und Nazareth stürmten an den nach ihnen schnappenden Kiefern der beiden übrigen Maden vorbei und durch den Torbogen, wobei sie vom Sperrfeuer der Speedy-Drohnen gedeckt wurden.

Mongo konnte über das Fernsteuerdeck noch erleichtert mit ansehen, wie sie in einem dunklen Gang verschwanden, dann rissen die Verbindungen zu den einzelnen Drohnen und der ständige Datentransfer nacheinander ab.

»Drek, das wäre fast das Ende gewesen!« Oz fluchte beim Laufen und gab sich Mühe, nicht über einen Totenschädel oder einen der größeren Knochen zu stolpern, von denen es in diesem Gang unzählige gab. »Es waren nur drei dieser Kreaturen, ich hoffe, es werden nicht mehr.«

Beowulf, der trotz seiner mangelnden Kondition noch immer mithielt, schüttelte den Kopf. »Darauf würde ich nicht wetten. Nach dem Lacrimanicon sind es weit mehr.«

Venus keuchte und hielt den linken Unterarm umklammert. »Mich hat es erwischt. Sieh dir das an, Oz!« Oz blieb stehen und konnte den Sturz seiner Freundin gerade noch abfangen. Sie hatte das Bewusstsein verloren, was nicht verwunderlich war, wenn man die Schwere der Verletzung betrachtete. Es schien, als hätte sich der Knochen ihres Armes in Gelee verwandelt. Er hing schlaff herunter, war dunkel angelaufen und aufgequollen.

»Venus!« Oz schrie, aber ihre Augen blieben geschlossen.

»Lasst mich sehen!« Die Gruppe hielt an und Beowulf beugte sich über die Bewusstlose. »Hm, das sieht nicht gut aus. Sie muss behandelt werden, sonst überlebt sie die nächste Stunde nicht. Ms. Rosenholz, bekommen Sie das hin?«

Eine zierliche Elfe mit flammendroten Haaren trat vor und kniete sich neben Venus. »Armes Ding, der Knochen ist anscheinend vollkommen verflüssigt, aber es scheint mir kein Gift zu sein. Ich denke, ich kann verhindern, dass es sich weiter ausbreitet.«

»Tun Sie das!« Beowulf wandte sich zu den anderen, während sich Oz besorgt neben den erschlafften Körper seiner Geliebten setzte und zärtlich über ihren Kopf strich.

»Was nun?« Fox lehnte sich mit dem Rücken an die Wand und stellte das Maschinengewehr für einen Moment ab. »Ich denke, dass wir nicht mehr allzu weit von Eliza und Drake entfernt sind. Die Frage ist nur, was wir ausrichten können, wenn wir erst einmal da sind.«

Ludwig kam näher und erschrak, als der sauber abgenagte Schädel eines Kindes unter seinen Füßen zerbrach.

»Mein Gott …! Äh, was ich sagen wollte: Unsere einzige Chance besteht darin, Drake zu töten und das Bronzetor zu schließen, bevor die Maden sich auf uns stürzen können. Es muss ein Überraschungsangriff sein, etwas anderes bleibt uns nicht.«

Beowulf runzelte die Stirn. »Nun, Emanuel, das klingt schon recht überzeugend, keine Frage, aber ich glaube kaum, dass wir etwas haben, was diese Wesen, die schon einige Jahrtausende hier unten warten, wirklich überraschen könnte.«

Nazareth lächelte. »Da wäre ich mir nicht so sicher, oder, Fox?« Der britische Geheimagent sah Nazareth kurz an und lächelte dann ebenfalls. Fox wandte sich an den Jungen, der ein wenig abseits gestanden hatte und legte ihm die Hand auf die Schulter. »Sag mal, Myst, hättest du Lust, mit mir und Nazareth einen kleinen Spaziergang zu machen?«

Eliza und nun auch Vanessa Hernandez, der Major der Jaguargarde, hingen in weiße Opfergewänder gekleidet schlaff und benommen an den massiven Metallringen, die an den Wänden des großen Saales angebracht waren. Etwas abseits lag der noch immer dampfende Körper Blinkys. Drakes Zauber hatte ihn verbrennen lassen, ohne im gänzlich das Leben zu nehmen.

Sein Tod wurde durch die dunkle Magie absichtlich solange es ging hinausgezögert, um dem Shadowrunner größtmögliche Qualen zu bereiten. Die wenigen verbliebenen Anhänger Drakes hatten sich in einem kleinen Halbkreis um die beiden Frauen gekniet und waren in einen beunruhigenden Singsang verfallen, der eine fast hypnotische Wirkung auf die etlichen Madenkreaturen hatte, die ihm im Raum verteilt lauschten. Drake selbst ging noch auf und ab und musterte seine beiden Gefangenen. »Ja, so kann alles enden, meine Lieben. Wer hätte das gedacht? Die kleine Vanessa versucht, sich an mir zu rächen, bietet sich mir dann aber doch lieber als Opfergabe an. Nun, Eliza, sind

Sie froh, bei so etwas Bedeutendem nicht alleine zu sein? Das sind Sie gewiss. Ich denke, auch meine neuen Lehrer werden begeistert davon sein, das Blut von zweien meiner untreuen Schülerinnen zu trinken. Ist es nicht so?«

Drake wandte sich zu den Maden, und als hätten diese jedes einzelne Wort seiner Ausführungen verstanden, ging nun ein Ruck durch ihre bleichen Körper. »Ja, Sie sind schon begierig darauf, ihr Innerstes kennen zu lernen, und ich kann es ihnen nicht verdenken. Sie, Eliza, sind wirklich eine interessante Persönlichkeit. Sie haben nicht die blasseste Ahnung von Magie, von arkaner Kunstfertigkeit und dem so wichtigem Ritual des Menschenopfers, aber trotzdem kommen Sie in meinen Hort und widersetzen sich mir. Dann Sie, Vanessa. Vor vielen Jahren habe ich mich in Sie verliebt. Ein kleines Mädchen, so schüchtern, rein und artig. Sie wollten doch nicht so weiterleben. Eine harmonische Familie, nein, das war nichts für Sie. Ich musste Sie doch zur Vollwaise machen, Ihre Seele verderben und Sie immer wieder erniedrigen. Sie haben es doch selbst so gewollt, ist es nicht so? Sie wollten mir nicht zuhören, sich nicht von mir belehren lassen, nein, Sie wollten leiden und später selbst andere leiden lassen. Ja, so ist es. Erinnern Sie sich an die Folter Ihres verbrannten Freundes Blinky? Meinen Sie, Sie wären vor meiner Weihe in der Lage gewesen, so etwas fertig zu bringen? Nein, Sie waren immer ein liebes Mädchen. Das hätten Sie ohne mich niemals zustande gebracht. Auch die Rachegelüste, die Sie jetzt gegen mich hegen, waren der kleinen Vanessa damals völlig fremd. Sie hat vergeben und verziehen, sie war schwach und hat anderen geholfen, statt sich an ihnen zu rächen. Allein durch mich sind Sie so stark geworden, wie Sie es heute sind.«

Drake trat nun an die beiden Frauen heran und zog langsam ein seltsam gezacktes Messer aus einer schmucklosen Scheide, die er dann sorgsam wieder in seinen langen Mantel steckte. Seht Euch das Messer gut an, meine kleinen Lämmer! Es stammt aus meinem Königreich, aus B'an

Iestas, dieser wundervollen vergessenen Stadt, die ich mein Eigen nennen darf. Diese Waffe ist sehr alt und war es schon, als diese Stadt erschaffen wurde. Die Männer und Frauen, die sie vor mir trugen, waren ebenso Visionäre, wie ich es bin. Der Erste von ihnen, ein mächtiger Magier, versteckte sich zwar mit anderen, mit Bekannten, Freunden und Verwandten in den Tiefen des Berges, aber er wollte nicht ewig hier ruhen. Auch er hatte sein Leben auf dieselbe Art und Weise wie ich verlängert und war ebenso wie ich von einer der Maden geschult worden, aber er war so unvorsichtig, sein Geheimnis nicht gut genug zu behüten. Seine Frau, eine wunderschöne und kluge Elfe, erfuhr von seinem Tun und beschwor ihn, es zu beenden. Fast hätte sie ihn auch davon überzeugt, aber die Ereignisse kamen seiner Entscheidung zuvor. Auch die Bewohner der Stadt kamen dem Mann auf die Schliche und versuchten, ihn zu töten, was ihnen letztendlich auch gelang. Aus Gram über den Tod ihres Mannes alterte die ansonsten unsterbliche Elfe und wurde verrückt. Vor seinem Tod aber öffnete der Magier das Bronzetor und ließ die Maden in die Stadt einfallen und alles Leben vernichten. Allein die ergraute Elfe ließen sie unberührt. Eine todtraurige Geschichte, nicht wahr? Ja, wirklich, das ist sie.«

Drake lachte laut auf und der Klang seiner Stimme war vollends unmenschlich geworden. »Die Alte hat alles aufgeschrieben, ohne sie wüsste ich nichts von alledem, ja, noch nicht einmal, wie ich sie jetzt aufschlitzen sollte. Meinen Dank an die ewig Weinende!« Drake hob das Messer und zog den Kopf Elizas an den Haaren nach oben, um ihre Kehle erreichen zu können.

»Einen kleinen Moment noch!« Drake fuhr herum und sah verblüfft, dass zwei Männer und ein kleiner Junge den Saal betreten hatten. Instinktiv erinnerte sich Drake an den blauen Feuerschein, der schmerzhaft eisig über seine Arme gefahren war, als er versucht hatte, diesen Jungen zu opfern. Wütend, aufgebracht und vollkommen von Sinnen lief er ihnen entgegen »Du, du bist tot! Du kannst das Gift nicht überlebt haben. Das kann nicht …«

Der eine der beiden Männer nutzte die Überraschung Drakes aus und trat vor. »Gestatten Sie, dass ich mich Ihnen noch einmal persönlich vorstelle, mein Name ist Daniel P. Fox und ich bin hier, um Ihnen so richtig in den Arsch zu treten.«

Mit diesen Worten drückte Fox dem langsam die Fassung wiedererlangenden Drake die Haftmiene in die Hand, verpasste ihm einen Stoß und warf sich zusammen mit Myst und Nazareth zu Boden. Die gewaltige Detonation ließ den Boden erbeben und schleuderte Drake weit in den Raum hinein. Er war aber nicht tot, wie Fox und seine beiden Begleiter bestürzt feststellten, sondern allenfalls angeschlagen und ein wenig benommen, als er sich wieder aufrappelte. »Das … das werdet ihr mir büßen!«

Drake schlitzte zweien seiner überraschten Handlanger, zwischen die er gestürzt war, die Bäuche auf und nutze das herausschießende Blut, um einen mächtigen Zauber heraufzubeschwören.

»Entschuldigt mein Eingreifen, aber mein Geliebter bat mich, Euch von Eurem Tun abzubringen.« Drake wandte den Kopf erschreckt zu der weiblichen Stimme um und blickte in die endlos blauen Augen eines feminin gebauten Wasserelementars. Undine schlug ihm das Opfermesser aus der Hand und unterbrach so den komplexen Vorgang des Zaubers, dessen Magie sich unkontrolliert in den Astralraum verflüchtigte.

»Dafür zahlst du!« Drake schleuderte einen schnellen Energiestoß auf die wässrige Anima ab, deren Körper dampfend nach hinten geschleudert wurde. Der aztekische Magier wollte ihr nachsetzen, doch er kam nicht dazu, weil die vereinten Maschinengewehrsalven von Fox und Nazareth auf ihn einhämmerten und er sich darauf konzentrieren musste, seinen magischen Schutzschild aufrecht zu erhalten.

»Glaubt ja nicht, dass mich das beeindruckt!« Drake lachte wieder, doch seine Stimme war deutlich weniger fest als noch vor wenigen Augenblicken und schwankte noch mehr, als er sah, wie auch die restlichen Shadowrunner und die letzten Soldaten des Ethikratskommandos in den Raum stürzten und ihre Waffen auf ihn richteten. »Maden, macht sie nieder und kommt eurem ergebenen Diener zu Hilfe!«

Ein erneuter Ruck ging durch die Maden, die dicht an dicht im Raum verteilt lagen. Ihre Körper spannten sich und sie setzten sich langsam, aber bedrohlich schneller werdend in Bewegung.

»Mr. Drake?« Der Magier blickte zu dem Jungen, dem Lamm, welches das Rätsel des Bronzetores gelöst hatte und nach all seinen Angriffen noch immer lebte.

»Was, du kleiner Bastard?«

»Ich habe mir das nie merken können, aber sind diese Dinger Stalagmiten oder Stalaktiten?« Myst riss die Arme empor und schrie, während blaues Licht seinen Körper einhüllte und in gewaltigen Wellen aus seinen Händen in die Decke fuhr. Drake verfolgte fassungslos ihren Weg und seine Augen weiteten sich erschreckt, als sie an der Decke des großen Höhlensaales explodierten. Die Energiewogen rissen zahllose der nun blauleuchtenden und scharfkantigen Stalaktiten herunter und ließen sie auf Drake stürzen. Ein paar der Steingebilde wurden von den unsichtbaren Kräften der magischen Barriere um Drake abgelenkt, aber dann brach der Schutzschild in sich zusammen, und Drake wurde begraben.

Schon setzte der erste Jubel unter den Shadowrunnern ein, aber schnell bahnte eine kleine Feuerzunge sich ihren Weg durch den Berg aus Steinen und Schutt und legte eine Öffnung frei, aus der sich Drake mit funkelnden Augen erhob wie ein Phönix aus der Asche. »Ich bin unsterblich, aber ihr, meine Freunde, seid es nicht!«

»Einen kleinen Moment, Drekhead!« Die Stimme klang zittrig und schwach, aber man spürte den Zorn und die

Entschlossenheit, die in ihr lagen. Der verbrannte und zusammengeschrumpelte Körper Blinkys rührte sich noch einmal. »Schau mir ins Auge, Kleiner!«

Die kleinkalibrige Kugel aus dem Cyberauge des halbtoten Runners bohrte sich in das linke Auge Drakes, der wie vom Blitz getroffen zu Boden ging. Geistesgegenwärtig warf sich Beowulf nach vorn und bohrte Drake, dessen Gesicht zu einer Maske der Verblüffung, der Angst und des endgültigen Todes gefror, die Klinge des römischen Gladius bis zum Heft in den Leib.

Beowulf fauchte ihn an. »Selbst die Unsterblichkeit kann bezwungen werden.«

Gleichzeitig mit dem Tode des Magiers setzte ein Beben ein und erste Risse zogen sich über die Wände des Saales. Schnell befreiten Fox und Nazareth Eliza und Vanessa, während Undine den verstümmelten Körper Blinkys barg.

»Wir müssen raus, das war es endgültig!« Fox' Stimme klang nüchtern und glücklich zugleich. »Myst, meinst du, du bekommst das Bronzetor jetzt zu?«

Die Maden schrien laut auf und wanden sich in panischer Angst. »Das dürfte ein Leichtes sein!« Die Shadowrunner, die Kommandoeinheit und auch die letzten Handlanger Drakes flüchteten aus dem einstürzenden Saal und Myst, der als letzter einen Blick zurückwarf, schloss mit einem weiteren gezielten Ausbruch seiner magischen Kräfte die Doppeltüren des Bronzetores. Es war so, wie sein Freund und Mentor Nazareth gesagt hatte. Der Letzte machte das Licht aus.

Kapitel 45

In der Mitte des Konferenzraumes stand ein langgestreckter rechteckiger Tisch aus leicht spiegelndem Plastik. 11 Stühle aus Aluminium standen um ihn herum – einmal vier und einmal fünf an den längeren Seiten und die zwei anderen an Kopf- und Fußende des Tisches. Der flache Trideoschirm, der an der Wand hinter einem der beiden befestigt war, würde heute keine Einsatzpläne, keine Fotos von Zielobjekten oder komplizierte Risszeichnungen zeigen, sondern eine Livestream-Übertragung aus einem der schönsten Fischbassins des gerade wiedereröffneten AQUARIUS. Bunte Zierfische, wunderschöne Korallen und ein vorwitziger kleiner Kraken, der sich an der stoßsicheren Scheibe vor der Kamera plattdrückte und die Zuschauer scheinbar mit seinen immer wieder wechselnden Farben beeindrucken wollte, schmückten so den ansonsten eher nüchternen Raum.

Die Stimmung war heute dementsprechend ziemlich ausgelassen. Seit dem Tode Drakes, der waghalsigen Flucht und dem Einsturz der unterirdischen Anlagen in den Tiefen Atzlans war noch nicht viel Zeit vergangen, aber Oz, der wahrhaftig über ein phantastisches Organisationstalent verfügte, hatte es sich nicht nehmen lassen, die überstandene Mission in seinem zügig wiederhergerichteten und neueröffneten Nachtclub zu feiern und erfreulich ausklingen zu lassen.

Fox stand auf und hob sein Glas. »Ich möchte einen Toast ausbringen, meine alten und neuen Freude. Einen Toast auf den Erfolg eines erbitterten Kampfes, eines glorreichen Sieges über das Böse und auf das frischverheiratete Paar Mr. und Mrs. Dave Ozwald.« Bis auf Oz und Venus standen alle Anwesenden auf, hoben die Gläser und applaudierten. »Mögen Ihnen viele Kinder geboren werden und wenige, die das Aussehen ihres Vaters haben!«

Die anderen grölten und besonders Oz musste laut lachen. »Dann möchte ich jetzt einen Toast ausbringen!«

Der rothaarige Schieber stand auf und rückte sich die azurblaue Krawatte über dem schimmernd grünen Oberhemd zurecht, bevor er das Glas hob. »Einen Toast auf den unverschämtesten Trauzeugen der Welt, auf den saftigsten Bonus, den wir uns jemals wirklich und zu Recht verdient haben, auf die anstehenden Flitterwochen in einem traumhaften Rolls Royce Prairie Cat in Mitternachts-Schwarz und abschließend auf die hübscheste Braut, die man überhaupt irgendwo und irgendwann gesehen hat!«

Erneuter Beifall setzte ein und nun ergriff Venus das Wort. »Einen Toast auf einen wundervoll verrückten Ehemann, auf die magischen Heilkräfte der nicht anwesenden Ms. Rosenholz und vor allem auch auf die süßeste Brautjungfer, die sich jemals in der Seitentür eines Toyota Elite ihr Kleid aufgerissen hat. Möge ihr und ihrem Liebsten der gefangene Brautstrauß nur Glück und Freude bescheren!«

Noch während des einsetzenden Jubels hob Eliza das Glas. »Auf die schnellste Näherin in den gesamten UCAS, die beiden anderen Brautjungfern, denen ich den Strauß weggeschnappt habe und den guten Dr. mag. herm. Beowulf Meineid, der sich wie ein wütender Löwe vor mich geworfen hat, um mich vor den lüsternen Blicken diverser Anwesender zu bewahren!«

Nach erneutem, tosendem Applaus stand Beowulf wieder auf, nickte mit einem Lächeln in die Runde und erhob ebenfalls das Glas. »Auf die Rettung der Welt, auf einen Jungen, der auszog, um etwas Besseres aus sich zu machen und schließlich das Beste aus sich machte. Möge ihm, Ikarus Moore oder Myst, ihm und seiner Familie das Stipendium des Ethikrates das Leben erleichtern und ihn dort hinführen, wohin ihn ein glückliches Schicksal lenken will!«

Myst, der wegen des langanhaltenden Beifalls etwas verschämt war, sah schüchtern in die Runde, hob aber dann ebenfalls sein Glas zu einem Toast. »Auf eine Freundin, die heute nicht hier sein kann, weil sie im Hort gestorben ist. Wäre sie nicht gewesen, wäre ich nicht hier. Sie hat mir zugehört und mich nicht zu einem Nichts werden lassen. Danke, Freundin!«

Wortlos trommelten die Anwesenden mit den Fäusten auf den Tisch. »Einen zweiten Toast auf meinen noch lebenden Freund Nazareth! Du warst ebenfalls für mich da, hast mich vor dem Tode bewahrt und dabei dein eigenes Leben riskiert. Ich bin stolz, dich zu kennen und wenn ich das sagen darf, auch stolz auf dich. Es ist sicher nicht leicht, alles hinzuschmeißen und sein Leben von Grund auf zu verändern, aber es ist bestimmt noch schwieriger, einzusehen, dass man nicht alles verändern muss, nur um der Mensch zu werden, der man sein möchte!«

Erneuter Applaus fachte die Stimmung im Raum an und Nazareth ergriff sein Glas und das Wort. »Ein Toast auf einen guten und tapferen Freund, der mich auf meinem Weg nach draußen begleitet hat. Ein Hoch auf Jericho und ihren gesegneten Appetit, ein Hoch auf 2D-Filme des vergangenen Jahrtausends, ein Hoch auf alle Elfen und Trolle dieser Welt und ein Hoch auf den Mann, der mir gezeigt hat, dass Menschen aussehen können wie Bratkartoffeln!«

Die Anwesenden lachten und Blinky, der nach einer ebenfalls magischen Heilbehandlung wieder bei bester Gesundheit war, sprang auf und riss sein Glas in die Höhe. »Einen Toast auf mich selbst, der ich trotz aller Bemühungen noch immer lebe, ein Hoch auf die arme Melody, die sich leider dagegen entschied, im Siegerteam zu bleiben und ein dreifach doppeltes Hoch auf die heißeste Militärbraut, die ich jemals … nein, denkt Euch den Rest. Ein Hoch auf Vanessa!«

Nachdem der Beifall abgeebbt war, richteten sich die Blicke der Anwesenden auf die Zivil tragende Vanessa. Sie küsste ihrem neuen Freund auf die noch frische, rosige Haut der Stirn, stand auf und prostete den Runnern zu. »Einen Toast auf die, die heute nicht mehr leben, einen Toast auf die Ehre, einen Toast auf den Tod eines Monsters und einen Toast auf Undine, die ich wohl noch oft anrufen muss, weil mein Schatz mal wieder in Flammen steht!«

Alle applaudierten kräftig, aber verstummten staunend, als Undine ein leeres Glas auf ihrer Hand erscheinen ließ und es mit dem eigenen Wasser füllte. »Auch ich bringe einen Toast aus. Ein Hoch auf die Freiheit und die Zauberei, ein Hoch auf die wahre Liebe und den wundervollsten Mann, den sich eine Anima nur wünschen kann!« Bei diesen Worten strahlten sich Beowulf und Undine unglaublich verliebt und sichtbar glücklich an. »Ein Hoch auf die Freundschaft zu guten Menschen und letzen Endes auch ein Hoch auf Mongo, den Troll, der mir geraten hat, den Worten eines Dr. Meineids nicht immer völlig blind zu vertrauen.«

Alles grölte, und nur Beowulf fuhr sich genervt mit der Hand durch die Haare. Mongo stand auf und man sah, dass ihm die magische Heilung seiner Knochenbrüche mehr als nur Recht gewesen war. »Ich habe nur einen Toast, aber dieser Toast geht an alle. Ein Toast auf Venus und Oz, einen Toast auf Blinky und Vanessa, einen Toast auf Undine und Dr. Meineid, einen Toast auf Myst und Nazareth – bitte versteht das jetzt nicht falsch – und abschließend noch den Toast auf Eliza und Fox und die wirkliche und wahre Liebe, der man einfach nicht entkommen kann!«

Der einsetzende Applaus übertraf die vorangegangenen Beifallsbekundungen noch und man gab nicht eher Ruhe, bis sich Fox und Eliza in den Arm nahmen und küssten. Danach meldete sich Mongo noch einmal zu Wort. »Oh, einen hab ich doch noch. Einen besonderen Toast auf dich, Fox, weil du mir dein kleines schwarzes Buch geschenkt hast, das du in Zukunft ja nicht mehr brauchst. Ich hoffe, es macht dir wirklich nichts aus, dass ich heute mein drittes Date mit der unvergleichlichen und anbetungswürdigen Melanie Moon habe.«

Alle lachten und Fox grinste seinen großen Freund besonders an. »Nein, Mongo, wirklich nicht. Mir ist es vollkommen egal, dass Mel auf Trolle in U-Bahngröße abfährt. Die Zeiten sind vorbei. Ich weiß, zu wem ich gehöre!« Fox strich Eliza zärtlich über die Wange und gab ihr anschließend einen weiteren Kuss. Eliza lächelte ihn an, wurde dann aber ernster und sah ihn fragend an. »Versprichst du mir, dass du immer bei mir bleiben wirst, Fox?«

Fox nickte und lächelte zurück. »Forever, Young, forever!« Die Frauen und Männer im Raum jubelten, aber als genau jetzt das Telekom an Fox' Handgelenk klingelte, fingen alle an zu lachen. »Fox hier.«

»Commander, wir haben ein Problem. Ihre Anwesenheit ist dringend erforderlich. Es geht um die nationale Sicherheit und das Fortbestehen des Vereinigten Königreiches.«

»Ja, ja. Ich setze mich gleich in den Flieger!« Der Geheimagent unterbrach die Verbindung und wandte sich an 17. »Ich schätze, es ist gar nicht mal so schlecht, dass wir auch beruflich nicht unbedingt getrennte Wege gehen müssen. Auf nach Großbritannien!« Trotz dieser versöhnlichen Worte verfluchte Fox erneut den Tag, an dem das Telekom erfunden wurde.

Zügig gingen die drei Männer den in kaltes Neonlicht getauchten Gang hinunter. Ihre Schritte hallten auf dem blanken Fels und ihr Echo war das Einzige, was man in diesem Teil der unterirdischen Anlage vernahm. Nach einigen Minuten schweigsamen Gehens erreichten die drei eine verstärkte Panzertür, die mit einem hochentwickelten Magnetschloss verriegelt war. Liebhardt und Oliver, der sich mit immer demselben Taschentuch die Schweißperlen von der Stirn wischte, positionierten sich wieder einmal links und rechts vor der Tür und zogen gleichzeitig ihre Schlüsselkarten durch die dafür vorgesehenen Lesegeräte. Die Panzertür öffnete sich mit einem leisen Zischen.

»Nach Ihnen, Dr. Soto.« Liebhardt lächelte seinen ehemaligen Vorgesetzten höflich an. »Nein, mein lieber Dr. Liebhardt, bitte nach Ihnen. Sie haben schon so lange auf

Ihren Hawaii-Urlaub warten müssen. Der glückliche Umstand, dass ich jetzt die dortige Anlage leiten darf, kam für mich allerdings erst kürzlich zustande und war für mich wirklich überraschend und erfreulich zugleich.«

Liebhardt grinste. »Nun, dann sollten wir vielleicht meinem neuen Vorgesetzen Dr. Oliver den Vortritt überlassen. Schließlich ist er jetzt derjenige, der die Verbindung nach ganz oben darstellt. Oh, Oliver, bevor ich es vergesse, würden Sie mir bitte die 20 Nuyen zurückgeben, die ich Ihnen eben gegeben habe?« Oliver lachte und rieb sich die frische Operationsnarbe. »Nur, weil ich jetzt einen Datenfilter trage, brauchen Sie nicht zu versuchen, mich über den Tisch zu ziehen. Ich weiß sehr wohl, welchen Zeitraum ich wann vergesse.«

Soto lächelte und rieb sich seine Narbe. »Ich werde meinen Filter nicht wirklich vermissen.« Die drei Kurashima-Takagema-Angestellten lachten vergnügt und betraten nacheinander den hinter der Panzertür liegenden Raum. Anstatt sich mit teurer Hightech und Software auszurüsten, zogen Liebhardt und Soto nur jeweils einen Reisekoffer und dann etliche elegante Kleidungsstücke aus den hohen Regalen und Schränken. Ihre Kittel und sonstige Bekleidung verschwanden zerknüllt und achtlos in einen unscheinbaren Wäscheschacht. Kurz bevor die drei Männer sich in den nach oben führenden Fahrstuhl begaben, griff Dr. Soto noch in eines der Regale und nahm einen ebenholzfarbenen Credstick aus einer Schatulle, die mit seinem Namenszug versehen war. Diesen steckte er in die Innentasche des teuren Jacketts. »Es ist sozusagen die Anerkennung für meine treuen und besonders in letzter Zeit so kreativen Dienste.« Liebhardt und Oliver zuckten nur die Schultern.

Nach der ruhigen Fahrt öffneten sich die Türen des Lifts und die drei Männer traten auf die schneebedeckte Bergkuppe hinaus, wo der starke Wind ihnen weißen Pulverschnee ins Gesicht wehte. Der nahe Helikopter hatte wie immer einige Probleme, seine Position zu halten und die beiden Tragegeschirre zu der kleinen Gruppe hinab zu lassen, aber Jericho, die Liebhardt auf seinem Urlaub begleiten würde, hatte gut gegessen und eine hochkarätige Expertensoftware für Helikopter-Piloten in ihren Talentleitungen.

Oliver half Soto und Liebhardt, die Geschirre anzulegen und verabschiedete sich von ihnen. »Liebhardt, geben Sie auf sich Acht und vor allem auch auf Jericho. Ich glaube, sie hat Elfenblut in den Adern.«

Liebhardt verzog das Gesicht. »Und, Soto, noch einmal meinen Glückwunsch. Die ›FOREVER‹-Datei ist vernichtet, ganz, wie es Silkworm wollte, und er musste es nicht einmal mehr selbst erledigen. Ich denke, er, sie oder es weiß, warum Sie die Beförderung verdient haben.«

Dr. Soto lächelte und schüttelte seinem Nachfolger die Hand. »Ich schätze, schon. Wir hatten zuletzt ein sehr langes und klärendes Gespräch. Grüßen Sie mir Ms. Habsburg und denken Sie daran, dass meine Magentabletten noch auf ihrem Schreibtisch stehen. Sie werden sie brauchen.«

Oliver runzelte die Stirn, kam aber nicht mehr dazu, nachzufragen. Das Seil ruckte und Liebhardt und Soto wurden in die schneeumwehte Höhe gerissen. Kurz darauf hatten sie im Inneren des schnell aufsteigenden Kurashima-Takagema-Helikopters Platz genommen und konnten verfolgen, wie Oliver unter ihnen langsam zu einem kleinen Punkt zusammenschrumpfte und schließlich ganz verschwand.

Silkworm verfolgte über einen Bildschirm den Abflug des so talentierten und raffinierten Dr. Soto mit etwas Wehmut, lächelte aber über den Erfolg der Operation ›FOREVER YOUNG‹. Unsterblichkeit würde weiter ein besonderes Privileg bleiben.

Bei Phoenix erschienen/ erscheinen folgende Titel:

Shadowrun

Chromscherben	M. A. Stackpole	Coll.	10550
Wiener Blei	Leo Lukas	Roman	10555
Nachtstreife	Björn Lippold	Roman	10558
Auf dem Sprung	Harri Aßmann	Roman	10567
Töne der Unendlichkeit	Harri Aßmann	Roman	10569
Elementares Wissen	Harri Aßmann	Roman	10570
ASH	Lara Möller	Roman	10574
Pesadillas	Maike Hallmann	Roman	10575
Vertigo	Maike Hallmann	Roman	10581
Die Anfänger	Ivan Nedic	Roman	10572
Hand am Hort	Sebastian Schaefer	Roman	10583

Myranor

Den Göttern versprochen	Charlotte Engmann	Roman	10579
Der Schandfleck	Andre Helfers	Roman	10582

Armalion

Das Dämonenschiff	Harald Evers	Roman	10568
Kompanie der Verdammten	Manuel Krainer	Roman	10562
Der Tag des Zorns	Daniela Knor	Roman	10573

MechWarrior

Väterchen Frost	Stephen Kenson	Roman	10559
Triumphgebrüll	Blaine L. Pardoe	Roman	10560
Blutsverrat	Pardoe & Odom	Roman	10561
Feuertaufe	Robert N. Charette	Roman	10576

Weitere Titel

Schrapnell	Hrsg. M. Immig	Anth.	10551
Der große Heliumkrieg	M.A. Stackpole u.A.	Anth.	10563
Matrixfeuer	Hrsg. Nick/ Hallmann	Anth.	i. Vorb.
Lexikon der Horror-Literatur	Hrsg.:Alpers/ Fuchs/ Hahn		10556
Liverollenspiel-Handbuch	Evers und Schiele		10557

Es handelt sich um eine Bibliographie und nicht um ein Verzeichnis lieferbarer Titel. Es ist leider nicht möglich, alle Titel vorrätig zu halten. Sollten Sie Fragen zu Phoenix haben, kontaktieren Sie uns bitte unter

Fantasy Productions Gmbh
Postfach 1517, 40675 Erkrath
www.fanpro.com